沃尔特·特维斯 作品

后翼弃兵

The Queen's Gambit

〔美〕
沃尔特·特维斯
著

于 是 译
侯逸凡 技术顾问

人民文学出版社
PEOPLE'S LITERATURE PUBLISHING HOUSE

著作权合同登记号 图字 01-2021-0730

THE QUEEN'S GAMBIT by WALTER TEVIS
Copyright © 1983, 2014 BY WALTER TEVIS
This edition arranged with SUSAN SCHULMAN LITERARY AGENCY, LLC
through BIG APPLE AGENCY, LABUAN, MALAYSIA.
Simplified Chinese edition copyright © 2022 PEOPLE'S LITERATURE
PUBLISHING HOUSE CO., LTD.
All rights reserved.

图书在版编目（CIP）数据

后翼弃兵／（美）沃尔特·特维斯著；于是译 .—北京：人民文学出版社，2022
（沃尔特·特维斯作品）
ISBN 978-7-02-016114-0

Ⅰ.①后… Ⅱ.①沃… ②于… Ⅲ.①长篇小说—美国—现代 Ⅳ.①I712.45

中国版本图书馆CIP数据核字（2021）第252122号

责任编辑　翟　灿　张海香
装帧设计　刘　远
责任校对　杨益民
责任印制　苏文强

出版发行　人民文学出版社
社　　址　北京市朝内大街166号
邮政编码　100705

印　　刷　三河市鑫金马印装有限公司
经　　销　全国新华书店等

字　　数　259千字
开　　本　850毫米×1168毫米　1/32
印　　张　12.75　插页3
印　　数　1—15000
版　　次　2022年3月北京第1版
印　　次　2022年3月第1次印刷

书　　号　978-7-02-016114-0
定　　价　55.00元

如有印装质量问题，请与本社图书销售中心调换。电话：010－65233595

献给
埃利诺拉

For
Eleanora

无顶塔楼焚毁,

人们想起那张脸,

如果必须在这孤寂之地移动,

那就轻轻地移动。

她,一分像女人,三分像孩子,

心想没人看见;她的脚

练着在街头看到的

浪人舞步。

像长腿虻在溪流上掠飞,

她的神思在寂静中游移。

——W.B. 叶芝《长腿虻》

前　言

多年来，像我这样的棋手从罗伯特·菲舍尔（Robert Fischer）、鲍里斯·斯帕斯基（Boris Spassky）和阿纳托利·卡尔波夫（Anatoly Karpov）这三位特级大师的精湛棋艺中受惠无穷。但《后翼弃兵》是一部虚构的小说，出于慎重考虑，哪怕只是为了避免剧情和历史上的棋局有出入，似乎也应该把他们的名号从人物表中略除。

我要感谢三位优秀的棋手：乔·安克里尔（Joe Ancrile）、费尔菲尔德·霍班（Fairfield Hoban）和斯图尔特·莫登（Stuart Morden），他们用书籍和杂志助我一臂之力，在比赛规则方面也给予我不少指教。此外，我非常幸运能让国家级大师布鲁斯·潘多菲尼（Bruce Pandolfini）帮我审读初稿，他精通这门技艺，令吾辈艳羡，而且热心又周到，纠正了我对棋艺的很多错误认知。

The Queen's Gambit

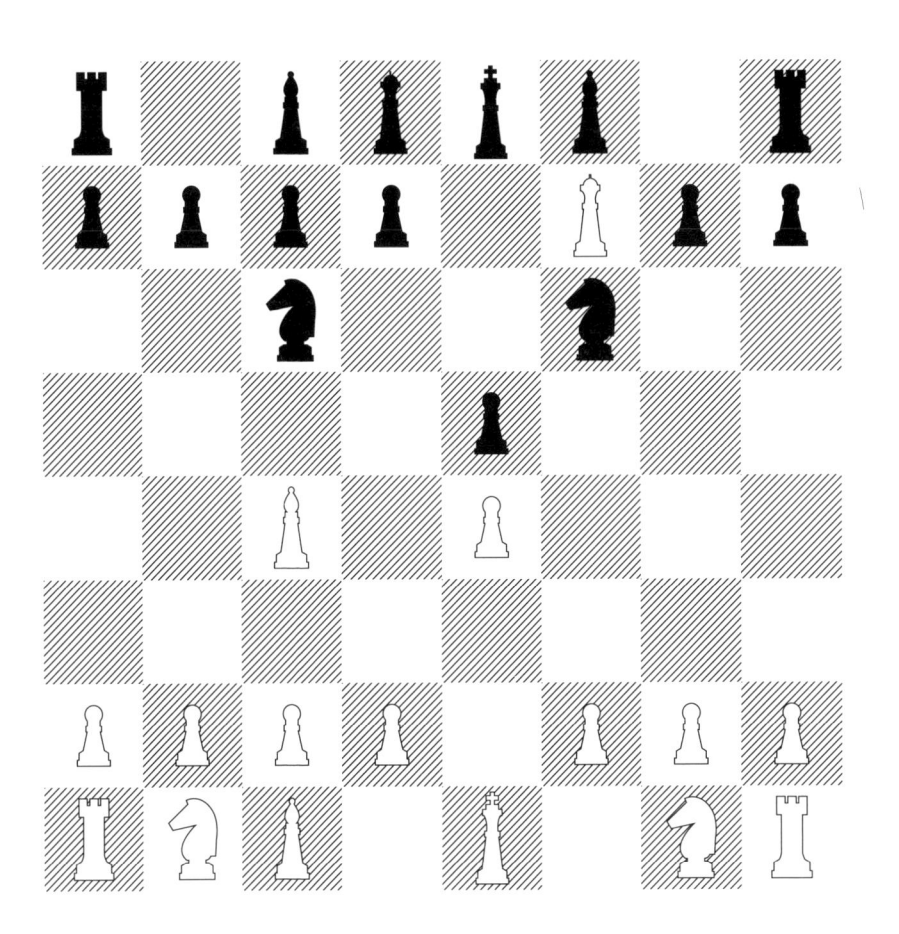

01

第一章

贝丝得知了妈妈的死讯，是个手拿书写板的女人来告诉她的。第二天，她的照片出现在《先驱导报》上。那张照片是在枫林街一栋灰色房子前的门廊上拍的，照片上的贝丝穿着款式简洁的棉布长裙。即使在那时候，她都不露声色。照片下有一段说明文字："昨日新环路多车相撞事件害她成了孤儿：伊丽莎白·哈蒙的未来堪忧。这场车祸造成两人死亡，多人受伤，八岁的伊丽莎白因此无家可依。事故发生时，伊丽莎白独自在家，得知噩耗后不久，本报记者拍摄了这张照片。当地政府表示她会得到很好的照顾。"

・・・

在肯塔基州芒特斯特灵市的梅修茵孤儿院，每天都有两颗镇定药分发给贝丝。别的孩子也一样，药是为了"稳定他们的性情"。贝丝的性情挺好的，有目共睹，但得到这种小药片让她挺高兴的。药能舒缓她肺腑深处的某种悸动，让她昏昏欲睡，在孤儿院里的某些紧张时段就好打发了。

弗格森先生把药装在小纸杯里分发给她们。除了稳定性情的绿色药片，还有强身健体的橙色和棕色药片。孩子们必须排队领药。

个子最高的女孩是那个黑皮肤的乔兰妮。当时她十二岁。贝丝住进孤儿院的第二天,排队领维生素时就站在她身后。乔兰妮转过身,低头打量她,皱起眉头。"你真是个孤儿,还是个杂种?"

贝丝不知道该怎么回答。她吓坏了。她们排在队伍的最后面,按理说她只能站在原地,等排到了再走到弗格森先生站着分药的窗口。贝丝听过妈妈叫爸爸"杂种",但她不明白那是什么意思。

"你叫什么名字,姑娘?"乔兰妮问。

"贝丝。"

"你妈妈死了?那你爸爸呢?"

贝丝瞪着她。"妈妈"和"死了"这两个词让人难以承受。她想跑,但又能跑去哪里呢。

"你的家里人,"乔兰妮用不无同情的语调问道,"都死了?"

贝丝找不到什么话可说,也想不出什么事可做。她惊恐地站在队伍里,等着领药。

· · ·

"你们都是贪心的狗杂种[1]!"这是男生区的拉尔夫在喊叫。她听到了,因为当时她在图书馆,图书馆有扇窗正对着男生区。"狗杂种"这个词在她的头脑里没有形象感,词的构成本身就很奇怪。但她听到这个词,就知道他们会用肥皂洗他的嘴。因为她说"该死",

---

[1] 原文为"cocksucker",直译为"吮公鸡的人",泛指混蛋、狗杂种等粗俗的骂人话。

他们就曾这样对她——可是,妈妈一天到晚都说"该死"呀。

· · ·

理发师叫她一动不动地坐在椅子上。"你要是乱动,小心耳朵被剪掉。"他的语调里没有任何开玩笑的感觉。贝丝尽量老老实实地坐着,但要保持绝对不动是不可能的。他花了很长时间才把她的头发剪成所有女生都有的齐刘海。为了转移自己的注意力,她试着去琢磨那个词:吮公鸡的人。她顶多能想象出一只鸟,像啄木鸟那样的鸟。但她觉得肯定不对。

· · ·

勤杂工从正面看比从背面看要胖。他叫夏贝尔。夏贝尔先生。有一天,老师叫她去地下室清理黑板擦——用两块黑板擦对敲出粉笔灰,她发现他坐在炉子边的金属矮凳上,蹙眉凝视面前绿白相间的棋盘。但在应该摆放棋子的地方,却放着一些奇形怪状的塑料小玩意儿。有些比较大。但小的比较多。勤杂工抬头看了她一眼。她默默地离开了。

周五吃鱼,不管是不是天主教徒,大家都要吃。❶ 烧好的鱼块是方形的,裹着黑乎乎、干巴巴的深褐色面包屑,再浇上一层厚厚的橘子酱,很像那种瓶装的法国调味酱。酱汁很甜,难以下咽,但酱汁下的鱼更难吃。鱼肉的滋味差点儿把她噎住。但你必须一口一口

---

❶ 天主教徒普遍认为耶稣受难日为星期五,因此在当天禁食温血动物的肉,换食冷血动物鱼的肉。

吃完，否则他们就会报告给迪尔多夫夫人，你就没机会被领养了。

有些孩子很快就被领养了。有个叫爱丽丝的六岁孩子比贝丝晚来了一个月，三周后就被几个仪表堂堂、有外地口音的人领走了。来接爱丽丝的那天，他们穿过了寝室区。贝丝本想去拥抱他们，因为她觉得他们看起来很幸福，然而他们看到她时，她却转身离开了。有些孩子已在孤儿院住了很久，知道自己永远不会被领走了。这些孩子自称"终身住客"。贝丝不知道自己会不会也是个终身住客。

· · ·

体育课一塌糊涂，排球成绩最差。贝丝永远打不出好球。她会狠狠地拍球，或是用僵硬的手指把球推出去。有一次就这样弄伤了手指，后来都肿了。大多数女孩打球时都会大笑大叫，但贝丝从没有过。

乔兰妮打得最好。不仅因为她年纪大、个子高，还因为她总能很清楚地知道该怎么做，排球从网上高飞过来时，她可以准确地停在落点，完全不用大喊大叫地叫别人让开，然后一跃而起，伸长手臂，动作流畅地把球扣下去。有乔兰妮的那一队总能赢。

贝丝伤到手指后的那个星期，乔兰妮在体育课结束时拦住了她，其他人都忙不迭地去冲澡。"我要让你好好看看。"乔兰妮说着，举起双手，张开微微弯曲的长手指。"你要这样打。"她弯曲手肘，顺势将手推上去，好像在托起一只假想中的排球。"你试试。"

贝丝试了试，刚开始的动作很笨拙。乔兰妮又示范给她看，还一直笑。贝丝又试了几次，动作有点像样了。接着，乔兰妮拿来一只球，让贝丝用指尖抓住球。试了几次，这个动作有点顺手了。

"现在你可以好好练了，听见没？"乔兰妮说着，跑去冲澡间了。

之后的一星期，贝丝一直在练习，那之后，她再也不讨厌打排球了。她没有变成排球高手，但这件事不再让她害怕了。

· · ·

每周二，格雷厄姆小姐都让贝丝在算术课后去清黑板擦。这被视为一种优待，因为贝丝的算术最好，尽管她年龄最小。她不喜欢地下室，闻起来有霉味。她也有点怕夏贝尔先生。但她想知道更多下棋的事——就是他独自面对棋盘玩的那种棋。

有一天，她走过去，站到他身边，等着他走下一步。他碰到的那个棋子有马头，马头下面有个小基座。过了一秒钟，他有点恼火地抬头看她，皱着眉头问道："你想干什么，孩子？"

通常，她会躲开与人面对面的交往，尤其是成年人，但这次她没有退缩。"这是什么棋？"她问。

他瞪着她。"你应该在楼上，和别人待在一起。"

她平视着他，这个男人的某种特质以及他专注于神秘的棋局时的那种稳健，让她很想去抓牢自己想要的东西。"我不想和别人待在一起。"她说，"我想知道你在下什么棋。"

他更用心地看了看她，然后耸了耸肩。"这叫国际象棋。"

· · ·

夏贝尔先生坐的地方和炉子间扯了一条黑绳，上面悬着一只没有灯罩的灯泡。贝丝小心翼翼地不让自己脑袋的影子落在棋盘上。

那是星期天的早晨。师生们在楼上的图书馆里做礼拜，她举手要求老师批准她上厕所，然后走到地下室。她站在那儿看勤杂工下棋，看了足有十分钟。她和他都没有说话，但他似乎接受了她的存在。

他每走一步前都会盯着棋子看几分钟，一动不动，好像很讨厌它们似的瞪着它们，然后抬起手臂，越过腹部，用指尖夹住一个棋子的顶部，好像捏住一只死老鼠的尾巴似的捏上一会儿，再把它挪到另一个方格上。他没有抬头去看贝丝。

贝丝脑袋的黑影落在脚下的水泥地上，她注视着棋盘，眼神不曾从棋盘上移开，每一步都看得清清楚楚。

· · ·

她学会了把镇定药留到晚上吃。这能帮助她入睡。弗格森先生把椭圆形的药片递给她后，她会把药片放进嘴里，其实是藏在舌头下面，再喝一口随药分发的罐装橙汁，吞下去，然后等弗格森先生给下一个孩子分药了，她再把药片从嘴里拿出来，塞进她那件水手衫的口袋里。这种药有一层硬硬的糖衣，不至于在舌头下放一会儿就化了。

头两个月，她睡得很少。她想睡着，紧闭眼睛，一动不动地躺着。但她会听到别的女孩在各自的床上咳嗽、翻身、喃喃地讲梦话，或是夜班护理员走过走廊的脚步声，哪怕闭着眼睛，她也能看到移动的身影越过她的床。远处会响起电话铃声，或是马桶冲水的声音。但最糟糕的是听到走廊尽头办公桌旁的谈话声。不管夜班护理员和守夜人讲话的声音多么轻柔，多么愉快，一旦被贝丝听到，她就会浑身紧张，完全清醒过来。胃会收紧，嘴里会尝到酸溜溜的味道。

那一整晚，她绝不可能睡着。

现在，她尽可以蜷缩在床上，有点兴奋地感受胃部的微微痉挛，知道那种紧张感很快就会消失。她在黑暗中等待，独自一人，自我监控，等待体内的动荡达到顶峰。然后，她就会吞下两颗药片，平躺在床，直到放松的感觉像温暖的海浪一样在身体里漫延开。

• • •

"你愿意教我吗？"

夏贝尔先生什么也没说，甚至都没歪歪脑袋表示他听见了这个问题。从他们头顶上方远远地传来歌声，是做礼拜的师生们在唱《带着麦捆进来》。

她等了几分钟。想说的话堵在嗓子眼，她的声音都快哑了，但终究还是说了出来："我想学下棋。"

夏贝尔先生伸出一只胖手，朝向一个较大的黑棋子，再灵巧地捏住它的头，把它放到棋盘另一边的一个方格里。他把手收回来，双手交叠在胸前。他仍然没有朝贝丝看。"我不和陌生人下棋。"

平淡的语调却有一记耳光的效果。贝丝转身离开，上楼时感到一股难受的滋味。

"我不是陌生人。"两天后，她对他这样说道，"我就住在这里。"在她的后脑勺旁边有只小飞蛾绕着光秃秃的灯泡打转，在棋盘上投下一圈圈有规律的淡影。"你可以教我。我已经懂一点了，看过就明白了。"

"女孩子不下棋。"夏贝尔先生听上去兴趣索然。

她下定决心，向前走了一步，指着一个圆柱形的棋子，但没有碰到它,她已在想象中给它取了名字:大炮。"这个棋子可以上下移动,也可以前后移动。只要前面还有路,它就能随意走。"

夏贝尔先生沉默片刻。然后,他指着一个看似被切了一刀的柠檬的棋子。"那这个呢?"

她的心猛地一跳。"走斜线。"

. . .

可以把药片攒下来,晚上只吃一颗,把另一颗留下来。贝丝把省下的药藏在她的牙刷架内,没有人会去瞧那个地方。她只需要在刷完牙后记得用纸巾尽量把牙刷擦干,或者索性不用牙刷,就用手指把牙齿擦干净。

那天晚上,她头一回吃了三颗药,一颗接一颗。后脖颈那儿泛起一阵酥麻的刺痛感;她有了重大的发现。她尽由这股振奋感波及全身,当时的她身穿褪色的蓝色睡衣,躺在自己的小床上,也就是女生寝室最糟糕的地方:靠近走廊门,正对卫生间。她生活中的一些事已迎刃而解:她认识了棋子,知道每一种棋子该如何移动,该如何吃掉别的棋子;现在,她还知道了如何利用孤儿院分发的药片,让自己的肠胃和紧张的四肢关节舒坦下来。

. . .

"好吧,孩子。"夏贝尔先生说,"我们现在可以下棋了。我执白棋。"

她还带着黑板擦呢。算术课刚下课,再过十分钟就要上地理课了。"我没有太多时间。"她说。上周日做礼拜的那一个小时里,她获准离开，下到地下室，学会了所有棋子移动的规则。只要她在开场时报到，之后就不会有任何人在做礼拜时惦记她，因为那天从镇子另一头的儿童学校来了一群女生。但地理课不一样。她很怕谢尔先生，哪怕她是班上的尖子生。

勤杂工的语调不温不火。"机不可失，时不再来。"他说。

"我有地理课……"

"机不可失，时不再来。"

她只想了一秒钟就决定了。她以前就注意到炉膛后面有只旧牛奶箱，现在就把它拖过来，在棋盘的另一侧坐下来，说："开始。"

他只用了四步棋就打败了她，后来她才知道他用的是"儿童四步杀"的开局走法。虽然这盘很快，但还没快到让她赶上地理课。她迟到了十五分钟，说她去上厕所了。

谢尔先生双手叉腰站在课桌前。他扫视了一遍课堂。"请问各位年轻的女士，你们有谁在厕所里见过这位年轻的女士吗？"

有人忍不住笑出声来。没有人举手，甚至乔兰妮都没有，哪怕贝丝曾为她撒过两次谎。

"有哪些女士上课前去过厕所？"

咯咯的笑声变响了，有三只手举起来了。

"你们三人里面，有谁在厕所看到贝丝了吗？也许，她在洗那双漂亮的小手？"

没人回应。在此之前，谢尔先生一直在黑板上罗列阿根廷的出口货品，现在他转身回到黑板前，在那份清单上添加了一项："银"。一时间，贝丝还以为这事儿就这么混过去了。但谢尔先生写完后就开口了，背对着全班同学说道："扣五分。"

扣满十分，就会有人用皮带抽打屁股。之前，那条皮带只存在于贝丝的想象中，但想象在那个片刻扩展到了周身上下，她能预见到自己柔软的皮肉上有火烧般的灸痛。她抬起手，捂住胸口，摸索到那天早上发的药片仍在水手衫胸袋的底部。她感觉到：恐惧感自行减弱了。她去想象自己的牙刷架：长方形的塑料容器，就在她小床边的小金属架的抽屉里；现在，里面还有四颗药。

那天晚上，她仰面躺在床上。她的手心里有药，但还没有吃。她聆听夜里的动静，并且发现了一件事：自己的眼睛逐渐适应黑暗后，各种声音好像会变得更响。在走廊那头，拜恩先生开始和办公桌前的霍兰夫人闲聊。伴随着他们的谈话声，贝丝的身体越来越紧绷。她眨了眨眼，望向头顶黑黑的天花板，强迫自己去想象乃至看到绿白相间的棋盘。然后，她把棋子依次摆在原始位置上：车、马、象、后、王，前面是一排兵。然后，她把白方的王前兵移到第四排，再把黑方的王前兵推上去。她做得到！这很简单。继续，她就这样开始复盘她输掉的那盘棋。

她把夏贝尔先生的马推到第三排。在她的脑海里，它清晰无比地站在寝室天花板的绿白棋盘上。

各种噪音退淡了，融入谐调的白色背景中。贝丝满足地躺在床上，下起了国际象棋。

・・・

下一个周日，她用王翼马挡住了"儿童四步杀"。她已在脑海中把这盘棋过了上百遍，直到愤怒和耻辱感不再蒙蔽视野，每一个棋子和棋盘都在她深夜的幻视里变得无比清晰。等到周日来和夏贝尔先生下棋时，她已想好了对策，拿起马，如在梦中般地走了一步。她喜欢这个棋子的手感，把小小的马头拢在自己的掌心里。她把马落定在方格中，这时，勤杂工脸色阴沉地瞪着它看。他拿起自己的后，去将她的王。但贝丝有备而来，前一天晚上她躺在床上时已经预见到了这一着。

他用了十四步棋才困住她的后。失去了后，她还想继续对弈，无视这一致命的损失，但他出手阻止了她，不让她的手去碰她要走的兵。"你该认输了。"他说道，声音有点粗野。

"认输？"

"没错，孩子。你这样失去了后，就该认输了。"

她瞪着他，无法理解。他松开她的手，拿起她的黑王，侧倒在棋盘上。黑王来回滚动了一会儿，就一动不动了。

"不要。"她说。

"你要这么做。你已经输了这局。"

她想找点理由打击他。"你教我规则的时候没讲过这件事。"

"这不算规则。这是一种棋手的风范。"

现在，她明白他的意思了，但她不喜欢这样。"我想下完。"她说着，把国王扶起来，放回原处。

"不行。"

"你一定要下完。"她说。

他扬了扬眉毛，站起身来。她从没见过他站在地下室里的样子——只见过他在大厅里站着扫地，或是在教室里站着洗刷黑板。

他现在不得不弓起背，以免脑袋撞到低矮的天花板下的木椽。"不下了。"他说，"你输了。"

这不公平。她对棋手风范毫无兴趣。她想下棋，想赢。她想赢，在此之前，她从来没有这么强烈的想要什么的想法。她说了一句话，自从妈妈死后她就没说过的一句话："求你了。"

"对局结束。"他说。

她气愤地瞪着他。"你这个贪心的……"

他的胳膊直直地垂在两边，慢吞吞地说道："不下棋了。走吧。"

真希望她的个子再高大一点。可惜不是。她从棋盘边站起来，在勤杂工沉默的注视下走向楼梯。

. . .

周二，她拿着黑板擦走到门厅的地下室入口，却发现门是锁着的。她用屁股顶了两下，但门纹丝不动。她开始敲门，先是轻轻地敲，然后用力地大声敲，但门里悄无声息。太可怕了。她明明知道他在里面，坐在棋盘前，他只是因为上次的事生她的气，她却无计可施。她把黑板擦带回教室时，格雷厄姆小姐甚至没留意它们还是脏的，也没有注意到贝丝比平时回来得早。

周四，她料想情况还是周二那样，但并不是。门是开着的，她下楼时，夏贝尔先生表现得若无其事。棋子都摆好了。她赶忙清了清黑板擦，就到棋盘前坐好。她落座时，夏贝尔先生已经走了一步棋：王前兵前进两格。她让她的王前兵也挺进了两格。这一次，她不会犯任何错误。

看到她出着，他立刻回着，而她也立刻回了一着。他们没有言语，只是一步接一步地下棋。贝丝能感觉到气氛很紧张，那让她喜欢。

夏贝尔先生在第二十步时跳了马，他不该走那一步的，而贝丝刚好能将小兵挺进到第三排。他让马原路返回。这一步白白浪费了，看到他这样走的时候，她感到一阵兴奋。她用她的象换了他的马。之后，她在下一步棋中又让兵继续前进。再走一步，兵就能升变为后。

他坐在那儿瞪着棋盘，继而怒气冲冲地伸出手，推倒了他的王。他们都没有说话。这是她第一次赢棋。紧张感顿时消散，贝丝在内心深处品味到的美妙感受是此前从未有过的。

· · ·

她发现，如果她周日不去吃午餐也不会有人注意到。这就是说，在夏贝尔先生两点半离校回家前，她可以有整整三小时和他待在一起。他们都不说话，他不吭声，她也不吭声。他总是执白先走，她执黑。她想过对此发问，但还是决定不问。

有个周日，他勉强赢了一局之后，对她说道："你该学学西西里防御。"

"那是什么？"她没好气地问道。

她还在为输棋恼火。上周她赢了他两局呢。

"当白方将王前兵移到第四排，黑方该这样做。"他伸手，把白兵往上推进两格，他的第一步棋似乎总是这样走的。然后，他把黑方后翼象前兵拿起来，往棋盘中央推进两格。这是他第一次向她演示，摆出局面给她看。

"然后呢？"她问。

他拿起王翼马，把它放在e4兵的右下方的格子里。"马走到KB3。"

"KB3是什么？"

"K是王，B是象，王翼象所在线的第三排。我刚才放马的格子。"

"这些方块都有名字？"

他冷漠地点点头。她觉得，他连这么一点内幕都不舍得透露给她。"你下得好，格子才有名字。"

她倾身向前。"告诉我。"

他低头看着她。"不，现在不行。"

这句话激怒了她。有些人喜欢恪守自己的秘密，她非常明白。她自己就是这样的。明白归明白，她还是想越过棋盘，打他一巴掌，强迫他教她。她深深地吸口气。"这就是西西里防御吗？"

看她好像不再穷究方格的名字，他似乎松了口气。"还有呢。"他继续说下去，向她展示了基本着法和一些变例。但他没有用方格的专用名。他为她演示了列文费舍变例、纳道尔夫变例，再让她复习一遍。她照做了，一步都没走错。

可是，等他们开始新一局的对弈时，他以后前兵起步，她立刻看出来，他刚才教给她的那些东西在这个局面下毫无用处。她隔着棋盘瞪着他，很想捅他一刀，假如她现在有把刀的话。然后她回过神来凝视棋盘，把自己的后前兵推向前方，一心一意要打败他。

接着，他移动了后前兵旁边的兵，象前兵。他经常这样走。"这也算那个什么吗？跟西西里防御一样？"她问。

"开局。"他没有看她，依旧盯着棋盘。

"是吗？"

他耸耸肩。"后翼弃兵。"

她感觉好点了。她又从他那儿学到了一点新东西。她决定不吃那个明摆着可以被吃掉的兵，让紧张的对阵气氛停留在棋盘上。她喜欢这种感觉。她喜欢棋子的力量，沿着直线和斜线霸气铺张。棋至中局时，棋子分散四处，棋盘上纵横纠葛的力量让她激动不已。她让王翼马加入战局，感觉到它的威力扩散开去。

她在二十步之内吃掉了他的两个车，他认输了。

・・・

她在床上翻了个身，把枕头蒙在头上，挡住走廊门下漏进来的灯光，开始思考如何让象和车配合，让王进退两难。如果你动了象，王就会被打将，而象在下一步就能为所欲为——甚至可以吃掉对方的后。她那样子躺了好久，兴奋地琢磨着这种强大的进攻。然后，她掀掉枕头，翻过身来，仰视天花板，让天花板上的棋盘显形，逐一复盘她和夏贝尔先生下过的每一盘棋。她发现，有两次都能用上她刚刚想出来的车象战术。其中的一次，她本可以制造出强势的双重威胁；另一次，她可以偷偷地布局，让象和车神不知鬼不觉地联手。她在脑海中重下了这两盘棋，用上新战术，两次都赢了。她很满意地笑了，睡着了。

・・・

算术课老师让另一个学生负责清洁黑板擦，她说贝丝可以歇一会儿。这不公平,因为贝丝的算术成绩还是无人能及,但她无可奈何。每天,那个红头发的小男生拿着黑板擦走出教室时,她只能坐在教室里,用气得发抖的手做着毫无意义的加减法。每天,她想下棋的渴望都变得更加迫切。

周二和周三,她只吃一颗药,攒下另一颗。周四,她在脑子里下了一个多小时的棋就能入睡了,所以当天的两颗药都攒下来了。周五她也是这样做的。周六,她上午在食堂的厨房里干活,下午在图书馆看基督教电影,晚饭前参加"自我改进讲座",整整一天里,只要她想,随时都能感到一点喜悦,因为她的牙刷架里已经攒了六颗药片。

那天晚上熄灯后,她把六颗药片都吃了,一颗接一颗,然后开始等。等到那种美妙无比的感觉出现——肚腹舒坦,近似愉悦,身体紧绷的地方慢慢松弛下来。她尽量不让自己睡着,清醒地去享受体内的温暖,那种深邃的、由化学药品带来的幸福感。

周日,夏贝尔先生问起她去哪儿了,她很惊讶,原来他是在意的。"他们不让我离开教室。"她说。

他点了点头。棋盘已经摆好了,她又惊讶地发现白棋摆在她这边,牛奶箱也摆好了。"我先走吗?"她问道,简直不敢相信这是真的。

"是的,从现在开始,我们轮流执白。下棋就该这样。"

她坐下来,王前兵先行。夏贝尔先生一言不发,移出了他的后翼象前兵。她没有忘记这些着法。她从不会忘记棋谱。他用了列文费舍变例;她紧紧盯住他的象,留意它在长斜线上的掌控力,它将靠这条战线伺机突袭。行至第十七步,她找到了制衡它的方法。她用自己的坏象与之交换。然后借机运马，出车，十几步后，她就将杀了他。

这很简单——简单到只需睁大眼睛，去想象棋盘上的你来我往，预见多少种走势。

这次将杀把他吓了一跳；她一举擒获在底线的王，手臂伸长，越过整张棋盘，干净利落地把她的车放在将杀的位置。"将杀。"她不露声色地说道。

今天，夏贝尔先生似乎和以前不太一样。他没有像以往她赢他时那样怒视不语，而是倾身向前，说道："我来教你记棋谱。"

她抬头看着他。

"方格的名字。我现在就教你。"

她眨巴眨巴眼睛。"我现在下得够好了吗？"

他欲言又止，转而问道："孩子，你多大了？"

"八岁。"

"八岁，"他向前凑了凑——在他大肚腩的允许范围内，"跟你说句大实话，孩子，你简直能吓死人。"

她不明白他在说什么。

"对不起。"夏贝尔先生一伸手，从地上拿起一只一品脱的玻璃瓶，里面几乎空了。他仰头喝了一口。

"那是威士忌吗？"贝丝问道。

"是的，孩子。但你不要说出去。"

"我不说，"她说，"教我棋谱。"

他把酒瓶放回地上。贝丝的视线在酒瓶上停留了一会儿，很想知道威士忌是什么滋味的,喝下肚又会有什么感觉。然后,她把目光和注意力都转移到棋盘上,上面有三十二个棋子,每一个都各自散发出静默的威力。

・・・

半夜某时,她被叫醒了。有人坐在她的床沿上。她浑身上下都僵住了。

"别紧张,"乔兰妮悄悄地说道,"是我。"

贝丝什么也没说,只是躺着,等着。

"猜想你可能会喜欢,来试试好玩的事吧。"乔兰妮说着,把一只手伸到被子里,轻轻地搁在贝丝的肚子上。贝丝平躺着。那只手停留在那儿,贝丝的身体依然是紧绷的。

"别这么僵,"乔兰妮耳语道,"我不会伤到什么的。"她轻声笑了笑,"我只是一时性起。你知道性兴奋是什么感觉吗?"

贝丝不知道。

"放松就好。我就揉一揉。只要你放松,就会感觉很好。"

贝丝扭头看向走廊门。门是关着的。灯光从门缝下钻进来,一如往常。她能听到远处的说话声,远在走廊另一头的办公桌旁。

乔兰妮的手在往下移动。贝丝摇了摇头。"不要……"她轻声说道。

"现在别说话。"乔兰妮说。她的手又往下走了,一根手指开始上下揉动。不疼,但贝丝的内心有所抗拒。她感到自己在出汗。"唉,妈的。"乔兰妮说,"那肯定很爽。"她往里蹭,离贝丝更近一点,用另一只手抓住贝丝的手,拉向自己。"你也摸摸我。"她说。

贝丝任由她带动自己的手。乔兰妮引导着那只手伸进她的睡衣里，直到贝丝的手指掠过一个温暖而潮湿的地方。

"好，来吧，使点劲儿。"乔兰妮在低语。轻声细语中隐含的激切令人害怕。贝丝照做了，稍加用力地按压下去。

"来吧，宝贝。"乔兰妮在低语，"上上下下地。像这样。"她开始在贝丝身上用手指上上下下。好可怕。贝丝也在乔兰妮身上按揉了几下，很努力地集中精神，只想完成这个动作。她的脸汗湿了，另一只手紧紧抓住床单，用尽力气地攥在手里。

随后，乔兰妮把脸贴到她的脸颊边，胳膊环抱住贝丝的胸部。"再快点。"乔兰妮在低语，"再快点。"

"不要。"贝丝大声地喊出来，吓坏了。"不，我不要。"她抽回了自己的手。

"婊子养的。"乔兰妮也大喊一声。

走廊里传来脚步声，门被打开了。灯光铺洒进来。贝丝不认识那个值夜班的护理员。那位女士在门口站了很久。万籁俱寂。乔兰妮不见了。贝丝不敢动，所以看不到她是否溜回了自己的床。那位女士终于走了。贝丝扭头去看乔兰妮的床，看到了她身形的轮廓。贝丝的抽屉里有三颗药，她把三颗都吃了，然后仰面躺在床上，等着难受的滋味消退。

第二天，食堂里，一夜未眠的贝丝精疲力竭。

"你是有史以来最丑的白人女孩。"乔兰妮假装在说悄悄话，其实说得很大声。她在排队领小盒麦片的时候走到贝丝面前。"你的鼻子很丑，你的脸很丑，你的皮肤像砂纸一样。你个婊子养的白种人渣。"

乔兰妮说完就走，昂首挺胸地去领炒鸡蛋了。

贝丝什么也没说，她知道她说的都对。

· · ·

王，马，兵。棋盘上的紧张感简直能让棋盘扭曲变形。然后，啪！皇后驾到。伏在底线的两个车起初受制难行，但现在没有阻碍了，随时都能长驱直入，它们在酝酿，给对方施压，并且只需一步棋，它们就能释放攻击力。哈德利小姐在科学普及课上谈到了磁铁，提到了“磁力线”。贝丝无聊得都快睡着了，这时却突然清醒过来。磁力线：斜线上的白象黑象，直线上的白车黑车。

教室里的座位也可以视作方格。假设那个叫拉尔夫的红头发男孩是马，她就可以把他提起来往上挪，挪过两排座位再横向挪一个位子，把他放在丹妮丝旁边的空座位上。她决定，让坐在前排的伯特兰当王，这样就可以将军，他无路可逃了。想到这里，她笑了。乔兰妮已经一个多星期没和她讲过话了，贝丝不允许自己哭。她已经快九岁了，她不需要乔兰妮。她的感受并不重要。反正她不需要乔兰妮。

· · ·

“给。”夏贝尔先生说。他递给她一只装了什么东西的棕色纸袋。那是在周日中午。她把袋子打开。里面是一本厚厚的平装书——《现代国际象棋开局》。

她简直不敢相信这是真的，慢慢地一页一页翻看起来。书里尽是排成竖列、长长一条的棋谱。书里还有棋盘小图示和“后兵开局""印度防御体系"等章节标题。她抬起头来。

他愁眉不展地看着她。"这本书最适合你，"他说，"你想知道的，这书里都有。"

她什么也没说就坐到棋盘后属于她的牛奶箱上，紧紧攥着书，在膝头摊开，等着下棋。

· · ·

英语课最没劲了，埃斯佩罗先生讲起话来慢吞吞的，尽说些名为约翰·格林利夫·惠蒂埃、威廉·卡伦·布莱恩特的诗人。"在何处，在落下的露水中，/ 当天穹闪耀在白昼的最后一程⋯⋯"这太傻了。而且他把每个单词都念得很大声，很重视的样子。

埃斯佩罗先生念诗时，她把《现代国际象棋开局》放在桌子底下。她看完一个变例，就在脑海中演练一番。到了第三天，P-K4、N-KB3这些棋谱符号就能迅速化身为真实棋盘方格里的棋子，落实在她的想象中了。她不费什么功夫就能在脑子里看到它们；不需要摆出棋盘。她只需要坐在那里，《现代国际象棋开局》摊放在膝头，压在梅修茵孤儿院的蓝色哔叽百褶校服裙上，任由埃斯佩罗先生喋喋不休地讲述伟大的诗歌如何让我们的精神升华，或是大声朗读"对他这样热爱自然 / 与生动可见的自然形态保有心灵相通的人，大自然的言语千变万化"这类诗句，棋子就会径自在她半闭的眼睛前移动、落位。书的后半部分附有一些经典棋局的收尾部分，包括二十七步内认输、四十步内逼和的名局，她已经学会了在脑海里将整盘对局重现，有时，某种战术组合式进攻或弃子、某些子力具有的强大制衡力所展现的优雅格局会让她屏住呼吸。而且，她的注意力总在胜者的一方，或者说，总在有机会胜利的那一方。

"他较为欢快的时候，大自然的声音里也有喜悦/有笑容，有尽善尽美之辞……"埃斯佩罗先生念着诗，贝丝的神思却在敬畏中起舞，棋子的纵横交错繁复细腻有如洛可可风，那令她崇敬又憧憬，令她全神贯注，令她狂喜迷醉，它们在她的灵魂前展露了奇迹，她的灵魂也向它们尽情敞开，就这样，她全身心地沉浸到那宏大的排列组合中了。

· · ·

"穷酸的白妞儿！"走出历史课堂时，乔兰妮咬牙切齿地低声骂道。
"黑鬼。"贝丝骂了回去。
乔兰妮停下来，转身瞪着她。

· · ·

随后的那个周六，贝丝吃了六颗药，把自己尽情托付给它们制造的化学反应，一只手搭在肚子上，另一只手压着下体。她知道这个词。她妈妈在雪佛兰撞车之前没教给她多少东西，这个词算是其中之一。"自己擦干净，"妈妈会在浴室里说，"一定要把下体擦干净。"贝丝的手指上下移动，和乔兰妮做的一样。感觉不好。对她来说不好。她把手移开，回归到药片带来的心神安逸里去。大概她年纪还太小。乔兰妮比她大四岁，那儿已长出了毛发。上一次，贝丝摸到了。

· · ·

"早啊，穷酸的白妞儿。"乔兰妮轻声说道，一脸从容。

"乔兰妮。"贝丝说。乔兰妮走近了一点。周围没有别人，只有她俩。她们在更衣室里，刚上完体育课。

"你想干吗？"乔兰妮问。

"我想知道'吮公鸡'为什么是'狗杂种'的意思。"

乔兰妮盯着她看了一会儿，然后笑出了声。"见鬼了，"她说，"你知道鸡鸡是什么吗？"

"我认为我不知道。"

"男孩们都有的东西。在健康课本的最后面。像大拇指。"

贝丝点了点头。她知道那张插图。

"好吧，亲爱的，"乔兰妮严肃地说道，"有的女孩喜欢吸吮那根大拇指。"

贝丝想了想。"那不是他们撒尿的地方吗？"她说。

"我希望他们尿完了能擦干净。"乔兰妮说。

贝丝走开了，感觉很震惊。而且，她还是困惑不解。她听说过有人杀人，有人折磨别人；还住在家里的时候，她见过邻居家的男孩用一根很沉的木棍把他的狗打得毫无知觉；但她不能明白怎么会有人去做乔兰妮说的那种事。

· · ·

接下来那个周日，她一口气连赢五局。她已经和夏贝尔先生对弈三个月了，她知道，他再也赢不了她了。一次都不行。他会使的每一种佯攻、每一种威胁都在她的预料之中。他没办法用跳马来迷惑她，也不能把棋子留在危险的位置，也不能牢牢困住某个重要的棋子让她进退两难。她全都能预见并提前应对，让他无法施展障眼法，同时还能继续部署自己的进攻。

五局告终，他问道："你八岁？"

"到十一月就九岁了。"

他点点头。"下周日你会来？"

"会。"

"好。一定要来。"

到了周日，除了夏贝尔先生，地下室里还有一个人。他很瘦，穿条纹衬衫，打着领带。"这是国际象棋俱乐部的甘茨先生。"夏贝尔先生说。

"国际象棋俱乐部？"贝丝嘴上附和着，一边打量他。哪怕他笑眯眯的，看上去也有点像夏贝尔先生。

"我们在俱乐部下棋。"夏贝尔先生说。

"我还是高中象棋队的教练。邓肯高中。"甘茨先生说。她从没听说过这所学校。

"你愿意和我下一盘吗？"甘茨先生问道。

贝丝在牛奶箱上落座，以示回答。棋盘边上摆着一把折叠椅，敦实的夏贝尔先生挺舒服地坐了下来。甘茨先生坐矮凳。他飞快又紧张地探身向前，拿起两个兵：一白一黑。他双手合拢，把两个棋子拢在掌心里摇晃几下，然后向贝丝伸出双臂，手握成拳头。

"选一只手。"夏贝尔先生说。

"为什么？"

"选黑执黑，选白执白。"

"哦。"她伸出手，稍稍碰到甘茨先生的左手，"这个。"

他摊开拳头。他掌心的是黑色小兵。"对不起啦。"他说着，露出微笑。他的笑容让她很不自在。

摆在贝丝这边棋盘上的本来就是黑棋。甘茨先生将兵放回原始格，然后走兵到王前第四排，贝丝就放松了。她从书上学会了西西里防御的每一种变化。她把后翼象前兵推到第五排。他跳马出来时，她决定用纳道尔夫变例。

不过，甘茨先生可没那么好对付。他的技艺比夏贝尔先生高。但也不要紧，下了六七步，她就知道自己可以轻轻松松地赢他，便开始稳扎稳打，又镇定又无情，走到第二十三步，他就不得不认输了。

他把自己的王侧倒在棋盘上。"你显然很会下棋，小姐。你们这儿有棋队吗？"

她不解地看着他。

"别的女生。她们有国际象棋俱乐部吗？"

"没有。"

"那你在哪儿下棋？"

"就在这儿，地下室。"

"夏贝尔先生说你每周日都会下几盘棋。那你平日里呢？"

"没有。"

"那你怎么能保持棋技呢？"

她不想告诉他自己在脑子里下棋：上课时下，晚上躺在床上也下。为了扯开话题，她说道："你要不要再下一局？"

他笑了。"好啊。这次轮到你执白了。"

这一局，她赢得更加轻松，用的是列蒂开局。书上说这是一种"超现代"的走法；她喜欢这种运用王翼象开局的方式。二十步后，她为他叫停，指出她即将在三步内将杀他。他花了半分钟才看出端倪。他摇了摇头，难以置信，推倒了自己的王。

"你太让人震惊了，"他说，"我从没见过这种局面。"他站起身，走到炉子旁，贝丝这才注意到，那儿搁着一只小购物袋。"现在，我要走了。但我带了一份小礼物给你。"他把购物袋递给她。

她朝里面看了看，满心希望会看到另一本棋书。礼物用粉红色包装纸包起来了。

"拆开吧。"甘茨先生微笑着说。

她从袋子里拿出礼包，扯掉潦草的包装纸。里面是一只穿着蓝色印花连衣裙的粉色娃娃，金发碧眼，噘着嘴巴。她拿着它，看着它。

"怎么样？"甘茨先生说。

"你想再下一局吗？"贝丝问道，抓着娃娃的胳膊。

"我真的得走了。"甘茨先生说，"也许我下周可以再来。"

她点了点头。

走廊尽头有个用来装垃圾的大油桶。去看周日下午的电影时，她经过那只桶，把娃娃扔了进去。

· · ·

上健康课的时候，她找到了最后几页上的图片。一页上是个女人，对页上是个男人。都是线描画，没有阴影。两人都站着，手臂垂在体侧，摊开手掌。在女人平坦的下腹部的 V 字处只有一条简单的竖线。男人没有这条竖线，就算他有，你也看不出来。男人有什么呢，看起来像一只小钱包，前面挂着一个圆圆的小东西。乔兰妮说它像大拇指。那就是他的鸡鸡。

健康课的老师是休姆先生，他正在说：你每天至少要吃一次绿叶蔬菜。他开始在黑板上写各种蔬菜的名字。贝丝左边的大窗外，粉色的山茶花正在绽放。她细看了裸体男人的画像，徒劳地想要找出一些秘密。

· · ·

下一个周日，甘茨先生又来了。他带来了自己的棋盘。棋盘上有黑白两色的方格，棋子装在有红毡衬垫的木盒里。原木棋子都抛了光；贝丝看得到白色棋子的纹理。甘茨先生摆棋子时，她伸出手，拿起一匹马。它比她用过的棋子重一点，底部有一圈绿色的毛毡。她不曾有过想要拥有什么的念头，但现在她想要这副棋。

夏贝尔先生在平常摆棋盘的地方摆好了他的棋盘，又找来一只牛奶箱，给甘茨先生摆棋盘用。现在，两副棋盘并排摆放，相隔一英尺。那天阳光明媚，明亮的光线经过小楼边走道旁的矮树丛再照进窗内。棋子摆好了，没有人说话。甘茨先生从贝丝手中轻轻地接过那匹马，安置在它的原始位置上。"我们认为，你可以和我们两人对弈。"他说。

"同时下？"

他点了点头。

她的牛奶箱已经放在两副棋盘中间了。两盘棋，她都执白，而且，她在两盘棋的开局中都让兵走到王线第四排。

夏贝尔先生用西西里防御应战；甘茨先生的走法和她的一样。她甚至不需要停下来想一下，就想好了接下去该怎么走。她在两副棋盘上接连出着，然后望向窗外。

她毫不费力地赢了他们两人。甘茨先生摆好棋子，重新开始。这一次，她在两盘棋中都让兵挺进到后线第四排，之后，后翼象前兵移到第四排——后翼弃兵开局。她感到极度放松，如在梦中。她在那天午夜时吃了七颗镇定药，有些慵懒的感觉还残留着。

棋下到一半时，她正盯着窗外一丛盛放粉色小花的灌木，听到甘茨先生在说："贝丝，我把我的象移到象线第四排了。"她就梦呓般地答道："马走K-5。"那丛灌木在春日阳光下似乎发着光。

"象走到马线第五排。"甘茨先生说。

"后走到后线第四排。"贝丝回答，还是没看棋盘。

"马走到后翼象线第六排。"夏贝尔先生粗声粗气地说。

"象走到马线第五排。"贝丝说着，眼睛盯着粉红色的花朵。

"兵走到马线第六排。"甘茨先生的声音有一种奇怪的轻柔感。

"后走到车线第四排，将军。"贝丝说。

她听到甘茨先生急促地倒吸一口冷气。过了一秒钟，他说："王走到象线第八排。"

"那就可以三步杀王了。"贝丝没有转头看，继续说，"先走马将军。王有两个黑格可以走，接着象可以继续将。然后用马将杀。"

甘茨先生慢慢地呼出一口气。"天哪！"他说。

02

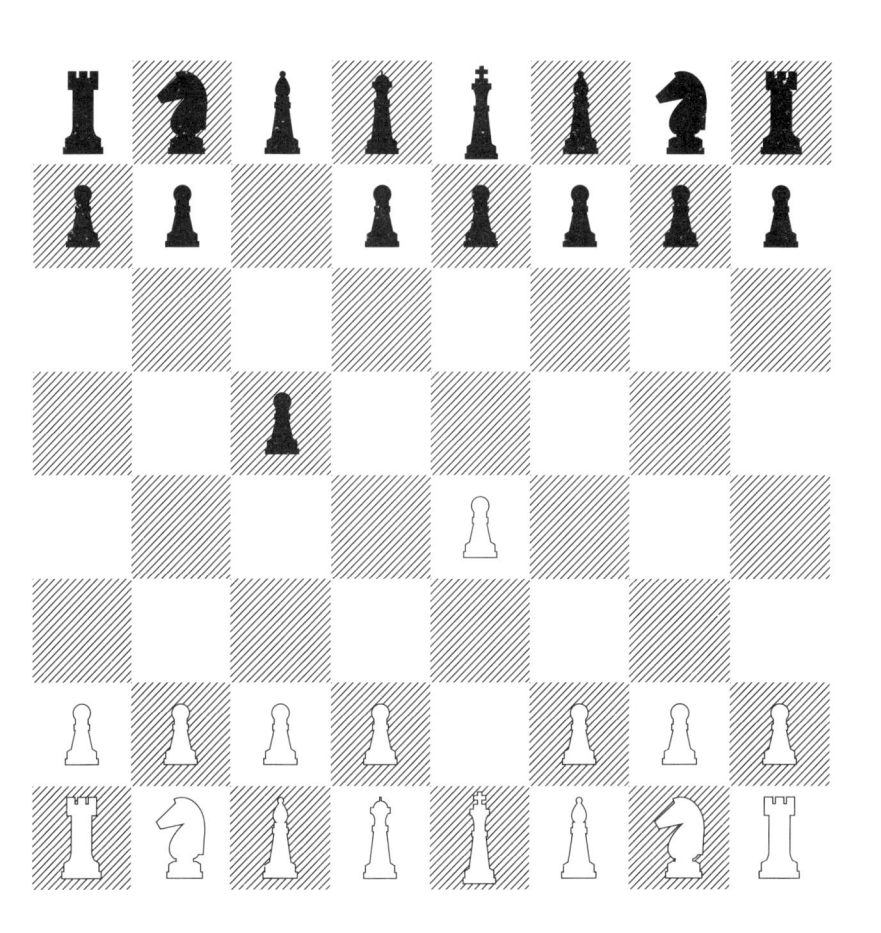

第二章

弗格森先生过来带她去迪尔多夫夫人的办公室时，他们正在看周六下午的电影。电影名为《晚餐席间的举止指南》，讲餐桌礼仪的，所以她毫不介意被带走。但她很害怕。他们是不是发现了她从没去过小礼拜堂？还是发现了她私藏药片？穿着白裤子、白T恤的弗格森先生带着她走过长长的走廊，走在有黑色裂缝的绿色油毡地毯上时，她的双腿忍不住颤抖，膝盖的感觉也很不正常。她的棕色厚底鞋踩在油毡上，发出吱吱呀呀的声响，她在明亮的日光灯下眯起眼睛。前一天是她的生日。谁也没有在意。弗格森先生像往常一样没什么话要说，只是脚步敏捷地走在她前面，径直走向大厅。他在镶有磨砂玻璃窗、印着"院长：海伦·迪尔多夫"标识的门前停下来。贝丝推开门，走了进去。

穿着白色宽松上衣的秘书叫她去里面的办公室。迪尔多夫夫人正在等她。她推开大木门，走了进去。坐在红色扶手椅上的是甘茨先生，他穿了一套棕色西装。迪尔多夫夫人坐在办公桌后面。越过玳瑁眼镜的镜片上缘，她朝贝丝看去。甘茨先生不太自然地笑了笑，在贝丝进来时稍稍欠身，半站半坐，然后又尴尬地坐了下去。

"伊丽莎白。"迪尔多夫夫人开口了。

她关上身后的房门,站在离门几英尺的地方。她盯着迪尔多夫夫人看。

"伊丽莎白,甘茨先生告诉我,你是一个——"她扶了扶架在鼻子上的眼镜,"一个有天赋的孩子。"迪尔多夫夫人端详了她片刻,好像在等她自己否认这种说法。贝丝什么也没说,她才继续往下说:"他向我们提出了一个不太寻常的要求。他希望带你去高级中学,就在……"她看了看甘茨先生。

"就在星期四。"甘茨先生答道。

"星期四。下午。他认定你是个天赋异禀的棋手。他想让你在国际象棋俱乐部里大显身手。"

贝丝一言不发。她还是很害怕。

甘茨先生清了清嗓子。"我们俱乐部有十二名成员,我想让你和他们下棋。"

"怎么样?"迪尔多夫夫人问道,"你愿意吗? 我们可以安排一下,把这件事当作社会实践。"她不失严厉地对甘茨先生笑了笑,"我们很愿意让我们的姑娘们有机会体验一下外面的世界。"这是贝丝第一次听说有这种事;她不知道有谁去过孤儿院外面的什么地方。

"好。"贝丝说,"我愿意去。"

"很好,"迪尔多夫夫人说,"那就这么定了。星期四吃过午饭后,甘茨先生会和那所高中的一个女孩来接你。"

甘茨先生起身告辞,贝丝想跟他一起出去,但迪尔多夫夫人把她叫了回来。

"伊丽莎白,"等办公室里只有她俩了,她才对她说道,"甘茨先生告诉我，你一直在和我们的勤杂工下国际象棋。"

贝丝不太确定自己该说什么。

"和夏贝尔先生。"

"是的，夫人。"

"这事很不合常规，伊丽莎白。你去地下室了吗？"

有那么一瞬间，她考虑要不要撒谎。但就算她说谎，也很容易被迪尔多夫夫人发现。所以，她又应了一声："是的，夫人。"

贝丝还以为她会发火呢，没想到迪尔多夫夫人的语调令人惊讶地轻柔下来。"我们不能接受这种事，伊丽莎白。虽然梅修茵孤儿院推崇英才教育，但我们不能让你在地下室下棋。"

贝丝紧张得胃都要痉挛了。

"我相信游戏柜里有几副国际象棋，"迪尔多夫夫人接着说道，"我会让弗格森去找一下。"

外面办公室的电话响起来，电话机上的小灯开始跳闪。"先这样吧，伊丽莎白。你在高级中学里要注意举止合乎礼仪，还要确保指甲是干净的。"

· · ·

在连环画《胡伯尔少校》里，胡伯尔少校是猫头鹰俱乐部的成员。在猫头鹰俱乐部里，男人们坐在大大的旧椅子里，喝着啤酒，一边谈论艾森豪威尔总统，还有他们的妻子花了多少钱买帽子。胡伯尔少校挺着大肚子，和夏贝尔先生一样。他在猫头鹰俱乐部里手握深色的啤酒瓶讲话时，言语会像小泡泡一样从他嘴里冒出来。他会说"哼哼"或"啊呦",这类词都在小泡泡最顶上的大气球里。那就是"俱乐部"。有点像梅修茵孤儿院里的阅览室。大概,她就要在那样的房间里和十二个人下棋吧。

她没有把这件事告诉任何人。甚至跟乔兰妮都没讲。熄灯后,她躺在床上,充满期待地想着这件事,肚子里好像有人在敲小鼓。她能下完那么多盘棋吗?她翻过身,仰面躺好,紧张地摸了摸睡衣口袋。里面有两颗药。离星期四还有六天。也许,甘茨先生的意思是她先和一个人下一盘,再和另一个人下一盘,大概只能这样下吧。

她在字典里查了一下"天赋异禀"。意思是:"异于常人的、奇特的、杰出的天赋或特长。"现在,她默默地在心里念叨这种解释。"异于常人的、奇特的、杰出的天赋或特长"。音调起伏,似乎在她的脑海中连成了曲调。

她试着同时去想象十二副棋盘,在天花板上排成一行。只有四五副棋盘会很清晰。她把黑棋据为己有,把白棋指派给"他们",然后让"他们"把兵移到王线第四排,她用西西里防御去回应。她发现自己可以同时记住五盘棋,每次集中精力下一盘,另外四盘棋会静候她去关注。

她听到走廊尽头的小桌旁有人问道:"现在几点了?"另一个人回答:"两点二十了。"妈妈以前说起过"凌晨时分"。现在就是凌晨时分。贝丝继续下棋,在想象中同时保持五盘棋。她已经忘记了口袋里的药。

第二天早上,弗格森先生像往常一样把小纸杯递给她,但她低头一看,杯子里只有两片橙色的维生素片,没有别的药了。她站在取药处的小窗口外面,抬头看了看他。

"好了,"他说,"下一个。"

她没有离开,尽管她身后的女孩正在推搡她。"绿色的药呢?"

"你不会再有绿色的药了。"弗格森先生说。

贝丝踮起脚尖,朝柜台那边看。就在那儿,在弗格森先生身后,摆着一只大玻璃罐,里面还有三成满的绿色药片。肯定有几百颗呢,像小软糖那样。"不就在那儿吗?"她说着,用手指了指。

"我们要停发那种药了,"他说,"新规定。不能再给孩子们服用镇定药了。"

"轮到我啦。"在她身后的格拉迪丝说道。

贝丝一动不动。她张嘴想说什么,但什么都没说出来。

"该轮到我吃维生素了。"格拉迪丝说得更大声了。

• • •

有好几个晚上,她下棋下得太投入,结果没吃药就睡着了。但这天晚上不行。她没法去想下棋的事。她的牙刷架里有三颗药,就只有三颗了。有好几次,她决定吃一颗,但到底还是决定不吃了。

• • •

"我听说你要去做展示,"乔兰妮说完咯咯直笑,与其说是对着贝丝说话,还不如说是在自言自语,"要在别人面前下国际象棋。"

"谁告诉你的?"贝丝问。她们刚打完排球,正在更衣室里。乔兰妮的双乳在她的运动衫下颤动,一年前,那地方还没有乳房呢。

"小屁孩，我就是能知道一些事，"乔兰妮说，"是不是像下跳棋那样，但棋子跳起来更疯狂？我叔叔休伯特会下国际象棋。"

"是迪尔多夫夫人告诉你的吗？"

"千万别靠近那位女士，"乔兰妮神秘兮兮地笑了笑，"是弗格森。他告诉我你要去市中心的高级中学。后天。"

贝丝难以置信地看着她。工作人员不会和在校孤儿交换机密信息的。"弗格森……？"

乔兰妮俯下身子，一本正经地说道："他时常和我友好相处。但我不希望你到处乱说，听见没？"

贝丝点了点头。

乔兰妮直起身，继续用更衣室里的白色毛巾擦头发。打完排球后，总可以悠哉悠哉地休息，冲澡，换衣服，再去自习室。

贝丝想到了什么。过了一会儿，她压低了声音说道："乔兰妮。"

"嗯哼。"

"弗格森有没有给你绿色的药片？多给你一些？"

乔兰妮狠狠地瞪了她一眼。接着，她的神情放松下来。"没有，宝贝儿。我也希望他能。但是他们对那种药定下规矩后，整个州都得照做。"

"可它们还在那儿呀。就在那个大罐子里。"

"真的吗？"乔兰妮说，"我没留意。"她一直看着贝丝。"我注意到你最近一直很焦虑。你是有戒断症状了吗？"

前一天晚上，贝丝吃掉了她私藏的最后一颗药。"我不知道。"她说。

"瞧瞧周围吧,"乔兰妮说,"接下来的几天里,这里会有好些神经紧张的孤儿。"她擦干了头发,伸了个懒腰。从她身后照过来的灯光勾勒出她的卷发和大眼睛,乔兰妮看起来很美。贝丝坐在她旁边的长椅上,觉得自己很丑。苍白,瘦小,丑陋。她很害怕今晚上床前吃不到药。前两天,她每晚只能睡两三个小时。她觉得眼睛很干涩,哪怕刚刚冲完澡,后脖颈也是汗津津的。她一直惦记着弗格森身后的那只大玻璃罐,绿色的药装了三成满,足以装满她的牙刷架一百次。

• • •

去高级中学那天是她来梅修茵后第一次坐车出去。已经十四个月了。差不多就十五个月了。妈妈死在了车里,和这辆黑色汽车很像的一辆小汽车里,眼睛里有一块尖锐的方向盘的碎片。那个拿着书写板的女人对她讲述这个事实时,贝丝一直盯着她脸颊上的一颗痣,什么也没说。也没什么感觉。那个女人说,你的母亲去世了。葬礼将在三天后举行。棺材会被封上。贝丝知道棺材是什么东西:吸血鬼德古拉就睡在棺材里。爸爸前一年就去世了,按照妈妈的说法,他是因为"无所忌惮的生活"而死的。

贝丝坐在后座,坐在她旁边的大女孩叫雪莉,挺羞怯的。雪莉是那个国际象棋俱乐部的成员。甘茨先生开车。贝丝觉得肚子里好像有个钢丝打成的死结。她把膝盖紧紧地靠在一起,笔直朝前看着甘茨先生裹在条纹衣领里的脖颈,还有在挡风玻璃外面、开在他们前头、不断地前后移动的小汽车和公共汽车。

雪莉想和她闲聊几句。"你会走王翼弃兵吗？"

贝丝点了点头，但不敢说话。她昨晚一宿没睡，之前的几晚也睡得极少。昨晚，她听到弗格森与接待处的女士谈笑风生；他的笑声底气十足，像是从走廊那头一路滚过，再从门缝里钻进了集体寝室，也就是她浑身僵硬似铁、平躺在小床上的地方。

不过，发生了一件事——意想不到的事。就在她准备跟着甘茨先生离开时，乔兰妮跑了过来，用她特有的狡黠眼神看了看甘茨先生，说："可不可以让我们说点事？"甘茨先生说可以，乔兰妮就急急忙忙地把贝丝拉到一边，塞给她三颗绿色药片。"给，宝贝儿，"她说，"我敢说，你很需要这些小玩意儿。"接着，乔兰妮谢过甘茨先生，偷偷溜回教室去了，瘦削的胳膊下面夹着地理课本。

但没有机会吃药。它们现在就在贝丝的口袋里，但她很害怕。口干舌燥。她知道自己可以把它们一把吞下去，应该不会有人注意到的。但她就是很害怕。他们很快就会到高级中学了。她觉得头很晕。

车在一个红绿灯前停下来。过了十字路口有一个挂着蓝色大招牌的加油站。贝丝清了清嗓子："我要去一下洗手间。"

"我们再有十分钟就到了。"甘茨先生说。

贝丝坚决地摇摇头。"我等不了了。"

甘茨先生耸了耸肩。变灯后，他开车穿过十字路口，进了加油站。贝丝走进标有"女士"的房间，把门锁上。这地方很脏，白瓷砖上污迹斑斑，水龙头下的台盆有缺口。她打开龙头，放了一会儿冷水，把药片放进嘴里。她用手接水，冲进嘴里。她立刻觉得好多了。

· · ·

那是一间大教室,尽头的墙上有三块黑板。正中间的黑板上用白色粉笔写着一行字:"欢迎贝丝·哈蒙!"全部都是大写字母,黑板上方的墙上挂着艾森豪威尔总统和尼克松副总统的彩色照片。大部分平常用的课桌都被搬出去了,沿着外面的走廊墙壁一字排开;剩下的课桌都被推到一起,挤在教室的那一头。教室正中央有三张折叠桌,摆成了 U 字形,每张桌上都有四副绿色和米色格子相间的纸质棋盘,搭配塑料材质的棋子。U 字形长桌里面摆好了金属座椅,都面对着黑棋,但面对白棋的这边没有椅子。

在加油站停车后,已经过去了二十分钟,她不再发抖了,但眼睛有刺痛感,关节也感到酸痛。她穿着海蓝色百褶校服裙和白色上衣,口袋上绣有红色的"梅修茵"字样。

他们进来时,教室里还没有人;甘茨先生从口袋里摸出钥匙,打开了门。一分钟后,铃声响起,走廊上传来脚步声和叫喊声,开始有学生们进来了。大多是男孩。大男孩,和成年男人一样高大;这儿是高中。他们都穿毛衣,双手慵懒地插在裤袋里。贝丝想了一会儿,不知道自己该坐在哪里。但如果她要同时和他们下棋就不能坐定;她必须从一副棋盘走到另一副棋盘,一步接一步地下棋。"嘿,艾伦。要小心哦!"有个男孩对另一个男孩喊道,伸出大拇指指了指贝丝。突如其来地,她意识到自己只是个微不足道的小人物——穿着沉闷的校服、留着棕发、貌不惊人、无父无母的小女孩。她的个头只有这些轻松、傲慢的男生一半高,他们的嗓门很大,毛衣也都很鲜艳。她有种无力感，觉得自己挺傻的。但她又看了看棋盘，棋子按部就班，看起来万分亲切，不快感顿时减轻了几分。她可能在这所公立高中里显得格格不入，但在这十二副棋盘中间并没有。

"请大家入座，保持安静。"甘茨先生说话时竟有一种令人惊讶的威严，"查尔斯·李维在第一台，因为他是我们这儿最厉害的棋手。其他人可以随意坐。对弈期间不允许交谈。"

突然间，每个人都安静下来，都将目光对准了贝丝。她与他们对视，眼睛一眨也不眨，她感到自己心中升起了一股黑夜般的敌意。

她转向甘茨先生，问道："我现在就开始吗？"

"从第一台开始。"

"然后再去第二台？"

"对。"他答道。她意识到他甚至还没有把她介绍给这间教室里的男生。她走到第一台前，就是查尔斯·李维坐在黑棋后面的那副棋盘。她伸出手，拿起王前兵，移到第四排。

令人讶异的是——他们的棋竟然下得那么糟！每个人都很糟。在她人生中最初的那些对局里，她就已经比他们懂得多了。他们任由落后兵散落四处，棋子分散，给了对方太多击双的机会。有几人试图展开简单粗暴的将杀攻击。她像赶苍蝇一样把那些威胁拂到一边。她轻快地从一副棋盘走向另一副棋盘，腹内感觉很平静，出手很稳。她只需瞥一眼就能看清每一副棋盘上的局面，明白自己该走哪一步。她的反应迅速、确凿又致命。查尔斯·李维应该是他们中的佼佼者，但她在十二步内就困住了他的棋子，让他无计可施；再用六步棋，她就用车马组合完成了底线将杀。

她的神思明晰，她的灵魂随着国际象棋的甜蜜移动向她歌唱。教室里弥漫着粉笔灰的味道，她在一排棋手面前走动时，鞋底发出吱吱呀呀的轻响。教室里非常安静；她感到自己的存在：就在房间的中心点，渺小，坚实，大权在握。窗外鸟鸣声声，但她没有听到。教室里，有些学生在盯着她看。男生们从走廊里拥进来，贴着后墙一字排开，旁观这个来自小镇边缘的孤儿院的邻家女孩下棋：她从一个对手面前走到下一个对手面前，展现出恺撒在战场上那般坚决的强势，俨如聚光灯下的"芭蕾女皇"安娜·巴甫洛娃。旁观的有十几个人。有些人傻笑着打哈欠，但其他人能够感受到这间教室里的杀气——那是这间疲惫的老教室在漫长的历史中从未体验过的某种东西。

从本质上说，她所做的只是微不足道的小事，非常非常小，但她非凡的头脑所拥有的能量却似乎在这个房间里火光四溅、噼啪作响，那些知道如何倾听的人就能感受到。她下的每一步棋也随之熠熠闪光。一个半小时后，她击败了所有人，没有犯一个错，也没有冗余的着法。

她停下来，环顾四周。被吃掉的棋子成群结队地挤在每副棋盘边。有几个学生盯着她看，但大多数人都避开了她的目光。有零星的掌声。她觉得脸红了；源自她骨子里的某种东西拼命地冲向棋盘，冲向棋盘上的死穴。现在那上面已经没剩下什么了。她又变回了小女孩，一个没有力量的女孩。

甘茨先生送给她一盒两磅重的惠特曼巧克力，再带她出去，回到车上。雪莉一声不吭地上了车，很小心地不要碰到后座上的贝丝。

他们默默地开回了梅修茵孤儿院。

五点钟的自习教室让人无法忍受。她试着在脑海里下棋,但这次感觉很弱,在高级中学度过那个下午之后,这样的下法前所未有地显得索然无味,没什么意思。她试着去看地理课本,因为第二天有测验,但那本大开本的书里几乎全是图片,而图片在她看来都没什么意思。乔兰妮不在教室里,她迫不及待地想见到她,想问问她还有没有药。她时不时地用掌心按压上衣的口袋,带着近乎迷信的希望,盼望还能摸到硬糖衣的小药片。但什么也没摸到。

贝丝走进餐厅拿起自己的托盘时,乔兰妮已经在吃晚饭了,她的那份是意大利面。贝丝没去领自己的那份,而是先走到乔兰妮的桌旁。乔兰妮身边还坐着一个黑人女孩。萨曼莎,新来的姑娘。乔兰妮正在和她交谈。

贝丝径直走到她俩面前,对乔兰妮说:"你还有吗?"

乔兰妮皱起眉头,摇了摇头。接着又说:"展示得如何呀?你干得漂亮吗?"

"还行,"贝丝说,"难道你连一颗都没了吗?"

"宝贝儿,"乔兰妮说着,移开了视线,"我不想听这事儿。"

・・・

星期六下午,图书馆里放映的电影是《圣袍》。维克多·迈彻演了一个角色,电影讲的是耶稣的圣袍,很有神性;孤儿院的所有职工都来了,专心致志地坐在特别加出来的最后一排椅子上,紧挨着微微摇晃的投影仪。头半个小时里,贝丝几乎一直闭着眼睛;眼睛又红又痛。星期四晚上她根本没睡，星期五晚上也只瞌睡了个把钟头。她的胃好像打了结，嗓子眼里有醋味。她瘫软地坐在折叠椅里，一只手塞进裙子口袋里，摸着早上藏进口袋的螺丝刀。吃过早餐后，她走进男生的木工教室，捡起了长椅上的一把螺丝刀。没有人看到她做这件事。现在她把它攥在手里，攥到手指都疼了，她深吸一口气，站起来，侧着身子向门口蹭去。坐在门口负责监督课堂的是弗格森先生。

"去洗手间。"贝丝轻声说道。

弗格森先生点了点头，视线不离在竞技场上赤膊上阵的维克多·迈彻。

她走在狭窄的走廊上，目标很明确，走过褪色的油毡地毯上的波浪形隆起，走过女生寝室区，一直走到摆有《基督教奋进》杂志和《读者文摘》精华摘要本的多功能厅，就在这个大房间尽头的墙上有一扇上了锁的小窗户，上面标着"取药处"。

多功能厅里有些小木凳；她搬起一只来。周围一个人也没有。她能听到图书馆放映的电影中角斗士们在大声喊叫，但没有别的声音了，除了她自己的脚步声，听起来非常响亮。

她把凳子摆在窗前，站上去。这样一来，她的脸就能正对顶上的锁扣和挂锁了。窗玻璃是磨砂的，里面有细铁丝网格，边框是木头的。木框被漆上了厚厚的白瓷釉。贝丝仔细看了看固定上了漆的锁扣的螺丝钉。螺丝槽里有油漆。她皱起眉头，心跳加速。

爸爸难得在家而且没有喝醉的时候，喜欢在家里捣鼓一些小活计。他们家的房子很老旧，在镇上比较穷的地段，木制框架上有很厚的油漆。五六岁的贝丝曾用爸爸的大螺丝刀,帮他把墙上的旧开关板和插座板拆下来。她干得很顺手,爸爸为此表扬了她。他说:"你学得真快,宝贝儿。"她从来没那么开心过。但如果螺丝槽里有油漆,他就会说:"让爸爸先帮你清除障碍。"他会做一些动作,让螺丝的顶端完全露出来,这样一来,她只需要把螺丝刀对准一字槽,转动几下就好了。可是,他到底做了什么才能让一字槽里的油漆消失?还有,该把螺丝刀往哪个方向转?她突然觉得毫无把握,太弱了,片刻间,那种感觉涌上心头,几乎让她喘不上气来。电影里传出的喊叫声已变成了一阵怒吼,音乐的音量随之发狂般地增大。她完全可以从木凳上下来,回到自己的座位上去。

但如果她就那样走了,现在的感觉就会持续下去。她将不得不整晚躺在床上,任由门缝下的灯光照在她的脸上,走廊上的声响钻进她的耳朵,难闻的味道黏在她的嘴里,她的身体不会松弛、舒坦。她握住螺丝刀柄,用它敲打两只大螺丝的顶端。螺丝纹丝未动。她咬紧牙关,专注地思考起来。然后她冷峻地点点头,重新拿起螺丝刀,用刀刃的一角把油漆慢慢地凿出来。这就是爸爸做的。她用双手压住螺丝刀,双脚牢牢地踩在凳子上,沿着一字槽推凿过去。有些油漆翘起来,脱落了,露出了螺丝本来的黄铜色。她让尖锐的刀角不停地往前推,更多的油漆碎屑掉下来。接着,一大块漆皮掉下来,完全露出了一字形的钉槽。

她用右手拿起螺丝刀,把刀头小心地插进槽里,然后用力拧——向左拧,按照爸爸教她的方法。现在,她全都想起来了。她很善于记忆。她用尽力气去拧。螺丝纹丝未动。她把螺丝刀从槽里拔出来，再用两只手握住手柄，把刀头再次插入一字槽。然后，她耸起双肩，狠命地去拧，拧到手都刺痛起来。接着，有什么东西突然轻轻地嘎吱一响，螺丝松动了。她继续旋拧，直到她能用指尖把螺丝取出来，再把它放进上衣口袋里。然后，她又去拧另一颗螺丝。她要对付的锁扣这头本该由四颗螺丝固定，每个边角都该有一颗，但实际上只装了两颗。最近这几天里，她注意到了这一点，同样，她也在每天领取维生素的时候看一眼那只大罐子，确保里面还有绿色的药。

她把另一颗螺丝也放进了口袋，锁扣的一端随之松脱，大挂锁还挂在上面，锁扣的另一端仍靠螺丝固定在窗框上。她没用多长时间就明白了：只需拆下锁扣的一端就可以了，用不着像她一开始设想的那样把两边都卸下来。

她拉开玻璃窗，身子往后倾斜，把窗子从身前摇转过去，再把头伸进窗内。电灯泡暗着，但她看得到那只大罐子的轮廓。她将双臂伸进窗内，踮起脚尖，尽可能地让自己往前探。这样一来，她的肚子就贴在窗台上了。她开始扭动身体，脚尖慢慢离开了凳子。窗台上有一处不太平整，有点尖锐，貌似会割伤她。但她假装没看到，继续扭动身体，有条不紊地、一寸一寸地往前蹭。她感觉到上衣被划破了，也听到了布料撕裂的声音。她没去理会；她的储物柜里还有一件上衣可以换。

现在，她的手碰到了冰凉、光滑的金属桌面。弗格森先生给他们发药时，就站在这张窄小的白桌边。她又往前蹭了蹭，将全身的重量压到双手上。桌上有些盒子。她把它们推到一边，为自己腾出一个地方。现在移动起来就更容易了。她的腰胯抵在窗台上,继续带动身体往前蹭,直到窗台刮擦到了大腿,她就能让自己滚落到桌上,并在最后一秒翻转身体,以免跌到地上。她进来了!她深吸了几口气,爬下桌子。光线足够了,足以让她看清一切。她径直走向小房间那头的墙壁,正对昏暗中依然可见的大药罐停下来。药罐有玻璃盖。她把盖子掀开,悄无声息地把它放到桌上。接着,她慢慢地将双手伸进罐里。指尖触到了几十颗、几百颗药片,摸上去滑溜溜的。她把双手往深处压下去,直到手腕都被药片埋没了。她深深地吸了口气,憋了很久。最后,她终于长叹一声,伸出右手,掌心里抓满了药片。她数都没数,就把它们塞进嘴里,一口吞下,全部咽下去。

随后,她抓了三把药塞进裙子的口袋。窗右侧的墙上有自动纸杯机。她踮起脚尖,抬高手臂就能够到它。她拿了四只纸杯。这个数字是她在前一晚就定好的。她把摞在一起的纸杯拿到放药罐的桌上,一只一只整齐地摆好,再一杯一杯地装满药。然后她往后退了一步,看了看药罐。药量几乎下降到了原来的一半。这个问题似乎无法解决。她只能静观其变,看看随后会出现什么情况。

她走到弗格森先生分发药片时用的工作门前,暂时没有带上纸杯。她可以从里面把门锁打开,从门口出去,跑两趟,把药运到她床边的金属架。她有一只舒洁牌纸巾盒,纸巾差不多用完了,她可以把药全倒进去。她会在药片上面铺几张纸巾,再把纸巾盒搁在床头的搪瓷铁柜的底层,放在她的干净内衣和袜子下面。

没想到,门打不开。这扇门被锁得严严实实的。她检查了门把手和门闩，用双手来回摸索。这时候，她只觉得嗓子眼后面有种滞重感，手臂也像是死人的，完全麻木了。她发现门打不开时就有的怀疑已被证实：不管是出门还是进门，你必须有钥匙才能开这扇门。可是，她没法带着装满镇定药的四只纸杯从小窗户爬回去啊。

她开始抓狂了。他们会发现她不在电影放映室里。弗格森会来找她。投影仪会坏掉，他们会让弗格森监管所有学生转场到多功能厅，而她就在这里。但在内心的更深处，她觉得自己被困住了，那种心跳骤停般的难受感就和当时被陌生人带出自己家，再带到这个机构，被迫和二十个陌生人睡在一间整夜都能听到噪音的大寝室里的感觉一个样儿；就其糟心的程度而言，和自家的吵架声——爸爸妈妈在家时会在灯火通明的厨房里大吵大闹——没有不同。贝丝曾在餐厅的一张折叠小床上睡过觉。那时，她也觉得被困住了，胳膊也都麻了。把餐厅和厨房隔开的门下方的缝隙很大，争执的喊叫和光线一样都从门下漫射进来。

她抓着门把手，一动不动地站了很久，保持浅浅的呼吸。过了一会儿，她的心脏好像才重新恢复正常跳动，双臂和双手才重新有了感觉。无论如何，她总还可以爬窗出去。她有满满一口袋的药。她可以把纸杯搁在窗下的白桌上，等她重新站到窗外的凳子上，就能把手伸进窗内，一只一只地取出杯子。她可以想象这一切步骤，就像在头脑中一步步下棋。

她把纸杯挪到了桌上。她感觉到，心头泛起一种无边无际的沉静，就像那天在高中教室里明白他们都赢不了自己时的那种镇定。放下第四只纸杯时，她转回身看了看那只玻璃罐。弗格森肯定会知道药被偷了。那是无法遮掩的事实。她爸爸以前说过,"一不做,二不休,要干就干到底。"

她把药罐搬到桌上,把纸杯里的药全部倒回罐里,后退一步审视一番。人站在外面,可以轻而易举地俯身把罐子抬出去。而且,她知道可以把罐子藏在哪儿——女生寝室里有个看门人用的壁橱,现在废弃不用了,刚好可以把它藏在壁橱搁板上。那个搁板上有一只从来没人用的旧镀锌桶;这只药罐刚好可以藏进桶里。壁橱里还有一把短梯,她可以安全地爬上爬下,因为女生寝室的门可以从里面锁上。而且,就算他们要搜寻消失的药罐,甚至就算他们找到了,也无法因此追踪到她。她可以每次只吃几颗药,绝对不告诉任何人——甚至不告诉乔兰妮。

几分钟前吞下的药起效了,药劲渐入她的神志。所有紧张情绪一扫而空。她目标明确、心意坚定地爬上了弗格森先生的小白桌,把头探出窗外,环顾依然空无一人的多功能厅。药罐离她的左膝只有几英寸。她缩起身子钻过窗口,踩到凳子上。高高地站稳后,她感觉很平静、很有力量、完全可以掌控自己的人生。

她像在做梦,俯下身去,双手抓住药罐的边缘。一阵美妙的放松感已传遍她的周身。她任由自己绵软下来,凝视绿色药海的深处。图书馆里传来电影中宏伟的配乐。她的脚趾还踩在凳子上,弓着腰,身子绵软地靠在窗台上;她没再感觉到窗台上尖锐的刺凸。她就像个软绵绵的布娃娃。她的眼睛失焦时,绿色模糊成了一片明亮的发光物。

"伊丽莎白!"这个声音像是从她脑子里传出来的。"伊丽莎白！"她眨了眨眼。那是一个女人的声音，很刺耳，像是妈妈在喊她。她没有朝四周看。搭在罐边的五指已经抓不紧了。她捏紧手指，抬起罐子。她觉得自己是在用慢动作移动，就像电影中的慢镜头：牛仔竞技场上，有人从马背上摔下来，你看到他轻飘飘地落到地上，好像一点都不疼。她双手抬起罐子，转身，玻璃罐的底部撞在窗台上，发出一记沉闷的嗡响，她的手腕一弯，罐子从她手中滑下去，在她脚下的凳子边摔碎了。玻璃碎片，连同数百颗绿色药片，瀑布般地落到油毡地毯上。碎玻璃像水钻一样晶莹反光，在地上不停地闪动，绿色药片像明亮的瀑布冲向四处，也冲向了迪尔多夫夫人。迪尔多夫夫人站在离她几英尺远的地方，一遍又一遍地喊着："伊丽莎白！"似乎过了很久很久，药的瀑布才停止涌动。

迪尔多夫夫人身后，是穿着白裤子和T恤的弗格森先生。他旁边站着谢尔先生，别的学生都在他们身后，挤挤挨挨地想看清楚发生了什么事，有些孩子还因为刚刚看完电影、走进亮处而使劲地眨巴眼睛。多功能厅里的每个人都在盯着她看——小凳子犹如微型舞台，她高高地站在上面，双手分开一英尺，好像还提着玻璃罐子。

弗格森和她一起坐上棕色的员工用车，再把她抬进医院里一个灯光刺目的小房间，他们让她吞下一根灰色的橡皮细管。那倒挺容易的。怎样都不要紧。她依然能看到药罐里堆得高高的绿色药片。有些奇怪的事在她体内发生了，但也不要紧。她睡着了，有人在她的手臂上打了一针皮下注射针剂时，她才醒了一下。她不知道自己在那里待了多久，但她没有在医院过夜。当天晚上，弗格森就开车送她回孤儿院了。回程时，她坐在前排副驾座，清醒，但没有忧虑。

医院在大学校园里，弗格森就是这所大学的毕业生；开车经过心理学系教学楼时，他用手指了指，说道："那就是我上学的地方。"

她只是点了点头。她去想象弗格森当学生时的样子：做是非题考卷，想离开教室时先举手。她以前从没喜欢过他，仅仅把他当作一个"别人"。

"天哪，孩子，"他说，"我还以为迪尔多夫会气炸呢。"

她朝车窗外看，看树一棵棵地飞到后面去。

"你吃了多少？二十颗？"

"我没数。"

他笑了。"好好享受吧，"他说，"突然戒断明天就要开始喽。"

. . .

回到梅修茵，她直接上床，沉沉地睡足十二个小时。早上吃完早餐后，弗格森又像往常那样显得疏远，他让她去迪尔多夫夫人的办公室。她不害怕，这有点出乎意料。药效已尽，但她有了充足的休眠，因而感觉平静。穿衣服时，她还发现了一件意料之外的事。在哔叽裙的口袋深处 —— 在她被当场抓住、送去医院、脱掉衣服、再穿上衣服的整个过程之后 —— 竟然还留有二十三颗镇定药片。她不得不把牙刷从牙刷架里拿出来，把它们全部倒进去。

迪尔多夫夫人让她等了将近一个小时。贝丝毫不在意。她读了《国家地理》杂志上一篇文章，讲的是一个住在悬崖山洞里的印第安人部落。黑头发、牙齿不好的棕色人种。图片里到处都是孩子，常常依偎在老人身边。这太奇怪了；比她年长的人几乎从来不会多碰她，除了惩罚之外。她不让自己去想迪尔多夫夫人的磨刀皮带。就算迪尔多夫夫人要用它，她也承受得起。无论如何，她有一种感觉：被抓了现行的那件事大大超出了寻常的惩罚范围。再往深处说，她意识到了孤儿院可以说是那件事的共谋犯：他们给她、给所有学生吃药，好让孩子们别那么不安定，因而更容易调教。

· · ·

迪尔多夫夫人没有请她坐下。谢尔先生坐在迪尔多夫夫人的蓝色印花布面小沙发上，朗斯代尔小姐坐在红色扶手椅上。朗斯代尔小姐负责礼拜堂的工作。贝丝还没在周日溜去下棋前听过朗斯代尔小姐在礼拜堂的讲道。大都是关于基督教会如何造福信徒、伤风败俗的舞蹈是多么恶劣，还有一些朗斯代尔小姐没明讲的坏事。

"这一小时里，我们一直在讨论你的事，伊丽莎白。"迪尔多夫夫人说道。她定格在贝丝身上的视线冷冰冰的，感觉很危险。

贝丝看着她，什么也没说。她感觉到有些事情即将发生，就像棋局将发生改观。下国际象棋时，你不会让对方知道你下一步会怎么走。

"你所做的事让我们所有人倍感震惊。从没有过……"有那么一瞬间，迪尔多夫夫人下颚两侧的肌肉像钢索一样硬挺出来，"……在梅修茵孤儿院的历史上，从没有过如此恶劣、令人发指的事。决不能再有这种事。"

谢尔先生开口了。"我们非常失望……"

"不吃那种药我就睡不着。"贝丝说道。

愕然的沉默。没人预料到她会开口。然后,迪尔多夫夫人说道:"那你就更不应该吃那些药了。"但她的声音听起来有点怪,好像她被吓到了。

"你们本来就不应该把那些药给我们吃。"贝丝说。

"我不要听一个孩子跟我顶嘴,"迪尔多夫夫人说完,站起身来,在桌后俯下身子,倾向贝丝,"要是你再这样跟我说话,你会后悔的。"

呼吸被卡在喉咙里,贝丝不敢出气。迪尔多夫夫人的身体看起来异常庞大。贝丝往后退缩,好像碰到了什么很烫很烫的东西。

迪尔多夫夫人坐了下来,扶了扶她的眼镜。"你暂时不可以去图书馆和操场。你也不可以参加星期六的观影活动,晚上八点要准时上床睡觉。你听明白了吗?"

贝丝点了点头。

"回答我。"

"听明白了。"

"你要提前三十分钟到礼拜堂,还要负责摆好座椅。只要你在礼拜天有任何疏忽,朗斯代尔小姐都要奉命向我报告。如果有人看到你在礼拜堂或任何一间教室里对其他孩子说悄悄话,都会立刻被扣十分。"迪尔多夫夫人停顿了一下,"你明白扣十分意味着什么吗,伊丽莎白?"

贝丝点了点头。

"回答我。"

"明白。"

"伊丽莎白，朗斯代尔小姐跟我说了，你经常长时间缺席礼拜堂的活动。这种情况必须终止。每个周日，你都要在礼拜堂待满九十分钟。听完每周日的礼拜堂讲道，你要写一份听讲小结，并且在每周一早上交到我的办公桌上。"迪尔多夫夫人向后靠在木制的办公椅上，双手交叠放在膝头，"还有，伊丽莎白……"

贝丝小心地看着她，"是的，夫人。"

迪尔多夫夫人冷酷地微笑起来，"不许再下棋了。"

· · ·

第二天早上，贝丝吃完早餐后去排队领取维生素。她看到玻璃窗上的锁扣已经换新了，现在，挂锁两边的八个孔里都安上了螺丝钉。

她走到窗前时，弗格森看着她，咧嘴笑了。"你想自己进来拿吗？"他说。

她摇摇头，伸出手，等着领药。他把药片递给她，说："放松点，哈蒙。"他的声音挺让人愉悦的；她以前从没在领维生素时听他这样说过话。

· · ·

朗斯代尔小姐不算太坏。院长让贝丝在九点半向她报到，她好像对此有点为难，她紧张地演示了一遍，教她如何展开折叠椅，如何摆放座位，索性帮她摆好了前两排的椅子。贝丝完全可以轻松应对这件事，但听朗斯代尔小姐谈论不信神的共产主义及其如何在美国扩散却是相当难熬的。贝丝很困，还来不及吃完早餐。但她必须注意听讲，这样才能写出小结报告。她听着朗斯代尔小姐用她所能及的严肃口吻重申我们必须万分小心，因为"共产主义会传染你"。贝丝不太清楚共产主义到底是什么。在别的国家，有些人很信这种主义。

要是迪尔多夫夫人没有通知夏贝尔先生，他就会一直等她。她想去地下室下棋，试用王翼弃兵的开局和他对弈。也许，甘茨先生会带着象棋俱乐部的某位成员回来，让她和他再来一局。她只让自己稍稍遐想了一会儿，心里就似乎满登登的了。她想走。她感到双眼生疼。

她眨了眨眼睛，摇了摇头，继续听朗斯代尔小姐讲道，她现在正在谈论苏联，说那里是一个可怕的地方。

・・・

"你真该看看你自己，"乔兰妮说，"站在那只凳子上。你就在上面飘来晃去，迪尔多夫冲你大喊大叫。"

"好像挺好玩的。"

"妈的，我就知道。我打赌那感觉很好。"乔兰妮又凑近了一点，"你到底吃了多少镇定药？"

"三十颗。"

乔兰妮瞪着她，说道："妈——的！"

・・・

没有药很难入睡，但也不是不可能。贝丝把仅存的那些药留下来，以免有急需，她还下定决心：如果每天晚上都不得不有几小时睡不着，她就要充分利用这段时间，自学西西里防御。《现代国际象棋开局》中有整整五十七页都在讲西西里防御，光是把兵移到后翼象线第四排之后就有一百七十种变化可以走。她要在夜里把它们全部背下来，在脑海里全部走一遍。等她把西西里防御记熟、熟悉所有走法后，就能继续自学乌菲姆采夫防御、尼姆佐维奇防御和西班牙开局。《现代国际象棋开局》是一本很厚的书，很有嚼头，会让她安度长夜的。

有一天，她从地理课教室走出来时，在长长的走廊尽头看到了夏贝尔先生。他拖着一只带脚轮的金属水桶，正在拖地板。要去课间休息的同学们都往另一个方向走，朝向通往庭院的边门。她朝他走去，停在湿漉漉的地板前。她站了大约一分钟，他才抬头看她。

"我很难过，"她说，"他们不让我再下棋了。"

他皱着眉头，点点头，但没说什么。

"我正在受罚。我……"她看着他的脸。他的脸上没有任何表情。"真希望还能和你下棋。"

他看了她一会儿，好像有话说，后来却把目光转向了地板，微微躬下肥胖的身体，继续拖地。贝丝突然觉得嘴里有酸味。她转回身，沿着走廊往外走。

· · ·

乔兰妮说，圣诞节前后总会有人被领养。院方禁止贝丝下棋后的那年，就有两个孩子在十二月初被领走了。贝丝心想，那两人都很漂亮。"两个都是白人。"乔兰妮是这样大声评论的。

那两张床位空了一阵子。后来有天早上,弗格森在早餐前来到女生寝室。他的腰带上挂了一大串沉重的钥匙,有些女孩看到他这样就咯咯傻笑起来。他走到贝丝面前,她正在穿袜子。那时已临近她的十岁生日。她穿好第二只袜子,抬头看他。

他皱着眉头。"哈蒙,我们为你找了个新地方。跟我来。"

她跟着他穿过寝室,一直走到另一面墙。那儿有张空床,就在窗户下面。那张床比其他床要大一点,周围也更宽敞。

"你可以把你的东西放在床头柜里。"弗格森说。他盯着她看了足有一分钟,"这儿更舒服一点。"

她站在那儿,惊呆了。那是集体寝室里最好的床位。弗格森正在书写板上做记录。她伸出手,指尖刚刚能触碰到他的前臂,就在他的腕表上方,有黑色汗毛的地方。她说:"谢谢你。"

03

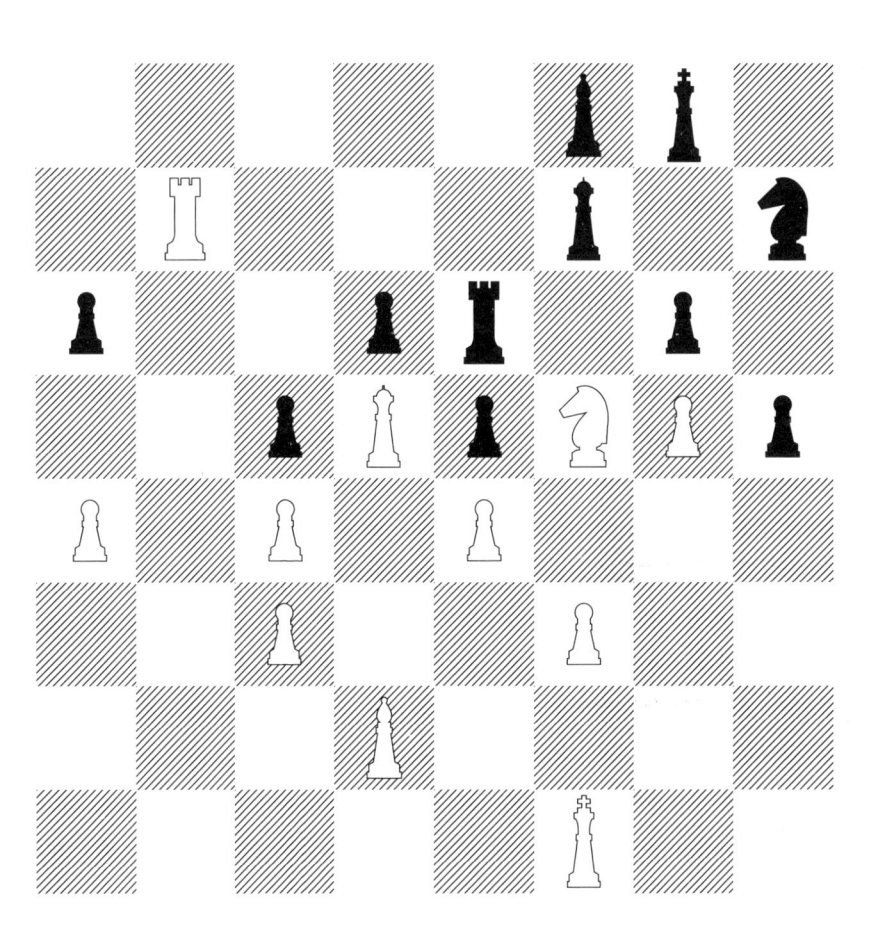

第三章

"伊丽莎白,我知道你再过两个月就满十三岁了。"迪尔多夫夫人说道。

"是的,夫人。"贝丝坐在迪尔多夫夫人办公桌前的直背椅上。刚才,弗格森把她从自习室带出来了。时间是上午十一点。她已有三年多没来过这间办公室了。

沙发上的女士突然有点勉强地用欢快的口吻说起话来:"十二岁真是个美妙的年龄!"

这位女士穿着一件丝裙子,外面罩着蓝色的羊毛开衫。要是没有那些胭脂和口红、说话时也不用那么紧张地牵动嘴角,她还挺漂亮的。坐在她旁边的男人穿着灰色花呢斜纹西装,带马甲的三件套。

"伊丽莎白在校的各科成绩都很优秀,"迪尔多夫夫人继续说,"尤其是阅读课和算术课的成绩都是名列前茅的。"

"那太好了!"那位女士说道,"要说做算术,我可总是犯糊涂。"她朝贝丝露出灿烂的笑容。"我是惠特利夫人。"她又用悄悄话的语气加了一句。

那位先生清了清嗓子,没说什么。他看起来心不在焉,好像想去别的地方。

听到这位女士的话,贝丝点点头,但想不出回应什么。他们为什么把她带到这里来?

迪尔多夫夫人又谈了谈贝丝的学业,穿蓝色开衫的女士全神贯注地听她说。绿色药片和下象棋的事,迪尔多夫夫人只字未提;她的语气略显平淡,虽然对贝丝不乏赞许,却似乎并非肺腑之言。她说完后,办公室里有片刻尴尬的沉默。之后,那位先生又清了清嗓子,不安地调整一下坐姿,他看贝丝的样子好像是从她头顶看过去的。"他们叫你伊丽莎白吗?"他的声音听起来好像喉咙里有只气泡,"还是叫你贝蒂?"

她看着他。"贝丝,"她说,"大家都叫我贝丝。"

接下去的几周里,她完全忘了在迪尔多夫夫人办公室的这次会面,整天忙于作业和课外阅读。她找到了一套写给女孩看的书,一有机会就读——自习室里读,晚上在床上读,星期天下午也读。那套书写的是一个混乱的大家庭里的长女的冒险故事。六个月前,梅修茵孤儿院在休息室里装了一台电视机,每天晚上都播放一小时。但相比于《我爱露西》和《荒野大镖客》这些电视里的节目,贝丝还是更喜欢艾伦·福布斯的冒险故事。她会独自一人在女生寝室里,坐在床上看书,一直看到熄灯。没有人打扰她。

九月中旬的一天晚上,她正在独自看书,弗格森进来问道:"你难道不该收拾行李吗?"

她合上书,拇指还当作书签夹在书里。"为什么?"

"他们没告诉你吗?"

"告诉我什么?"

"你已经被领养了。早餐后他们就会来接你。"

她只是坐在床边，瞪着弗格森的白色宽松 T 恤。

・・・

"乔兰妮，"她说，"我找不到我的书了。"

"什么书？"乔兰妮困得要死。马上就要熄灯了。

"《现代国际象棋开局》，红色封面的。我把它放在我的床头柜里的。"

乔兰妮摇摇头，"我怎么会知道这种屁事。"

贝丝有好几个星期没看这本书了，但她记得很清楚，自己把它放在了第二个抽屉的最下面。她的床边放着褐色的尼龙手提箱，里面装好了她的三条裙子和四套内衣，她的牙刷、梳子、一块戴尔香皂、两只发卡和几块纯棉手帕。现在，床头柜里空空如也。她已经去图书馆找过了，但没找到这本书。没别的地方可找了。整整三年了，除了在自己的头脑里，她没有下过一盘真正的棋，但《现代国际象棋开局》仍是她所拥有的、唯一在意的东西。

她斜斜地瞥一眼乔安妮。"你没看过那本书，对吗？"

一时间，乔兰妮看起来很生气。"你给我小心点，说谁呢？"她说，"那种书对我根本没用处。"接着，她放低了声音，"我听说你要走了。"

"是的。"

乔兰妮笑起来。"怎么了？难不成还不想走吗？"

"我不知道。"

乔兰妮溜到被单下,再把被单拉起来,盖住她的肩膀。"你只要说'是,先生','是,夫人',日子就会很好过。告诉他们,你很感激他们能给你那样一个笃信基督的家园,他们说不定会在你的房间里安一台电视机呢。"

乔兰妮这样说话,感觉有点怪。

"乔兰妮,"贝丝说道,"我很抱歉。"

"有什么好抱歉的?"

"我很抱歉没人领养你。"

乔兰妮轻蔑地哼了一声。"得了吧,"她说,"我在这儿舒服得很。"她翻了个身,不再对着贝丝,蜷缩在床的另一边。贝丝刚想伸手去揽她,但就在这时,弗思小姐走到门口,说道:"熄灯了,姑娘们!"贝丝只能回到自己的床上——最后一次睡在那张床上。

第二天,迪尔多夫夫人和他们一起走到停车场,惠特利先生坐上驾驶座,惠特利夫人和贝丝坐到后排的时候,迪尔多夫夫人一直站在车边。她还说:"伊丽莎白,做个乖女儿。"

贝丝点了点头,就在那时,她看到有个人站在迪尔多夫夫人身后的办公楼门廊上。那是夏贝尔先生。他的双手抄在工装服的口袋里,看着这辆车。她想下车,想走到他面前去,但迪尔多夫夫人挡在车门口,所以她只能往后靠在座位里。惠特利夫人说了些什么,惠特利先生发动了汽车。

他们把车开出去时,贝丝在座位上转过身,隔着后窗向他挥手,但他没做什么反应。她说不准他到底有没有看到她。

· · ·

"但愿你能看到他们的表情。"惠特利夫人说道。她还是穿着那件蓝色的羊毛开衫,但这次里面是一件褪色的灰色连衣裙,尼龙袜垂卷到了脚踝。"他们看过了我所有的壁橱,甚至还检查了冰箱。我立刻就能看出来,我囤的食材让他们叹为观止。再吃点金枪鱼炖菜吧。我特别喜欢看小孩子吃东西。"

贝丝又往自己的盘子里添了一点菜。问题是这菜太咸了,但她什么都没说。这是她在惠特利家的第一餐。惠特利先生已经走了,他要去丹佛出差几星期。有一张他的照片立在餐室的立式钢琴上,钢琴紧挨着悬挂了厚重窗帘的窗户。哪怕没有人看,客厅里的电视也照样开着,低沉的男声正在介绍阿纳辛止痛药。

惠特利先生默默地开车把她们送到列克星敦后,立即上了楼。几分钟后,他就提着一只手提箱下楼,心不在焉地亲了亲惠特利夫人的脸颊,朝贝丝点点头示意道别,就出门去了。

"他们想知道我们家的一切。奥尔斯顿一个月赚多少钱?为什么我们没有自己的孩子?他们甚至还问我……"惠特利夫人压低身子,凑在派莱克斯耐热盘上,像是在舞台上假装说悄悄话,"问我有没有接受过精神病治疗?"说完,她才向后仰,呼出一口气。"你能想象吗?你能想象吗?"

"不,夫人。"贝丝答道,填补了突然出现的沉默。她又吃了一口金枪鱼,紧接着喝了一口水。

"他们检查得真够彻底的。"惠特利夫人说,"不过,你应该明白的,我认为他们必须这样做。"她压根儿没碰过自己餐盘里的食物。

她们回到家后的两小时里,惠特利夫人就没消停过,不管她本来坐在哪把椅子上,都会时不时跳起来,去检查烤箱,或是调整墙上的一幅罗莎·博纳尔的画,或是清空她的烟灰缸。她几乎一刻不停地唠叨,贝丝只是偶尔说一句"是的,夫人"或"不,夫人"。惠特利夫人还没带贝丝去看过她的房间;那天早上十点半她把褐色尼龙手提箱放在前门边,紧挨着杂志都快满出来了的杂志架,但手提箱现在仍在原地。

"上帝知道,"惠特利夫人正在说,"上帝知道他们必须慎重选择该把责任交托在谁手里。你不能让寡廉鲜耻的无赖为一个正在成长的孩子负责。"

贝丝小心翼翼地放下叉子。"请问,我可以去下洗手间吗?"

"哦!当然可以。"她用叉子指了指客厅。惠特利夫人在午餐时间里一直拿着叉子,哪怕她什么都没吃。"沙发左边的那扇白门。"

贝丝站起身,挤过几乎占满了小餐室的钢琴,走进客厅,走过杂乱无章的咖啡桌、灯台和巨大的花梨木电视机——现在播放的是下午时段的电视剧。她小心翼翼地走过奥伦纤维长绒地毯,走进洗手间。洗手间很小,全部涂成了知更鸟蛋的青蓝色——和惠特利夫人的开衫一个颜色。地上铺着一块天蓝色的小地毯,客用小毛巾和马桶坐垫也是天蓝色的。就连卫生纸也是天蓝色的。贝丝掀起马桶圈,把金枪鱼吐出来,然后冲水。

· · ·

她们走楼梯到顶层后,惠特利夫人歇了一下,臀部靠在栏杆上,大口大口地喘气。然后她在铺有地毯的走廊上走了几步，动作夸张地推开一扇门。"瞧，"她说，"这就是你的房间。"因为这栋房子本身不大，在贝丝的想象里，属于她的房间也该是小小的，但当她走进屋后，顿时屏住了呼吸。在她看来，这个房间简直太大了。露出来的地板漆成了灰色，双人床边铺着一块粉红色的椭圆形地毯。在此之前，她还没有过独属于自己的房间。她站在那儿，提着自己的小箱子，环顾四周。房间里有梳妆台，还有一张配套的橙色系木质书桌，桌上有一盏粉红玻璃罩的台灯，巨大的床上铺着粉红色雪尼尔床罩。"你可不知道好的枫木家具有多难找。"惠特利夫人说，"但我要为自己说句公道话，还真被我找着了！"贝丝几乎没听到她在说什么。这是她的房间了。她看向那扇漆很厚的白色房门；门把手下面插着一把钥匙。她可以把门锁上，没有人可以进来。

惠特利夫人把走廊尽头的洗手间指给她看，然后让她独自整理行李，还在身后把门关上了。贝丝放下小提箱，四处走走，只是在每扇窗前短暂地停下来，看看窗下的街道，街边有行道树。屋里有个衣橱，比妈妈以前的衣橱还要大；床边有只床头柜，上面有盏小阅读灯。这真是个漂亮的房间。要是乔兰妮能亲眼看到就好了。有那么一瞬间，她很想为乔兰妮哭泣，她希望乔兰妮也在，和她一起在这个房间里转来转去，她们可以慢慢打量每一样摆设，再把贝丝的衣服挂进衣橱。

惠特利夫人在车里说过，他们很高兴能有个大一点的孩子。那他们为什么不收养乔兰妮呢？贝丝这样想过，但什么也没说。她看了看惠特利先生死板的下巴和他放在方向盘上的两只苍白的手，再看看惠特利夫人，就知道他们绝不会把乔兰妮带回家的。

贝丝坐在床上，试着忘掉那段记忆。这张大床很软乎，太棒了，闻起来很干净，是刚铺好的新床单的味道。她弯下腰，脱下鞋子，向后仰躺，在这张宽大、舒适的床上伸了个懒腰，然后快活地转过头，看着那扇紧闭的门——有了它，这个房间就完全属于她自己了。

那天晚上，她在床上躺了几小时，不想马上入睡。窗外有一盏路灯，但窗前安了质地上乘的厚百叶窗，拉下来就能完全遮住光线。道晚安前，惠特利夫人带贝丝去看了看她自己的房间：在走廊的另一头，和贝丝的房间一样大，但里面有台电视机，椅子上有布套，床上有蓝色的床罩。"其实这本来是阁楼，重新改造成卧室的。"惠特利夫人说。

贝丝躺在床上，听得到惠特利夫人在那一头的咳嗽声，后来还听到她赤脚走上走廊去洗手间。但她不在乎。她自己的门是关着的，锁着的。没有人可以推开它，让灯光照在她脸上。惠特利夫人独自一人在自己的卧室里，所以也不会有说话或争吵的声音——只有电视里传来的音乐和各种声效混合而成的轻响。要是乔兰妮也在这里就更完美了，但那样一来，她就没有自己的房间了，不能独自躺在这张大床上——在床的正中间伸展手脚，独享凉爽的床单，现在还有独享的静谧。

・・・

星期一，她去了学校。惠特利夫人叫了出租车送她去，尽管路程还不到一英里。贝丝上了七年级。这所学校很像另一个镇上、她展示过象棋车轮战的那所公立高级中学,而且,她知道自己的衣服很不合适,但没什么人注意她。老师向全班介绍她时,只有个别学生盯着她看了一分钟,但仅此而已。她领到了课本,被分到一个年级教室。翻了翻课本,听了听老师在课堂上的讲解,她就知道这里的学业将会很轻松。课间走廊上的喧哗让她畏缩,还有几次,有些学生打量她的时候会让她难为情,但这些都不难应付。在这所阳光明媚、嘈杂的公立学校里,她自认可以从容应对任何可能出现的事情。

午餐时段,她带上火腿三明治和一盒牛奶去食堂,本想独自一人吃饭,但另一个女孩走过来,在她对面坐下。一开始,她俩谁都没说话。那个女孩和贝丝一样,看起来很普通。

三明治吃到一半时,贝丝看着桌子对面的女孩,开口问道:"这个学校里有国际象棋俱乐部吗?"

那个女孩抬起头来,吓了一跳。"什么?"

"有国际象棋俱乐部吗?我想加入。"

"哦,"那女孩说,"我觉得好像没有这种团队。你可以试试低年级的啦啦队。"

贝丝吃光了她的三明治。

・・・

"你肯定花了很多时间做功课,"惠特利夫人说,"难道你没什么爱好吗?"实际上,贝丝并不是在做功课,而是在看从学校图书馆里借来的一本小说。她坐在自己房间里的扶手椅上,靠着窗户。惠特利夫人敲了敲门才进来，身穿粉红色雪尼尔绒布浴袍、粉红色缎面拖鞋。她走进屋，坐到贝丝的床边，若有所思地朝她笑笑，好像在想和她无关的事。贝丝已经和她一起生活了一星期，她注意到惠特利夫人常常这样。

"我以前下过国际象棋。"贝丝回答。

惠特利夫人眨了眨眼。"国际象棋？"

"我非常喜欢下棋。"

惠特利夫人摇了摇头，好像在把什么东西从她的头发里抖出来。"哦，国际象棋！"她说，"贵族玩的游戏。真不错啊。"

"你会下吗？"贝丝问道。

"哎呀，天呀，不会！"惠特利夫人自嘲地笑了一声，"我可没那种头脑。但我父亲以前会下棋。我父亲是个外科医生，相当有修养；我相信他在他那个年代算是百里挑一的棋手了。"

"我可以和他下棋吗？"

"恐怕不行。"惠特利夫人说，"我父亲很多年前就去世了。"

"还有什么人可以和我下棋吗？"

"下国际象棋？这我就不知道了。"惠特利夫人凝视了她片刻，"那种棋，大多是男孩们玩的吧？"

"也有女孩玩的。"她说。

"挺好的！"但惠特利夫人的心思显然已经飘到很远的地方去了。

・・・

为了迎接法利小姐，惠特利夫人花了两天时间打扫房间，还让贝丝在法利小姐家访的那天早上梳了三次头。

法利小姐进门后，还有一个身穿橄榄夹克的高个子男人跟着进来。贝丝一眼认出那是弗格森，不禁大吃一惊。他看起来有点窘。"你好啊，哈蒙，"他说，"是我自己要求一起来的。"他走进惠特利夫人的客厅，站定，双手插在口袋里。

法利小姐带了一组表格和一份核对清单。她想知道贝丝的饮食和学业的情况如何，还问了问她有什么暑假计划。主要是惠特利夫人在回答问题。贝丝看得出来，问题越多，她回答得就越豪放。她说："你肯定想不到，贝丝那么快就适应新学校了，太惊人了。她的功课让老师们赞不绝口……"

贝丝不记得惠特利夫人和学校里的老师们有过什么交谈，但她什么都没说。

"我希望还能见见惠特利先生，"法利小姐说，"他很快就要回来了吧？"

惠特利夫人微笑着对她说："奥尔斯顿刚才打电话来说，他非常抱歉，但确实赶不过来。他真的一直在努力工作。"她看了看贝丝，仍然微笑着，"奥尔斯顿是个了不起的养家的男人。"

"那他有很多时间来陪贝丝吗？"法利小姐问。

"哎呀，那当然了！"惠特利夫人说，"奥尔斯顿是她的好爸爸呀。"

震惊之下，贝丝低头去看自己的手。即便是乔兰妮也没法这样睁眼说瞎话。有那么一会儿，连她都相信了，眼前浮现出一个勤勉养家、满怀父爱的形象——只存在于惠特利夫人的描述之中的奥尔斯顿·惠特利。但她转念又想起现实中的那个人：神色阴沉、不可亲近、寡言少语。他根本没打电话回来。

家访的那一小时里,弗格森几乎什么都没说。当法利小姐和他起身告辞时,他向贝丝伸出手,她的心一沉。"很高兴见到你,哈蒙。"他说。她也伸出手,和他握手,希望他能留下来,不管用什么方式或理由,留下来陪陪她。

· · ·

几天后,惠特利夫人带她去市中心买衣服。巴士停在她们这条街的街角时,贝丝毫不犹豫地上了车,哪怕这是她第一次搭巴士。那是秋季的周六,天气很暖和,贝丝还穿着梅修茵的羊毛裙,浑身不舒服,等不及想买一条新裙子。她开始数数:要过多少个街区才能到市中心。

数到第十七个街区,她们下了车。惠特利夫人拉着她的手,其实这几乎毫无必要,她只是领着她走过了几码人来人往的人行道,迈进本·斯奈德百货公司的旋转门。那是上午十点,百货公司的过道上挤满了拎着黑色大皮包和购物袋的女人。惠特利夫人带着某种专家的自信,傲然挤过人群。贝丝跟在后面。

去看衣服之前,惠特利夫人先带她走下宽阔的楼梯,到了地下一层,她在一个柜台前花了二十分钟,柜台上的卡片写着"特殊规格餐巾纸",她从五颜六色的纸堆中拼出一套蓝色纸巾,挑了几十张,又都放弃了。贝丝在一旁等待,惠特利夫人像被催眠了一样不断地试错试对,想要拼凑出属于她的一套餐巾纸,但最终拿定了主意:她并不真的需要餐巾纸。接着,她们来到另一个柜台,上面写着"打折图书"。惠特利夫人读出了许多售价39美分的书的书名，又拿起几本翻翻，但最终一本书也没买。

最后，她们乘自动扶梯回到了一楼，在香水柜台前停了下来，以便惠特利夫人在一只手腕上喷上"巴黎之夜"，在另一只手腕上喷上"翡翠迷情"。"好了，亲爱的，"惠特利夫人终于说道，"我们去四楼吧。"她对贝丝笑了笑，"年轻女士的成衣馆。"

在三楼和四楼之间，贝丝一扭头，刚好看到一个柜台上挂着牌子，上面写着"书籍和游戏"，就在那块牌子附近，玻璃柜台的台面上摆着三副国际象棋。"国际象棋！"她说着，扯了扯惠特利夫人的袖子。

"怎么了？"惠特利夫人显然觉得有点烦。

"他们在卖国际象棋，"贝丝说，"我们可以回去看看吗？"

"别说得那么大声，"惠特利夫人说，"我们下楼时还会经过的。"

然而，她们没有回去看。那一上午剩下的时间，惠特利夫人都在让贝丝试穿减价货架上的外套，让她转身，给她看看下摆，让她走到窗边，让她在"自然光"下看看面料，最后买了一件，并坚持搭客梯下去。

"我们不是要去看国际象棋的吗？"贝丝问道，但惠特利夫人没有回答。贝丝的脚很疼，还在冒汗。她不喜欢刚买的那件外套——现在已经装在她抱着的纸盒里了。它和惠特利夫人走到哪儿穿到哪儿的毛衣一样是知更鸟蛋蓝色的，而且不合她的身。贝丝不太懂服装，但她看得出来，这家店卖的都是廉价衣服。

电梯停在三楼时，贝丝开始提醒她国际象棋的事，但门合上了，她们下到了一楼。惠特利夫人拉上贝丝的手,带她穿过马路,走到巴士车站,抱怨最近挑东西特别难。"但不管怎么说,"巴士开到街角时,她颇有哲理地说道,"我们得到了我们想要的东西。"

下一周的英语课上,老师还没进来的时候,贝丝身后的几个女孩在闲聊。"你的鞋子是在本·斯奈德还是别的什么店买的?"有个女孩这样问。

"打死我也不去本·斯奈德的店。"另一个女孩这样回答,笑出了声。

· · ·

每天早上,贝丝顺着阴凉的街道走路去上学,两边的住家小屋安安静静的,草坪上种着树木。别的学生也走这条路,贝丝认得出其中一些人,但她总是一个人走。她是在秋季入学的,但比别人晚了两周,所以入学第四周就迎来了期中考试。周二上午她没有考试,本该去她的年级教室报到。但她没去,而是带着她的笔记本和40美分——那是她从每周25美分的零花钱里省下来的——坐巴士到了市中心。她在上车前就备好了零钱。

那几副国际象棋仍旧摆在柜台上,但她凑近了就能看出来它们的做工不是很精良。拿起白色的后时,她惊讶地发现棋子竟然那么轻。她把白后翻转过来。棋子是空心的,塑料做的。她把它放回原位时,售货员小姐走过来问道:"有什么我可以帮到你吗?"

"你们有《现代国际象棋开局》吗?"

"我们有国际象棋、跳棋和双陆棋,"售货员小姐说,"还有各种儿童游戏。"

"我说的是一本书，"贝丝说，"关于国际象棋的。"

"图书区就在这条过道对面。"

贝丝走到书架前，一本一本看过去。那儿没有关于国际象棋的书。也没有店员可以问。她回到国际象棋柜台，等了很久才引起她的注意。"我想找一本关于国际象棋的书。"贝丝对她说。

"我们这个区不卖书。"售货员小姐说完又要转身离开。

"这附近有书店吗？"贝丝赶紧问道。

"你去莫里斯书店看看吧。"她走到一摞纸盒前，把它们摞齐。

"书店在哪里？"

售货员一声不吭。

"莫里斯书店在哪里，夫人？"贝丝这次问得很大声。

售货员小姐转过身来，没好气地瞪着她说："在上街。"

"上街在哪里？"

售货员瞪了她一会儿，像是忍不住要尖叫。然后她才放松了表情，说道："主街往前，过两个街区。"

贝丝乘自动扶梯下了楼。

・・・

莫里斯书店位于街角，紧挨着一家药店。贝丝推门进去，立刻发现这个大房间里的书比她这辈子见过的书还要多。有个秃头的男人坐在柜台后的凳子上，一边抽烟一边看书。贝丝走到他跟前，问道："你们有《现代国际象棋开局》吗？"

那人把视线从他的书上移开，越过眼镜的上缘看着她。"这个问题可不常有。"他用一种愉快的口吻答道。

"你们店里有吗？"

"我觉得应该有。"他从凳子上站起来，走向书店里面的书架。一分钟后，他手里拿着一本书回到贝丝面前。就是那本厚得像砖头的书，红色封面。她看到它时都屏住了呼吸。

"是这本吧。"那人说着，把它递给她。她接过来，翻到西西里防御的那部分。再次看到这些变例的名称真是太让她高兴了：列文费舍变例、龙式变例、纳道尔夫变例。它们俨如她头脑里的咒语，或是圣徒的名字。

过了一会儿，她听到那人在对她说话。"国际象棋对你有这么重要吗？"

"是的。"她说。

他笑了。"我以为只有特级大师们才会看这本书。"

贝丝犹豫了一下。"特级大师是什么意思？"

"天才棋手。"那人说，"就像卡帕布兰卡那样的天才，只不过那是很久以前的事了。现在也有这类天才，但我不知道他们的名字。"

她从没见过他这样的人。他是那么轻松，而且就当她是成年人那样和她交谈。和他最相像的就是弗格森了，但弗格森时常摆出公事公办的样子。"这本书多少钱？"贝丝问道。

"挺贵的。5.95美元。"

果然，正如她一直担心的那样。除去今天的两张巴士车票，她只剩下10美分了。她把书还给他，说："谢谢你。我买不起。"

"抱歉。"他说,"就把它放在柜台上吧。"

她把书放下。"你们还有别的关于国际象棋的书吗?"

"当然,都在游戏和体育那排书架的下面。去看看吧。"

书店最里面有一整个书架都是国际象棋书,诸如《保罗·摩菲和国际象棋的黄金时代》《国际象棋陷阱解疑》《如何提升你的国际象棋水平》《国际象棋高阶战略》。她抽出一本名为《国际象棋的进攻与反击》的书,开始看棋谱,她不用看棋图就能在脑海中想象出棋局。她在那里站了很久,其间有过几个顾客进进出出。没有人打扰她。她一盘又一盘地看,有些棋局里令人眼花缭乱的步骤让她惊叹——弃后,闷杀。这本书里一共例举了六十盘棋,每盘棋的页首都有一个小标题,诸如"V. 斯米斯洛夫—I. 鲁达卡夫斯基(莫斯科1945)""A. 鲁宾斯坦—O. 杜拉斯(维也纳1908)"。后者的那局棋里,白方在第三十六回合通过闪将的威胁成功将兵升变为后。

贝丝看了看这本书的封面,比《现代国际象棋开局》小一点,封面上有张贴纸,写着2.95美元。她开始有条不紊地读这本书。书店墙上的时钟显示为十点半。她必须在一小时内离开,回学校参加历史考试。前面的店员沉浸在自己的阅读中,完全没有留意她。她开始集中精力,到十一点半的时候,她已经记住了十二盘棋。

回学校的巴士上,她在脑海里复盘这些棋局。她从某些步骤中窥见了各种微妙的内涵——并非弃后这类壮烈的步骤,而是有时只让小兵推进一格这样的小动作——那足以让她后脖颈的汗毛倒竖。

历史考试她迟到了五分钟,但似乎没人在意,反正她第一个写完了考卷。交卷前的最后二十分钟里,她在头脑里下了一遍"P. 凯列斯—A.塔诺夫斯基（赫尔辛基1952）"。这盘棋用西班牙开局，在贝丝看来，白方出象的方式意味着对黑方王前兵展开了间接进攻。第三十五步，白方出人意料地把车移动到马线第七排，这让贝丝差点儿在座位上哭出来。

· · ·

费尔菲尔德初级中学有几个俱乐部社团；有时在放学后，有时在星期五年级教室开放时段内活动一小时。有苹果派俱乐部、少女社交圈俱乐部和小镇女孩俱乐部，都有点像大学里的联谊会，你必须要被俱乐部邀请、认可才能入会。苹果派俱乐部的女孩都是八年级和九年级的学生；她们中的大多数人都穿着亮色的羊绒衫、时髦的做旧马鞍牛津鞋、彩色菱格纹短袜。她们中有些人住在乡村，家里养马。纯种马。这样的女孩在走廊里绝不会屈尊看你一眼；她们总是对别人微笑。她们的毛衣都是亮黄色、深蓝色和淡绿色的。她们的袜子刚好拉到膝盖以下，都是百分百英格兰纯羊羔毛的。

课间休息时，贝丝有时会在洗手间的镜子里端详自己——棕色的直发，窄肩，圆脸，暗淡的棕色瞳孔，鼻梁上有雀斑——她会觉得嘴里又泛起酸醋的味道。俱乐部里的女孩们都涂口红和眼影；贝丝不化妆，刘海和以前一样，没精打采地耷拉在额头上。她没想过自己会被邀请到某个俱乐部，别人也没有这种想法。

· · ·

麦克阿瑟夫人说："这星期，我们要开始学习二项式定理。有人知道什么是二项式吗？"

坐在后排的贝丝举起手。这是她第一次这样做。

"请说。"麦克阿瑟夫人说。

贝丝站起来，突然觉得有点窘。"二项式是一种数学表达式，包含两个项。"她去年在梅修茵孤儿院已经学过这个了。"X加Y就是一个二项式。"

"很好。"麦克阿瑟夫人说。

坐在贝丝前排的女孩叫玛格丽特；她有一头闪亮的金发，穿的是昂贵、淡雅的薰衣草色羊绒衫。贝丝坐下时，她的金发脑袋稍稍转过来，向后瞥了一眼。"算你有脑子！"玛格丽特轻轻地说道，"该死的好脑瓜！"

・・・

贝丝总是独自一人走在学校的走廊里；她几乎想不到还有别的可能。大多数女孩都是三三两两地走在一起，但她从不和任何人结伴同行。

有天下午，她从图书馆出来时被远处的欢笑声吓了一跳，就顺着走廊望出去，在午后阳光的光晕里，她望见了一个高个子黑人女孩的背影。两个矮小的女孩站在她身旁的喷水池边，黑人女孩笑起来时，她们都仰起头看她的脸。她们的五官神色都看不清，从她们身后照过来的阳光令贝丝眯起了眼睛。那个高个子女孩微微侧过身，她歪着头的模样是那么眼熟，让贝丝的心几乎停止了跳动。贝丝在走廊上快走了十几步，直奔她们而去。

但那不是乔兰妮。贝丝突然停下来，转身就走。那三个女孩从喷水池边走开，吵吵嚷嚷地推开前门，走出了教学楼。贝丝站在后面，盯着她们看了很久。

・・・

"你能去布拉德利的店里给我买点烟吗？"惠特利夫人说，"我觉得我感冒了。"

"好的，夫人。"贝丝回答。那是星期六的下午，贝丝的膝头摊着一本小说，但她没在看。她在复盘P.摩菲和某人的棋局，那个人没有姓名，只是被人记作"特级大师"。摩菲的第十八步棋很别致，马跳到象线第五排。这次进攻很棒，但贝丝觉得，如果摩菲动用他的后翼车会更具威慑力。

"我会给你一张纸条，因为你年纪还小，不能买烟。"

"好的，夫人。"贝丝说。

"三包切斯特菲尔德。"

"是，夫人。"

她只去过一次布拉德利的药杂店，是和惠特利夫人一起去的。惠特利夫人用铅笔给她写了纸条，再给了她1.2美元。贝丝把纸条交给柜台后的布拉德利先生。她身后有一排很长的杂志架。拿到香烟后，她转身看起了杂志。《时代周刊》和《新闻周刊》的封面上都是肯尼迪参议员的照片，他正在竞选总统，但因为他是天主教徒，可能赢不了。

还有一整排的女性杂志，封面女郎的脸孔看起来都像玛格丽特、苏·安和别的苹果派俱乐部女孩的模样。她们的头发都闪闪发亮；她们的嘴唇都那么饱满又红润。

她刚决定离开，目光却被什么吸引住了。杂志架的右下角都是有关摄影、日光浴和手工制作的杂志，就在那一堆杂志里，有一本的封面是国际象棋的图片。她走过去，把它从架子上抽出来。封面上写着杂志的刊名：《国际象棋评论》，下面就是标价。她翻开杂志，里面有很多棋谱，还有人们下棋的照片。有一篇文章题为《再论王翼弃兵》，还有一篇叫《摩菲的才华》。她刚刚还在复盘摩菲下过的一盘棋！她的心跳加快了。她继续翻看下去。有一篇讲的是国际象棋在苏联的情况。"比赛"这个词不断地出现。还有一整个版块题为"赛事生活"。她以前从不知道有"国际象棋比赛"这种事。她以为下棋只是个人闲暇爱好，就像惠特利夫人用钩针编小地毯、玩拼图那样。

"这位小姐，"布拉德利先生开口了，"你要看杂志就得买，不买就把它放回去。"

她转过身，吓了一跳。"我就不能……？"

"看看那块标牌。"布拉德利先生说。

她面前有块手写的标牌："想看就买！"贝丝有15美分，多一分也没了。几天前，惠特利夫人告诉她，她这阵子暂时没有零花钱；她们很缺钱，惠特利先生在西部有事耽搁了。贝丝把杂志放回原处，离开了药杂店。

走出去还不到一个街区，她在半路停下来，想了一会儿又往回走。柜台上有一沓报纸，紧挨着布拉德利先生的胳膊肘。她递给他

10美分,拿了一份报纸。布拉德利先生正忙着和一位女士交谈,她要为处方药付款。贝丝走到杂志架的尽头,胳膊下夹着刚买的报纸,开始等待。

几分钟后,布拉德利先生说:"我们有三种尺寸。"她听到他往店面后头走去,那位女士跟在他后面。贝丝抽出那本《国际象棋评论》,夹进了报纸里。

她把报纸夹在胳膊下面,在户外的阳光下走了一个街区。走到第一个拐角,她停了下来,拿出那本杂志,塞进她的裙子腰带里,再翻下本·斯奈德商店买来的那件再生羊毛制成的知更鸟蛋蓝色毛衣的下摆。她把毛衣拉好,松松地盖在杂志外面,再把报纸扔进街角的垃圾桶。

藏好的杂志紧贴在她平坦的腹部,她一路走回家,一边又想起了摩菲没有走的那步车。杂志上说摩菲"或许是史上最杰出的国际象棋棋手"。车可以走到象线第七排,而黑方最好不要用马去吃它,因为……她在一个街区的半途停下来。不知何处有条狗在叫,修剪得很好的街对面的草坪上有两个小男孩在大声地玩捉人游戏。第二个小兵移到王翼马线第五排后,剩下的那个车就可以自由行走,如果执黑棋手吃掉这个小兵,象就没有庇护了,如果他不……

她闭上眼睛。如果他不吃掉它,摩菲就可以用弃象将军的办法两步内将杀对手。假如他真的吃掉了那个兵,白方的兵就会再次前移,象就会走到另一边去,黑方就彻底无能为力了。就是这步棋。街对面的一个小男孩开始哭泣。黑方必将无计可施。这盘棋最少用二十九步就能结束。按照书上的说法,保罗·摩菲用了三十六步才赢。他没发现可以走车的那步棋。但她看出来了。

头顶上的太阳闪耀在万里无云的蓝天。狗仍在叫。孩子的哭泣变成哀号。贝丝慢慢走回家，又走了一遍那盘棋。她的头脑清晰明澈，就像一颗无与伦比、无可挑剔的钻石。

. . .

"奥尔斯顿几周前就该回来了。"惠特利夫人说。她坐在床上，身边放着一本填字游戏杂志，一台小电视搁在梳妆台上，音量调得很低。贝丝刚从厨房给她端来一杯速溶咖啡。惠特利夫人穿着她的粉红色晨袍，脸上抹了一层粉。

"他快回来了吗？"贝丝问道。其实她并不想和惠特利夫人交谈，她想回去看《国际象棋评论》。

"他迫不得已要多留一阵子。"惠特利夫人说。

贝丝点点头。接着她又说："我想找一份放学了能做的工作。"

惠特利夫人看着她，眨了眨眼。"一份工作？"

"也许我可以在店里打工，或是去哪个餐馆洗碗。"

惠特利夫人盯着她看了很久，终于说道："十三岁就去打工？"她用纸巾轻轻擤了擤鼻涕，再把纸巾折起来，"照我的理解，你应该是衣食无忧的。"

"我想赚点钱。"

"我猜想，你是为了买衣服吧。"

贝丝没说什么。

"像你这个年纪的女孩去打工的，"惠特利夫人说，"只有有色人种家的孩子。"她说"有色人种"的那种语气让贝丝决定不再就这件事多言了。

加入美国国际象棋协会需要6美元。再花4美元就能订阅杂志。还有更有趣的事情呢:"赛事生活"版块中用数字标出了一些地区,比如1号代表俄亥俄州、伊利诺伊州、田纳西州和肯塔基州;下面的列表中还有一栏写道:"肯塔基州锦标赛,感恩节周末,列克星敦,亨利·克莱高中礼堂,周五、周六、周日。"下面还注明了,"奖金共185美元。参赛报名费:5美元。仅限美国国际象棋协会会员。"

入会要6美元,参赛要5美元。搭巴士到主街时就会经过亨利·克莱高中——离詹威尔路有十一个街区。离感恩节还有五个星期。

· · ·

"有谁能一字不差地念出来吗?"麦克阿瑟夫人在提问。

贝丝举起手。

"贝丝?"

她站起来。"在任何直角三角形中,斜边平方等于其他两边的平方之和。"她念完了就坐下来。

玛格丽特窃笑一声,向戈登靠了靠,他坐在她身边,有时会握住她的手。"这就叫有头脑!"她用曼妙的少女音轻声说道,轻蔑之意却溢于言表。戈登笑出了声。贝丝看向窗外的秋叶。

· · ·

"我不知道钱都花在哪儿了!"惠特利夫人说,"这个月我只买了些小东西，但之前囤的东西都耗去大半了。都快见底了。"她瘫坐在绒布面扶手椅里，干瞪了一会儿天花板，眼睛睁得大大的，好像在等断头台的铡刀落下来。"我已经付了电费和电话费，买了最简单的、不花哨的日用品。我都不让自己早晨喝咖啡时加奶油，也没给自己买过任何东西，没去电影院，也没参加第一卫理公会的二手集市，可我只剩下7美元了，可是，至少该剩20美元呀。"她把那几张皱巴巴的1美元纸币放在旁边的桌子上，那是她刚刚从钱包里掏出来的。"我们只能用这些钱挨到十月底了。买鸡脖子和麦片粥都不够。"

"梅修茵没有给您寄支票吗？"贝丝说。

惠特利夫人把目光从天花板上移下来，盯着她看。"只是第一年的，"她不疾不徐地说，"难道要养活你还用不完那些钱吗？"

贝丝知道那不是事实。那张支票上有70美元，惠特利夫人没在她身上花那么多钱。

"我们需要20美元才能勉强撑到下个月一号，"惠特利夫人说，"我还差13美元。"她把目光短暂地转向天花板，又很快转回到贝丝身上。"我真该更仔细地记账。"

"也许是因为通货膨胀。"贝丝这么说也不是没道理。她只拿了6美元，为了拥有协会会员资格。

"大概是吧。"惠特利夫人说着，似乎得到了宽慰。

问题在于5美元的报名参赛费。惠特利夫人抱怨没钱后的第二天，贝丝在年级教室里从作文本里撕下一页纸，给肯塔基州芒特斯特灵市梅修茵孤儿院的勤杂工夏贝尔先生写了一封信。信是这样写的：

亲爱的夏贝尔先生：

这儿有一个国际象棋比赛，第一名是100美元，第二名是50美元。还有其他奖项。报名参赛需要5美元，但我没有这么多钱。

如果您给我寄5美元，只要我赢得任何奖项，就会还给您10美元。

您忠实的朋友

伊丽莎白·哈蒙

第二天早上，趁惠特利夫人还没起床的时候，她从杂乱的客厅书桌里拿出一只信封和一张邮票。上学的路上，她把信投入了邮筒。

十一月，她又从惠特利夫人的钱包里拿了1美元。她给夏贝尔先生写信后已过去一星期了，一直没有回音。这一次，她用一部分钱买下新一期《国际象棋评论》。她找出了几盘棋里的疏漏，如果由她下，可以下得更精彩——其中有一盘是名叫本尼·沃茨的年轻特级大师的杰作。本尼·沃茨是美国国际象棋冠军。

· · ·

惠特利夫人似乎总在感冒。她说："我特别容易招惹病毒，要不然，就是病毒特别喜欢招惹我。"她递给贝丝一张处方，让她带去布拉德利的药杂店，还给了她10美分，让她给自己买杯可乐。

她进店时，布拉德利先生看了她一眼，眼神有点怪，但他没说什么。她把处方交给他，他去店面后头取药。贝丝很小心，尽量不要站在杂志架旁边。一个月前她拿走的《国际象棋评论》是架子上唯一的一本。他很可能很快就发现了。

布拉德利先生回到柜台，拿来一只塑料瓶，打印好的标签贴在瓶身上。他把它放在柜台上，又拿来一只白色纸袋。贝丝盯着那只瓶子看。里面的药是椭圆形的，明亮的绿色。

・・・

"这是我的安神药，"惠特利夫人说，"麦克安德鲁斯明确地说了，我需要安神。"

"麦克安德鲁斯是谁？"贝丝问。

"麦克安德鲁斯医生，"惠特利夫人说着，拧开瓶盖，"我的医生。"她倒出两颗药，"你能给我倒杯水吗，亲爱的？"

"好的，夫人。"贝丝说。就在她要进洗手间倒水时，惠特利夫人叹了口气说："为什么他们不把这些药瓶装满，只装一半？"

・・・

十一月这期的杂志里记载了在莫斯科举办的某个邀请赛中的二十二盘棋。棋手的名字都很拗口，诸如：鲍特维尼克、彼得罗辛、拉耶夫；听上去都像是童话故事里的人。有一张照片拍到两位棋手躬身凑在一副棋盘上，他们都是黑头发，神色严峻，嘴角紧绷。他们都穿黑色西装。在他们身后，焦点之外，有一大群观众坐着观赛。

半决赛在彼得罗辛和本科维茨之间进行，贝丝看出来，彼得罗辛做出了一个糟糕的决策。他用兵发动进攻，但本不应该这样做。有位美国特级大师对这盘棋进行了点评，夸这些兵的走法很好，但贝丝看得更长远。彼得罗辛怎么会如此误判战局？为什么美国大师没看到这种走法的弊端？他们肯定花了很长时间研究这盘棋，因为杂志上说，这盘棋下了整整五个小时。

· · ·

玛格丽特只是把钥匙插进了更衣室衣柜上的锁，之后并没有扭动锁盘。现在，她们并排站在淋浴间里，贝丝可以看到玛格丽特傲人的双乳，俨如一对实心的圆锥体。贝丝的胸部依然平平的，像个男孩，阴毛也才刚刚长出来。玛格丽特没有理会贝丝，一边哼着歌，一边抹香皂。贝丝走出淋浴间，用毛巾裹住自己。浑身还湿漉漉的，她就回到了更衣室。更衣室里没有人。

贝丝飞快地擦干双手，非常安静地把钥匙从玛格丽特的柜门的锁眼里抽出来，包在自己的毛巾里。头发在滴水，滴在她的手上，但那无关紧要；男生的更衣室里到处都是水。贝丝取下挂锁，打开柜门，动作非常慢，这样就不会有吱吱呀呀的动静。她的心在狂跳，好像有只小动物在胸腔里蹦跶。

那是一只精致的棕色真皮手包。贝丝再一次把手擦干，从架子上拿下小包，然后侧耳倾听。淋浴间里的女孩们又是叫，又是咯咯地笑，但没有别的声音。她是故意第一个进更衣室的，以便抢到离门最近的衣柜，并故意第一个离开淋浴间。不会有别人进来。她打开了手包。

里面有彩色明信片和一支看起来很新的口红，还有一把玳瑁小梳子和一条雅致的亚麻手帕。贝丝用右手把这些东西推到一边去。

在小包的最底下，有一只银色小钱夹，夹着纸钞。她把钞票抽出来。两张5美元。她犹豫了一下，然后把钱连同钱夹一起拿了出来。她把手包放回原处，再把锁挂回原处。

她自己的柜门是关着的，但没有上锁。现在，她打开自己的柜门，把夹在钱夹里的两张5美元塞进她的代数本。然后她锁上柜门，回到浴室，慢慢地洗澡，直到别的女生洗完都出去了。

所有人都走了，贝丝还在穿衣服。玛格丽特没有打开她的手包。贝丝像惠特利夫人那样，深深地叹了口气。她的心还在怦怦乱跳。她从代数书中拿出钱夹，把它推到玛格丽特用过的衣柜下面。看上去，它就像是从玛格丽特的包里掉出去的，任何人都可能拿走里面的钱。她把钞票折好，藏进自己的鞋子里。然后，她从架子上拿出自己的蓝色塑料小包，打开，把手伸进放镜子的小口袋。她掏出两颗绿色的药片，放进嘴里，走到盥洗台前，用纸杯里的水把它们送服下去。

那天晚上的晚餐是从罐头里倒出来的意大利面条和肉丸，甜点是果冻。贝丝洗碗时，惠特利夫人在客厅里，刚把电视的音量调大，突然说道："哎呀，我忘了。"

贝丝继续刷洗意大利面条锅，一分钟后，惠特利夫人出现了，手里拿着一只信封。"这是给你的。"说完就回去看《亨特利·布林克利的报道》[1]了。

---

[1] 美国晚间新闻节目，1956年10月29日至1970年7月31日在NBC播出。

信封是用铅笔写的,地址都模糊了。她把手擦干,打开信封:里面有五张1美元的纸钞,没有只字片语。她拿着这些钞票,在水槽边站了很久。

· · ·

绿色的药每瓶50片,4美元。标签上写着:"可续三次。"贝丝用四张1美元付了钱。她轻快地走回家,把处方单放回惠特利夫人的桌子抽屉里。

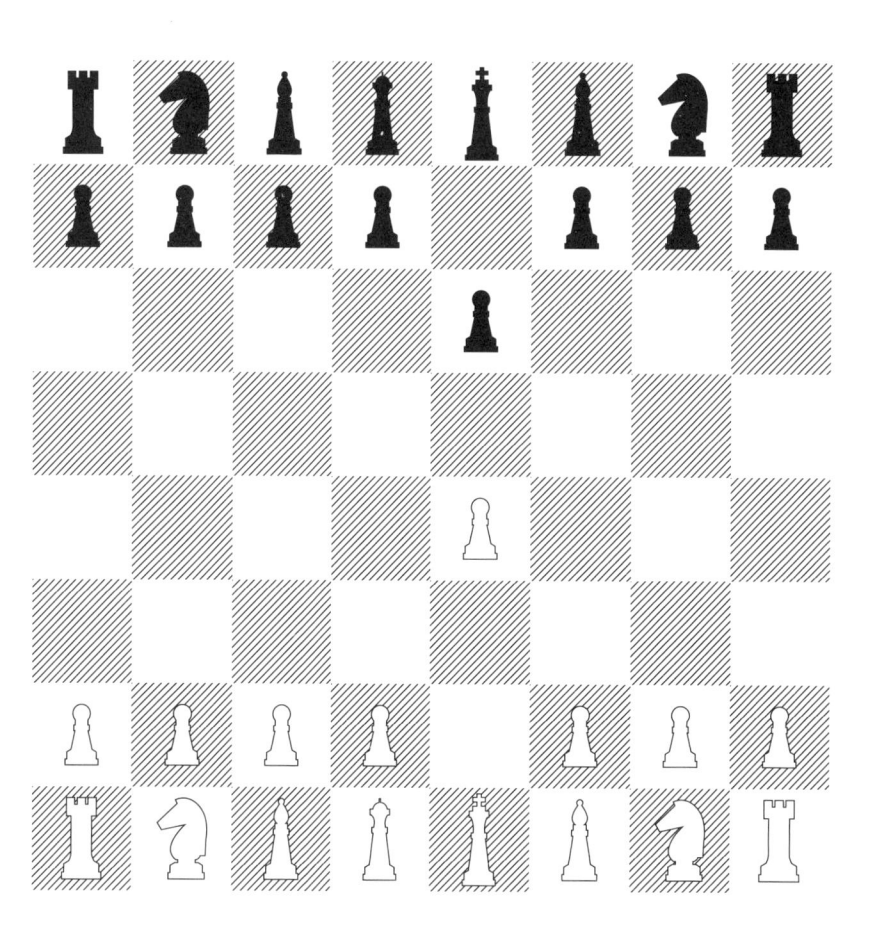

04

第
四
章

体育馆的入口处摆着一张桌子，两个穿白衬衫的人坐在桌子后面。他们身后是一排长桌，上面摆着绿白相间的棋盘。房间里都是人，大都在聊天，只有几人在下棋；大多数是小伙子或是男孩子。贝丝看到了一个女人，没看到有色人种。坐在桌子左侧的那人旁边钉着一块牌子，上面写着："此处交纳报名费。"贝丝拿着她的5美元走到他面前。

"你带棋钟来了吗？"那人问。

"没有。"

"我们有一个共享棋钟的制度，"他说，"如果你的对手也没带棋钟，就回这儿来拿。比赛二十分钟后开始。你的等级分是多少？"

"我没有等级分。"

"你以前参加过比赛吗？"

"没有。"

那人指了指贝丝的报名费。"你确定要参赛吗？"

"确定。"

"我们没有女子组。"他说。

她瞪着他看。

"那我把你放在业余组吧。"他说。

"不要。"贝丝说,"我不是初学者。"

另一个年轻人一直在旁边观望他们,这时插话道:"如果你没有等级分,就要和等级分1600以下的人一起在业余组比赛。"

贝丝没怎么细看《国际象棋评论》中的等级分,但她知道大师们的等级分至少在2200以上。"业余组的奖金有多少?"她问。

"20。"

"其他组别呢?"

"公开组的第一名是100美元。"

"如果我要参加公开组,算是违反规定吗?"

他摇摇头。"确切地说不是违规,只不过……"

"那就把我放进公开组。"贝丝递出钞票。

那人耸了耸肩,给了贝丝一张卡片让她填。"公开组有三名棋手的等级分超过1800。贝尔蒂克也可能来,他可是本州冠军哦。他们会把你生吞活剥的。"

她拿起一支圆珠笔,开始在卡片上填写她的名字和地址。她在"等级分"后的空白处填上一个大大的0。她递出填完的卡片。

比赛比预定时间晚了二十分钟才开始。他们花了一点时间才把对弈名单张贴出来。他们把棋手的名卡贴上纸板时,贝丝问她旁边的人,和谁对弈是不是随机决定的。"当然不是。"他答道,"第一轮比赛,他们会按照等级分排签。第一轮结束后就是胜者相对,负者相碰。"

她的名卡终于被贴上去了,上面写着"哈蒙 — 无等级分 — 黑"。

排在她上面的名卡上写着"帕克 — 无等级分 — 白"。这两张名卡都贴在第二十七台下面。这是最后两张名卡。

她走到第二十七台前,坐在黑棋一边。她所在的棋桌在那排长桌尽头,最远、最后面的那张桌子。

坐在她旁边的是个三十岁上下的女人。一分钟后,又有两个女人走了过来。一个大约二十岁,另一个就是贝丝的对手 —— 又高又壮的高中女生。贝丝朝长桌那头望了望,棋手们正陆续落座,也有人已经坐定,正要开始对弈;那边全都是男人,大部分都很年轻。整个赛场只有四个女棋手,她们都挤在最里面,互相对弈。

贝丝的对手有点笨拙地坐下来,把她带来的国际象棋棋钟放在棋盘边,伸出一只手。"我叫安妮特·帕克。"她说。

贝丝与她握手,感觉到她的那只大手有点潮湿。"我叫贝丝·哈蒙。"她说,"我不懂怎样用棋钟。"

可以向对手解释什么似乎让安妮特放松下来了。"你那边的钟面会记录你的下棋时间。每方棋手有九十分钟。你走完一步棋,就按一下上面的按钮,它就会停止为你计时,转而为你的对手计时。每个钟面上的数字12上面都有小红旗;到九十分钟时,你的旗就会落下来。只要旗子落下来了,你就输了。"贝丝点点头。对她来说,九十分钟似乎太长了;她下一盘棋从没超过二十分钟。每个棋手手边都有一张记录纸,用来记录着法。

"你现在可以开钟了。"安妮特说。

"为什么他们把所有女孩放在一起?"贝丝说。

安妮特挑了挑眉毛。"他们不应该这样做。但只要你赢了,他们就会让你往前坐。"

贝丝伸出手，按下按钮，安妮特的棋钟嘀嗒嘀嗒地走起来。安妮特有些紧张地拿起她的王前兵，移到王线第四排。"哦，"她说，"这叫摸子走子，你懂的吧。"

"什么意思？"

"除非你要移动一颗棋子，否则就不要触摸它。只要你碰了这个棋子，就必须把它移到某个地方。"

"懂了。"贝丝说，"你现在不按下你棋钟的按钮吗？"

"对不起。"安妮特说着，按下了她的计时按钮。贝丝的棋钟开始嘀嗒作响。她坚定地伸出手，把她的后翼象前兵移到第五排。西西里防御。她按下按钮，然后把胳膊肘放在桌面上，一左一右搁在棋盘两侧，就像照片上的那些苏联人。

她在第八步开始进攻。第十步，吃掉了安妮特的一个象，第十七步，吃掉了她的后。安妮特甚至都来不及王车易位。看到贝丝拿下了她的后，她就伸手推倒了自己的王。"好快啊。"她说。听起来，输掉这盘棋反而让她松了一口气。贝丝看了看钟面。安妮特用了三十分钟，贝丝只用了七分钟。时间上的问题仅仅在于：她不得不等待安妮特走棋。

下一轮比赛要到十一点才开始。贝丝在她的记录纸上写下了自己与安妮特的比赛成绩，在最上面圈出自己的名字，以示赢家；现在，她走回前台，把记录纸放进标有"胜者"字样的篮筐里。那是筐里的第一张纸。她走开时，有个看起来像大学生的年轻人走过来，把他的记录纸也放进了篮筐。贝丝已经注意到了，这里的大多数人都不好看。很多人的头发油腻，脸色也很差；有些人很胖，神情紧张。但这个人很高，身材瘦削，表情轻松，五官开阔，长得很英俊。他亲切地对贝丝点点头，表明他看出来她也是个快棋手，她也点头回应。

她开始在赛场里走来走去，悄悄旁观仍在对弈的棋手们。又有一对选手结束了比赛，胜者去前台交了记录纸。没有哪盘棋让她觉得有看头。赛场前方的第七台，黑方可以通过一个两步棋的战术组合来吃掉对方的车，她等待着那位棋手走出这步动象的逼着。但当时机到来时，他只是在棋盘中心交换兵。他根本没看出来那个组合。

那一排长桌上的棋盘并不是从第一台开始的，顶头的就是第三台。她环顾四周，先看了看两列低着脑袋、看着棋盘的棋手们，再看向远在场馆另一头的业余组赛区。对弈完毕的棋手们纷纷站起离席。原来，在场馆尽头还有一个她之前没注意到的门道。上面有块纸牌，写着"顶级赛区"。贝丝走了过去。

门道里面是个较小的房间，比惠特利夫人的客厅大不了多少。只有两张桌子各自为营，没有排在一起，每张桌上都有一盘棋在进行中。两张桌子都摆在地中央，旁边立着木质立杆，杆子与杆子间拉着黑色天鹅绒绳索，以确保围观者不会离棋手们太近。有四五个人在静静地旁观，大都聚集在她左边的第一台旁边。那个英俊的高个子棋手也在其中。

坐镇第一台的两个人看上去都是全神贯注的。摆在他们之间的棋钟与贝丝刚才看到的那些都不一样，这只更大，更结实。其中一位棋手很胖，秃头，面色阴沉，很像照片上的苏联人，而且，他也和苏联人一样穿深色西装。另一位棋手比他年轻得多，白衬衫外面套着灰色毛衣。他解开了衬衫的袖扣,先后把袖子都拉到肘部,但视线没有离开棋盘。贝丝感觉肚子里翻江倒海。这才是动真格的国际象棋比赛。她屏住呼吸,细看棋盘上的战况。她花了一点时间才看出了究竟:现在的局面势均力敌,互有顾忌,就像《国际象棋评论》中的那些冠军棋局。她知道现在轮到黑方走棋,因为黑方这边的棋钟上的指针在移动,就在她看出端倪 —— 应该让马走到象线第四排时,那个年长的男人也伸出手来,把他的马移到了象线第四排。

英俊的高个子棋手正靠在墙边。贝丝走到他身边,轻声问道:"他们是谁?"

"贝尔蒂克和库伦。贝尔蒂克是本州冠军。"

"谁是谁?"贝丝接着问。

高个子男人在双唇前竖起一根手指,然后轻轻地说:"年轻的那个是贝尔蒂克。"

这真让人惊喜。肯塔基州的冠军看起来和弗格森年纪相当。"他是特级大师吗?"

"他正在努力。他晋级大师已经很多年了。"

"哦。"贝丝说。

"这需要时间。你必须和特级大师们对弈。"

"要多长时间?"贝丝问道。站在他们前面,也在天鹅绒绳索外的一个男人转过身来,愤怒地瞪了她一眼。高个子男人摇摇头,抿起嘴,以示沉默。贝丝转过身,继续在绳索旁观看比赛。别的棋手们也进来了,小房间里人满为患。贝丝坚守前排的好位置。

棋盘中心剑拔弩张。贝丝研究了好几分钟,试想如果是她在下这盘棋，她会走哪一步棋；但她不能确定。该库伦走了。她等了很久很久。他坐在那儿，用握紧的拳头支撑额头，双膝并在桌面下，一动不动。贝尔蒂克靠在椅子上，打了个哈欠，看着他眼皮底下的库伦的光头，好像觉得挺好笑的。贝丝看得到他的牙齿，一口烂牙，有黑斑，还缺了几颗，他的脖子也没有好好刮过。

库伦终于走棋了。他在棋盘中心兑了马。接下来的几步双方都落子如飞，紧张的气氛有所缓和，两人在子力交换中失去了一马和一象。又轮到库伦走时，他抬头看着贝尔蒂克问道："和棋？"

"不。"贝尔蒂克回答。他不耐烦地研究了当下局面，用一种看起来很滑稽的方式把脸颊往上搓，再把一只拳头打在另一只手掌上，然后把他的车径直移到了第七排。贝丝喜欢这步棋，她喜欢贝尔蒂克坚定地拿起棋子，再用有点优雅的夸张姿态放下它们的方式。

又走了五步，库伦认输了。他少了两个兵，剩下的那个象被封锁在底线，而他棋钟上的时间也快走到头了。他以一种潇洒的不屑推倒了他的王，伸出手，和贝尔蒂克匆匆握了握，就站起来跨过绳栏，和贝丝擦身而过，走出了小房间。贝尔蒂克站起来，伸了个懒腰。贝丝看着他高高在上，下方的棋盘上有一个倾覆的王，她的心头涌上一股兴奋的感觉。她感觉到自己的胳膊和腿上都起了鸡皮疙瘩。

贝丝的下一盘和库克对弈，这个男人矮小又急躁，等级分1520。她把信息记在第十三台的记录纸上。"哈蒙 — 无等级分：库克 — 1520"。轮到她执白。她把兵移到后线第四排，再按下库克的棋钟，他立即把兵移到后线第五排。他似乎很紧张，眼睛不停地四下扫视。他简直没法在椅子上坐定。

贝丝也下得很快，沾染了一点他的没耐心。五分钟之内，双方都完成了出子，库克对准她的后翼展开进攻。她决定不予理会，继续出马。他匆匆忙忙地挺兵，她惊讶地发现她若吃掉这个兵就不得不冒着讨厌的双重打击的风险。她犹豫了。库克下得相当不错。等级分超过1500肯定有所意味。他比夏贝尔先生和甘茨先生都厉害，而且因为那种急躁，他看起来有点吓人。她把车移动到象的原始位置上，顶在即将冲下来的小兵前面。

库克让她很惊讶。他拿起他的后翼象，吃掉了她的一个王前兵，弃象将军。她盯着棋盘，突然有片刻的没把握。他到底要干什么？接着，她看明白了。如果她吃掉了这个象，他就会用马再次将军，同时截获一个象。这样一来，他既能得兵，也打开了她的王城。她觉得肠胃紧缩起来；她不喜欢别人让她措手不及。她用了一分钟来思索该怎么办。她移动了王，但没有吃掉他的象。

库克还是走了那步马。贝丝在另一侧交换了兵，为她的车打开了通线。库克继续给她的王制造各种困难。现在她看清了，只要自己不被这种局面唬住，暂时就不会有真正的危机。她先出车，再叠后，让两个重子处在同一排。她喜欢这种安排；在她的想象中，它们就像两门大炮一字排开，准备开火。

三步之内，她就能让它们开火。库克似乎沉迷于自己针对她的王所进行的迂回调动，却对贝丝的真正意图视而不见。他的棋走得很有趣，但她看透了，那些花招不够牢靠，因为他没有顾及全局。要是她走的棋仅仅为了不被将杀，那么，早在他第一次用象将军的四步棋后，她就已是他的囊中之物了。但她在第三步就反超了他。

当她发现自己可以用车进攻时，感到血液涌到了脸上。她拿起自己的后，一路移到最后一排，献给仍在底线尚未移动的黑车。库克暂时停止了躁动，定睛看向她的脸。她也看了看他。他开始研究这个局面，看了又看。终于，他伸出手来，用他的车吃掉了她的后。

贝丝心头振奋，好像有东西想跳起来大吼一番。但她忍住了，伸出手，把她的象往前移了一格，悄悄地说道："将军。"库克移开他的王，继而愣住了。他猛然意识到：他将失去他的后，还有刚刚吃掉她的后的那个车。他朝她看。她只是坐着，无动于衷。库克把注意力转移到棋盘上，琢磨了好几分钟，在座位上不停地扭来动去，皱着眉头。然后他抬起头，看着贝丝说道："和棋？"

贝丝摇摇头。

库克又皱起眉头。"你赢了。我认输。"他站起来，伸出手，"我完全没料到会这样。"他竟然露出了暖人心田的笑容，真让人意外。

"谢谢。"贝丝说着，与他握手。

到了午餐时间，他们开始午间休息，贝丝在高中所在街区的一家药店买了三明治和牛奶；她在柜台前独自吃完后离开。

她的第三盘棋是和一个穿毛衣背心的老男人对弈。他叫卡普兰，等级分1694。她执黑，采用尼姆佐－印度防御，在三十四步内赢了他。她本可以赢得更快，但他很擅长防守——哪怕执白一方理应进攻。他认输时，王城大开且即将丢象，此外她还有两个通路兵。他看起来很茫然。有些棋手围过来观看这盘棋。

这局结束时已是三点半。卡普兰下得超级慢，慢得让人抓狂，贝丝忍不住站起来，在桌边走了几步，以便消散她的精力。等她把圈出她名字的记录纸拿去前台时，大部分对局都结束了，棋手们纷纷准备去吃晚饭。当天晚上八点还有一轮比赛，星期六还有三轮。最后一轮比赛将在周日上午十一点进行。

贝丝去洗手间洗了脸和手；下完三盘棋后，她有点惊讶地发现皮肤竟然黏答答的。她凝视镜中的自己，在刺眼的灯光下，她所见的一如往常：乏味无趣的圆脸，暗沉无色的头发。但有一点不同。她的脸颊现在泛着红光，她的眼睛比以前看起来更有活力。她生平第一次喜欢在镜中看到的自己。

回到场馆的前台后，那两个帮她报名的年轻人正在公告栏上张贴通知。周围已聚起了一些棋手，那个英俊的年轻人也在其中。她走过去看。顶端的字是用马克笔写的："全胜者。"名单上有四个名字。哈蒙的名字在最底下。她看到自己的名字，一时间屏住了呼吸。名单最顶端的名字是贝尔蒂克。

"哈蒙就是你，对吗？"英俊的年轻人问道。

"是的。"

"继续加油，孩子。"他微笑着说道。

就在这时，曾想把她安排在业余组的那个年轻人在前台桌边喊道："哈蒙！"

她转过身。

"看来你说得对，哈蒙。"他说。

· · ·

贝丝进来的时候，惠特利夫人正在吃炖牛肉电视餐和土豆泥。

电视里在播《江湖奇士》，声音开得很响。"你的那份在烤箱里。"惠特利夫人说道。她坐在绒布面扶手椅上，托盘搁在腿上，铝盘搁在托盘上。长丝袜卷到了她的黑色轻便鞋的鞋帮处。

放广告的时候，贝丝正在吃她那份电视餐中的胡萝卜，惠特利夫人问道："亲爱的，你的比赛怎样？"贝丝说："我赢了三盘。"

"真不错。"惠特利夫人说着，目光却没有离开电视上的那位老先生，他正在讲述海利牌抗酸轻泻剂让他多么轻松。

• • •

那天晚上，贝丝在第六台与克莱因对弈，他是个邻家大哥型的年轻人，等级分1794。刊登在《国际象棋评论》上的一些棋局中的棋手等级分还没他高。

贝丝执白，兵走王线第四排，希望对手选择西西里防御。她最熟悉的就是西西里防御了。但是克莱因把兵移到王线第五排，然后让王翼象从侧翼出动至短易位后的王的上面一格，形成堡垒象。她不太确定，心想，这就是所谓"非常规"的开局定式吧。

行至中局，战况变复杂了。贝丝不确定该怎么走，便决定先撤回象。她的食指刚搭到棋子上，又立刻看出来，现在最好把兵移到后线第四排。她把手伸向了后翼兵。

"对不起。"克莱因说，"摸子了。"

她看了看他。

"摸子走子，你必须走象。"他说。

她可以从他的神态中看出来，他很高兴能这样说。他可能已经看出来了：如果她走兵会有什么后果。

她耸耸肩，试图装出无所谓的样子，但在内心深处，她体会到一种在下棋时从未有过的感觉。她被吓到了。她把象移到了象线第四排，身体往后靠，双手叠放在膝盖上。她的胃在痉挛。她应该走兵的。

克莱因盯着棋盘看时，她盯着他的脸看。过了一会儿，她看到了一丝坏笑。他把他的后前兵挺到第四排，灵巧地按下棋钟，然后交叉双臂抱在胸前。

他打算吃掉她的一个象。突然间，她的恐惧被愤怒取代了。她俯身在棋盘上，掌心托腮，动起了脑筋。

她用了将近十分钟，终于想出了办法。她走了一步棋，身子往后靠。

克莱因几乎没留意她走了哪一步。他果然吃掉了她的象，正中她的下怀。贝丝挺进后翼的车前兵，那是在棋盘另一边，克莱因轻轻哼了一声，但迅速走了一步：又让他的后前兵前进一格。贝丝跳马过来，挡住这个兵，但更重要的是攻击克莱因的车。他移动了车。贝丝肚子里的痉挛开始纾解了。她的视力好像变得异常清晰，简直能看清印在场馆另一头的字。她移动了马，再次攻击了他的车。

克莱因看向她，恼怒了。他细看了一番，走了车，恰好停在贝丝在两步棋之前就认定他会走到的那个位置。她把后走到象线第五排，刚好就在克莱因易位的王的上方。

克莱因看上去依然很恼火，但很有自信，他跳马过来防守。贝丝拿起她的后，脸颊涨红，吃掉了他王前的小兵，弃后。

他瞪大眼睛，吃掉了她的后。为摆脱将军，他没有别的办法。

贝丝出动她的象，又将了他一军。克莱因让兵上前，正如她预料的那样。"两步杀。"贝丝轻轻地说道。

克莱因瞪着她，现在他的表情只能用暴怒来形容了。"你这是什么意思？"他说。

贝丝依然轻声地说道："车过来，接着将军，然后用马将杀。"

他皱着眉头，"我的后……"

"你的后会被牵制，"她说，"在王移动之后。"

他低头再去看棋盘，盯着将杀的位置看。然后说了一声"该死！"他没有推倒他的王，也没有主动与贝丝握手。他只是站起来，从桌边走开，还把双手塞进了裤袋。

贝丝拿起铅笔，在她的记录纸上圈出自己的姓氏哈蒙。

她十点钟离开赛场时，"全胜者"的名单上剩下三个人的名字。哈蒙仍在末排。贝尔蒂克仍在顶端。

当晚，她在自己的房间里难以入睡，因为那几盘棋不断地在她脑海中复现，哪怕她已经不再享受复盘的快乐了。

就这样，几个小时过去了，她下了床，穿着蓝色睡衣走到老虎窗前，拨开一条百叶窗页，借着路灯的光亮看了看最近掉光了树叶的行道树，还有树后面黑漆漆的邻家屋宅。这条街此刻寂静无声，空无一人。只见银色的月亮，但大半都被云层遮住了。空气凉飕飕的。

贝丝在梅修茵孤儿院的小教堂里学到了一件事：不要相信上帝。她也从不祈祷。但现在她近乎无声地说道：上帝啊，请让我和贝尔蒂克对弈，让我击败他。

她书桌的抽屉里、牙刷架里共有十七颗绿色药片,衣橱搁板上的小盒子里还有更多。之前她想过要吃两颗药来助眠。但她没有这样做。她回到床上,已然筋疲力尽,大脑一片空白,就这样沉沉地睡着了。

· · ·

星期六早上,她满心希望能和等级分超过1800的棋手比赛。前台的人说,这儿只有三个人有那么高的分。但她看了对阵表,发现自己的对手叫唐斯,等级分1724,比她前一天晚上最后一轮比赛的对手等级分还要低。她去前台问。

"那是'破同分'❶,哈蒙,"穿白衬衫的人说,"就当你走运吧。"

"我想和最好的棋手比赛。"贝丝说。

"在那之前,你必须先有等级分。"那个年轻人说。

"我怎样才能有等级分呢?"

"你要在美国国际象棋协会的比赛中下满三十局,然后等四个月,你就能得到等级分了。"

"那也太久了。"

那人向前凑了凑,靠近她,问道,"你多大了,哈蒙?"

"十三岁。"

❶ 破同分,指在国际象棋比赛中让同分的队或个人分出名次,不同赛制有计"小分"和"对手分"的区别。此处借用该术语的通常意义,指贝丝因为没有等级分,而无法跟同样战绩且高等级分的棋手对阵。

"你是这个赛场上最年轻的棋手。你等得起。"

贝丝很生气。"我想和贝尔蒂克下棋。"

坐在前台的另一个人开口了。"如果接下来的三盘棋你都赢了,亲爱的,而且,假设贝尔蒂克也都赢了,那你就有机会了。"

"我会赢的。"贝丝说。

"不,你做不到的,哈蒙,"之前那个年轻人说,"你必须先和西泽摩尔、戈德曼对弈,你不可能都赢。"

"西泽摩尔和戈德曼不算什么,"另一个人说,"你这盘棋对手的实力比他的等级分高不少。他坐镇他们大学队的第一台,上个月他还在拉斯维加斯拿下了第五名。别让等级分什么的唬住你。"

"拉斯维加斯有什么比赛?"贝丝问道。

"全美公开赛。"

• • •

贝丝走到第四台。看着她走过来时,坐在白棋那边的棋手一直在微笑。原来就是那个英俊的高个子棋手。贝丝一看是他便有点慌乱。他看上去像某种类型的电影明星。

"嗨,哈蒙。"他说着,伸出手来,"看来我们一直紧跟对方不放。"

她发窘地握了握他的大手,然后坐下来。他停顿了很久才说:"你打算按下棋钟吗?"

"对不起。"她说着,伸手去摁按钮,却差点儿把棋钟打翻,幸好她及时抓住了它。"对不起。"她再次道歉,声音轻得几乎听不见。这次她摁下去了,他的棋钟开始计时。她低头看着棋盘,脸颊发烫。

他走兵到王线第四排，她就用西西里防御应对。他按照书里写的谱着走，她选择了龙式变例。他们在棋盘中心兑换兵。渐渐地，她恢复了镇静，按部就班地走起来，还朝棋盘对面的他看。他下棋很专注，皱着眉头。但即便皱着眉，头发略显凌乱，他依然很俊朗。看着他——宽阔的肩膀、清爽的肤色，因专注而微微皱起的眉间——时，贝丝觉得肚子里有种奇怪的感觉。

他出后时，她有点惊讶。这步棋很大胆，她研究了一会儿，发现没有什么可乘之机。她也出动自己的后。他把马走到第五排，贝丝也跳马到第四排。他用象将军，她用兵防守。他撤回了象。她现在感觉很轻松，下棋的手指也很灵活。两位棋手都开始快速而轻盈地移动棋子。她将了他一军，但没什么实质性的威胁，他巧妙地闪避，开始挺兵。她轻而易举地牵制住他的兵位，阻止兵继续前进，然后用车在后翼佯攻。他没有被佯攻所迷惑，微笑着去摆脱她的牵制，并在下一步继续挺兵。她退了一步，把她的王藏在后翼的城堡里。说不出为什么，她只觉得莫名地有趣，游刃有余，但她的脸色依然很严肃。好像在跳舞，他们继续这样的着法。

当她最终发现自己可以如何击败他时，不知怎的竟觉得有点悲伤。那是在第十九步之后，脑海中明明已经灵光一现，她却意识到自己在抵制，实在不肯让如此愉悦的双人芭蕾时光就此结束。但事实就是如此：四步之内，他就会失去一个车，或者更糟。她犹豫了一下，按照预想的策略走出了第一步棋。

他没有当即看出端倪，直到走完两步，他才反应过来，突然皱起眉头说："天哪，哈蒙，我的车要没了！"她喜欢他的声音；她喜欢他说这话的方式。他自嘲地摇摇头；她喜欢他这个动作。

有些棋手早早结束了比赛，聚过来围观他们的棋局，有两人窃窃私语，正在谈论贝丝刚才的调兵遣将。

唐斯又走了五步，最终认输时，贝丝真心为他难过。他推倒自己的王时说了一句"完蛋！"但他站起身后伸了个懒腰，朝她笑了笑。"你真是个了不起的棋手，哈蒙，"他说，"你多大了？"

"十三岁。"

他吹了声口哨。"你在哪儿上学？"

"费尔菲尔德初级中学。"

"对，"他说，"我知道那所中学在哪里。"

他甚至比电影明星还好看。

大约一小时后，她在第三台抽到了戈德曼。她在十一点整走进赛场，一路进去时，站在场馆里的人都停止了交谈。每个人都在看她。她听到有人低声说"才他妈的十三岁"，这话让她心中狂喜，与此同时，心中还萌生了一个念头：我八岁时就能下得这么好了。

戈德曼很强硬，不苟言笑，动作迟缓。这个矮小、壮实的男人这次执黑，下起棋来就像一个受过防御特训的粗暴的将军。第一个小时里，贝丝尝试的每一次进攻都被他化解了。他的子力相互保护；好像他有双倍的兵力，足以卫护自己的阵营。

等待他走棋的漫长时间里，贝丝焦躁不安；有一次，她推进了象后就站起来，去了洗手间。肚子里有点痛，她觉得有点晕。她用冷水洗了把脸，再用纸巾擦干。就要走出去时，她第一盘棋对弈的那个女孩进来了。帕克。帕克看到她时显得很高兴，说："你一下子

109

就冲到前列了,是不是?"

"到目前为止,是的。"贝丝说着,感觉肚子里又是一阵绞痛。

"我听说你在和戈德曼对决。"

"是的。"贝丝说,"我得回去了。"

"当然。"帕克说,"当然要回去,把他打得屁滚尿流,好吗?屁滚尿流!"

贝丝突然咧嘴笑了。"好的。"她说。

她回到棋桌时,看到戈德曼已经走了一步,她这边的棋钟在嘀嗒走时。穿着深色西装的戈德曼坐在那儿,看起来有点无聊。她觉得自己神清气爽,准备好了。她坐下来,把一切抛在脑后,只关注她面前的六十四个方格。一分钟后,她看明白了:只要她同时在两侧进攻——摩菲时常用这种策略——戈德曼就很难左右兼顾,难保不出纰漏。她把兵移到后翼车线第四排。

果然。五步之后,她成功打开了他的王前大门,再过三步,她就杀到了王的跟前。她没去注意戈德曼本人,没去注意旁观的人群,也没去留意自己下腹的感受、额头上冒出的汗珠。她只盯着棋盘下棋,棋盘表面为她刻下了纵横力量的线条:兵的领域小而顽固,后的势力四通八达,两者间的棋子力量各有不同。就在戈德曼即将超时之际,她将杀了他。

当她在记录纸上圈出自己的名字时,又看了一眼戈德曼的等级分:1997。人们在鼓掌。

她直奔洗手间,发现自己刚刚来了初潮。她看着身下水面上的红晕,片刻间觉得惶恐,好像发生了什么灾祸。她的血染在第三台的椅子上了吗？棋桌边的人们是否正在盯着她的血迹看？但她欣慰地看到棉质内裤上几乎没什么斑点。她突然想到了乔兰妮。要不是因为乔兰妮，她大概根本不明白发生了什么事。没有别人就此事对她说过什么——显然，惠特利夫人什么都没提过。一时间，乔兰妮让她心头一暖，她想起乔兰妮曾经告诉过自己"在紧急情况下"该怎么办。贝丝从卫生纸卷中扯出很长的一条，折成紧实的长方形纸垫。肚子已经不疼了。她来月经了，还刚刚战胜了戈德曼：等级分1997的劲敌。她把折好的纸垫放进内裤，提起来，拉紧，整理好裙子，自信地走回赛场。

• • •

贝丝之前见过西泽摩尔；他身材矮小，长相丑陋，脸庞瘦削，一刻不停地抽烟。有人跟她说过，他是贝尔蒂克之前的本州冠军。贝丝将在挂着"顶级赛区"牌子的小房间里和他在第二台对弈。

西泽摩尔还没到，但在她旁边的第一台，贝尔蒂克面向她而坐。贝丝看了看他，随后移开了视线。这时，离三点还有几分钟。这个小房间里的灯光——电灯泡上面罩着金属篮筐形的灯罩——似乎比大场馆里的灯光更亮，也比早上的时候更亮，有那么一瞬间，画着红线的清漆地板上的反光刺眼得很。

西泽摩尔走了进来，紧张而飞快地梳理他的头发。他的薄嘴唇间夹着一支烟。他把椅子往后拉时，贝丝感到自己变得非常紧张。

"准备好了吗？"西泽摩尔粗声粗气地问道，把小梳子塞进他的衬衫口袋。

"好了。"她说着，按下了棋钟。

他把兵移到王线第四排，然后拿出梳子咬起来，活像别人咬铅笔的橡皮头。贝丝走兵到后翼象线第五排。

棋至中局时，西泽摩尔每走一步棋都要梳一梳头发。他几乎看也不看贝丝，只是专心致志地看棋盘，但梳头发、分发缝、重新分发缝再梳的时候会在座位里扭动一下身体。这盘棋走得很稳，双方都没出纰漏。她只能一门心思为马和象找到最好的位置并等待，除此之外就没什么可做的了。她走一步，就在记录纸上记下这一步，然后往后靠在椅背上。过了一会儿，棋手们在绳栏外聚集起来。她时不时瞥他们一眼。看她下棋的人比看贝尔蒂克的人还多。她专注地看着棋盘，等待战局出现转机。有一次，她抬头时看到了安妮特·帕克站在人群的后排。帕克微笑着，贝丝向她点了点头。

回看棋盘，西泽摩尔把马跳到了后线第五排，处于马所能在的最佳位置。贝丝皱起眉头；她没法把它赶走。棋子都聚在棋盘中心，一时间让她失去了感觉。她的腹部偶尔会有阵痛袭来。她能感觉到大腿之间厚厚的纸垫。她调整一下自己的坐姿，眯起眼睛看棋盘。情况不妙。西泽摩尔正在悄悄逼近她的领地。她看了看他的脸。他已经收起了梳子，正用满意的目光看着面前的棋子。贝丝俯身凑近桌面，双手握拳抵住脸颊，想要努力看穿这个局面的走向。人群中有人在窃语。她费了九牛二虎之力才将分心的杂念赶出脑海。现在是反击的时候了。如果她把马移到左侧……不行。如果她要为自己的白格象打开斜线……这才是正解。她挺兵，象的力量骤增两倍。

局面的走势越来越清晰了。她靠回座位里，深吸了一口气。

接下来的五步棋中，西泽摩尔不断地活跃棋子，但贝丝不为其扰，因为她看出来了：他对她的进攻和渗透仅此而已，所以她把注意力始终聚焦在棋盘的左上角，也就是西泽摩尔的后翼；等到时机成熟时，她把她的象移到他挤在一起的棋子中间，置于马线第二排。以这个象现在所处的位置来说，他有两个子都能吃掉它，但任何一个子吃象，他都会有麻烦了。

她看了看他。他又拿出梳子梳起了头发。他的棋钟嘀嗒作响。

他花了十五分钟才走出下一步棋，而他走完贝丝就震惊了。他用他的车吃掉了那个象。难道他不知道把车从底线移开是傻瓜才会做的事吗？难道他没看出来吗？她低头又去看棋盘，再次检验计算，然后出动她的后。

他接着走了一步棋，直到下一步棋才发现他的棋局已然崩溃。六步之后，当她让后前通路兵移到第六排时，他的手里还拿着梳子。他把车挪到那个兵的下面。她用象攻击他的车。西泽摩尔站起来，把梳子放进口袋，垂下手，撂倒棋盘上的王。"你赢了。"他面无表情地说道。掌声雷动。

交上记录纸后，她等待着那个年轻人检查完毕，在他面前的一份名单上做了一个标记，再站起身，走到公告栏前。他取下写有"西泽摩尔"的名卡上的图钉，随手把那张名卡扔进了一只绿色金属垃圾桶。然后，他拔下最下面的名卡上的图钉，把名卡提升到西泽摩尔刚才的位置。"全胜者"名单上现在只有两个名字了：贝尔蒂克、哈蒙。

她朝洗手间走去时，贝尔蒂克大步流星地从"顶级赛区"小房间里走出来，看起来对自己非常满意。他拿着小小的记录纸，正在走向胜者的篮筐。他好像没看到贝丝。

她又走回"顶级赛区"小房间的门口，看到唐斯站在那儿。他的脸上有疲态；抛开疲态不谈，他看起来就很像洛克·哈德森❶。"干得漂亮，哈蒙。"他说。

"你输了，我很难过。"她说。

"是输了，"他说，"又要从头抽签再战了。"他冲着贝尔蒂克的方向点点头——贝尔蒂克站在前台边，身边聚了一小圈人——说道，"他是个杀手，哈蒙。真正的杀手。"

她看着他的脸，"你需要休息。"

他低头对她笑了笑。"我需要的是，哈蒙，你的一点天赋。"

她经过前台时，贝尔蒂克朝她走近一步，说："明天见。"

· · ·

正好晚饭开餐前，贝丝走进客厅，看见惠特利夫人脸色苍白，神情古怪。她坐在绒布面扶手椅上，脸色浮肿。她拿着一张颜色鲜艳的明信片，手垂在膝头。

"我来月经了。"贝丝说。

惠特利夫人眨眨眼。"挺好的。"她说话的样子好像身在很远的地方。

---

❶ 洛克·哈德森（Rock Hudson，1925—1985），美国影视演员，生于伊利诺伊州，曾以《巨人》提名奥斯卡金像奖最佳男主角奖。

"我需要卫生巾什么的。"贝丝说。

一时间，惠特利夫人好像很困惑。接着，她神色一亮，"对你来说，这当然是个里程碑。你为什么不直接去我的房间，在梳妆台最上面的抽屉里找找？你要什么就拿什么。"

"谢谢你。"贝丝说着，朝楼梯走去。

"还有，亲爱的，"惠特利夫人说，"把我床边的那小瓶装的绿色药片拿下来。"

贝丝回来后，把药给了惠特利夫人。惠特利夫人的手边搁着半杯啤酒，她倒出两颗药，用啤酒送下去。"我得再补一次镇定药。"她说。

"出了什么问题吗？"贝丝问。

"我不是亚里士多德，"惠特利夫人说，"但可以把眼前的状况解释为'问题'。我收到了惠特利先生的消息。"

"他怎么说？"

"惠特利先生已经被无限期地留在西南地区了。美国的西南地区。"

"哦。"贝丝说。

"在丹佛和比尤特之间。"

贝丝在沙发上坐了下来。

"亚里士多德是道德哲学家，"惠特利夫人说，"而我是个家庭主妇。或者说，曾经是个家庭主妇。"

"如果你没有丈夫，他们难道不会把我送回去吗？"

"你问得很具体。"惠特利夫人喝了一口啤酒，"如果我们在这件事上撒个小谎，他们就不会把你送回去。"

"这很容易啊。"贝丝说。

"你有个好脑子，贝丝，"惠特利夫人说着，把啤酒一饮而尽，"你为什么不去把冰箱里的两份鸡肉晚餐加热一下呢？把烤箱调到四百度。"

贝丝的右手一直拿着两片卫生巾。"我不知道怎么用这个。"

瘫坐在椅子里的惠特利夫人直起身子。"我不再是个太太了，"她说，"只在法律层面上还顶着太太的头衔。但我相信我可以学会怎样做个母亲。只要你答应我永远不接近丹佛，我就告诉你怎么用卫生巾。"

. . .

半夜醒来时，贝丝听到雨点打在头顶的屋顶上，断断续续地敲打着老虎窗的窗玻璃。她刚才一直在做梦，梦见了水，梦见自己在沉静的海水中惬意地游泳。她把一个枕头蒙在头上，侧身蜷缩起来，试着重新入睡。然而睡不着。雨声很大，随着雨水不断落下，梦中倦怠的悲伤被布满棋子的棋盘取代了，棋局在攫取她的关注，在要求她保持神志清晰。

那是凌晨两点，之后，她再也没睡着。她七点下楼时，雨还在下；厨房窗外的后院看起来像一片沼泽，快要枯死的草丘像孤岛般耸立在泥水里。她不确定该怎样煎蛋，但确定自己能把鸡蛋煮熟。她从冰箱里拿出两只鸡蛋，在锅里装满水，放在炉子上。与他对弈时，她要把王前兵推到第四排，指望西西里防御再次奏效。她让鸡蛋煮了五分钟，然后把它们放进冷水。她能看到贝尔蒂克的脸：年轻、傲慢、聪明。他的眼睛又小又黑。昨晚她要离开时，他朝她走来，而她差点儿以为他会打她。

鸡蛋煮得很完美；她用餐刀敲开蛋壳，放在蛋杯里，加了盐和黄油，吃了起来。眼皮下的眼睛感觉沙沙的。最后一轮比赛将在十一点开始；现在是七点二十分。她真希望自己手边有一本《现代国际象棋开局》啊，好让她再复习一下西西里防御中的变化。有些参赛的棋手把这本书夹在胳膊下，书都快翻烂了。

十点，她走出家门时只下着小雨，惠特利夫人还在楼上睡觉。出门前，贝丝走进洗手间，检查了惠特利夫人让她戴的月经带和厚厚的白色卫生巾。安全无虞。她穿上套鞋和蓝色外套，从衣柜里拿出惠特利夫人的雨伞，走出了家门。

· · ·

她以前就注意到了，第一台的棋子与众不同，就像甘茨先生用的棋子，实木的，而赛场中其他棋盘上的棋子都是空心塑料的。十点半，她走过空无一人的场馆，走到小房间里的那张棋桌后，伸手拿起了白王。底部有铅坠，沉甸甸的，手感很好，底面还贴有绿色的毛毡。她把棋子放回原位，跨出天鹅绒绳栏，走向洗手间。才刚上午，她已洗了第三遍脸，还系好卫生带，梳好刘海，再回到场馆。进场的棋手越来越多了。她把手塞进裙子口袋里，这样就不会有人看到它们在微微颤抖了。

十一点到来时，她已坐在第一台的白棋后面，做好了准备。第二台和第三台已经开始对弈了。西泽摩尔在第二台。别的棋手她都不认识。

十分钟过去了，贝尔蒂克还没有出现。穿白衬衫的赛场主管翻过绳栏，在贝丝身边站了一分钟。"还没来吗？"他悄悄地问道。

117

贝丝摇了摇头。

"你走棋，开棋钟。"主管低声说道，"你十一点就该开始的。"

这让她有点恼火。没人跟她说过这个规矩。她把兵移到王线第四排后，按下了棋钟，贝尔蒂克的时间开始流逝。

又过了十分钟，贝尔蒂克进来了。贝丝的肚子痛，眼睛也很生涩刺痛。贝尔蒂克看起来很轻松，一副休闲的样子，穿着亮红色的衬衫、褐色的灯芯绒长裤。"不好意思，"他用正常的音量说道，"多喝了一杯咖啡。"其他棋手恼怒地瞪了他一眼。贝丝什么也没说。

贝尔蒂克还站在桌边，又多松开了衬衫前襟上一颗纽扣，伸出手来。"哈利·贝尔蒂克，"他说，"你叫什么名字？"

他肯定知道她叫什么名字。"我是贝丝·哈蒙。"她说着，握住他的手，但避开了他的视线。

他在黑棋后面落座，轻快地搓了搓手，把他的王前兵移到第六排，然后利索地摁下棋钟，开始给贝丝计时。

法兰西防御。她从没下过这种开局。她不喜欢这样的形状。下步可以把兵移到后线第四排。但如果他也将后前兵向前挺进两步，接下去会怎样？她要交换兵吗？还是把其中一个兵往前推进？还是出马？她眯起眼睛，摇了摇头；实在预想不出走完这几步棋后会有怎样的局面。她又看了看，揉了揉眼睛，然后把兵移到后线第四排。伸手去按棋钟时，她突然犹豫了一下。她有没有走错？但现在已经太晚了。她匆忙地摁下按钮，刚开始计时，贝尔蒂克就立刻拿起他的后前兵，放在后线第五排，再拍下他那边的计时按钮。

虽然现在很难发挥她一贯清晰的预判能力，但她并没有失去把控开局的水准。她调出她的马，跻身于争夺棋盘中心的角斗。但是贝尔蒂克走得飞快，用自己的兵吃掉了她的兵，她知道自己没法逮住他那个兵。她试着耸耸肩，假装不在乎自己让出的优势，继续下棋。她出动自己底线的棋子，王车易位。她抬起眼帘，看了看棋盘对面的贝尔蒂克。他似乎完全没有负担，还在看邻桌的棋局。贝丝觉得胃在痉挛；怎么坐都不舒服。有那么一会儿，密集拥堵在棋盘中心的子力看上去毫无章法，没有意义。

她的棋钟嘀嗒作响。她歪过头去看钟面；已经花费了二十五分钟，局面仍然少一兵。而贝尔蒂克总共只用了二十二分钟，甚至包括了他因迟到而浪费的时间。她耳鸣了一下，小房间里耀目的灯光刺痛了她的眼睛。贝尔蒂克身体后靠，双臂一伸，打了个哈欠，露出牙齿内侧的黑斑。

她为自己的马觅到了一个看起来不错的位置，便伸出手去，又停了下来。这步棋的后果可能很可怕；必须针对他的后，以免他把后移到车线，随时发动进攻。她必须攻守兼备，但她看不出有什么办法。她的子力只是呆呆地坐在棋盘上。她昨晚真该吃一颗绿色的药，好好睡一觉。

然后她想出了一步看上去有理有据的走法，当即付诸实践。她退马到王前，为王保驾，以免受到贝尔蒂克的后的攻击。

他几乎不动声色地挑了挑眉毛，继而飞快地吃掉棋盘另一边的兵。眨眼间他的象前大斜线也打开了。象瞄准的目标就是她浪费时间撤回的那个马，而且，她又少了一个兵。贝尔蒂克的嘴角有一丝狡猾的笑意。她有点害怕，立刻移开视线，不去看他的脸。

她必须做点什么。否则，他在四五步内就能让她的王无力翻身。她需要集中精神，透彻地看明白这个局面。但她一看棋盘就觉得拥挤不堪，环环相扣，又复杂，又危险。然后，她想到自己终究可以去做什么。她的棋钟还在走，但她站起来，跨过绳栏，穿过一小群沉默的观众，来到主体育馆，走过长廊，进了洗手间。里面一个人也没有。她走到台盆前，用冷水洗了把脸，又扯了几张纸巾并淋湿，捂在后脖颈上足有一分钟。扔掉纸巾后，她走进一个小隔间，坐下来检查卫生巾。没问题。她坐在那儿放松自己，放空大脑。两只手肘撑在两只膝盖上，撑住了垂下的头。

她动用意志力让第一台桌上的棋局浮现在她眼前。看到了。她一眼就看出这盘棋很难，但并不像她从莫里斯书店的书中背出来的部分棋局那么难解。在她看到的幻象中，棋子都非常清晰。

她就坐在那儿，不担心时间流逝，直到她把幻象中的棋局彻底看透，明了个中缘由。然后她站起来，又洗了把脸，再走回场馆。她已经想明白了自己该怎么走。

"顶级赛区"小房间里聚集的人比之前还多；棋手们大多结束了比赛，都进来围观这场对决了。她把观众们拨开，跨过绳栏，落座。她的手非常稳，腹部和眼睛的感觉也很好。她伸出手，走棋；然后坚定地摁下棋钟。

贝尔蒂克花了几分钟研究这步棋，然后用他的象吃掉了她的马，正如她所预料的。她没吃回他的象；而是出动自己的象去攻击他的一个车。他把车移出了充满火药味的那条线。他不得不这样做。她感到热血上头，把后从底线移到棋盘中心。现在，后明摆着要吃掉那个车了,还同时牵制王翼马前兵,并威胁带将吃象。她朝贝尔蒂克看。他正在研究这个新局面,还卷起了袖口。他的棋钟嘀嗒作响。

他大概用了十五分钟才发现,贝丝在洗手间里早已料到他会让车走这一步。她都想清楚了。她出车到后的身后,她听见贝尔蒂克猛地倒吸一口冷气。旁观者中有人开始交头接耳。贝丝开始等待。

又过了十多分钟,贝尔蒂克把他的后移到防守的位置。没用。她稳稳地伸出手,头脑水晶般清晰,她挺兵,攻击他的后。

贝尔蒂克瞪着它好半天,好像那不是一个小兵,而是棋盘上的一只蟑螂。如果他吃掉它,就会发现自己的后被牵制住,动弹不得。如果他把后移开,贝丝就会展开一系列攻击。如果他把它留在原地不管,肯定就会失去它。"混蛋!"他轻轻嘟囔了一声。

等他决定怎么走了,他的棋钟上只剩十分钟了。贝丝还有五十分钟。他把时间都浪费在伸展胳膊、在椅子里扭动身体、做鬼脸,以及时不时地貌似目标明确地出手,又突然停下,任由他的手悬停在某个棋子上方的半空里。最后,他终于拿起自己的后,移到棋盘的另一边,远离危机四伏的火线。

她走象到后的后方:威胁将杀,迫使他用他的后加以抵挡。他移开后的时候,她无动于衷,只是把自己的车移到第三排,也就是可以随意左右移动的那个位置。不管他怎么走,她都可以吃掉他的后,或者将杀。

贝尔蒂克双手摊开,撑着脸庞,弓背猫在棋盘上。她能听到他的脚在地面敲个不停。"狗养娘的,"他说,"真他妈混蛋。"

贝丝轻声轻气地说道:"我觉得胜负已定。"

"我会找到出路的。"

"我觉得你不会。"贝丝说。

他还剩四分钟。他使劲地盯着棋盘看,好像要用他绝境求生的意念把棋局摧毁。熬到最后只剩三十秒的时候,他抓起后,重重地砸在那个车的前方,这是自杀式的介入,弃后换车。他拍下他的棋钟,靠回椅背,深吸了一口气。

"这着没用,"贝丝说,"我不一定非要吃掉你的后。"

"该你走了。"贝尔蒂克说。

"我会先用象来将军——"

"走!"

她点点头,用象将军。贝尔蒂克在嘀嗒嘀嗒的走时声中迅速逃王,同时按下棋钟的按钮。接着,贝丝走出了她一直计划要走的那一步。她让她的后冲到王的身边,弃后。贝尔蒂克看着她,惊呆了。她也盯着他看。他耸了耸肩,吃掉她的后,还用被吃掉的后的底端撞了一下按钮,停止他的计时。

贝丝把她的另一个象从底线移到棋盘中间,说:"将军。下一步就是将杀。"贝尔蒂克盯着棋盘看了一会儿,说完"狗娘养的!"就站了起来。

"用车将杀。"贝丝说。

"狗娘养的。"贝尔蒂克说。

现在,挤满小房间的人们都开始鼓掌了。仍然紧锁双眉的贝尔蒂克伸出手,贝丝和他握了握手。

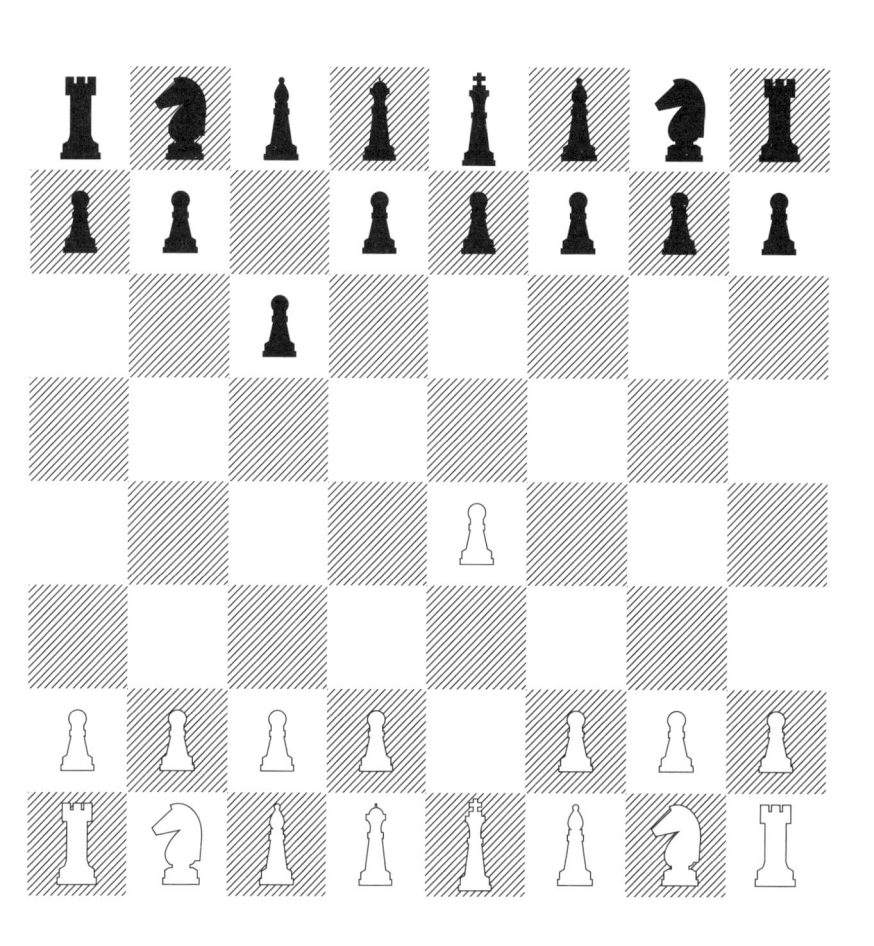

05

第五章

她走到柜台前时,银行都在准备关门了。她只能在放学后等巴士,再换乘一辆到主街。而且,这已是她跑的第二家银行了。

那一整天,她都把折好的支票收在上衣口袋里,外面罩着毛衣。直到排在她前面的男人拿起几卷硬币塞进大衣口袋,把柜台的窗口留给她时,她才把支票掏出来。她把手搁在冷冰冰的大理石台面上,把支票递过去,还踮起脚尖,以便看到银行职员的面孔。"我想开一个户头。"贝丝说。

男职员瞥了一眼支票:"小姐,你多大了?"

"十三岁。"

"我很抱歉,"他说,"要有父母或监护人陪同,你才能开户头。"

贝丝把支票放回上衣口袋,走了。

回到家,惠特利夫人手边有四瓶喝光的帕布斯特蓝带啤酒,都立在她椅子边的小桌上。电视机没开。贝丝在前门口捡起下午送来的报纸,一边走进客厅,一边展开报纸看。

"学校里还好吗,亲爱的?"惠特利夫人的声音听上去含糊、遥远。

"还行。"贝丝把报纸搁在沙发边的绿色塑料搁脚凳上,随即看到自己的照片被印在头版最下面,心头一惊。上面是赫鲁晓夫的脸,下面就是她的脸,占据一个栏目的宽度,标题写的是:"本地神童大战国际象棋锦标赛",她在标题下眉头紧锁。标题下有一排加粗的小字:"十二岁棋手震惊棋坛大师"。她记得那个人给自己拍了照,然后主办方给她颁发了奖杯和支票。她明明跟他讲过:她十三岁。

贝丝弯下腰,看报纸上是怎么写的:

> 本周末,一位本地女孩的棋艺震惊了肯塔基州的国际象棋界,她力克强敌,赢得了肯塔基州冠军。伊丽莎白·哈蒙是费尔菲尔德初级中学的七年级学生,据哈利·贝尔蒂克的评价,她表现出了"任何女性都无可比拟的精湛棋艺",贝尔蒂克在州冠军决赛中卫冕失败,输给了哈蒙小姐。

贝丝苦着脸;她讨厌自己的那张照片。她的雀斑和小鼻子都被拍得太清楚了。

"我想开个银行户头。"她说。

"银行户头?"

"你得和我一起去。"

"可是,亲爱的,"惠特利夫人说,"你要拿什么去开户呢?"

贝丝把手伸进上衣口袋,拿出支票递给她。惠特利夫人在椅子上挺起身,接过支票,好像捧在手里的是死海古卷。她沉默了一会儿,看着支票上的每一个字,然后轻轻地说出来:"100美元。"

"我需要父母或监护人陪同。去银行。"

"100美元。"惠特利夫人说,"就是说,你赢了?"

"是的,支票上写着:冠军奖金。"

"我看到了，"惠特利夫人说，"我完全不知道下棋还能赚钱。"

"有些比赛的奖金比这还高。"

"天哪！"惠特利夫人仍然盯着那张支票看。

"我们明天放学后可以去银行。"

"当然可以。"惠特利夫人说。

第二天，她们去完银行回到家进客厅时，沙发前的矮凳上放着一本《国际象棋评论》。惠特利夫人把大衣挂进门厅的衣柜，拿起了那本杂志。"你去上学的时候，"她说，"我一直在看这本东西。我看到十二月的第二个星期在辛辛那提有一个大型比赛。冠军奖金是500美元。"

贝丝端详了她很久。"那个时段我必须上学，"她说，"而且，辛辛那提离这里很远。"

"坐灰狗也就是两小时的行程，"惠特利夫人说，"我自作主张地打电话问过了。"

"学校怎么办呢？"贝丝说。

"我可以写病假条，就说是单核细胞好了。"

"单核细胞？"

"单核细胞增多症。按照《妇女之家》上面写的，在你这个年龄段要当心这种病。"

贝丝仍然注视着她，努力克制自己不要泄露出惊讶的神情。惠特利夫人的不诚实似乎在各个方面都称她的本心。接着，她说："那我们要住在哪里？"

"吉布森酒店，双人间每晚22美元。灰狗车票每张11.8美元，当然，还有吃饭的开销。我已经把所有费用算了一遍。就算你只赢到第二名或第三名，也会有钱赚。"

贝丝的塑料钱包里有20美元现钞和一沓十张支票。"我要买些国际象棋书。"她说。

"没问题，"惠特利夫人微笑着说，"如果你能开一张23.6美元的支票，我明天就能买好车票。"

· · ·

在莫里斯书店买好《现代国际象棋开局》和另一本关于残局的书后，贝丝走到街对面的珀塞尔百货公司。她从学校女生的闲谈中得知，珀塞尔百货公司比本·斯奈德好很多。她在四楼找到了她想要的东西：和甘茨先生的那副国际象棋几乎一模一样的棋子，手工雕刻的马，又大又敦实的兵，胖鼓鼓的实心车。买棋盘的时候她犹豫了好一阵子，差点儿买了一块木头棋盘，但最终决定买一块绿色和米色方格的亚麻布折叠棋盘。这种比其他的更容易携带。

回到家后，她把书桌清空，摆好棋盘，再摆好棋子。她把新买的国际象棋书摞在一边，再把高高的银质奖杯放在另一边，奖杯的形状是国际象棋中的王。她打开书桌台灯，在桌边坐下，只是端详那些棋子，看看它们的弧面和曲线如何映照光线。她似乎坐了很久，心神安宁。后来，她拿起《现代国际象棋开局》。这一次，她从头开始看。

· · ·

她从未见过吉布森酒店这样的地方。那么宽敞，那么繁忙，大厅里吊着明亮的吊灯，铺着厚厚的红地毯，还摆着鲜花，就连三扇旋转门和站在门边的穿制服的门卫都让人看不够。她和惠特利夫人提着新买的行李箱，从汽车站走到了酒店门口。惠特利夫人不肯让门卫帮忙。她拖着行李箱走到前台，办好了两人的入住手续，不管客房服务员用怎样的眼神看她们，她都视若无睹。

入住客房后，贝丝才放松下来。这个房间有两扇大窗户，可以俯瞰高峰时段的第四大街上的车水马龙。那天有点冷，但空气很清新。房间里铺着厚厚的地毯，洁白的浴室很大，摆着蓬松的红色毛巾，有一整面墙上贴着巨大的平面镜。梳妆台上有一台彩色电视机，每张床都铺着鲜红色的床罩。

惠特利夫人把房间仔细察看了一番，拉开梳妆台的抽屉看了看，打开电视再关上电视，抚平床罩上的皱褶。"还行，"她说，"我预订时指明要一个舒适的房间，我认为他们没有食言。"她在床边的维多利亚式高背椅里坐下来，好像她这辈子都住在吉布森酒店。

比赛就在酒店夹层的塔夫特大厅里举办；贝丝只需要乘电梯就能去比赛。惠特利夫人在这条街的尽头找到了一家小餐馆，她们早餐吃了培根和鸡蛋，然后，贝丝下楼去报名参赛，惠特利夫人就带着一份辛辛那提本地的《询问报》和一包切斯特菲尔德香烟回到床上。贝丝依然没有等级分，但这一次，前台有个男人知道她是谁；他们没有试图把她排在业余组。每天有两盘棋，时限为每方120/40，也就是说，你有两小时走前四十步棋。

她报名签到的时候，听到通向塔夫特大厅的一扇敞开的双开门内传来低沉的人声，比赛就将在门内进行。她往门内看，只能看到偌大的大厅里的一小块地方，还有一长排空荡荡的桌子，几个人在走动。

她走进去时看到一个奇怪的男人懒洋洋地瘫坐在沙发上，套着黑色皮靴的双脚搭在咖啡桌上。"……车到第七排，"他正在说话，"如鲠在喉啊，兄弟，那个位置的车。他看了一眼就付钱了。"他把头靠在沙发背上，用低沉的男中音大笑起来，"20美元。"

由于时间还早，房间里只有五六个人，摆放着纸质棋盘的桌边一个人也没有。每个人都在听那个男人说话。他大约二十五岁，模样像海盗。他穿着脏兮兮的牛仔裤，黑色高领毛衣，黑色毛线帽掩在浓密的眉毛上。他留着浓密的黑色胡子，显然应该刮一刮了；他的手背被晒得黝黑，看起来很粗糙。"卡罗-卡恩防御，"他笑着说道，"太令人失望了。"

"卡罗-卡恩防御有什么不对吗？"有人问道。那是个穿骆驼毛毛衣、模样挺整洁的年轻人。

"全是兵，没希望。"他把腿脚放回地面，挺直坐了起来。桌上有一副脏兮兮的米色绿色格子的旧棋盘，上面的木质棋子各有磨损。黑王的头不知什么时候掉下来过；现在是用一块砂纸胶布固定的。"我来演示给你看。"那人说着，把棋盘拉到近前。贝丝现在就站在他身边。她是这间大厅里唯一的女孩。那人伸出手，用指尖提起白方的王前兵，轻轻地放在王线第四排，他竟有那么轻巧的动作，实在出人意料。然后，他拿起黑方的后翼象前兵，放在后翼象线第六排，再把白方的后前兵放在第四排，同样，让黑方的后前兵也前进两格，停在第五排。他抬头看了看周围的人，此时，他们都在关注棋盘。

"卡罗-卡恩。对吧？"

贝丝很熟悉这些棋步，但她从未见过谁这样走。按照她的判断，这个人接下来会移动白方的后翼马，他果然是这样走的。然后他让黑方的兵吃掉白方的兵，再用白方的马吃掉刚刚吃掉白兵的那个黑兵。他把黑方的王翼马移到象线第六排，再把白方的另一个马跳出来。贝丝记得这步棋。现在看这步棋似乎很寻常。她意识到自己开口说道："我会吃掉马。"

那人看着她，挑起眉毛。"难不成你就是那个肯塔基州的孩子？——干掉了哈利·贝尔蒂克的人？"

"是的。"贝丝说，"如果你吃掉马，就会让他有了叠兵……"

"煞有介事吧。"那人说，"全是兵，没希望。看看黑方怎样获胜。"他把马留在棋盘中心，把黑兵移到王线第五排。接着，他继续把这盘棋的步骤演示出来，随意而灵巧地在棋盘上把棋子移来移去，偶尔指出一个潜在的陷阱。这盘棋在棋盘中心走出了赋格曲般平衡的局势。有点像电视里的延时镜头：浅绿色的茎拱出泥土，升高，膨胀，绽放成牡丹或玫瑰。

又有些人走进了房间，也围在旁边看。这种演示让贝丝由衷地感到一种新鲜的激动，为这个戴黑帽的男人的博闻强识、思路清晰和果敢的勇气而觉得兴奋。他开始在棋盘中心交换子力，用指尖把吃掉的棋子从棋盘上提起来，就好像它们是死苍蝇，同时保持一种轻声的快言快语，言明为什么要这样吃子，又会带来哪些弱点、做成什么圈套、有何种优点。讲到某一步棋时,他不得不把手伸长到棋盘另一边的底线,将一个车从原始位置移走,就在他抻长身体时,她惊讶地发现他的腰间竟然挂着一把刀。从腰带里伸出来的金属刀柄上有皮革覆面。他实在太像从《金银岛》走出来的人,以至于这把刀看上去竟也毫不突兀。就在这时,行棋停顿了一下,他说:"现在,看好这一步。"然后把黑方的车移到王线第四排,故意不出声地放下棋子,制造出夸张的效果。他把双臂叠抱在胸前。"白方在这里怎么办?"他环顾四周,问了一句。

贝丝通盘考虑了一下。对白方来说,处处都有陷阱。有个旁观者开口说道:"后吃兵?"

戴帽子的人摇摇头,笑了笑。"车走王线第一排,将军。后被吃。"

贝丝已经预见到了这一步。白方看来要完蛋了,她刚想开口,另一个人又说话了:"这是米塞斯对弈聂舍夫斯基的一盘棋。三十年代的。"

那人抬头瞥了他一眼,说道:"被你看出来了,马盖特。是一九三五年。"

"白方走车到后线第一排。"第一个插话的男人说。

"对。"第二个附和道,"他还能怎么走?"他走了这一步,然后继续。现在局势很明显了,白方要输了。接着是一番快速兑子,然后进入残局阶段,虽然看上去似乎进展得很慢,但黑方令人惊讶地弃了一个通路兵,突然间,升变的态势明确了,也就是说,黑方将比白方快两步变后。这盘棋令人眼花缭乱,恰如贝丝从书上学到的某些最精彩的对局。

那人站起来，摘下帽子，伸了个懒腰。他低头盯着贝丝看了一会儿。"聂舍夫斯基在你这个年龄时就是这样下棋的，小姑娘。比你更年轻。"

· · ·

她回到客房后，惠特利夫人还在看《询问报》。贝丝进门时，她从近视眼镜的上缘看向她。"下完了？"她问。

"是的。"

"你下得怎样？"

"我赢了。"

惠特利夫人露出了亲切的笑容。"亲爱的，"她说，"你真是个宝贝。"

· · ·

惠特利夫人看到了一份西利托百货公司的打折促销广告——这家店离吉布森酒店只有几个街区。距离贝丝的下一盘棋还有四小时，所以她们冒着小雪去了西利托，惠特利夫人在地下室翻拣了一会儿，直到贝丝说："我想去看看毛衣。"

"什么样的毛衣，亲爱的？"

"羊绒的。"

惠特利夫人挑了挑眉。"羊绒？你确定我们买得起吗？"

"确定。"

贝丝挑中了一件淡灰色的毛衣，打折价24美元，非常合身。照着高大的试衣镜时，她试着把自己想象成玛格丽特那样的苹果派俱乐部成员；但脸还是贝丝的圆脸，有雀斑，棕色直发。她耸耸肩，用旅行支票买下了那件毛衣。她们在去西利托百货商店的路上经过了一家优雅的小鞋店，橱窗里摆着马鞍牛津鞋。她带惠特利夫人走进去，给自己买了一双牛津鞋。然后她又买了一双彩色菱格长袜来搭配新鞋。标签上写着："100% 羊毛。英国制造。"回酒店的路上，风中飞卷着小雪花，贝丝一直低头看着自己的新鞋和格纹长袜。她喜欢双脚现在的感觉，喜欢温暖的袜子紧贴着小腿，也喜欢它们搭配在一起的样子——亮闪闪的棕白拼色鞋，上面是亮丽而昂贵的袜子。她一路上都在往下看。

・・・

那天下午，她的对手是一个等级分1910、来自俄亥俄州的中年男子。她选择了西西里防御，在一个半小时后迫使他认输。她的头脑一如既往地清晰，还能用上过去几星期里从书中学到的一些新着法——那本国际象棋书是苏联大师布列斯拉夫斯基[1]写的。

她交上记录纸时，西泽摩尔刚好站在前台附近。她还看到了几张熟悉的面孔，都是上一个比赛中的棋手，看到他们的感觉挺好的，但她真正想看到的上一个比赛中的棋手只有一个人——唐斯。她四下找了好几次，但没有看到他。

那天晚上回到客房后，惠特利夫人看了《贝弗利山人》和《迪

---

[1] 艾萨克・布列斯拉夫斯基（Isaac Boleslavsky, 1919—1977），苏联国际象棋棋手，特级大师。

克·范·戴克秀》，而贝丝摆好了棋盘，复盘了当天的两盘棋，想找出自己的不足之处。没有瑕疵。然后，她拿出鲁本·法因❶写的专门讲述残局的书研究起来。国际象棋的残局有其独特之处：感觉就像一盘完全不同的棋，一旦你开始纠结每一方的一两个棋子，就会衍生出兵升变的问题。那种微妙的变数可能令人非常苦恼；残局中也没有机会展开贝丝钟爱的那种猛烈攻击。

但鲁本·法因让她有点厌烦，所以看了一会儿，她就合上书，上床了。她的睡衣口袋里有两颗绿色药片，关灯后，她把它们都吃了。她不想冒任何险，不希望自己睡不着。

第二天和第一天一样轻松，尽管贝丝遇到的是更强劲的棋手。比赛前她花了一些时间摆脱药的后劲，让头脑清醒过来，但等她开始下棋后，神志就非常敏锐了。她甚至会用自信的姿态把持棋子了——拿起和放下时都有泰然自若的风范。

这个赛场里没有专门的房间留给"顶级赛区"。第一台就只是第一张桌子上的第一盘棋。第二盘棋，贝丝坐第六台，她吃掉对方的一车、迫使大师级的对手投降时，棋桌边围了一些人观看。当她在掌声中抬起头时，看到阿尔玛·惠特利站在靠后的地方，笑得很开心。

最后一盘在第一台，贝丝与一位名叫鲁道夫的大师对弈。他在中局时开始在棋盘中心兑子，贝丝警觉地发现自己被迫进入了车、

---

❶ 鲁本·法因（Reuben Fine，1914—1993），美国国际象棋棋手，特级大师，心理学家，是二十世纪三十年代中期至五十年代初世界上最顶尖的棋手之一。

马外加三个兵的残局。鲁道夫拥有对等的子力，只不过象取代了马。她不喜欢这个局面，而且，他的象显然更有优势。但她设法牵制住他的象并用马与之交换，然后小心翼翼地下了一个半小时，直到鲁道夫犯了一个明显的错误，她才集中兵力打击他的弱项。她用一个兵去将军，兑车，并在王的保护下让她其中的一个兵顺利升变。鲁道夫显得对自己很生气，一气之下认输了。

掌声雷动。贝丝看了看围在桌边的人们。靠近后排的地方，又看到了穿着蓝裙子的惠特利夫人，她正兴高采烈地拍着手。

回客房的一路上，惠特利夫人捧着沉重的奖杯，贝丝的上衣口袋里收着支票。惠特利夫人已经在酒店信笺上写好了收支清单，放在了电视机上面——吉布森酒店三天住宿费：66美元，外加3.3美元的消费税；灰狗车费：23.6美元；以及每顿饭的价格，包括小费。"我为今晚的庆祝晚餐预留了12美元，还为明天的早餐预留了2美元。满打满算，我们的总支出是172.3美元。"

"还剩三百多。"贝丝说。

两人沉默了片刻。虽然贝丝完全明白那张信笺上写的内容，但她仍盯着它看。她在想：自己是否应该提出与惠特利夫人平分这笔钱？她不想分。她是靠自己赢到这些钱的。

惠特利夫人打破了沉默。"也许，你可以给我百分之十。"她欣然说道，"就当是代理人的佣金。"

"32美元，"贝丝说，"还有77美分。"

"在梅修茵，他们就跟我说了，你的数学成绩很好。"

贝丝点了点头。"好吧。"她说。

・・・

她们在一家意大利餐厅吃了小牛肉。惠特利夫人给自己点了一瓶红酒，在整个用餐过程中，她边喝酒，边抽切斯特菲尔德香烟。贝丝喜欢那儿的面包和冷冷的淡色黄油。她也喜欢离她们那桌不远的吧台上的小树，树上挂着小橘子。

惠特利夫人喝完酒后用餐巾抹了抹下巴，点燃了最后一支烟。"贝丝，亲爱的，"她说，"假期里，在休斯敦有个比赛，从二十六日开始。我很清楚，在圣诞节那天出行非常方便，因为大多数人都在吃李子布丁之类的东西。"

"我看到了。"贝丝答道。她看到了《国际象棋评论》的那则广告，也非常想去。但对于600美元的奖金来说，休斯敦似乎太远了。

"我觉得我们可以坐飞机去休斯敦。"惠特利夫人爽快地说道，"我们可以在阳光下度一个愉快的冬季假期。"

贝丝就快吃完她的意大利冰淇淋了。"好，"她说完，低头看着冰淇淋，又补充道，"好的，母亲。"

・・・

她们的圣诞晚餐是在飞机上吃的，微波加热的火鸡，惠特利夫人有一杯免费的香槟酒，贝丝有罐装橙汁。这是她过的最好的圣诞节。飞机飞过白雪皑皑的肯塔基，旅程即将结束时，又在墨西哥湾上空盘旋。降落后，迎接她们的是阳光灿烂的温暖的天气。从机场开车过来的一路上，她们经过了一个又一个建筑工地，黄色的大吊车和推土机停在成堆的大梁旁，都没人用。有人在其中一辆车上挂了圣诞花环。

她们离开列克星敦的一周前，新一期《国际象棋评论》寄到了。贝丝打开一看，发现封底有一张她和贝尔蒂克的小照片，还有一个通栏标题："女学生从大师手中勇夺肯塔基州冠军"。他们比赛的棋局被印出来了，评论是这样写的："她如此年轻就掌握了战略要点，旁观者无不惊叹。她展现出的信心堪比年龄是她两倍的成年棋手。"她读了两遍才拿给惠特利夫人看。惠特利夫人欣喜若狂；之前，她曾把列克星敦报纸上的报道大声读过一遍，还大叫"太好了！"这一次，她默默地读了一遍，然后用沙哑的声音说道："亲爱的，这是全国公认的了。"

惠特利夫人随身带着这本杂志，她们在飞机上花了一点时间，把贝丝接下来几个月里要参加的比赛都标出来了。她们定下来：每个月参加一次比赛。惠特利夫人担心的是病假条：可以用的病都快写光了，正如她所说，要是她再编更多的缺课理由，她的"可信度"必会大打折扣。贝丝暗自揣测：她们是不是该直截了当地请求校方批准她缺课呢——毕竟，男生们可以为了打篮球、踢足球而缺课——但她是明智的，所以什么也没说。写病假条这种办法似乎让惠特利夫人得到了无穷的乐趣。这很像一场共谋。

她毫不费力地在休斯敦赢得了冠军。就像惠特利夫人说的那样，她真的"掌握了窍门"。她在第三盘棋被顽强顶和，但在最后一盘以令人炫目的组合式攻击击败了四十岁的西南区冠军，在她面前，他简直就像个初学者。她们"为了阳光"在这里待了两天，参观了美术馆和动植物园。比赛结束后的第二天,报纸上刊登了贝丝的照片,这一次,她看到后感觉很好。报道称她为"少年得志"。惠特利夫人买了三份报纸,说:"我还是做本剪贴簿吧。"

• • •

一月,惠特利夫人打电话给学校,说贝丝的单核细胞增多症复发了,然后她们就去了查尔斯顿。二月份是亚特兰大,感冒;三月份是迈阿密,流感。有时候,惠特利夫人向校长助理报备,有时和女生主管谈。没有人对这些缺课理由提出质疑。看起来,有些学生似乎从外地报纸或其他渠道了解了贝丝的情况,但校方仍无一人置喙。比赛期间,贝丝每天晚上都用三个小时研究国际象棋。她在亚特兰大输了一局,但仍然拿到了冠军,在其他两个城市,她保持了不败的成绩。她喜欢和惠特利夫人一起飞行,后者在飞机上喝马提尼,有时会喝到舒服的微醺状态。她们一起聊天,一起傻笑。看到空姐和她们熨烫齐整的外套、鲜亮如面具的妆容,惠特利夫人会有风趣的评论,要不然就点评她们在列克星敦的一些邻居有多傻。她兴致高昂,妙语连珠,还讲了些小秘密,贝丝会笑很久,看着舷窗外飘在她们脚下的云朵,感觉前所未有地美好,哪怕在梅修茵的那些日子里攒绿色药片、一次就吃五六片,感觉也没这么好过。

她渐渐爱上了酒店和餐馆,爱上了参加比赛并稳操胜券所带来的兴奋感,一盘一盘地冲向桂冠,每赢一次,她桌旁的观众就会多一点。参赛的人们现在都知道她是谁了。她总是赛场里最年轻的棋手,有时是唯一的女棋手。赛完再回学校念书,一切好像只会越来越单调。有些学生在谈论高中毕业后要上大学，有些人已经想好了要从事什么行业。她认识的两个女孩想当护士。贝丝从没参与过这类交谈；她已成为她想成为的人。但她没跟任何人谈过旅行或自己在国际象棋比赛中的建树和声誉。

三月，她们从迈阿密回来时，在信箱里看到国际象棋协会的信封。里面是一张崭新的会员卡，上面印着她的等级分：1881。她之前听人说过，靠等级分来反映她的真实实力还需时间；就目前来说，她很满意，因为她终于成为了一名有等级分的棋手。用不了多久，她就能提高分数。下一步是晋级大师，让等级分达到2200。超过2000分就会被业界称为"专家"，但这个头衔并没有什么大不了。她喜欢"国际特级大师"——真正有分量的头衔。

· · ·

那年夏天，她们去了纽约，在亨利·哈德逊酒店赏玩了一番。她们已经养成了品尝美食的习惯，尽管在家里还是常吃电视便餐，而在纽约，她们去法式餐厅用餐，坐巴士穿城而过，去很有名的法式小餐馆和阿让特伊咖啡馆。惠特利夫人在列克星敦的某个加油站买到了一本《美孚旅游指南》，从中挑出至少有三星以上评分的餐馆，再标注到她们的小地图上。那些店都贵得吓人，但她们对此都不置一词。贝丝会吃烟熏鳟鱼，但从不吃鲜鱼；每周周五在梅修茵孤儿院不得不吃的那些鱼肉让她至今难忘。她决定明年要在学校里选修法语。

唯一的问题是，旅行途中，她会吃用惠特利夫人的处方开来的药以助眠，但有时需要一个多钟头才能在早上彻底清醒过来。好在比赛棋局从没在九点前开始，而且她坚持按时起床，叫客房服务，然后多喝几杯咖啡。惠特利夫人不知道药的事，也不介意贝丝嗜饮咖啡；不管在哪个方面，她待她都像是对待成年人那样。她们在一起时，贝丝有时反而显得更成熟一点。

贝丝很喜欢纽约。她喜欢坐巴士，喜欢坐嘎吱声不断的 IRT 地铁。只要逮到机会，她就流连于商店的橱窗，听街上的路人说意第绪语或西班牙语也让她很享受。她不介意这座大城市里的危险隐患，也不介意出租车傲慢的行驶方式，也不介意时代广场在脏乱中熠熠闪耀。最后一晚，她们去了无线电城音乐厅观赏了舞台剧《西区故事》和火箭女郎的歌舞表演。在宽敞的剧院高高的后排，坐在天鹅绒座位上的贝丝激动不已。

· · ·

她还以为《生活》杂志的记者会是个烟不离手、长得像演员劳埃德·诺兰的男人，但上门采访的却是一个身材娇小、发色铁灰的女人，穿着深色衣裙。和她一起来的男人举着一台相机。她自我介绍，说她叫简·波尔克。她看起来比惠特利夫人老一点，在客厅里走来走去时有很多飞快的小动作，她快速浏览了书柜里的书，定睛看了看墙上的一些印刷画作。然后，她开始提问。她的言谈很直接，语气挺让人愉快的。"真的让我大为惊叹，"她说，"尽管我自己不会下棋。"她带着微笑，"他们说你是货真价实的天才棋手。"

贝丝有点发窘。

"在那么多男人中只有你一个女孩,那是什么感觉?"

"我不在乎那个。"

"不吓人吗?"她俩面对面坐着。波尔克小姐的身体往前倾向她,专注地凝视贝丝。

贝丝摇摇头。摄影师走到沙发旁,开始测光。

"我小时候,"女记者说,"大人们从不允许我争强好胜。我以前就玩洋娃娃。"

摄影师往后退,开始在相机取景框里看贝丝。她想起了甘茨先生给过她的那只洋娃娃。"国际象棋并不总是'争强好胜'的。"她说。

"但你下棋总是为了赢。"

贝丝想说国际象棋有时是很美的,但她看着波尔克小姐那张犀利追问的脸,发现自己找不到合适的词语去形容。

"你有男朋友吗?"

"没有。我十四岁。"摄影师开始抓拍照片。

波尔克小姐刚刚点燃一支烟,现在俯下身往前凑,将烟灰弹入惠特利夫人的烟灰缸。"你对男孩感兴趣吗?"她问。

贝丝觉得越来越不自在了。她想说说学习国际象棋的事,谈谈她赢下的诸多比赛,讲讲摩菲、卡帕布兰卡那些大师。她不喜欢这个女人,也不喜欢她的问题。"我的兴趣主要在国际象棋上面。"

波尔克小姐爽朗地笑起来。"那就跟我说说吧,"她说,"告诉我你是怎么学会的? 多大开始下棋的?"

贝丝回答了这个问题,波尔克小姐做了笔记,但贝丝有种感觉,觉得她并非真的对这些细节感兴趣。她还发现自己继续往下说时其实已没什么可说了。

到了下个星期，贝丝在学校的代数课上看到前面的男生把《生活》杂志递给旁边的女生，他俩都转过身来，回头看她，好像他们从未见过她似的。下课后，那个男生——从来没和她说过话的男生——叫住了她，问她是否愿意在杂志上签名。贝丝惊呆了。她从他手中接过杂志，看到了——她的照片占满了整整一页，照片上的她正严肃地面对棋盘，还有一张梅修茵孤儿院主楼的照片。标题在那一页的顶端："女版莫扎特震惊国际象棋界"。她用男生的圆珠笔签下了自己的名字，把杂志放在一张空课桌上。

她回到家时，惠特利夫人正把杂志摊放在膝头。她朗声读起来：

"'对有些人来说，国际象棋只是一种消遣，对另一些人来说则是欲罢不能的，甚至会上瘾。每隔一段时间，总会有天才棋手横空出世，生来就享有天赋异禀。总会有个小男孩时不时地冒出来，在这种可能是世界上最难的运动中展现出众地早熟，令我们叹服。然而，如果不是男孩，而是女孩呢？一个非常年轻、不苟言笑、有着棕色眼睛和棕色头发、穿深蓝色衣裙的女孩。

"'这种事前所未有，但最近发生了。在肯塔基州的列克星敦，在辛辛那提，在查尔斯顿，在亚特兰大，在迈阿密，最近一次是在纽约市。有个女孩从容地迈进这个男性主导的全国国际象棋大赛的世界——她十四岁，有一双明亮而炽热的眼睛，来自肯塔基州列克星敦费尔菲尔德初中八年级。她很安静，很有教养。而且，她可不是来玩的，要打就要赢……'这写得太棒了！"惠特利夫人说，"我可以继续念吗？"

"写到了孤儿院。"贝丝自己也买了一本,"介绍了我的一盘棋。但主要是在讲:我是一个女孩。"

"没错呀,你是女孩。"

"这不该有那么重要。"贝丝说,"我跟他们说的事,他们连一半都没登出来。他们没写到夏贝尔先生。也没写我怎么用西西里防御。"

"可是,贝丝啊,"惠特利夫人说,"这篇文章会让你成为一个名人!"

贝丝若有所思地看着她,"主要因为我是个女孩。"她说。

· · ·

第二天,玛格丽特在学校大厅里拦住了她。玛格丽特穿的是骆驼毛大衣,金发刚好垂肩;她甚至比一年前更美艳了几分,那时,贝丝从她的手包里拿走了10美元。"苹果派俱乐部的人让我来邀请你。"玛格丽特谦恭地说道,"我们周五晚上要在我家举办一次入会派对。"

苹果派的人。这实在太奇怪了。当贝丝接受邀请并询问地址时,她意识到这是她第一次真正地和玛格丽特对话。

那天下午,她花了一个多小时在珀塞尔百货公司试裙子,最后在店里最贵的品牌中挑中了一条海军蓝配简洁白领的连衣裙。那天晚上,她把新裙子拿给惠特利夫人看,告诉她自己要去苹果派俱乐部,惠特利夫人显然很高兴。贝丝穿上裙子给她看时,她说:"你看起来可真像个名媛啊!"

· · ·

玛格丽特家客厅里的白木家具闪着漂亮的光泽，墙上挂着油画——画的主题大都是马。虽然已是三月，夜里不冷，但白色壁炉里依然燃着热烈的火。贝丝穿着新衣裙来到这里时，已有十四个女孩坐在白色沙发和鲜艳的翼背扶手椅上。大多数人都穿毛衣配裙子。"这真是不得了的事，"有个女孩说道，"在《生活》杂志上看到费尔菲尔德中学同学的正脸照片。我差点儿疯掉了！"但当贝丝谈起比赛时，女孩们打断了她，问起那些男棋手。他们帅吗？她有没有和哪一个男生约会？贝丝答说"没太多谈情说爱的时间"后，女孩们就转移了话题。

在那一个多小时里，她们谈到了男孩、约会和服饰，时而显得成熟老练，但酷酷的表情又会眨眼间变成咯咯的傻笑，而贝丝始终坐在沙发的一端，拿着一只装着可口可乐的水晶玻璃杯，浑身不自在，想不出可以说什么。到九点了，玛格丽特打开了壁炉旁的大电视，她们都安静下来，"本周电影"开始播放后就只能听到偶尔的傻笑声了。

贝丝全程陪坐，没有参与广告时段的闲聊和欢笑，直到十一点电影结束。这个夜晚是如此无聊，让她极为震惊。她刚到列克星敦上学时，这种高级的苹果派俱乐部曾显得那么重要啊，但就是这么回事儿吗？她们在成熟的派对上就做这些事吗——看一部查尔斯·布朗森的电影？打破沉闷的唯一亮点在于一个叫菲利希亚的女孩说道："我好想知道他是不是真的像他看起来那么大。"贝丝笑出了声，但也只有这句话让她觉得好笑。

过了十一点，她起身告辞，没有人劝她再待一会儿，也没人提及让她入会的事。她松了一口气,坐出租车回家,到家后,她在自己的房间看了一小时《国际象棋的中局》,这本书是从 D. 卢申科的俄语原版翻译过来的。

・・・

学校知道她的情况了,这样挺好的,到了下次比赛,她就没再用生病为借口。惠特利夫人和校长谈过了,校方准许贝丝缺课。谁也没提以前谎称过的那些大病小病。有关她的报道刊登在校报上了,学生们会在走廊里指认出她来。这次比赛在堪萨斯城,她夺冠后,赛事主管带她和惠特利夫人去牛排馆吃饭,当面告诉她,她能参加让主办方倍感荣幸。那是个一本正经的年轻人,有礼有节对待她俩。

"我想参加美国公开赛。"吃甜点、喝咖啡时,贝丝这样说。

"当然。"他说,"你很可能赢到第一名。"

"第一名就能出国下棋吗?"惠特利夫人问道,"我是说,去欧洲。"

"这是理所当然的吧。"那个年轻人说道。他名叫诺比莱,戴着厚厚的眼镜,不停地喝冰水,"他们邀请你之前必须先对你有所了解。"

"我赢了公开赛,会不会让他们了解我?"

"当然,本尼·沃茨一直在欧洲下棋,现在他已经拿到了国际级称号。"

"奖金有多少?"惠特利夫人点了一支烟,问道。

"我认为算很高了。"

"那苏联呢?"贝丝问。

诺比莱盯着她看了足有一分钟，好像她暗示了某种非法事件。"苏联人都是杀手，"最后他开口说道，"他们在那儿会把美国人大卸八块当早餐吃掉。"

"好吧，这可真……"惠特利夫人说。

"他们真的是这样，"诺比莱说，"我相信，这二十年来还没有哪个美国人迎战苏联人时如有天助。国际象棋就像芭蕾舞。他们是付钱给人专攻下棋的。"

贝丝想起了《国际象棋评论》中的那些照片，那些神色严峻的男人，躬身伏在棋盘上——博尔戈夫和塔尔，拉耶夫和沙普金，他们都紧锁双眉，穿黑色西装。国际象棋在苏联和美国的境况完全不同。最后，她问道："我怎样才能参加美国公开赛？"

"只需寄去报名费，"诺比莱说，"和别的比赛一样，只不过竞争更激烈。"

· · ·

她寄走了报名费，但没有参加那年的美国公开赛。惠特利夫人染上了一种病毒，在床上躺了两星期，刚刚过完十五岁生日的贝丝不愿意一个人去。她竭力掩饰，但阿尔玛·惠特利这时候生病让她非常生气，也为自己不敢独自去洛杉矶而生气。公开赛不像美国冠军赛那么重要，但现在是时候了，她该去参加一些并不仅仅为了赢得奖金而去的赛事。像美国冠军赛、梅里韦瑟邀请赛这样的赛事限于一个狭小的圈子，这是她靠偷听其他棋手的谈话、看《国际象棋评论》上的文章了解到的；现在，她该迈入大世界，再跻身国际赛场。

有时候，她会把自己想象成自己梦寐以求的样子——真正的职业女棋手、全世界最好的棋手，充满自信地旅行，独自乘坐头等舱，身材高挑，衣装完美，颜值高，姿态美——不妨说就是白人版的乔兰妮。她经常提醒自己要给乔兰妮寄张明信片或写封信，但从未付诸实践。然而，她会在浴室镜子里端详自己，寻找梦想中那个姿态优美的女人的些微迹象。

到了十六岁，她长高了，也长得漂亮了，还学会了把头发剪成突显双目的发型，但她看上去仍像个女学生。现在，她大约每六个星期参加一次比赛——去伊利诺伊州、田纳西州，有时也去纽约。她们仍会选择那些高奖金的比赛，扣除两人开销后仍能保证有足够的结余。她的银行账户里的存款增加了，个中乐趣可想而知，但她的职业生涯似乎停顿在了高端的瓶颈，个中滋味又很难说清。而且她的年纪够大了，已不能再被称为神童。

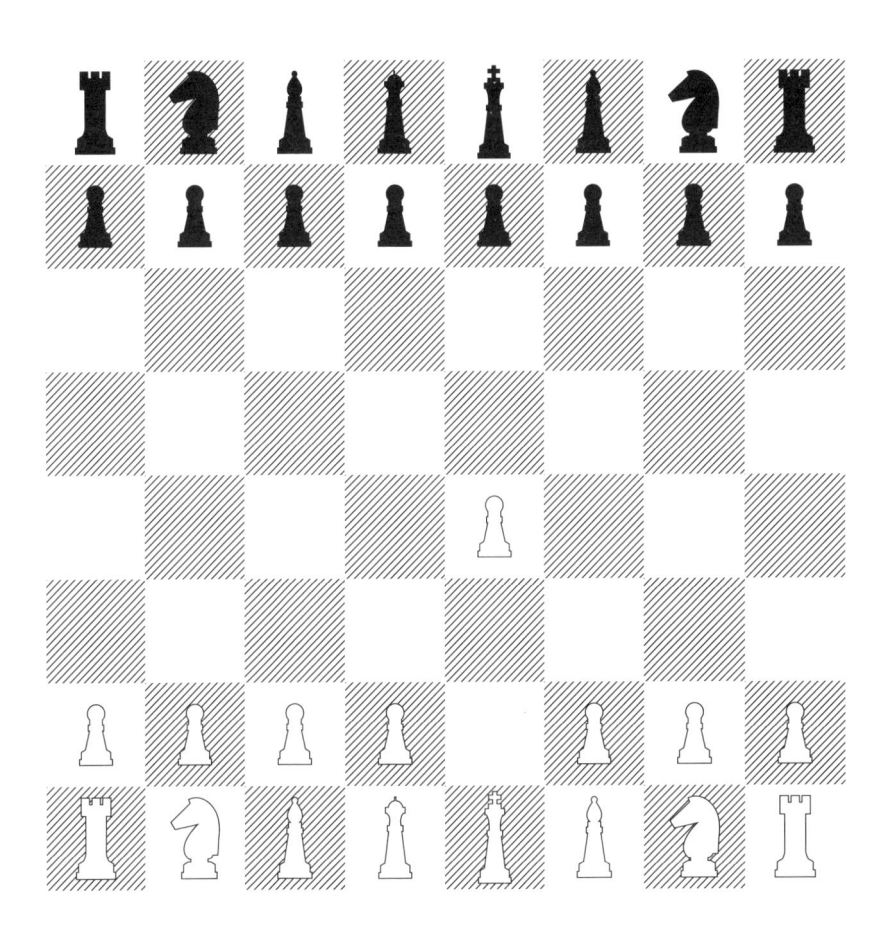

06

第六章

美国公开赛在拉斯维加斯举行，但马里波萨酒店里的其他人似乎根本不关心，甚至没有察觉到有国际象棋赛事。主厅里，赌双骰的、玩轮盘赌的、玩21点的赌客们都身穿鲜艳的双排扣开衫和衬衫，默默地忙着自己的输赢。赌场的另一边是酒店附设的咖啡厅。比赛开始前的那天，贝丝走在赌骰牌桌间的过道上，基本上只能听到黏土做的筹码和骰子落在毛毡桌布上的闷响。她进了咖啡厅，在吧台前的圆凳上轻盈落座，再转过身去环顾厅堂，大部分卡座都空着，她看到一个英俊的青年正弓着背坐着，独自一人，面前是一杯咖啡。竟是唐斯，也是来自列克星敦的棋手。

她站起来，走到他所在的卡座前。"你好。"她说。

他抬起头，先是眨了眨眼，没有认出她。接着他又说道："哈蒙！看在上帝的分上！"

"我可以坐这儿吗？"

"当然，"他说，"我应该早点反应过来是你。因为你在名单上。"

"名单？"

"比赛名单。我不是来下棋的。《国际象棋评论》派我来报道比赛。"他看了看她，"我可以写写你。为《先驱导报》写一篇。"

"列克星敦的？"

"你一听就懂了。你成长了，哈蒙，不再是孩子了。我看到了《生活》上的那篇报道。"他凝视着她，"你甚至变漂亮了。"

她心慌意乱，不知该说什么。在拉斯维加斯，一切都很奇怪。每排卡座的桌上都有一盏灯，玻璃底座里的紫色液体会在亮粉色的灯罩下面一边冒气泡，一边旋转。递给她菜单的女侍应生穿着黑色迷你裙和渔网袜，却摆出一张几何老师的面孔。唐斯很帅，一直面带微笑，深色的毛衣领口露出里面的条纹衬衫。她选择了马里波萨特价餐：松饼、炒蛋配辣椒，还有无限量续杯的咖啡。

"我可以为周日的报纸做半个版面的报道，关于你的。"唐斯说。

松饼和炒蛋端上来后，贝丝吃起来，喝了两杯咖啡。

"我的相机在我的房间里。"唐斯说着，犹豫了一下，"我还有棋盘。你想下棋吗？"

她耸耸肩。"好呀。我们上去吧。"

"太好啦！"他露出灿烂的笑容。

窗帘是敞开的，可以看到下面的停车场。床超大，没有铺好。床似乎占据了整个房间。棋盘共摆出了三副：一副摆在靠窗的桌上，一副在梳妆台上，还有一副在浴室的台盆边。他让她在窗边摆好姿势，当她坐在棋盘前随意地移动棋子时，他拍完了一整卷胶卷。他走动时，她很难不去看他。他走近她、把小小的测光表靠近她的脸时，她发现自己因为感觉到他的身体传来的热量而屏住了呼吸。她的心脏跳得很快，伸手去移动一个车时，她分明看到自己的手指在颤抖。

他拍完了最后一个镜头,开始把胶卷倒出来。"应该有一两张可以用。"他说完,把相机放在床头柜上。"我们来下棋吧。"

她看着他。"我不知道你叫什么名字。"

"大家都叫我唐斯,"他说,"也许这就是为什么我叫你哈蒙,而不是伊丽莎白。"

她开始把棋子在棋盘上摆好,"贝丝。"

"我更喜欢叫你哈蒙。"

"我们来下超快棋❶吧,"她说,"你可以执白。"

超快棋有超快棋的规矩,没时间去琢磨复杂的走法。他从书桌上拿来他的棋钟,设定为每人时限五分钟。"我应该只给你三分钟。"他说。

"没问题。"贝丝应了一声,但没去看他。她希望他能过来触碰她——也许碰一下她的手臂,或是把他的手放在她的脸颊上。他看起来太老练了,笑得也很轻松。他对她不可能有那种想法——她对他的那种想法。但乔兰妮说过,"他们想的都是那件事,亲爱的。他们只会往那方面想。"而他们现在单独在他的房间里,有一张特大号的床。在拉斯维加斯。

他把棋钟放在棋盘边时,她看到他们俩的时限是一样的。她不想和他下超快棋。她想和他做爱。她按下了她那边的按钮,他的棋钟开始计时。他把兵移到王线第四排,按下了他那边的按钮。她一

---

❶ 原文为"skittles",是国际象棋超快棋"blitz"的旧时说法,如今不常用。此外还有快棋(rapid)。

时间屏住呼吸,开始下棋。

· · ·

贝丝回到自己的客房时,惠特利夫人正坐在床上抽着烟,神情哀伤。"你去哪儿了,亲爱的?"她的话语声轻轻的,有种她提到惠特利先生时才会有的紧张感。

"去下棋了,"贝丝说,"练习。"

电视机上有一本《国际象棋评论》。贝丝拿起杂志,翻到版权页。他的名字不在编辑之列,但再往下看,"特派记者"一栏里有三个名字;第三个是 D.L. 唐斯。她仍然不知道他的名字。

过了一会儿,惠特利夫人说:"你能给我拿罐啤酒来吗?在梳妆台上。"

贝丝站了起来。客房服务所用的棕色托盘上有五罐帕布斯特啤酒,还有一袋吃了一半的薯片。"你也可以来一罐,为什么不呢?"惠特利夫人说。

贝丝拿起两罐啤酒;金属罐身摸上去很凉。"好的。"她把它们递给惠特利夫人,又从浴室里拿来一只干净的杯子。

贝丝把杯子给她时,惠特利夫人说:"我猜你以前没喝过啤酒。"

"我十六岁了。"

"好吧……"惠特利夫人皱了皱眉。她拉起易拉罐上的拉环,发出嘶的一声轻响,再熟练地往贝丝的杯子里倒酒,直到白色的啤酒沫贴在杯沿上。"给。"她说这话的样子好像在发药。

贝丝喝了一口。她以前从没有喝过啤酒,但味道和她预想的差不多，好像她一直都很清楚啤酒是什么味道。她尽量克制表情，不让自己做出鬼脸，差不多喝了半杯。惠特利夫人从床上伸出手来，把罐里剩下的酒都倒给了她。贝丝又喝了一大口。啤酒微微刺痛了嗓子眼，但随后就觉得胃里暖融融的。她的脸一下子就红了——好像在害羞。她把这杯酒都喝光了。"天哪，"惠特利夫人说，"你不该喝得这么快。"

"我想再来一杯。"贝丝说。她想到了唐斯，想到了他们下完棋后、她站起来准备离开时他的样子。他微笑着拉住她的手。只是和他那么短暂地拉了拉手就让她满脸通红，和啤酒给她的感觉一模一样。她连赢了他七局超快棋。她紧紧握住玻璃杯，有那么一瞬间，她很想使尽全身的力气把杯子扔到地上，看着它粉碎。但她没那么做，而是走到梳妆台前又拿起一罐啤酒，把手指扣进拉环里，把它打开。

"你真的不该……"惠特利夫人说。贝丝在她的杯里倒满啤酒。"好吧。"惠特利夫人不再强求，"如果你非要这么喝，那也得让我来一杯。我只是不想让你吐……"

贝丝冲进浴室时，肩膀撞到了门框，幸好及时冲到了马桶边。呕吐时的气味呛得鼻子难受死了。吐完后，她在马桶边站了一会儿，然后哭了起来。然而，即便在哭，她也知道三罐啤酒让她有了新发现，和她八岁时攒下绿色药片，然后一口气吃完后的发现同等重要。吃完药，她要等很久，肚子里才会泛起又晕眩又喜悦的感觉，才能解除紧张感。啤酒给了她同样的感觉，但几乎无须等待。

"不许再喝啤酒了，亲爱的。"贝丝回到卧房后，惠特利夫人说，

"十八岁之前都不许喝。"

. . .

大厅里已被布置成可容纳七十名棋手的赛场,贝丝的第一盘棋在第九台,对手是来自俄克拉何马州的一个小个子男人。她像在做梦一样,只用了二十几步就赢了他。当天下午,在第四台,她击败了来自纽约的一位严肃的年轻人,她以王翼弃兵起步,挫败了他严密的防守,还像保罗·摩菲那样弃了象。

本尼·沃茨二十多岁,但看起来不比贝丝大多少,甚至也不比她高多少。贝丝在比赛期间时常看到他。他第一盘就在第一台,而且一直留在那里;人们都说他是摩菲之后最厉害的美国棋手。有一次,贝丝在可乐机旁站着,就在他身边,但他们没说话;他在和另一个男棋手聊天,有说有笑的;他们在热络地讨论半斯拉夫防御的优点。那几天前,贝丝刚好研究过半斯拉夫防御,有很多话想说,但最终还是保持了沉默,从贩卖机里拿走可乐就离开了。听着他俩的交谈,她有一种不太愉快但很熟悉的感觉:国际象棋是男人之间的话题,而她是个局外人。她太讨厌这种感觉了。

沃茨穿着白衬衫,领口敞着,袖子卷了起来。他的表情很欢快,但又很狡猾。他留着稻草色的平头,模样就像哈克贝利·费恩那种典型的美国人,但只要看他的眼睛,就会看到某种不可信任的感觉。和她一样,他也曾被誉为神童,再加上他是冠军,这一点也让贝丝感到不安。她记得有一本关于沃茨的国际象棋书,里面有幅图是他与博斯特曼的一盘和棋,标题是"哥本哈根:1948年"。也就是说,本尼当时只有八岁，和贝丝在地下室与夏贝尔先生对弈时一样大。那本书的中间有一张他十三岁时的照片：他郑重地站在长桌前，面对一群身穿制服、坐在棋盘后面的海军军校学生；那是在安纳波利斯与二十三人的棋队对弈，他一局都没输。

那天，她把可乐空瓶拿回来时，他还站在自动售卖机旁。他看了看她。"嘿。"他愉快地打了声招呼，"你是贝丝·哈蒙。"

她把瓶子放进回收箱。"是的。"

"我看到《生活》上的报道了。"他说，"他们登出来的那盘棋很精彩。"就是她赢了贝尔蒂克的那盘棋。

"谢谢。"她说。

"我叫本尼·沃茨。"

"我知道。"

"不过，你不应该王车易位。"他微笑着说道。

她瞪着他说："我需要让车出来。"

"那样走，你可能会失去王前兵的。"

她不确定他在说什么。那盘棋她记得非常清楚，在脑子里复盘过好几遍，但没发现有什么问题。他是不是有可能记住了《生活》上刊登的棋谱，并发现了她的某个疏忽？还是说，他只是在夸夸其谈，炫耀他的才华？她站在那儿，回想当时王车易位后的局势；在她看来，王前兵好好的。

"我认为不会。"

"他走象到 B-5，你就必须摆脱牵制。"

"等一下。"她说。

"我等不了。"本尼说,"封盘中,我要回去比赛了。你把棋局摆一摆,会想明白的。你的问题在于他的后翼马。"

她突然觉得很生气。"我不需要摆就能想明白。"

"我的天哪!"他说完就走了。

他都没影了,她还在可乐机旁站了几分钟,在脑海中反复审视那盘棋,后来,她果然看到了问题。不远处的桌上就有一副没人用的棋盘;她摆出自己王车易位前应对贝尔蒂克的局面,无非是想确证一下,但这样做让她心头一紧。贝尔蒂克确实可以出象牵制,然后,他的后翼马就成为巨大的威胁。她只能先摆脱牵制,再防止那个该死的马捉双,之后,他会用车威胁,然后——果然——她就会丢掉自己的兵。这本来会是决定性的。但更糟糕的是她没有预见到这一步。而本尼·沃茨只是通过阅读《生活》杂志,观察一个他一无所知的棋手,就看穿了这种危机。她站在棋盘前,咬着嘴唇,伸手把自己的王推倒。七年级时,她曾为自己在摩菲的棋局中发现了一个错误而倍感自豪。现在,轮到她自己经历这种事了,她不喜欢这样。一丁点儿也不喜欢。

沃茨进来时,她正坐在第一台的白棋位置上。他与她握手时用低沉的声音说:"马去马线第五排,对吗?"

"对。"她咬着牙答道。灯泡闪亮起来。贝丝把她的后前兵推到后线第四排。

她用后翼弃兵开局迎战他,但下到中局,她沮丧地感到这是个错误的决定。后翼弃兵本来就可能导致复杂的局面,而这一次的复杂程度是拜占庭式的。每一方都面临五六种威胁,但真正让她紧张的是——她好几次伸手去拿棋子，却会在触及前停下，把手缩回来——她不信任自己。她不相信自己能看到本尼·沃茨能看到的各种可能性。他走棋很稳，带着一种令人愉悦的精准感：灵巧地拿起棋子，无声无息地放下，有时一边走棋一边自己笑笑。他走的每一步、落下的每一个子都如磐石般坚定。贝丝最大的优势在于快速进攻，此时却找不出进攻的可能。到了第十六步，想到自己选择了后翼弃兵开局，她只觉得怒不可遏。

簇拥在那张特别大的木桌边的观众肯定有四十人。他们身后挂着一块棕色的天鹅绒幕布，上面钉着"哈蒙"和"沃茨"的名字。潜沉在愤怒和恐惧之下的还有一种可怕的意识——感觉到她自己是两者之中的弱者：本尼·沃茨比她更懂国际象棋，也可以下得更好。这对她来说是一种崭新的知觉，似乎足以束缚她、限制她，自从当年坐在迪尔多夫夫人的办公室里之后至今她都没再有过这种受限的感觉。有那么一会儿，她看向围在棋桌边的人群，想找到惠特利夫人，但她没来。贝丝回头看了看棋盘，又飞快地看了一眼本尼。他近乎安详地对她微笑，好像他奉给她的是美味的饮料，而非让人头脑炸裂的国际象棋难局。贝丝在桌上支起手肘，握紧拳头抵住双颊，开始集中心力。

过了一会儿，有个简单的想法突然浮现在她脑海里：我不是在跟本尼·沃茨较劲儿，我是在下国际象棋。她又看了看他。现在，他的目光落在棋盘上，正在审视。必须等我走出一步，否则他就动不了。他一次只能移动一个棋子。她转回视线去看棋盘，开始考虑兑子会有什么后果，去想象堵在棋盘中心的棋子经过一番交换后，一众小兵会止于何处。如果她用象吃掉他的王翼马，而他紧接着用后前兵吃掉她的……没好处。她可以让马前进，并强制性交换。那样好些。她眨了眨眼，放松下来，在脑海中摆布再重塑兵形间的关系，寻找一种抢到先机、迫使对方就范的方法。现在她的眼里别无他物，只有面前的六十四个方格和不断变化的兵形——想象中的黑白两方的兵构成锯齿状的天际线，每算完一组着法，就会有开枝散叶的新局面随之而来，在她尝试一种又一种变化后，黑色和白色的天际线随之沉浮变幻。渐渐地，有一路变化开始显示出优势，看起来比其他的都好。她顺着它的走势又试着推演几步，想看看它还能催生出哪些可能性，并把所有步骤、所有想象中的局面牢记在脑海中，直到她找到合乎她心意的那步棋。

她轻叹一声，坐直身体。她把脸孔从双拳的挤压中释放出来时，双颊顿感酸痛，肩膀都僵硬了。她看了看棋钟。四十分钟过去了。沃茨在打哈欠。她伸出手，走出一步，把马移到一个位置——会迫使首次兑子的位置。乍看之下，这步棋没什么威胁。接着，她按下棋钟。

沃茨盯着棋盘研究了半分钟，果然进入了兑子的阶段。片刻间，她觉得腹内痉挛：他能看出来她究竟在布什么局吗？这么快就看出来了吗？她努力摆脱这个念头，吃掉了他准备好被她吃掉的棋子。他又走了一步，也恰如她希望的那样。她吃掉了他的那个子。沃茨伸出手，想走下一步，却又犹豫起来。走呀！她默默地在心里这样命令他。但他抽回了手。要是他看透了她的陷阱，现在还来得及脱身。她咬起了下唇。他正在专注地凝视棋盘。他肯定会看出来的。

棋钟的嘀嗒声好像变得很响。贝丝的心跳得那么厉害，有一瞬间，她甚至担心沃茨都能听到，因而知道她是多么忐忑，然后——

但他没有。他依然决定和她换子，正中她的心意！她几乎有点难以置信地看看他的脸。现在，大势已去，他已经来不及挽救了。他按下棋钟，自己的时间停止走动，她的棋钟开始计时了。

她把兵推到车线第五排。他立刻在椅子里僵住了——那几乎是难以察觉的动作，但贝丝注意到了。他开始定睛凝神研究这个局面。但他肯定已经看出来了，自己将被叠兵困住；两三分钟后，他耸了耸肩，走出了必要的一步，贝丝按照计划继续前进，到了下一步，出现叠兵阵型，紧张和愤怒也随之离她而去。现在，她已正式进入胜利的轨道。她将碾压他的疏忽。她喜欢这感觉。她太喜欢进攻了。

本尼不露声色地看了她一会儿，然后伸出手，拿起他的后，做出让人咋舌的事。他悄悄地吃掉她在棋盘中心的兵。备受保护的那个兵。这盘棋的大部分时间里，这个小兵一直把后挡在她的角落里。他弃了他的后。她不能相信他竟然这样做。

随后，她看出来了这一步意味着什么，她觉得胃里急剧痉挛。她怎么会疏忽了这个兵？兵没了，她就要面临被车象组合将杀的威胁，因为象已候在打开的大斜线上，一路无阻。她可以撤回她的马，调回她的一个车来自保，但这种保护持久不了，因为——她现在惊恐地看出来了——她那个看起来人畜无伤的马挡住了王的逃生路线。这太可怕了。这正是她对别人下的那种狠手。也是保罗·摩菲曾经下出的那种棋。而她刚才只顾着叠兵了。

她不一定要吃掉他的后。如果她不吃，会出现什么状况？她就

161

会失去他刚刚吃掉的兵。他的后将占据棋盘的中心位置。更糟的是，它可能会走到她的王翼车线，对她易位后的王施加压力。她越看越觉得情况比预想的还糟。这完全让她措手不及。她又在桌上支起手肘，盯着当下的局面。她需要一着反制威胁，一步能让他停下这套战术的着法。

可惜没有。她花了半小时研究棋盘，却只发现本尼的这一着比她之前想的还要绝。

如果他进攻得太快，她或许可以用换子的方式摆脱困境。她找到了一步走车的着法，就移动了车。如果他现在就把后移过来，她就还有兑子的机会。

他没有动后，而是出动了另一个象。她把车移到第二排。然后，他把后移过来，明摆着是要在三步内将杀。她必须当即回应：把她的马撤回到角落。他继续进攻，她沮丧又无能为力地看到，败局之势已逐渐显明。当他通过弃象的方式吃掉她的王翼象前兵时，这盘对局事实上就已告终，她也很清楚这一点。回天乏术。她想尖叫，但只是默默地推倒她的王，从桌边站起来。她的双腿和背都已僵硬，很痛苦。肠胃好像已扭结。她真正需要的不过是和棋，但最终连和棋都没能守住。本尼在比赛中已有两盘和棋。这盘棋前她保持着全胜的战绩，和棋就能让她获得冠军。但她冲着赢棋去了。

"鏖战一场。"本尼说着，伸出手。她强迫自己和他握手。人们在鼓掌。不是为她，而是为本尼·沃茨鼓掌。

到了晚上，她依然感觉挫败，但终究没那么强烈了。惠特利夫人很想安慰她。奖金将被平分。她和本尼将共同成为冠军，每人都会得到一座小奖杯。"这种事是常有的。"惠特利夫人说,"我已经打听过了,公开赛常有人获得并列冠军。"

"我没看出他的意图。"贝丝说,回想着那一步:他用后吃掉了她的兵。这感觉就像用舌头去舔一颗疼得要命的牙。

"亲爱的,你不可能预料到一切情况,"惠特利夫人说,"没有人能做到。"

贝丝看着她,说:"你对国际象棋一无所知。"

"我知道输的感觉。"

"我敢赌你是知道的,"贝丝尽其所能地恶毒地说道,"我百分百确定你明白当输家是什么感觉。"

惠特利夫人若有所思地看了她一会儿。"现在,你也明白了。"她轻声说道。

・・・

那年冬天,走在列克星敦的大街上的路人有时会回头看她。她参加了 WLEX 电视台的早间访谈节目。采访她的女主持人用厚厚的发胶固定了发型,戴着夸张的眼镜蛇款眼镜,她问贝丝打不打桥牌;贝丝说不打。她喜欢成为美国国际象棋公开赛的冠军吗? 贝丝说她是并列冠军。贝丝坐在导演椅上,耀眼的灯光照亮她的脸。她很愿意谈谈国际象棋,但这个女主持人的态度、假装感兴趣的虚伪表象,都让她很难畅所欲言。最后,主持人终于问道:有人认为下国际象棋很浪费时间,她有何高见? 她看着另一把椅子上的女人说道:"不比篮球多。"但她还没继续往下说,节目就结束了。她在电视上出现了六分钟。

唐斯写她的那一页报道登在了《先驱导报》周日副刊上，配图就是他在拉斯维加斯酒店他的客房窗前拍的一张。她很喜欢那张照片中的自己，右手指尖搭着白方的王，面孔清朗，看起来又严肃又聪慧。惠特利夫人为她的剪贴簿买了五份副刊。

现在，贝丝上高中了，学校里有国际象棋俱乐部，但她没有入会。俱乐部里的男生看到有位国际象棋大师走在过道里时都会显得不知所措，她经过时，他们总会用近乎羞愧的敬畏的眼神盯着她看。有一次，有个十二年级的男生拦住她，紧张地问她愿不愿意在俱乐部里来一场车轮赛。她将同时和三十来个学生对弈。她还记得曾在另一所高中，在梅修茵孤儿院附近的那场车轮战，以及赛后被大家侧目的样子。"对不起，"她说，"我没时间。"那个男孩没什么吸引人的地方，长相更是让人一言难尽；光是和他说话就会让她觉得自己也毫无吸引力，甚而吓人。

每天晚上，她用大约一个小时做完作业，门门课都拿 A。但作业对她来说毫无意义。五六个小时的国际象棋学习才是她生活的重心所在。为了上俄语课，她被一所大学录取为特殊学生，每星期上一节晚课。只有俄语课的作业能让她认真对待。

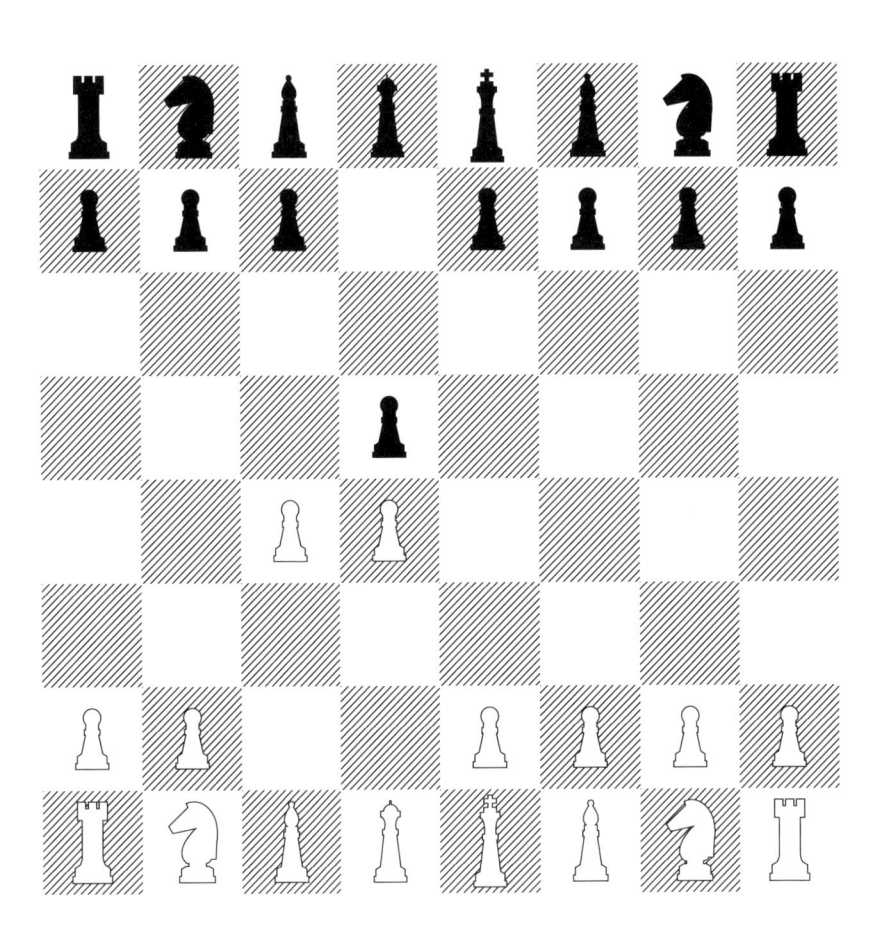

07

第七章

贝丝抽了一口烟,深深地吸进去,把烟憋住。没什么感觉。她把大麻递给右手边的年轻人,他说:"谢谢。"他一直在和艾琳谈论唐老鸭。他们在艾琳和芭芭拉的公寓里,离主街只有一个街区。是艾琳邀请贝丝在夜校下课后回家参加派对的。

"肯定是梅尔·布朗克❶。"艾琳正说道,"他们都是梅尔·布朗克。"贝丝仍憋着烟,没有呼出去,希望烟能让她放松下来。她已经和这些大学生在地板上坐了半个钟头,但什么也没说。

"布朗克配过傻大猫,但没配过唐老鸭。"那个年轻人的话为这个议题画上了句号。他转过身,面对贝丝说道:"我叫蒂姆,你是那个下国际象棋的。"

贝丝呼出了烟,"没错。"

"你是全美女子冠军。"

"我是美国公开赛并列冠军。"贝丝说。

"不好意思。那肯定很刺激。"他很瘦,红头发。她见过他坐在

---

❶ 梅尔·布朗克(Mel Blanc,1908—1989),美国演员,为数十部经典动画片配过音。

教室中间的位子,也记得他们齐声背诵俄语短语时他轻柔的嗓音。

"你会下棋吗?"贝丝不喜欢自己听上去有点紧张。她觉得自己在这里格格不入。她应该回家,或是给惠特利夫人打个电话。

他摇摇头。"太烧脑了。你想来罐啤酒吗?"

自从一年前在拉斯维加斯喝过啤酒后,她就没再喝过。"行啊。"她说着,试图从地板上站起来。

"我去拿。"他们都坐在地毯上,这时他撑起手,让自己站起来。接着,他带着两罐啤酒回来,递给她一罐。她慢慢地喝了一大口。派对的第一个小时里,音乐一直开得很响,根本无法交谈,但等最后一张唱片放完后,没人去换新的。高保真音响靠着另一边的墙壁,上面的唱片仍在转动,她可以看到功放上的一排红灯还亮着。她希望谁也别注意到音乐、再去放一张唱片。

蒂姆叹了口气,挨着她身边坐下来,"我以前常玩大富翁。"

"我从来没玩过。"

"大富翁会让你成为资本主义的奴隶。我至今仍梦想着能赚到一大笔钱。"

贝丝笑出了声。那支大麻又转回到她这儿了,她把烟夹在指间,尽可能地从中得到享受,再递给蒂姆。"如果你是资本主义的奴隶,为什么还来学俄语?"她问道,又吞下一大口啤酒。

"你的胸很好看。"他说着,吸了一口,"我们需要再来一支大麻。"他对着大伙儿喊了一声,再回头看着贝丝说,"我想读陀思妥耶夫斯基的原作。"

她喝完了她的啤酒。有人又卷好一支大麻烟,给大家轮流抽。

房间里有十二个人。他们刚刚在当晚的夜课完成了第一次考试，之后他们就邀请贝丝来聚会。有了啤酒和大麻，再加上和蒂姆闲聊——和他聊天好像挺轻松的，现在她的感觉好多了。大麻又轮到她手中后，她长长地吸入一口，然后又吸了一口。有人放了一张唱片。音乐听上去好多了，而且，就算很响，现在也不会困扰她了。

她突然站了起来。"我该给家里打个电话。"她说。

"在卧室里，要走过厨房。"

进了厨房，她又打开了一罐啤酒，喝了一大口，然后推开卧室的门，伸手摸索灯的开关。但是没摸到。厨房炉灶上的煎锅边有一盒火柴，她去拿来，走进卧室。她还是找不到开关，但梳妆台上有好些不同形状的蜡烛。她点起一支蜡烛，甩灭了火柴。她凝视烛光，看了一会儿。蜡烛是薰衣草色的，形状是直立的阴茎，底座的造型是一对颇有光泽的睾丸。她的体内有种被惊动的感觉。

电话在床头桌上，床没铺好。她端着蜡烛，坐到床边，拨通了电话。

惠特利夫人一开始还有点蒙；她要么是被电视、要么是被啤酒弄得稀里糊涂的。"你去睡吧，"贝丝说，"我有钥匙。"

"你是说，你在大学生的派对上吗？"惠特利夫人说，"大学里的学生？"

"是的。"

"好吧，亲爱的，要留心自己抽了什么烟。"

有一种奇妙的感觉拂过贝丝的肩膀和脖颈。在那个瞬间，她很想冲回家，拥抱惠特利夫人，紧紧地抱住她。但她只说了一句，

"好的。"

"明天早上见。"惠特利夫人说。

贝丝坐在床边,听着客厅里传来的音乐,喝完了啤酒。她几乎从没好好听过音乐,也从没参加过学校的舞会。如果不算苹果派的那次聚会,这就是她参加过的第一个派对。客厅里,一支歌曲结束了。过了一会儿,蒂姆来到她身边,也坐在床上了。一切都似乎非常自然,宛如在回应她提出的要求。"再来一罐啤酒吧。"他说。

她接过啤酒,喝了起来。她觉得每一个动作都是缓慢而确定的。"我的天!"蒂姆故作震惊地低声说道,"在那儿燃烧的紫色东西是什么?"

"你说呢?"贝丝说。

• • •

他挺入她的身体时,她有片刻的恐慌。看上去大得吓人,她感到很无助,就像躺在牙医的椅子上那样。但那种感觉没有持续很久。他很小心,也并不太疼。她环抱住他的背,摸到了他那件臃肿的毛衣的粗糙质感。他动起来了。他的手伸进上衣,揉捏她的乳房。"别这样。"她说。而他说:"都听你的。"继续挺进抽出。现在,她几乎感觉不到他的存在,但感觉还好。她十七岁了,是时候了。他戴了避孕套。整个过程里,最好的部分就是看他边戴边调笑套子。他们正在做的事是没问题的,与书里、电影里的完全不同。性交。好吧,就是现在。只不过,如果他是唐斯就好了。

事后,她在床上睡着了。不是在恋人的怀抱中,甚至没有碰刚刚和自己做过爱的男人,而是衣衫齐整地摊在床上。她看到蒂姆吹灭了蜡烛,听到他出去后轻轻地把门关好。

醒来时,她看到电子闹钟显示都快早上十点了。阳光从卧室百叶窗的边缘照射进来。空气中弥漫着酸臭的气味。羊毛裙扎得双腿有点刺痛感,毛衣领子卡在她的喉咙上,感觉身上汗津津的。饥饿感汹涌而来。她在床边坐了一分钟,眨巴着眼睛。她站起来,推开厨房的门。到处都是空瓶子和啤酒罐。久闷不散的烟味令空气变得污浊。冰箱门上的磁贴压着一张米老鼠头形的便签,上面写着:"我们都去辛辛那提看电影了。你想待多久就待多久。"

浴室就在客厅外面。她冲完澡,擦干身体,再用毛巾包住头发,回到厨房,打开冰箱。里面有一盒鸡蛋、两罐百威啤酒和一些泡菜。冰箱门的搁架上有一只小塑料袋。她拿出来看了看。袋子里是一根卷得紧紧的大麻烟。她把它拿出来,叼在唇间,用一根火柴点燃。她深深地吸了一口。然后,她拿出四只鸡蛋,水煮。她这辈子都没觉得这么饿。她有条不紊地打扫了公寓,就像在下棋,她找来四只大购物袋,把所有的空瓶和烟头都扔进去,再把这些垃圾袋堆放在后门廊上。她在满屋垃圾里捡出一瓶半满的瑞普酒和四罐未开封的啤酒。她开了一罐啤酒,再用吸尘器清理客厅的地毯。

卧室的椅子上搭着一条牛仔裤。打扫完毕后,她换上了这条裤子。很合她的身。她在抽屉里翻出一件白色T恤,穿上。然后她喝完了剩下的啤酒,又开了一罐。有人在马桶后面落下一支唇膏。她走进浴室,端详镜子里的自己,再仔细地把嘴唇涂成红色。她以前从未涂过口红。她的感觉越来越好了,非常好。

· · ·

惠特利夫人的声音听起来很微弱，又很焦虑。"你本该打个电话来。"

"我很抱歉，"贝丝说，"我不想吵醒你。"

"我又不会介意……"

"总之，我好好的。而且，我要去辛辛那提看电影。我今晚也不回家了。"

电话的另一端只有沉默。

"周一放学后我就回去。"

最后，惠特利夫人终于开口了："你是和男孩在一起吗？"

"昨天晚上是的。"

"哦。"惠特利夫人的声音听起来很遥远，"贝丝……"

贝丝笑了。"行啦，"她说，"我挺好的。"

"嗯……"她听起来仍然很沉郁，随后变得轻松了一些，"我想应该是没问题。只是……"

贝丝笑了笑。"我不会怀孕的。"她说。

到了中午，她把剩下的鸡蛋都放进锅里煮，打开了高保真音响。她以前从未正儿八经地听过音乐，但现在听到了。等待鸡蛋煮熟的时候，她在客厅中间跳了几步舞。她不会让自己醉到吐。她会持续进食，每小时喝一罐啤酒或一杯葡萄酒。她在前一天晚上做了爱，现在该练习怎样喝醉了。她一个人，她喜欢一个人。她学会生活中一切重要事件的方式就是一个人练习。

下午四点，她走进离公寓一个街区的拉里酒精饮品店，买了750ml大瓶装瑞普酒。店员把酒放进袋子时，她问道："你们有没有类似瑞普，但没那么甜的酒？"

"这种苏打汽酒都差不多。"那人回答。

"红葡萄酒呢？"她们有时下馆子时，惠特利夫人会在晚餐时点红葡萄酒。

"我这儿有嘉露的、意大利瑞士殖民地的、美颂……"

"美颂，"贝丝说，"来两瓶。"

那天晚上十一点，她非常小心地脱去衣裤。之前，她又找到了一套睡衣，神志清醒地穿上身，并把她的衣服都堆在椅子上，然后才上了床，昏睡过去。

到了早上，还是没有人回来。她做了炒蛋，和两块吐司一起吃，然后喝起第一杯红葡萄酒。这又是一个阳光明媚的日子。她在客厅里找到了维瓦尔第的《四季》。她播放唱片，然后开始认认真真地喝酒。

• • •

星期一早上，贝丝叫了出租车，在第一节课前十分钟到达亨利·克莱高级中学。她离开时，那套公寓依然没有别人，而且很干净；租屋的室友们都还没从辛辛那提回来。她的毛衣和裙子经过悬挂，褶皱大都消失了，她还洗过了菱格纹袜子。周日晚上，她喝掉了第二瓶红葡萄酒，睡足十个小时，而且睡得很香。现在，坐在出租车上，她的后脑勺隐隐作痛，双手微微颤抖，但车窗外的五月清晨优美极了，树上的绿色嫩叶是那么娇嫩，那么清新。付完车费下车时,她觉得浑身轻盈又矫健,精神百倍,足以完成高中学业,再把精力投入到国际象棋上。她的账户里有3000美元;她不再是个处女了;她还学会了如何喝酒。

放学回家后,迎接她的是一阵尴尬的沉默。惠特利夫人穿着蓝色的家居服,正在拖厨房的地板。贝丝在沙发上坐好,拿起鲁本·法因写的关于残局的书。那本书很招她恨。她看到水槽边有一罐蓝带啤酒,但她不想喝。最好在很长一段时间内滴酒不沾。她喝得够多了。

惠特利夫人拖完地后,把拖把靠在冰箱上,走进客厅。"我看到你回来了。"她开口说道,很小心地保持语调不温不火。

贝丝看着她。"我过得很愉快。"她说。

惠特利夫人似乎不确定该用什么态度对待她,但最终允许自己含蓄地一笑。那笑容很羞涩,像个小女孩的微笑,真让人惊讶。"好吧。"她说,"国际象棋并不是生活中唯一的事情。"

· · ·

那年六月,贝丝高中毕业,惠特利夫人送给她一块宝路华手表。表壳的背面写着"带着来自母亲的爱"。她喜欢这份礼物,但更喜欢邮寄来的新等级分:2243。学校里的毕业派对上,有几个毕业生偷偷地拿了些酒给她,但她拒绝了。她喝了水果潘趣酒,然后就提前回家了。她要做准备;两周后,她将在墨西哥城参加她有生以来的第一个国际比赛,之后是美国锦标赛。她已得到邀请去巴黎,即将在夏末参加雷米-瓦伦邀请赛。好戏要连番上演了。

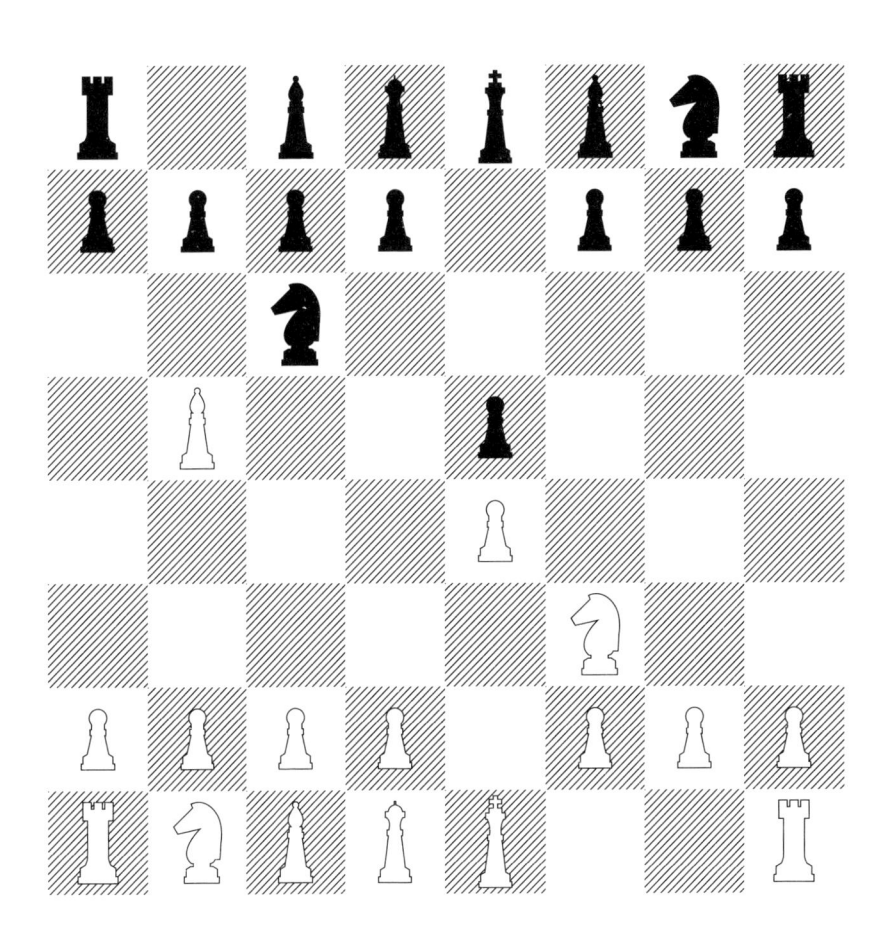

08

第八章

飞机越过边境后的一小时，贝丝全神贯注地读着解析兵形结构的书，惠特利夫人在喝她的第三瓶科罗娜啤酒。"贝丝，"惠特利夫人说，"我有件事要坦白。"

贝丝放下书，很不情愿的样子。

惠特利夫人好像很紧张。"你知道笔友是什么吗，亲爱的？"

"和你书信往来的人。"

"没错！我上高中时，我们西班牙语班级有一份墨西哥男孩的名单，他们当时都在学英语。我挑了一个，给他写了一封信，写了自己的一些事。"惠特利夫人轻笑一声，"他叫曼努埃尔。我们通了很长时间的信——甚至在我和奥尔斯顿结婚之后也没断。我们交换过照片。"惠特利夫人打开她的手包，翻了翻，掏出一张已被折弯的快照，递给了贝丝。照片上的男人有一张瘦瘦的脸孔，脸色苍白得出奇，上唇留着细薄的铅笔胡。惠特利夫人犹豫了一下，说："曼努埃尔会到机场接我们。"

贝丝对此没有意见；有个墨西哥朋友甚至可能是件好事。但惠特利夫人的表现让她略有迟疑。"你以前见过他吗？"

"没有。"她在座位里倾身凑过来，捏了捏贝丝的手臂，"你要知道，我真的挺激动的。"

贝丝看得出她有一点醉。"所以你之前才想南下来墨西哥？"

惠特利夫人往后靠，拉了拉蓝色开衫的袖子。"大概是吧。"她说。

. . .

"可不是吗！❶"惠特利夫人说，"他的穿着那么讲究，还为我拉门，还优雅地点了晚餐。"她边说边拉起她的裤袜，使劲地往上拉到宽大的臀部。

他们可能在做爱——惠特利夫人和曼努埃尔·科尔多瓦·塞拉诺。贝丝不让自己去想象那个画面。那天凌晨三点左右，惠特利夫人才回到酒店，前一晚是两点半。贝丝假装睡着了，当惠特利夫人在客房里四处摸索，一边脱衣服一边叹气的时候，她闻到了香水和杜松子酒混合而成的浓香气味。

"一开始，我还以为是因为海拔。"惠特利夫人说，"七千三百五十英尺。"她坐在黄铜小梳妆台前，身子前倾，一只手肘撑在桌面上，开始在脸颊上抹腮红。"那绝对会让人晕眩。但我现在认为，这是个文化问题。"她停下来，转向贝丝，"在墨西哥，没有一丁点儿新教的道德规范。他们都是拉丁裔的天主教徒，都活在当下。"惠特利夫人一直在读艾伦·沃茨的灵修书，"我想我出门前喝一杯玛格丽特就好。你能叫一杯上来吗，亲爱的？"

在列克星敦，惠特利夫人的声音有时会很缥缈，好像离得很

❶ 原文为西班牙语。

远，好像是从她内心深处的童年里的某个孤独的角落说出来的。但在这里，在墨西哥城，听来虽然仍很遥远，但带着舞台感的欢快语气，阿尔玛·惠特利似乎在品味一种难以言喻的私密的快乐。这让贝丝心神不安。有那么一瞬间，她想说这儿的客房服务很贵，即使以比索计价也很离谱，但她什么都没有说。她拿起电话，按下6号键。对方用英语应答。她让他给713号房送一杯玛格丽特和一大杯可乐。

"你也可以去看看墨西哥歌舞，"惠特利夫人说，"依我看，光是看那些表演服装就值回门票了。"

"明天就开赛了。我还要在残局上下点功夫。"

惠特利夫人坐在床边，欣赏自己的双足。"贝丝，亲爱的，"她像在做梦般说道，"也许你需要在自己身上下点功夫。国际象棋显然不是生活的全部。"

"就我所知，是的。"

惠特利夫人长叹一声。"我的经验告诉我，你知道些什么并不总是重要的。"

"那什么是重要的？"

"活着，并且成长，"最终，惠特利夫人说道，"好好生活。"

和一个油腻庸俗的墨西哥推销员？贝丝本想这么反问。但她依然没说什么。她不喜欢自己现在感受到的嫉妒。

"贝丝，"惠特利夫人用一种不容辩驳的确凿语气接着说道，"你还没去过艺术宫，甚至查普尔特佩克公园也没去过。那儿的动物园令人愉快。你就在这个房间里吃饭，把时间都花在棋书上。难道你不该在开赛前一天放松一下吗？想一想国际象棋以外的事？"

贝丝很想怼她几句。如果她去那些地方，就得和曼努埃尔一起去，听他没完没了地讲话。他无时无刻不在抚摸惠特利夫人的肩膀或背部，总是贴着她站，笑得又太殷勤。"母亲，"她说，"明早十点，我执黑，和巴西冠军奥克塔维奥·马伦科对弈。也就是说，他先走。他今年三十四岁，国际特级大师。如果我输了，这趟旅行——不如说是历险——就要自掏腰包。如果我赢了他，就将在下午迎战比马伦科更厉害的人。我需要好好研究残局。"

"亲爱的，你是所谓的'直觉型棋手'，不是吗？"惠特利夫人以前从没和她讨论过下棋的事。

"是有人这样说我。有时候不需要想就知道怎么走。"

"我注意到了，观众鼓掌最热烈的那些棋步都是你迅速走出来的。而且，你的脸上会有某种特殊的表情。"

贝丝一惊，愣住了。"你这么说应该没错。"她说。

"直觉并不是靠看书得来的。我想，这一切都是因为你不喜欢曼努埃尔。"

"曼努埃尔挺好的，"贝丝说，"但他不是特意来见我的。"

"这和那无关，"惠特利夫人说，"你需要放松。世上没有另一个棋手像你这样有天赋。我完全不知道一个人要下出好棋需要什么才能，但我非常肯定：放松一下，只会让这些能力发挥得更好。"

贝丝一言不发。她已经生了好几天的气了。她不喜欢墨西哥城，也不喜欢这个巨大的混凝土酒店，瓷砖有裂缝，水龙头漏水。她不喜欢这家酒店里的食物，但也不想独自下馆子。惠特利夫人每天都和曼努埃尔一起出去吃午餐和晚餐，他有一辆绿色的道奇车，似乎随时随地都能让她使用。

"你干吗不和我们一起吃午饭呢？"惠特利夫人说，"吃完饭我们送你回来，你再研究也来得及。"

贝丝刚想作答，外面却传来了敲门声。客房服务送来了惠特利夫人的玛格丽特鸡尾酒。贝丝签单时，惠特利夫人若有所思地抿了几口酒，望着窗外的阳光。"我最近真的不太舒服。"惠特利夫人说着，眯起眼睛。

贝丝冷冷地看着她。惠特利夫人脸色苍白，还明显地超重。她一手拿着酒杯，一手在她粗壮的腰身上拂来拂去。她骨子里有某种令人怜惜的东西，贝丝的心软了。"我不想吃午饭，"贝丝说，"但你可以送我去动物园。我可以坐出租车回来。"

惠特利夫人好像没听到她的话，但过了一会儿，她转过身面对贝丝，手拿酒杯的姿势丝毫没变，她微弱地笑笑，说："那可太好了，亲爱的。"

· · ·

贝丝花了很长时间看加拉帕戈斯象龟——庞大、笨重的生物，永远处在慢动作中。有个饲养员把一蒲式耳看来湿乎乎的生菜、熟过头的番茄倒进围栏里，五只象龟就齐心协力地推开这堆吃食，大口咀嚼，四足踩踏——那些大脚掌活像大象灰扑扑的象足，而它们的脸都是那么愚蠢而无辜，专注于视野或食物以外的什么对象。

她站在围栏边时，有个小贩推着一车冰啤酒走过来，她几乎不假思索地说道:"请给我一瓶科罗娜。❶"再拿出一张5比索的纸币。小贩起开瓶盖,把啤酒倒进一只印有阿兹特克老鹰图案的纸杯里。"非常感谢。❷"她说。这是她自高中以来的第一杯啤酒;在炽热的墨西哥阳光下,冰啤酒好喝极了。她三口两口地就喝完了。几分钟后,她看到另一个小贩站在一圈红色的花坛旁,就又买了一瓶啤酒。她知道自己不该这样做;明天就要比赛了。她不需要酒。也不需要镇定药。她已经好几个月没吃过绿色药片了。但她还是喝光了那瓶啤酒。那是下午三点,阳光很猛烈。动物园里全是女人,大多数女人都披着深色的长围巾,带着黑眼睛的小孩子。只看到几个男人,他们都向贝丝投来异样的眼光,但她视若无睹,也没有哪个男人试图和她搭讪。虽然墨西哥人素以欢快、狂热著称,但这是一个安静的地方,这些人似乎更像是在博物馆里。随处都是鲜花。

　　她喝完了啤酒,又买了一杯,继续走。她开始感到兴奋了。她走过了更多树,更多花,还有在笼子里睡觉的黑猩猩。走过一个拐角,又有一大家子的大猩猩和她面对面。那个笼子里,块头惊人的雄性大猩猩和小猩猩头靠头,正在睡觉,黑色的身体紧靠在前面的围栏上。雌性大猩猩在笼子的正中央,像个哲学家似的皱着眉头,咬着指尖,靠着一只巨大的卡车轮胎。站在笼子外的柏油路上的是一个人类家庭,也有母亲、父亲和孩子,这家人都在聚精会神地观赏这些大猩猩。他们不是墨西哥人。引起贝丝注意的是那个男人。她认出了他的脸。

❶❷ 原文为西班牙语。

他又矮又胖，壮实的身材与大猩猩有几分相似，眉骨凸出，眉毛浓密，黑头发很粗糙，表情冷漠。贝丝还拿着装啤酒的纸杯，当场僵住。她感到自己的脸红了。这个男人就是瓦西里·博尔戈夫，国际象棋世界冠军。绝对不会有错：冷峻的俄罗斯面孔，威严的眉间皱纹。她在《国际象棋评论》的封面上见过好多次了，有一次他就穿着这样的黑西装，打着招摇醒目的金绿色领带。

贝丝盯着他看了整整一分钟。她根本不知道博尔戈夫会参加这次比赛。她已经收到了邮件，知道了自己在第九台。博尔戈夫肯定在第一台。她觉得后脖颈突然一凉，低头看了看手中的啤酒。她把纸杯举到嘴边，一饮而尽，下定决心：这将是她在比赛结束前的最后一口酒。她再次看向那个俄罗斯男人，有点惊慌：他会认出她吗？绝对不能让他看到她在喝酒。他正在朝笼子里看，好像在等待大猩猩移动棋子。那只大猩猩显然迷失在自己的思绪中，对他们每一个人都视若无睹。贝丝很羡慕它。

那天，贝丝没有再喝啤酒，早早上床睡觉，但惠特利夫人回来时把她吵醒了，那已是凌晨时分。惠特利夫人在黑暗的房间里脱衣服时，狠狠地咳嗽了一会儿。"没事，你开灯吧，"贝丝说，"我已经醒了。"

"我很抱歉，"惠特利夫人一边咳，一边趁着喘息的空当说道，"我好像感染病毒了。"她打开了浴室的灯，半掩着门。贝丝看了看床头柜上的日本制造的小时钟。四点十分。她脱衣服时发出的声音——窸窸窣窣，还有克制的咳嗽声——都让人恼火。贝丝的第一盘棋将在六小时后开始。她愤怒而紧张地躺在床上，等待惠特利夫人安静下来。

・・・

马伦科是个小个子，肤色很深，脸色阴沉，穿了一件耀眼的鲜黄色衬衫。他几乎不会说英语，贝丝也不会说葡萄牙语；他们没有寒暄，直接开始下棋。反正贝丝也不想说话。她的眼睛很痒，浑身都不太舒服。自从她们的航班在墨西哥降落，她就一直觉得周身不爽，好像会生病，而且是从未得过的病，还有昨晚，她醒了之后就没再睡着。惠特利夫人睡着了还在咳嗽，时而咕哝不清，时而发出刺耳的喘息声，贝丝拼命迫使自己放松下来，别被那些声响分神。她这次没带绿色的药。总共就只剩下三颗，可惜都留在肯塔基州了。她仰面躺着，双臂伸直，放在身体两侧，一如八岁时在梅修茵的走廊门边试图睡着那样。现在，她坐在直背木椅上，面对一长排摆在墨西哥酒店舞厅里的棋桌，感觉很恼火，还有点头晕。马伦科以兵走王线第四排开局。她的棋钟在走。她耸耸肩，走兵到后翼象线第五排，相信西西里防御的正规走法能让她保持稳定，直到她进入状态。马伦科按照常见的路数，跳出了王翼马。她把后前兵推到第五排；他吃掉了她的兵。她放松下来了，因为神思已从她的身体转移到了面前棋盘上的兵力角斗。

十一点半，她用两个小兵把他逼入困境，刚过正午，他就认输了。他们离走到残局还远着呢；马伦科站起身、向她伸出手的时候，棋盘上仍有很多没被吃掉的棋子。

前三台在主厅对面，要走过走廊，进入一个单独的房间。那天早上，贝丝迟到了五分钟，快步走向她的棋桌时仅仅朝那儿瞥了一眼，但没有停下来看。现在她朝那个小房间走去了，穿过铺有地毯的房间，两排棋手们仍在躬身对弈——他们来自菲律宾、西德、冰岛、挪威和智利，大多数都很年轻，几乎都是男性。还有两位女棋手：坐镇第二十二台的是墨西哥官员的侄女，还有一位坐在第十七台，是个来自布宜诺斯艾利斯的年轻主妇，她很紧张。贝丝没有停下来看任何一桌的棋局。

有几个人站在小房间外的走廊里。她从他们中间挤过去，走到门口，正对她的就是第一台，依然穿着深色西装、依然面无表情的正是瓦西里·博尔戈夫，冷峻得不带一丝情绪的目光落在面前的棋盘上。她和他之间站着一群谦恭静默的人，但棋手们坐在离地板几英尺高的木质高台上，她可以清楚地看到他。他身后的墙上有一块展示用的大棋盘，粘着纸板做的大号棋子；贝丝进来时，墨西哥棋手刚把白方的马移到新的位置上。她盯着棋盘思忖了片刻。局势紧张激烈，但博尔戈夫似乎有一定优势。

她看向博尔戈夫，又很快移开了视线。他那张专注的脸挺吓人的。她转过身，沿着走廊慢慢离开。

惠特利夫人躺在床上，但人是醒着的。她从床头向贝丝眨眨眼，把被子拉到下巴。"嗨，亲爱的。"

"我想我们可以去吃午餐了。"贝丝说，"我明天才下第二盘。"

"午餐。"惠特利夫人说，"哦，天哪。"然后，"你的比赛还好吗？"

"他在三十步后认输了。"

"你就是个奇迹。"惠特利夫人说着,小心翼翼地把自己撑起来,坐在床上,"我觉得很晕,但可能是需要吃点东西了。曼努埃尔和我晚餐吃了山羊羔肉。那可能会要了我的命。"她的脸色非常苍白,动作很慢地下了床,走向浴室,"我想我可以吃个三明治,或是那种不太容易让人发炎的玉米饼。"

. . .

这次的比赛比贝丝以前见过的所有赛事都要更顽强、更激烈、更专业,但当她熬过几乎无法入眠的夜晚后赢了第一盘,就不至于被这种氛围搅得烦躁不安了。赛事安排得当,运转顺畅,所有公告都用西班牙语和英语发布。一切都无须聒噪,在安静中进行。第二天的比赛中,她用拒后翼弃兵开局对阵名叫迪德利希的奥地利棋手,他是个面色白皙、有审美的年轻人,穿了一件无袖毛衣;她在棋盘中部展开无情的攻势,迫使他在中局认输。她基本上只用兵就达到了这个效果,连她自己也暗自惊讶——当她完全占领中心,再如捏碎一只鸡蛋那样粉碎他的局面时,她的指尖似乎流淌出了微妙又复杂的力量。他下得很好,没漏着,没犯错,也没任何可称为失误的着法,可惜,贝丝的打击是如此致命又如此精准,控制得极有分寸,以至于他走到第二十三步时就无路可走,没有希望了。

. . .

之前,惠特利夫人就曾邀请她与曼努埃尔和自己共进晚餐,贝丝拒绝了。虽然墨西哥人会从晚上十点才开始吃晚餐,但她七点买完东西、回到客房时，并没想到惠特利夫人还在房间里。

她穿戴整齐，但躺在床上，头靠着枕头。旁边的床头柜上搁着一杯喝了一半的酒水。惠特利夫人四十多岁，但毫无血色的面孔、额头上忧虑的皱纹使她看起来老了许多。"你好啊，亲爱的。"她气息微弱地说道。

"你病了吗？"

"有点不舒服。"

"我可以去找个医生来。"

"医生"这个词似乎一直悬在她们之间，直到惠特利夫人说："没那么糟。我只是需要休息。"

贝丝点了点头，走进浴室洗了把脸。惠特利夫人的样子和举止都令人不安。但当贝丝回到卧室时，她已经下了床，看起来挺有生气的，正在把被子掸平。她自嘲地笑了笑，"曼努埃尔不会来了。"

贝丝用询问的眼神望着她。

"他要去瓦哈卡出差。"

贝丝犹豫了一下，再问道："他要去多久？"

惠特利夫人叹了口气。"至少在我们离开前是不会回来了。"

"我很抱歉。"

"好吧，"惠特利夫人说，"我没去过瓦哈卡，但我怀疑和丹佛挺像的。"

贝丝盯着她看了一会儿，然后笑了出来。"我们可以一起吃晚饭，你可以带我去一个你认识的地方。"

"当然可以，"惠特利夫人说着，凄惨地一笑，"至少和他在一起时很有趣。他真的很有幽默感,让人开心。"

"那就好,"贝丝说,"惠特利先生看起来就不太会让人开心。"

"我的天啊,"惠特利夫人说,"奥尔斯顿从来不认为有什么是好笑的,大概除了埃莉诺·罗斯福吧。"

...

这次比赛的安排是每个棋手每天下一盘棋。一共持续六天。贝丝的前两盘棋对她来说都太轻松了,但第三盘让她震惊了。

她提前五分钟到达赛场,她的对手走过来时,她已经在棋盘前落座了,还有点尴尬。他看起来也就十二岁上下。贝丝在赛场里见过他,也曾在他下棋的时候路过他的棋桌,但她心里一直惦记着别的事,并没有特别留意到他是如此年轻。他有一头卷曲的黑发,穿了一件老式的白色运动款衬衫,熨得很整齐,熨出来的折痕傲然挺立在他细瘦的胳膊上。感觉非常奇怪,她觉得很别扭。神童应该是她。而且他看上去简直严肃得要死。

她伸出手。"我是贝丝·哈蒙。"

他站起来,微微鞠躬,紧紧握住她的手,摇了一下。"我是格奥尔基·彼得罗维奇·吉列夫。"他说完,羞涩地笑笑,一个微小又狡黠的笑容,"我深感荣幸。"

她只觉得慌乱。"谢谢。"他俩都坐了下来,他按下棋钟,她先走。她把后前兵移向第四排,很高兴能在这个令人不安的孩子面前执白先行。

开局一如常规,接受后翼弃兵;他吃掉了白方献上的象前兵,两人都开始向中心出子。但等他们进入中局后，情况变得比平时复杂，她意识到他的防御策略非同一般，相当老练。他走得很快——快得让人发疯——而且他似乎很清楚自己要做什么。她试了几种威胁，但他不为所动。一个小时过去了，然后又是一个小时。现在，双方已经下了三十多个回合，子力密密麻麻地聚在棋盘上。他移动棋子时，她就看着他——看着他从荒唐的衬衫袖筒里伸出细弱的胳膊——她讨厌他。他简直就是一台下棋机器。你这个小怪物，她心里这样想，猛然意识到在她小时候和她对弈过的大人们肯定也是这样看待她的。

现在已是下午，大部分对局都结束了。他们走到了第三十四步。她想快点下完这盘棋，然后回到惠特利夫人身边。她很担心惠特利夫人。和这个不知疲倦、睁着明亮的黑眼睛、动作飞快的孩子下棋，她觉得自己又老又累；她很明白，只要自己犯下哪怕一个微小的错误，他就能当即扼杀她。她看了看自己的用时。还剩二十五分钟。她必须加快速度，在她的小旗落下之前走完第四十步。要是她不去留意，他就会让她陷入时间恐慌。这是她给别人制造压力的惯用方法；想到这儿，她觉得很不安。在这之前，她从来都不是在用时上吃紧的那一方。

刚才走那几步棋时，她一直在考虑，要在棋盘中心进行一系列的子力交换——用马和象去兑掉对方的马和象，几步之后再兑车。这将让局面变得简明，但问题是那必将转入残局，而残局恰恰就是她一心想要避免的。现在，看到她在时间上落后他四十五分钟，她感到很不舒服。她必须摆脱这种僵局。她拿起她的马，吃掉他的王翼象。他立即回应，甚至没有抬头看她。他吃掉了她的后翼象。他们继续兑子，好像这就是他们的预设，当一系列子力交换结束时，棋盘上几乎空空如也。双方都只剩下一车、一马、四个兵和王。她把她的王移出底线，他也一样。到了这个阶段，王作为攻击者的力量就突然凸显出来了；已经没必要再隐藏这一点了。现在的问题是如何让兵走到第八排完成升变。他们已经进入残局了。

她吸了口气，摇摇头，让自己别去想残局的问题，而是集中精力研究这个局面。最重要的莫过于去制定一个计划。

"我们现在也许该封棋了。"那是吉列夫在说话，轻得像耳语。她看向他的脸：苍白而严肃，又看了看棋钟。两面小旗都已落下。她从没遇到过这种情况。她吓了一跳，在椅子里呆坐了片刻。"你得写下封棋的着法。"吉列夫说。突然间，他显得很不自在，举手呼唤赛事主管。

有位主管走了过来，脚步很轻。那是个戴着厚眼镜片的中年男子。"哈蒙小姐必须写下封棋的着法。"吉列夫说。

主管看了看棋钟。"我去拿个信封。"

她又看了看棋盘。局面似乎已足够明了。她应该推进车前兵，移到第四排，这一步她的心意已决。主管递给她一个信封，再谨慎地后退几步。吉列夫站起来，有礼貌地转过身去。贝丝在她的记录纸上写下"P-QR4"，折好后放进信封，递给主管。

她浑身僵硬地站起来，环顾四周。别的对局都结束了，尽管有几个棋手逗留在大厅里，有些人坐着，有些人站着，研究着棋盘上的局面。还有几个人猫着腰凑在一副棋盘前，分析刚刚结束的对局。

吉列夫回到棋桌前，神情非常严肃。"我可以问你一件事吗？"他说。

"可以。"

"有人告诉我，"他说，"在美国，人们可以坐在汽车里看电影。这是真的吗？"

"汽车影院？"她说，"你是说露天汽车电影院？"

"是的，你可以坐在车里看猫王的电影。还有黛比·雷诺兹、伊丽莎白·泰勒的电影。真有这种电影院吗？"

"当然是真的。"

他看着她，突然，他那张一本正经的脸上绽现笑容。"我肯定会喜欢的，"他说，"我肯定会很喜欢的。"

· · ·

那一整夜，惠特利夫人都睡得很沉，贝丝起床时她还在睡。贝丝觉得神清气爽，精神抖擞；入睡前，她一直在担心与吉列夫的那盘封棋，但到了清早她觉得这盘应该没什么问题。她写下的那步走兵的着法够强硬了。那一夜她是在沙发上睡的，惠特利夫人睡在床上，现在她赤脚从沙发走到床边，摸了摸她的额头。挺凉的。贝丝在她的脸颊上轻吻了一下，然后走进浴室，冲澡。当她离开房间去吃早餐时，惠特利夫人还在睡。

她上午的比赛对手是一个二十岁出头的墨西哥人。贝丝执黑，采用西西里防御，在第十九步时抓住漏洞，打了他一个猝不及防。随后，她开始一步一步地挫败他。她的头脑非常清醒，能让他疲于奔命，忙于应对她制造的威胁，乃至她能用两个兵换取他的一个象，再用马将军，将对手的王置于暴露且没有保护的位置上。当她出后的时候，墨西哥人站了起来，对她冷冷地一笑，说："够了。够了。"他恼怒地摇摇头。"这盘棋我认输。"

有那么一瞬间，她很愤怒，想下完这盘棋，想逼迫他的王穿越整个棋盘，再由她将杀。"你下棋下得……很厉害，"墨西哥人说，"你让一个男人觉得自己很无能。"他微微鞠了一躬，转身从棋桌边走开。

· · ·

那天下午继续她和吉列夫的封棋对局时，她发现自己能以惊人的速度和力量推进对局。这一次，吉列夫穿了浅蓝色衬衫，袖筒在肘部支棱出来，很像孩子们玩的风筝的脊骨。主管开启信封、走出她前一天写下的那步棋时，她不耐烦地坐在棋盘前。在等吉列夫走棋时，她索性站起来，在几乎空无一人的大厅里踱步，赛场里还有其他两盘封棋的对局正在继续进行。隔着比赛大厅，她几次回头看，看到他猫在棋盘上，小拳头抵住苍白的脸颊，蓝色衬衫在灯光下似乎在发光。她讨厌他——讨厌他的严肃，憎恨他的年轻。她想碾压他。

她在大厅正中央听到棋钟被按下的咔哒声，这才径直走回棋桌。她没有落座，而是站在桌边看了看棋盘。他把车移到了后翼象线，正如她所预料的。既然有所预料，就已有对策，她又把自己的兵挺进了一步，转身往回走向大厅的另一边。那边有张桌子，上面摆着一只水壶和几个纸杯。她给自己倒了一杯水，并惊讶地发现自己倒水时手在颤抖。等她回到棋桌时,吉列夫又走了一步。她当即回应,并没有用车去防守,而是决定放弃兵,代之以推进她的王。她用指尖轻轻拿起棋子,就像她多年前在辛辛那提看到的像海盗的棋手那样,把它轻放在后线第四排,转身又走了。

她就这样下棋,根本没有坐下来。在四十五分钟内,她就赢定了他。这真的很简单——简直太简单了。关键只在于:要在适当的时候兑车。通过交换迫使他的王往回撤一格,刚好让她的兵继续前进,从而升变为后。但吉列夫没有等到那一幕发生;他在她用车将军并随之以兑车后就当即认输了。他走向她,似乎想说些什么,但迎面看着她时就停下了脚步。有那么一瞬间,她的心软了,想起了几年前她还是个孩子,想起输掉一盘棋对那时的自己是何其重大的打击。

她伸出手,他握住时,她强迫自己挤出一个笑容,说:"我也没去过露天汽车影院。"

他摇摇头。"我不应该让你那么走的。车的那步。"

"是的。"她答道。接着又问道,"你几岁开始下棋的?"

"四岁。我七岁就是区冠军了。我希望有一天能成为世界冠军。"

"什么时候?"

"三年之内。"

"三年后你就十六岁了。"

他面无表情地点点头。

"如果你夺冠,之后会做什么?"

他显得很疑惑。"我不明白。"

"如果你十六岁就成为世界冠军,你打算用余生做什么?"

他还是一脸困惑。"我不明白。"他说。

. . .

惠特利夫人很早就睡了,第二天早上似乎好多了。她在贝丝之前就起床了,她们一起下楼在斗牛士餐厅吃早餐时,惠特利夫人点了一份西班牙煎蛋卷和两杯咖啡,而且全吃完了。贝丝松了一口气。

. . .

登记台旁的公告板上有一份棋手名单;贝丝已经好几天没去看过了。现在,比赛开始前十分钟,她走进大厅,停下来查看分数。这份名单是按照国际等级分的顺序排列的,博尔戈夫以2715位居第一。哈蒙以2370排在第十七位。每个选手的名字后面都有一连串的方框,框里的数字标明了这几轮比赛的得分:0表示输,1/2表示和棋,1表示赢。有很多1/2。有三个人的名字后面有一连串的1;其中两人是博尔戈夫和哈蒙。

名单右边几英尺处就是对阵表。表单上的第一排是"博尔戈夫 — 兰德",下面一排就是"哈蒙 — 所罗门"。如果她和博尔戈夫今天都赢了,他们就会在明天的最后一轮比赛中相遇。她不确定自己是否真的想和他对弈。与吉列夫的棋局让她的心有点乱。惠特利夫人也让她产生一种隐约的不确定感,尽管前者已明显地恢复了活力;她白皙的皮肤、涂了腮红的脸颊和强颜欢笑的表情反而让贝丝很不安。大厅里开始有点嘈杂声了，棋手们纷纷找到自己的棋桌，设定好棋钟，准备随时开始。贝丝尽可能地摆脱心头的不安，找到了第四台——主赛场的第一台——开始等待所罗门。

所罗门绝非等闲之辈，这盘棋持续了四小时，最终是他认输了。然而在整整四小时里，她一分一秒都不曾失去自己的优势——执白的一方从开局就有的极其微小的先行之利。所罗门没说什么，但她可以从他赛后头也不回的离开方式看出来，他因为被女人打败了而感到恼火。她以前看够了这种场景，所以看一眼就能明白。这通常会让她生气，但眼下并不重要。她心里有别的事。

他走后，她去博尔戈夫下棋的小房间观战，但那间屋里已经没人了。墙上的大棋盘上仍然展示着博尔戈夫的胜局——正如贝丝战胜所罗门的棋局那样，那是压倒性的胜利。

她去大厅看公告栏。明天的部分对阵名单已经张贴出来了。这倒算是一个惊喜。她走近一看，心一下子提到了嗓子眼：在最后一轮对阵表的顶部，用黑色印刷体写着"博尔戈夫—哈蒙"。她眨了眨眼，又看了一遍，屏住了呼吸。

贝丝来墨西哥城时随身带了三本书。她和惠特利夫人在客房里吃了晚餐后，就拿出了《特级大师棋谱》来看，这本书里有五盘博尔戈夫的棋。她翻开书，找到他的第一盘棋，开始用她自己的棋盘打谱。她很少这样做，通常，她可以在脑海中过一遍对局，再加以推敲，但她想让博尔戈夫的棋尽可能直观地呈现在自己眼前。惠特利夫人躺在床上看书，贝丝则在摆博尔戈夫的棋，寻找弱点。她没能找出来。她又把对局摆一遍，在某些看似有无限可能性的局面中停下来，并把所有变化都推演一遍。她坐在那里，紧盯着棋盘，现实生活中的一切都被她抛之脑后，不同的战术组合却在她的脑海中自行上演。时不时地，惠特利夫人会发出一些声响，又或是因为房间空气中的一种紧张感，她的神思会突然回到当下，恍惚地环顾四周，感觉到她的肌肉紧绷得都有点疼痛了，还滋生出一种似乎带着犀利边缘、足以扎入肺腑的恐惧感。

在过去的一年里，她有过几次这样的感觉：不仅头脑晕眩，还几乎被国际象棋的无限的可能性吓坏了。午夜时分，惠特利夫人把书放在一边，静静地睡着了。贝丝在绿色扶手椅上枯坐几小时，没听到惠特利夫人温柔的鼾声，也没闻到墨西哥酒店里的奇怪味道，只是莫名其妙地觉得自己会从悬崖边掉落，看似坐在她从肯塔基的珀塞尔百货买来的棋盘边，其实却是身在深渊之上，支撑她的仅仅是她那离奇的、格外适合这种优雅而致命的游戏的心智天资。棋盘上，危机四伏，无处不在。任何人都无法安宁。

直到四点多，她才上床睡觉，梦见了溺水。

· · ·

只有寥寥数人聚在大厅里。她认出了马伦科，现在的他穿西装、打领带；她进来时，他朝她挥挥手，她强迫自己朝他的方向微笑。看到这个已被自己击败的棋手都让她害怕。她很忐忑，而且知道自己很紧张，但不知道该怎么办。

早上七点，她冲了澡，但无法摆脱她醒来时就有的紧张情绪。在近乎空荡的咖啡店里，她几乎无法喝完自己那杯咖啡，于是，喝完咖啡后又谨慎地洗了把脸，试图让自己的精神集中。现在，她走过大厅里的红地毯，进了女士洗手间，又洗了把脸。她用纸巾仔细地擦干脸，梳理头发，看着大镜子里的自己。她的一举一动都像是被迫的，她的身体看上去不可思议地虚弱。那件昂贵的上衣和裙子看起来很不搭。她的恐惧像牙疼那样戳心。

沿着走廊走回大厅时，她看到了他。他和两个她不认识的男人站在一起，宛如一个坚实的团体。他们都穿深色西装。他们互相挨得很近，轻声交谈，好像在谈机密。她垂下眼帘，从他们身边走过，进了小房间。里面已有些人拿着照相机在等待。记者。她轻巧地走到第一台黑方的那一边。她盯着棋盘看了一会儿，听到赛事主管说"比赛将在三分钟后开始"，她才抬头去看。

博尔戈夫正穿过房间，向她走来。他的西装非常合身，裤腿干净利落地垂在锃亮的黑皮鞋的鞋帮上方。贝丝把目光移回棋盘，很尴尬，局促不安。博尔戈夫已落座。她听到主管在讲话，声音仿佛来自很远的地方，"您可以开钟了。"她伸出手，按下了棋钟上的按钮，抬起头来。他稳重地坐在对面，阴沉沉的，正定睛看着棋盘，她像在梦中一般，看着他伸出手，手指很粗壮，他拿起王前兵，放在第四排。兵走王线第四排。

她盯着它看了一会儿。她一向擅用这种开局——国际象棋比赛中最常见的开局：西西里防御。但她犹豫起来。博尔戈夫曾被某本杂志称为"西西里防御大师"。几乎是在冲动之下，她也让王前兵挺进两格，希望能为双方带来点新意，那他就不能凭借丰富的经验占据上风了。他把他的王翼马移到象线第三排，她把她的王翼马移到后翼象线第六排，守住小兵。接着，他毫不犹豫地把象移到马线第五排，她的心一沉。西班牙开局。这个开局她下得够多了，但在这盘棋中，它让她害怕。它和西西里防御一样复杂多变，也一样被透彻地分析过了，除了从书上背下来的那些变化，还有几十种走法是她不熟悉的。

又有人用闪光灯拍了张照，她听到主管生气地低声警告记者们不要打扰选手。她把自己的兵推到车线第六排，攻击象。博尔戈夫把象撤回到车线第四排。她强迫自己集中注意力，跳出她的另一个马，博尔戈夫王车易位。这些着法都很熟悉，但并不能让她轻松。现在，她不得不拿定主意：要么走开放变例，要么走封闭式西班牙。她抬头瞥了一眼博尔戈夫的脸，又看回棋盘。她用马吃掉了他的兵，完成了开局。他把兵移到后线第四排，而她预料他会这样走，而她把兵移到后翼马线第五排是因为她不得不这样走，只有这样，她才能在他移动车的时候做好应对的准备。头顶上的枝形吊灯太亮了。现在，她开始感到沮丧了，好像这局棋余下的部分是不可避免的事——她似乎被锁定在佯攻和反攻组合而成的编排中，而这种编排中她的失败是注定的，就像某本棋书中的一盘棋，你已知道结局，摆一遍只是为了看看它究竟是如何发生的。

她甩甩头，不让自己这样想。棋局还没有走到那一步。他们仍在重复着已知的谱着，白方拥有的唯一优势仍是白方一向就有的那种优势——先行之利。有人说，当计算机真正学会下棋并相互对弈时，执白的电脑总是会因为先走一步而获胜。和井字棋一样。但还没有发展到那一步。她并不是在和一台完美的电脑对弈。

博尔戈夫将他的象撤回到马线第三排。她把兵移到后线第五排，他吃掉了兵，她再把象移到王线第六排。她早就熟知这种路数了，早在梅修茵的课堂里，她就默记了《现代国际象棋开局》中提到的这些着法。但现在这盘棋已随时可能进入错综复杂的激战阶段，随时都会出现意想不到的转折。她抬起头时，面无表情的博尔戈夫刚好拿起他的后，放在王线第二排。她看着它，眨了眨眼。他在做什么？要去追击她停在王线第四排上的马吗？他只需用车，就能轻松地牵制住保护马的那个兵。这步棋看起来很可疑，但又说不出缘由。她感到胃里又起了一阵痉挛，还有一点晕眩。

她双臂交叠抱在胸前，开始研究这个局面。在眼角的余光中，她看得到在展示大棋盘上移动棋子的年轻人正在把纸板上的白方后放到王线第二排上。她朝房间里的人瞥了一眼。大约有十几个人站着观看。她把视线移回到棋盘上。她将不得不除掉他的象。为此，让马走到车线第五排似乎看上去还不赖。还可以让马走到象线第五排，或是让象走到王线第七排，但那将会非常复杂。她把这些可能性翻来覆去地想了一遍，最终放弃了这个想法。她不相信自己能在博尔戈夫面前下出那么复杂的棋。将马运到车线上会使它的走动范围减半；但她还是这样做了。她必须除掉那个象。那个象不怀好意。

博尔戈夫毫不犹豫地伸出手，把马移到后线第四排。她瞪着它看；她本以为他会移动他的车。但似乎也看不出什么坏处。把她的后翼象前兵推到第五排看起来不错。那将迫使博尔戈夫用马吃掉她的象，之后，她就可以用她的马吃掉他的象，以此阻止它对她另一个马施压，那太恼人了，那个马远在棋盘另一边的王线第四排，且没有足够的可以撤退的格子。要对付博尔戈夫，失去一个马将是致命的损失。她拿起了后翼象前兵，让棋子在指间逗留了一会儿，才把它放下。然后，她往椅子里靠了靠，深吸了一口气。现在的局势看起来还不错。

没有分毫迟疑，博尔戈夫用马吃掉了她的象，贝丝用她的兵吃掉了他的马。然后，正如她预想的那样，他把后翼象前兵移到第三排，好为那个讨厌的象创造一个藏身之地。她如释重负地拿起那个象，终于吃掉了它，终于能让她的马离开令人困窘的车线了。博尔戈夫仍然无动于衷，用他的兵吃掉了她的马。他的眼睛稍稍抬起，瞥了一眼她的眼睛，又看回棋盘上的这个位置。

她紧张地盯着棋盘。之前几步时觉得这个局面不错，现在看来却不太妙了。问题出在她的马停在王线第四排。他可以把他的后移到马线第四排，威胁带将吃掉她的王前兵；而她假如要防守这个兵的话，他还可以用他的王翼象前兵攻击她的马，届时马将无处可退。博尔戈夫的后会守在那里，就等着吃掉它。另一方面，她的后翼也面临一个麻烦：他可以用车吃掉兵，先弃后取，通过用后将军的方式得回先前弃给她的车，净赚一兵，并扩大局面优势。不，是领先两个兵。那样的话，她就必须把后移到马线第六排。后走到后线第七排并不好，因为他那个该死的象前兵可以进攻她的马。她不喜欢陷入这种被动防守，于是在走下一步棋之前苦思良久，只为找寻反攻的机会。一无所获。她不得不移动后，保护马。她感到脸颊发烫，再一次通盘思考。还是没有办法。她把后移到了马线第六排，没去看博尔戈夫。

没有分毫迟疑,博尔戈夫把他的象移到了王线第三排,保护他的王。为什么她刚才没有看出这一步呢?她看得够久了。现在,如果她按照原定计划推进那个兵,她就会失去她的后。她怎么会有这种疏忽呢?她本来计划好,用后的新位置制造闪将的威胁,而他立刻抵挡,走出一步显然会让人胆战心惊的棋。她瞥了他一眼,看向那张刮得很干净、泰然自若的俄罗斯面孔,坚实的下巴下面是打得非常精致的领带,她感受到的恐惧几乎冻结了她浑身上下的肌肉。

她用尽全身力气,对着棋盘苦思冥想,就那样浑身僵硬地坐在那里,盯着当下的局面足足看了二十分钟。当她尝试又否决了十几种后续变化后,腹内的滞重感甚而更严重了。她救不了那个马。最后,她把象移到了王线第七排,博尔戈夫不出意料地把他的后移到马线第四排,再次威胁要挺进他的王翼象前兵,从而拿下那个马。现在她有一个选择:把王移到后线第七排,或是王车易位。但无论怎么走,那个马都保不住了。她选择了王车易位。

博尔戈夫立即移动象前兵,攻击她的马。她本可以尖叫的。他所做的一切都很明显,没有离奇的想象力,一板一眼俨如公事公办。她觉得自己透不过气来,把兵移到后线第四排,攻击他的象,然后,看着他不可避免地把象移到车线第六排,威胁杀王。她将不得不把车抬一步保护王。他就将用后吃掉她的马,接着如果她吃掉象,后就会干掉角落里的车,直接将军,整个局面就将分崩离析。她将不得不调动车以免被吃。与此同时,她少一个马。

这就是与世界冠军对决的感觉,世界冠军的衬衫白得无可挑剔,领带打得无与伦比,那张双颊阴沉的俄罗斯面孔不允许显露出任何怀疑或弱点。

她看到自己伸出了手,提起王冠,将黑色的王推倒在棋盘上。

她坐了一会儿,听到掌声响起。然后,她走出房间,谁也没看。

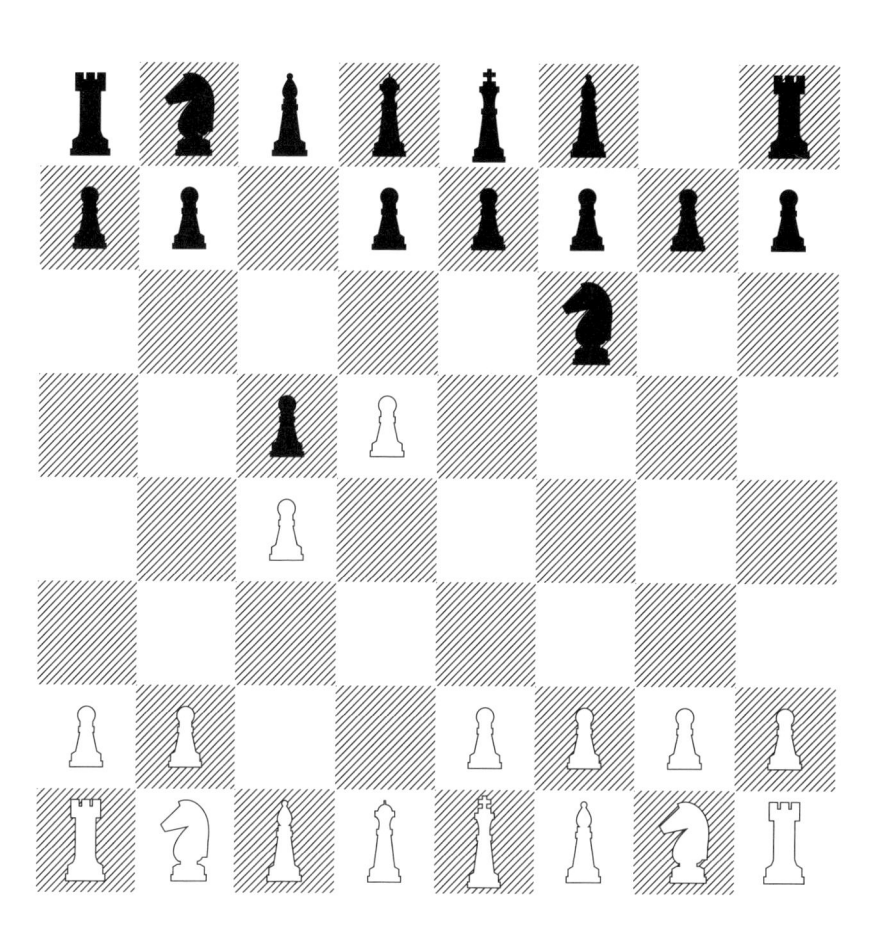

09

第九章

"给我一杯龙舌兰日出。"她说。吧台上方的时钟指向十二点三十分,有四个美国女人在最里面的那张桌上吃午餐。贝丝没吃早餐,但她不想吃午餐。

"欣然从命。"❶酒保说。

颁奖典礼将在两点半举行。她在酒吧里一直喝到那时候。她应该是第四名,也可能是第五名。有两个和特级大师打成平局的棋手都获得了5.5分的成绩,排在她前面。博尔戈夫得6分。她是5分。她喝了三杯龙舌兰,吃了两个煮鸡蛋,然后转喝啤酒。多瑟瑰啤酒。喝了四杯才消解了她肚子里的疼痛,模糊了激愤和羞耻。哪怕痛楚缓解了,她依然能看到博尔戈夫那张阴沉沉的脸,也能感受到她在那盘棋中的挫败感。她下得就像个初出茅庐的新手,像个被人牵着鼻子走、丢死人的大傻瓜。

她喝了很多酒,但不觉得头晕,点菜时说话也不含糊。她好像自带一种绝缘气场,使周边的一切都和她保持距离。她拿着啤酒杯,坐到鸡尾酒吧台尽头的桌边,并没有喝醉。

❶ 原文为西班牙语。

三点，两名参赛的棋手走进酒吧，轻声地交谈。贝丝立刻站起来，直接回到客房。

惠特利夫人正躺在床上，一只手摁着脑袋，手指抓进头发里，好像头很痛。贝丝走到床边。惠特利夫人看起来不大对劲。贝丝伸出手，拉了拉她的胳膊。惠特利夫人已经死了。

她好像没有任何感觉，但直到过去了五分钟，贝丝才能够松开惠特利夫人冰冷的胳膊，拿起电话。

经理很清楚该怎么做。来了两个抬着担架进来的人，听候经理的指示行动，那时候，贝丝就坐在扶手椅里，喝着客房服务送来的咖啡和酒。她听到经理在发号施令，但没有去看。她的眼睛一直盯着窗户。不知过了多久，她转过身，看到一个身穿灰色西装的中年女性正把听诊器放在惠特利夫人的胸前。惠特利夫人还躺在床上，但身下已是担架。那两个身穿绿色制服的人站在床边，看起来很不自在。那个女人摘下听诊器，朝经理点了点头，然后朝贝丝走来。她的神情很紧张。"我很抱歉。"她说。

贝丝把目光从她身上移开。"是怎么回事？"

"有可能是肝炎。我们明天就能确定。"

"明天。"贝丝说，"你能给我镇定药吗？"

"我有一种镇定剂……"

"我不要镇定剂，"贝丝说，"我要利眠宁，你能给我开张处方吗？"

医生盯着她看了一会儿，耸耸肩。"你不需要处方就能在墨西哥买到利眠宁。我建议你用眠尔通。酒店里就有一家药房。"

. . .

贝丝翻开惠特利夫人的《美孚旅游指南》最前面的插页地图，记下了科罗拉多州丹佛市和蒙大拿州比尤特市之间的各大城市名称。经理告诉她，不管她在打电话、签文件、与当局打交道等时候需要什么帮助，他的助手都能帮到她。他们带走了惠特利夫人，十分钟后，贝丝给那位助手打了电话，把一连串城镇的名字报给他听，最后把一个名字告诉了他。他说他会给她回复的。她叫客房服务送来一大瓶可口可乐，还有更多的咖啡。然后，她迅速脱掉衣服，洗了个澡。浴室里有一部分机，但没有电话打进来。她仍然没什么感觉。

她换上干净的牛仔裤和白T恤。床头柜上还放着惠特利夫人的一盒切斯特菲尔德香烟，空了，已经被惠特利夫人的手揉成一团。旁边的烟灰缸里满是烟头。有一支烟，惠特利夫人此生抽过的最后一支烟，还搭在烟灰缸的边缘，一截长长的、冷却的烟灰。贝丝盯着它看了一分钟；然后走进浴室，吹干了头发。

送来大瓶可乐和咖啡的男孩非常恭敬，她想签单，他却摆摆手婉拒了。电话响了。是经理打来的。"我这儿有你的电话，"他说，"从丹佛打来的。"

听筒里传来一连串的咔嚓声，接着传出一个男人的声音，出乎意料地响亮、清晰。"我是奥尔斯顿·惠特利。"

"我是贝丝，惠特利先生。"

停顿。"贝丝？"

"你的女儿。伊丽莎白·哈蒙。"

"你在墨西哥？你从墨西哥打电话来？"

"是惠特利夫人的事。"她看着那支烟,烟灰缸上那支并未被真正抽过的香烟。

"阿尔玛怎么了？"那个声音问道,"她和你在一起吗？在墨西哥？"问得很好奇,但听上去非常勉强。她可以想象出他的样子,就像当年她在梅修茵看到的那样,依然心不在焉,依然梦想自己身在别处,他的一切言谈举止都明摆着他不想和她们建立任何关系,他一直惦记着去别的地方。

"她死了,惠特利先生。她今天早上死了。"

电话的另一端只有沉默。最后,她说:"惠特利先生……"

"你不能帮我处理这件事吗？"他说,"我不能说走就走地去墨西哥。"

"他们明天要做尸检,我得去改签新的飞机票。我的意思是,为我自己买一张新的飞机票……"她的声音突然变得绵软无力,言语失去了方向。她拿起咖啡杯,喝了一口,"我不知道该把她葬在哪里。"

惠特利先生再次说话时,声音清晰得令人惊讶。"给列克星敦的杜金兄弟葬仪社打电话。她们家有一块家族墓地,要用她的娘家姓:本森。"

"那房子呢？"

"听着,"现在他的声音更大了,"我一点不想掺和这件事。我在丹佛的麻烦已经够多了。把她带回肯塔基州,安葬她,房子就是你的了。只要支付抵押贷款。你需要钱吗？"

"我不知道。我不知道要花多少钱。"

"我听说你很能干。神童。你下棋就不能收点钱之类的吗？"

"我可以和酒店经理谈谈。"

"很好。你去吧。我现在手头很紧，但你可以保留那栋房子和抵押资产权。给第二国家银行打个电话，找埃利希先生：E-r-l-i-c-h。告诉他，我想把房子留给你。他知道怎样找到我。"

又是一阵沉默。接着她开口了，尽可能地用强硬的口吻问道："难道你都不想知道她怎么死的吗？"

"怎么死的？"

"肝炎，我想是吧。他们明天能确定。"

"哦，"惠特利先生说，"她一直生病的。"

・・・

经理和医生办好了一切——甚至包括惠特利夫人的机票退款事宜。贝丝必须签署一些官方文件，必须免除酒店方的责任，还要填一些政府的表格。有一份文件的标题是"美国海关——遗体运送"。经理联系了列克星敦的杜金兄弟葬仪社。第二天，经理助理开车送贝丝去机场，灵车低调地跟在他们的车后面，穿过了墨西哥城的街道，沿着高速公路行驶。她只看到一眼金属质地的棺材，是在环球航空公司的候机室朝窗外看时瞥见的。灵车一直开到707飞机的舱门口，几个男人在灿烂的阳光下把棺材搬下了车。他们把棺材放在叉车上，棺材被抬升到货舱口的高度，她隔着窗玻璃都能听到叉车引擎的嗡嗡闷响。有那么一瞬间，棺材在阳光下颤抖起来，她突然有一种可怕的幻想：棺材要从升降机上掉下来，一头栽在停机坪上，把经过防腐处理的惠特利夫人颠出来，中年女人的尸体落在滚烫的灰色沥青上。但这一切并没有发生。棺材被轻轻松松地拉进了货舱。

登机后，贝丝拒绝了空姐送来的一杯酒。等空姐回到过道后，贝丝打开手包，拿出了一瓶崭新的绿色药片。前一天把文件都签完后，她花了三个小时，从一家药房去到另一家药房，她在每家药房里都买了一百颗药。一百是最高限额。

· · ·

葬礼很简朴，也很简短。仪式开始前的半小时，贝丝吃了四颗绿色药片。她独自坐在教堂里，默默地晕眩，尽由牧师说着牧师们要说的话。祭坛上有鲜花，牧师说完后，立刻出现两个葬仪社的员工把鲜花搬了出去，这让她略感讶异。教堂里还有六个人，但贝丝一个都不认识。有位老太太在葬礼结束后拥抱了她，说："你这个可怜的小家伙。"

那天下午，她把行李收拾好，离开卧室，走下楼去煮咖啡。水快烧开时，她走进楼下的小洗手间洗脸，突然间就被蓝色包围了，她站在那里，被惠特利夫人的蓝色浴室地毯、蓝色毛巾、蓝色香皂和蓝色面巾包围着时，有一种热辣辣的东西在她的肚子里爆裂了，她在一瞬间泪流满面。她从架子上抓下一条毛巾，捂住脸，说："哦，我的天啊。"然后靠在台盆边，哭了很久。

电话铃响起时，她还在擦干脸。

是个男人的声音。"贝丝·哈蒙？"

"是的。"

"我是哈利·贝尔蒂克。参加过州赛的。"

"我记得你。"

"对，就是我，我听说博尔戈夫让你输了一局。想来慰问一下。"

她把毛巾搭在沙发背上时——沙发垫得又厚又软——她注意到沙发扶手上有一包只抽了一半的惠特利夫人的香烟。"谢了。"她说着，拿起那包烟，紧紧地抓在手心里。

"你是哪方？执白吗？"

"黑。"

"是这样啊。"他停顿了一下，"出什么事了吗？"

"没。"

"这样更好。"

"什么更好？"

"如果你要输给他，你最好是执黑。"

"大概吧。"

"你怎么走的？西西里？"

她轻轻地把那包烟放回椅子扶手上。"路易·洛佩兹。我让他用西班牙对付我了。"

"失误啊。"贝尔蒂克说，"是这样，我这个夏天会在列克星敦。你愿意来一段集训吗？"

"集训？"

"我知道。你比我厉害。但如果你要与苏联人对弈，就需要帮助。"

"你在哪儿？"

"我住在凤凰酒店。周四我会搬去一间公寓。"

那一刻,她环顾这个房间,看到了沙发脚凳上有一摞惠特利夫人的女性杂志,看到了窗前的淡蓝色窗帘,看到了超大号的陶瓷台灯的淡黄色灯罩上还包着玻璃纸。她长长地吸了一口气,又默默地呼出。"你来这儿吧。"她说。

二十分钟后,他开着一九五五年的雪佛兰来了,挡泥板上的图案是红黑相间的火焰,一只车前灯坏了,他把车停在花砖路的尽头。她一直在窗里望着他,等他下车时,她已候在门廊。他朝她挥挥手,走向后备厢。他穿着亮红色的衬衫、灰色灯芯绒裤子,脚上的运动鞋和衬衫挺搭的。他给人一种阴沉、迅捷的感觉,贝丝想起他的一口坏牙、他下棋时的凶狠,因而一看到他就觉得浑身有点僵硬。

他弯下腰,从后备厢里抱出一只看起来挺重的纸箱,还把头发从眼帘前甩开,然后走上了门前的小道。纸箱上的红字写着:亨氏番茄酱;箱子顶部是敞开的,里面装满了书。

他把这箱书放在客厅的地毯上,毫不客气地把惠特利夫人的杂志从茶几上拿下来,塞进了杂志架。他把箱子里的书一本一本地拿出来,一边念出书名,把它们全部堆在桌面上。"A.L.戴恩考夫,《中局战略》;J.R.卡帕布兰卡,《我的国际象棋生涯》;福纳特,《阿廖欣[1]棋谱1938—1945》;梅耶,《车兵残局》。"

---

[1] 亚历山大·阿廖欣(Alexander Alekhine,1892—1946),生于莫斯科,俄裔法国国际象棋大师,曾四次获得国际象棋世界冠军。

有一些她以前见过；有几本她有。但大多数都是她闻所未闻的，看起来都那么厚重，让人沮丧。她知道自己需要学习很多东西。然而，卡帕布兰卡几乎从来没有学过下棋，只靠直觉和天赋就能赢遍天下，而像博戈柳博夫、格林菲尔德这些稍逊一筹的棋手却像德国学究那样把棋谱背得滚瓜烂熟。她见过比赛中的一些棋手在对局结束后一动不动地坐在那些不舒服的椅子里，完全漠视外在世界，闷头研究开局的变例、中局的策略或是残局的理论。这件事是无止境的。她眼看着贝尔蒂克有条不紊地取出一本又一本沉重的书，她只觉得疲倦，晕头转向。她瞥了一眼电视机：她有点想打开电视，把国际象棋永远地忘掉。

"我这个夏天一直在看书。"贝尔蒂克说。

她烦躁地摇摇头。"我也会研究棋谱。但我一直尝试在下棋时随机应变。"

他停下手中的动作，手里还拿着三本苏联的《国际象棋期刊》，封面都被翻破了。他皱着眉头看着她，问道："就像摩菲，或是卡帕布兰卡？"

她有点窘，"是的。"

他冷峻地点点头，把那沓期刊放在咖啡桌旁的地板上。"卡帕布兰卡是可以击败博尔戈夫的。"

"也不是每一盘都可以。"

"算得上数的每一盘都可以。"贝尔蒂克说。

她端详着他的神情。他比她印象中的要年轻。但现在的她已不再是当年的少女了，她长大了。他是个强硬的年轻人；方方面面都绝不苟且。"你认为我是个妄自尊大的家伙,对吗?"

他勉强露出一丝微笑。"我们都是妄自尊大的家伙,"他说,"这是国际象棋教会你的。"

那天晚上,她把两份速食晚餐放进烤箱时,他们已经在两副棋盘上摆好了残局:他棋盘上的方格是绿色和奶油色的,配一副沉沉的塑料棋子;她的木棋盘上的军士是紫檀木和枫木的。这两副都是斯汤顿正规比赛用棋:王的身高是四英寸。她没有邀请他留下来吃午饭和晚饭;对此,彼此心知肚明。当她坐在客厅里琢磨车有哪些走法可以避免陷入理论和棋的残局时,他就去几个街区外的杂货店买了些吃的。她做午饭的时候,他就说教一通,告诉她要保持良好的身体状态和充足的睡眠。他还买了两份冷冻的速食晚餐当晚饭。

"你必须保持线路畅通,"贝尔蒂克说,"如果你被一个想法框住了——比如走这个王翼马前兵——那就死定了。再看看这样走……"她转向他摆在厨房餐桌上的棋盘。他正拿着一杯咖啡,另一只手托着下巴,站在桌边,蹙眉俯视棋盘。

"看什么?"她没好气地问道。

他伸出手,拿起白方的车,越过大半个棋盘,放在王翼车线第一排——右下角。"现在,他的车前兵被牵制住了。"

"那又怎样?"

"他现在必须移动王,否则之后就动不了了。"

"这个我看出来了。"现在,她的声音轻柔下来了,"但我没想到……"

"看看这边的后翼兵。"他指着棋盘的另一边的三个白方小兵,它们互相连接。她走到桌边，想看得更清楚一些。"他可以这样走。"她说着，把黑方的车移动了两格。

贝尔蒂克抬头看着她。"试一下。"

"好。"她在黑方后面坐了下来。

只用了六七步，贝尔蒂克就让他的后翼象前兵走到了第七排，显然不可避免地要升变为后。要阻止它，将会丢车，也就意味着败局。他是对的：当车穿过整个棋盘时，王就必须移动。"你说对了，"她说，"是你想出来的吗？"

"是阿廖欣走出来的，我忘了是在哪里下的，"他说，"我从一本书上看到的。"

过了午夜，贝尔蒂克回他的酒店去了，贝丝没睡，又看了几小时关于中局的书，她没有拿棋盘摆出来，只是在脑海中过了一遍。有件事在困扰她，但她也没让自己过于纠结：她不能像八九岁时那样轻松地幻视出棋子了。她仍然可以，但要花更多心力，有时她不确定一个兵或一个象到底在哪里，就不得不在脑海中反复回想那些着法才能确定。她一直研究到深夜，顽强地坚持下去，只用脑子和书，穿着T恤和蓝色牛仔裤，坐在惠特利夫人看电视的旧扶手椅里。她时不时地眨眨眼，朝四周望望，好像还想看到惠特利夫人坐在近旁，她的丝袜被卷到脚踝，她的黑色家居鞋在椅子旁边的地上。

第二天早上九点，贝尔蒂克又来了，又带了六七本书。他们喝了咖啡，在厨桌上下了几盘五分钟的超快棋。每一盘都是贝丝赢，毫不留情，速战速决，他们下完五盘后，贝尔蒂克看着她，摇了摇头。"哈蒙，"他说，"你真的是这块料。但这只能算即兴发挥。"

215

她瞪着他。"你胡说什么呢,"她说,"我连赢你五盘。"

他冷冷地看着桌子对面的她,拿起咖啡杯喝了一口。"我是大师级别,"他说,"现在是我这辈子下棋的巅峰状态。但如果你去巴黎,要迎战的对手可不是我。"

"我只要再努力一点就能打败博尔戈夫。"

"你要加倍努力才能战胜博尔戈夫。好几年的努力。你到底明不明白他是什么角色?像我这样的?另一个肯塔基州前冠军?"

"他是世界冠军。可是……"

"哎呀,你给我闭嘴!"贝尔蒂克说,"博尔戈夫十岁的时候就能打败我们俩。你了解他的职业生涯吗?"

贝丝看着他。"不,我不了解。"

贝尔蒂克从桌边站起来,径直走进客厅,目标很明确。他从贝丝棋盘边的书堆里抽出一本有绿色书函的书,带回厨房,扔在她面前的桌上。《瓦西里·博尔戈夫:我的国际象棋生涯》。"今晚看这本吧。"他说,"看看他1962年列宁格勒的对局,看看他怎么下车兵残局的。看看他与卢申科、与斯帕斯基的对局。"他拿起几乎喝光的咖啡杯,"你可能会有所收获。"

· · ·

那是六月的第一周,厨房窗外的山茶开出明艳的珊瑚色花朵。惠特利夫人的杜鹃花也在渐次绽放,草地需要修剪了。还有很多小鸟。一整个星期都很美,这是肯塔基州能有的最好的春天。有时,贝尔蒂克离开后,贝丝会在深夜走进后院,感受着脸颊上的暖意,深吸几口温暖的清新空气，但除此之外的时间里，她把外面的世界抛到了九霄云外。她已拥有了一种崭新的、沉湎于国际象棋的方法。她在墨西哥买的几瓶镇定药仍在床头柜里，没用过；冰箱里的几罐啤酒仍在冰箱里。她在后院伫立五分钟，就会回到屋里，捧读贝尔蒂克带来的棋书，一看就是几小时，然后上楼，精疲力竭地倒在床上。

星期四下午，贝尔蒂克说："我明天要搬去公寓了。酒店的账单快要了我的命。"

他们正在研究别诺尼防御，刚说到一半。她刚刚听从他的指点，在第八步把棋子移到P-K5——贝尔蒂克说这步棋来自一个叫米凯纳斯的棋手。她走完这步，抬头看他，"在哪儿？那间公寓。"

"新环路。我不会经常过来了。"

"也没那么远。"

"大概是吧。但我要去上课。我该找份兼职的工作。"

"你可以搬到这里来，"她说，"免费的。"

他看了她一会儿，笑了。他的牙齿其实也不算太糟。"我还以为你永远不会提这茬。"他说。

・・・

从小到大，她都不曾如此彻底地沉浸在国际象棋中。贝尔蒂克每周要上三个下午、两个上午的课，她就用这些时间细读他带来的书。她用心力，在脑海中下了一盘又一盘的棋，学习新的变例，洞悉进攻和防守的风格差异，看到一步令人炫目的棋或一个微妙的局面时，她时而兴奋地咬嘴唇，时而又觉得疲惫无力，因为深感国际象棋深邃无边、着法无尽、威胁不绝、重重复杂,这都叫人无助。她听说遗传密码可以靠传递蛋白质来塑造眼睛或手。脱氧核糖核酸。遗传密码包含了构建呼吸系统、消化系统,乃至婴儿的手抓力的全部指令。国际象棋也一样。一个局面就是一种几何形状,可以被解读、再读、重读……可能性无有穷尽。你已经深入表象,洞见到了局面的这一层,但其后还有另一层,一层又一层隐没在更深处。

性,素以错综复杂而闻名,实际上却简单得让人眼明心静。至少对贝丝和哈利来说是这样。他搬进这栋房子的第二天晚上,他们上床了。花了十分钟,间以几次急促的呼吸。她没有高潮,他的也很克制。事后,他回自己的床上去了,也就是她原来的卧室;她轻轻松松地睡着了,入睡时浮想的画面不是爱情,而是木质棋盘上的木壳计时器。第二天早上,她在早餐时与他下棋,战术组合从她的指尖源源不断地流动出来,像花朵一样漂亮地撒落在棋盘上。她很快就赢了他四盘棋,每次都让他执白先走,她几乎都不用看棋盘。

他洗碗的时候谈起了菲利多尔[1]:他崇拜的偶像之一。菲利多尔是法国的音乐家,曾在巴黎和伦敦下盲棋。

"我有时看那些老前辈下的对局,感觉都很奇怪,"她说,"我不相信那真的是国际象棋。"

"别去打破它,"贝尔蒂克说,"本特·拉森用的是菲利多尔防御。"

---

[1] 弗朗索瓦-安德烈·丹尼根·菲利多尔(François-André Danican Philidor, 1726—1795),法国国际象棋大师,作曲家。1783年他向公众展示了同时下三盘盲棋。

"这也太挤了。王翼象寸步难行。"

"它没事的。"他说,"刚刚在说菲利多尔,我想跟你说的是:狄德罗给他写了一封信。你知道狄德罗是谁吗?"

"法国大革命?"

"对。当时,菲利多尔在下盲棋车轮战,或者说烧脑,反正就是十八世纪的人眼中你所做的事。狄德罗的信中写道:'为了虚荣而冒着发疯的风险是很愚蠢的。'有时,我对着棋盘绞尽脑汁思索的时候就会想到这句话。"他静静地看了她一会儿,说,"昨晚,很好。"

她感觉到:对他来说,谈论那件事好比做出某种让步,但她的感觉很复杂。"科尔塔诺夫斯基不也是经常下盲棋吗?"她说,"他没有疯。"

"我知道。疯掉的是摩菲。还有斯坦尼茨。摩菲老觉得别人要偷他的鞋子。"

"也许他认为鞋子是象。"

"是啊,"他说,"我们下棋吧。"

· · ·

在第三周结束时,她已经看完了他的四本苏联《国际象棋期刊》,其他的棋书也看完了大半。有一天,他上完整个上午的工程课后,他们坐到一起,研究一个局面。她试图告诉他:为什么马走到这儿,会比看上去要更强有力。

"看这儿,"她说着,开始快速地移动棋子,"马吃子,兵走上来。如果他不挺兵,象就被封锁住了。当他动了这个兵,另一个兵就保不住了。再见。"她吃掉了那个兵。

"那另一个象呢？到这里吗？"

"哦，看在上帝的分上，"她说，"一旦走兵，换马，象就可以将军了。你看不出来吗？"

他突然愣住了，瞪大眼睛看着她。"不，我看不出来，"他说，"我没法这么快地看出这一点。"

她也凝视着他。"我希望你可以。"她平静地说道。

"对我来说，你的思维太敏捷了。"

她看得出来，他在恼怒之下压抑着被伤害的感受，她心软了。"有时，我也会看漏。"

他摇摇头。"不，你不会的。"他说，"再也不会了。"

. . .

星期六，她和他下棋时让了一个马。他表现得很随意，但她看得出来他讨厌这种下法。他们没有别的办法在棋盘上进行真正的较量。即便让了他一个马，还让他执白先下，她还是连赢他两盘，第三盘他们打了个平手。

那天晚上他没有上她的床，第二天也没有。她并不想念性交——性对她来说没什么意义——但她确实有所惦念。第二天晚上，她入睡有点难，半夜两点下了床。她走去冰箱，拿出惠特利夫人的一罐啤酒，然后在棋盘前坐下，漫无目的地摆棋，时不时喝一口啤酒。她摆了一些后翼弃兵开局的名局：阿廖欣—耶茨；塔拉什—冯·谢弗；拉斯克—塔拉什。第一盘是她多年前在莫里斯书店里记住的；后两盘是她和贝尔蒂克在一起的第一个星期里分析过的。最后一盘的第十五步是兵走后翼车线第四排，漂亮的一步，堪称兵能走出的最精彩、最致命的一步。她把那个兵留在棋盘上，在喝完两罐啤酒的时间里，她就那么呆呆地看着它。那是个暖和的夜晚，厨房的窗户开着；飞蛾扑打着纱窗，有狗吠声从远处传来。她穿着惠特利夫人的粉红色雪尼尔长袍坐在桌前，喝着惠特利夫人的啤酒，觉得自己很放松，悠然自得。她很高兴能独自一人待着。冰箱里有三罐啤酒，她把它们都喝完了。然后她回到床上，沉沉睡去，直到早上九点。

・・・

星期一吃早餐时，他说："听我说，我已经把我知道的一切都教给你了。"

她想说些什么，但保持沉默。

"我得开始学习了。理论上，我应该成为电气工程师，而非不入流的国际象棋棋手。"

"好吧。"她说，"你已经教了我很多。"

他们沉默了几分钟。她吃完了鸡蛋，把盘子拿去水槽。"我要搬到那个公寓去，"贝尔蒂克说，"那儿离大学更近。"

"好的。"贝丝说道，没有从水槽边转过身来。

他中午就走了。她从冰箱里拿出一份速冻晚餐作为午餐，但没有打开烤箱。整栋房子里只有她一个人，她的胃里好像拧成了结，她不知道有什么地方可以去。没有她想看的电影，没有她想看的书，她也不想给谁打电话。她走上楼梯，穿过两间卧室。惠特利夫人的衣服仍然挂在衣柜里，床还没整理，床头柜上还搁着惠特利夫人的半瓶镇定药。她感受到的紧张并不会消失。惠特利夫人不在了，她的尸体被埋在小镇尽头的墓地里，哈利·贝尔蒂克带着他的棋盘和书走了，开车离开时甚至没有和她挥手告别。有那么一瞬间，她想冲他喊一嗓子，让他留下来陪她，但他走下台阶、钻进他的汽车时，她什么也没说。她从床头柜上拿起药瓶，往手心里倒出三颗绿色的药，接着又摇出第四颗。她讨厌独处。她连水都没喝就干吞下四颗药，就像她小时候那样。

下午，她去克罗格超市给自己买了一块牛排和一大份烤土豆。把购物车推到结账处之前，她走到葡萄酒和啤酒柜前，拿了一瓶大瓶装的红葡萄酒。那天晚上，她看着电视，越喝越醉。她躺在沙发上睡着了，睡前只能勉强关掉电视。

睡到半夜，她突然惊醒，觉得整个房间在旋转。她不得不去吐。吐完后，她上楼上床，却发现自己已经完全清醒，头脑非常清晰。胃里有种灼烧感，眼睛在黑暗的房间里睁得很大，好像在寻找光明。她觉得后脖颈有种强烈的疼痛感。她伸出手，摸到药瓶，又吞下几颗药。最终，她再次陷入了昏睡。

第二天早上醒来时头痛欲裂，但她决心继续她的事业。惠特利夫人死了。哈利·贝尔蒂克走了。美国锦标赛将在三周后开始；她去墨西哥之前已得到邀请，如果她要赢得这场比赛的冠军，就必须击败本尼·沃茨。厨房里的咖啡机滤出咖啡时，她把昨晚喝剩的红葡萄酒全部倒掉，再把空酒瓶扔掉，又找出了她收到邀请的那天从莫里斯书店订购的两本书。一本是上届美国锦标赛的棋谱全记录，另一本叫《本尼·沃茨：我的五十盘最佳对局》。书的封面上有一张本尼的特写照片，放大了那张酷似哈克贝利·费恩的脸。现在看到这张脸，让她心有余悸地想起上次的惨败，想起自己竟然那么愚蠢地想给他制造叠兵。她给自己倒了杯咖啡，打开书，渐渐忘记了宿醉的感觉。

到了中午，她已经分析了六盘棋，而且感到饿了。两个街区外有一家小餐馆，就是那种菜单上有肝脏和洋葱、收银台上有打火机展示牌的小馆子。她带上书，一边吃着汉堡包和家庭薯条，一边又看了两盘棋。然后是柠檬蛋奶布丁，但又稠又甜得难以下咽，她突然非常渴望和惠特利夫人在辛辛那提、休斯敦等各地品尝过的法式甜点。她甩甩头，点了最后一杯咖啡，看完了她正在研究的棋局：古印度防御，黑方的象在棋盘右上角，瞄准大斜线，伺机出击。黑方的象出动到角落后便开始在王翼布局，白方则在后翼运筹。很有章法。执黑的本尼轻松赢得了这一盘。

她付完账单就走了。那天余下的时间——直到凌晨一点——她全用在这本书上了，把书里所有的对局都摆了一遍。看完后，她不仅对本尼·沃茨有了深入了解，还对国际象棋的精确性有了前所未有的认识。她吃了两片从墨西哥买到的镇定药，然后上床，几乎倒头就睡着了。第二天早上九点半，她愉快地醒来。早餐的鸡蛋在沸水中翻滚时，她挑了一本书作为上午的读物：《保罗·摩菲和国际象棋的黄金时代》。一本老书，从某些角度看已有点过时了。棋图灰扑扑的，堆砌得杂乱无章，简直很难分清棋子是黑是白。但保罗·摩菲这个名字依然会让她的内心深处振奋——他曾是个古怪的新奥尔良神童，他受过良好的教养，他是律师，也是高等法院法官的儿子，年轻时以其精妙的棋艺惊艳全世界，后来却彻底放弃了下棋，陷入喃喃自语的妄想症，英年早逝。当摩菲采用王翼弃兵开局时，他不顾一切地弃马弃象，再以令人目眩的速度杀向黑方的王。前无古人后无来者。光是翻开这本书、查看对局列表——摩菲—洛温塔尔；摩菲—哈维茨；摩菲—安德森；每盘棋谱后面都标明了一八五〇年代的具体日期——她就觉得脊背发麻。在巴黎参赛时，摩菲在赛前通宵不睡，在咖啡馆里喝酒，和陌生人聊天，第二天还能像鲨鱼一样下棋——举止得体，衣冠楚楚，面带微笑，用一双淑女般的、看得到蓝色静脉的小手移动硕大的棋子，挫败了一个又一个欧洲国际象棋大师。有人称他是"国际象棋的骄傲和悲哀"。要是他和卡帕布兰卡生活在同一个年代、还能互相对弈就好了！她开始研究一八五七年摩菲和一个叫保尔逊的棋手的对局。美国锦标赛将在三周后举行；是时候轮到女棋手夺冠了。时机已到，该她赢了。

10

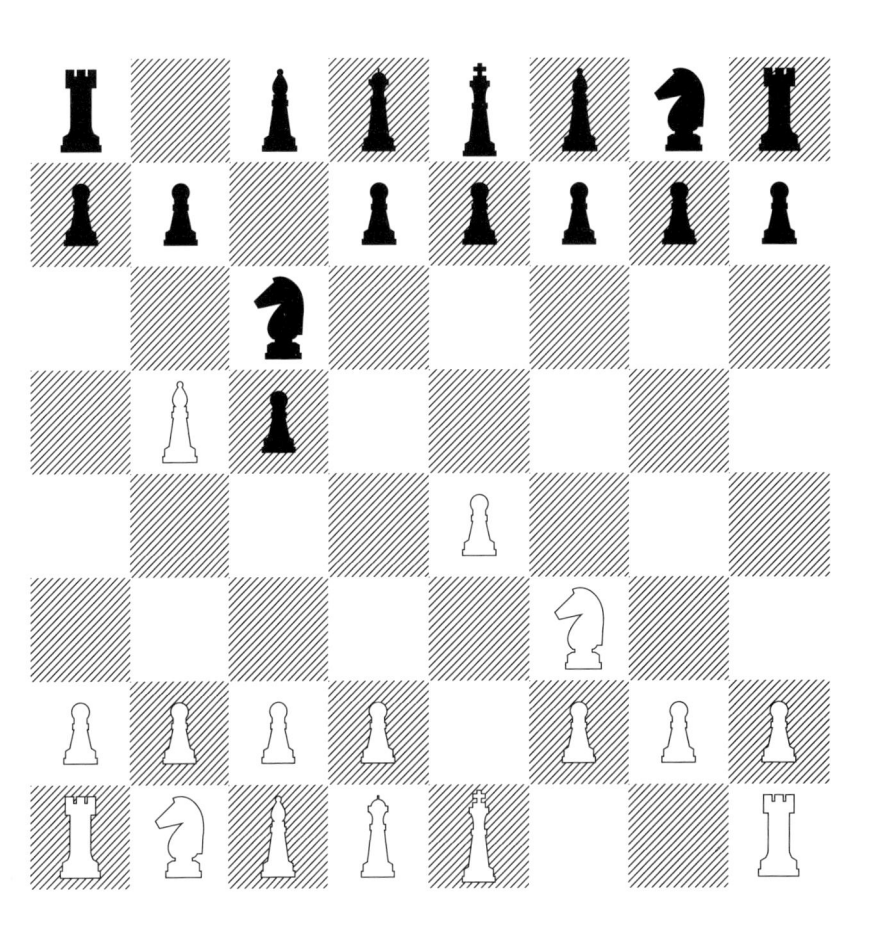

第十章

她走进大厅时看到一个瘦小的年轻人坐在桌边，穿着褪色的蓝色牛仔裤和相称的牛仔衬衫，大厅里还有好多棋桌。他的金发快及肩了。他站起来说"你好，贝丝"的时候，她才认出来他是本尼·沃茨。几个月前他上过《国际象棋评论》的封面，照片中的头发已经很长了，但还没有这么长。他看起来很苍白，很瘦，非常镇定。不过，本尼一向都很镇定。

"你好。"她说。

"我看了你和博尔戈夫对局的报道。"本尼笑了笑，"那感觉肯定糟透了。"

她有点怀疑地看着他，但他的脸上坦荡地露出同情的神色。而且，她也不再因为他曾经赢了她而讨厌他了；她现在只讨厌一名棋手，他在苏联。

"我觉得自己像个傻瓜。"她说。

"我懂。"他摇摇头，"无能为力。一切就那样发生了，你只能随波逐流。"

她凝视着他。棋手们不会这样轻松地谈及屈辱，不会承认自己很弱。她想说些什么，但就在那时，赛事主管朗声宣布："比赛将在五分钟后开始。"她向本尼点点头，勉强一笑，然后找到了自己的棋桌。

没有哪一张俯视棋盘的脸是她不认得的，要么是在举行比赛的酒店会议厅里见过，要么是在《国际象棋评论》这本杂志上看过照片。唐斯在拉斯维加斯为她拍照的六个月后，她自己也上过封面了。聚集在这个俄亥俄州某座小城市校园里的棋手们有半数以上都在某个时刻上过封面。现在是第一轮比赛，她的对手就是本月杂志的封面人物，他叫菲利普·雷斯纳，年近中年，大师级别。这届锦标赛共有十四名棋手，大多都是特级大师。她是唯一的女性。

他们比赛的场地似乎是个演讲厅，有一端的墙上挂着整排深绿色的黑板，天花板上内嵌荧光灯。一面蓝墙上开着一排敞亮的大窗，透过窗玻璃可以看到灌木、树木和一大片校园。在这个大房间的另一端有五排折叠椅，走廊上竖着一块牌子，写明每一场观赛费是4美元。大约有二十五人观看了她的第一盘棋。七张棋桌的上方都各自挂有展示棋盘，两位主管在棋桌间悄无声息地走来走去，等棋手们在棋盘上走完一步后就去照搬展示棋盘上的棋子。观众席设置在木质平台上，位置高一点，更方便他们看清棋局。

但这都只能算二流的，就连他们所在的这所大学也并非一流。他们是这个国家里排名最高的棋手，聚在同一个房间里，但依然有种高中赛事的感觉。如果是高尔夫或网球的比赛，本尼·沃茨和她就会被记者们包围，而不会在这种荧光灯下、用廉价的塑料棋子在塑料棋盘上比赛，更不会被几个虽然很有礼貌但显然无所事事的中年人围观。

菲利普·雷斯纳一本正经的，好像挺把这当回事儿，而她很想走出去。但她并没有那样做。他把兵移到王线第四排时,她把她的后翼象前兵挺上去,应以西西里防御。现在她采用的是名为罗索里莫-尼姆佐维奇进攻的变例,当她在第十一步把兵移到后线第六排时,局面已呈均势。这是她和贝尔蒂克演练过的一步棋,确实如贝尔蒂克所说的,这一步很管用。

走到第十四步,她已让他自顾不暇,第二十步是决定性的一着。他在第二十六步认输。她看了看周围的棋桌,别的棋局都还在进行中,于是,她对整个赛事的感觉好起来了。能成为美国冠军当然好。只要她能打败本尼·沃茨。

. . .

她独用的小房间在女生宿舍里,卫生间在走廊尽头。房间里的家具十分简陋,但好像从来没人住过的样子,她喜欢这种感觉。头几天,她独自去食堂吃饭,晚上独自研究:要么在自己房间的书桌前,要么就在床上。她带了一只装满棋书的行李箱。书都整整齐齐地摆在书桌的一侧。她还带了镇定药,以防万一,但在头一个星期里她甚至都没打开过药瓶。每天一盘棋,日子过得很流畅,虽然有些棋局会持续三四个小时,让人筋疲力尽,但她从来没有输棋之虞。日子一天天过去,别的棋手看她的眼神也一天比一天更显尊崇。她觉得自己很严肃,很专业,准备充足。

本尼·沃茨和她一样状态很好。每天晚上,当天比赛的所有棋谱会在大学图书馆的复印机上列印出来,分发给棋手和观众。她每天早晚都会浏览棋谱,有些棋局会在棋盘上推演一下,但大部分都不需要，她在脑子里过一遍就行了。但她总会不嫌麻烦地移动棋子，摆出本尼的对局，仔细地研究他的下法。这次比赛采用循环制，每位棋手都会与其他棋手交手一次；换言之，她将在第十一轮与本尼相遇。

因有十三轮比赛，赛事将持续两周，所以有一天——第一个周日——休息。那天早上她睡到很晚，花了很长时间冲澡，又在校园里走了很久。校园里非常宁静，有修剪整齐的草坪、榆树和时不时出现的小花坛——这是一个中西部周日的安宁的早晨，她却在怀念竞争激烈的比赛。闪念之间，她也想过去镇上走走，她听说镇上有十多个喝啤酒的地方，但转念一想就作罢了。她不想再侵害脑细胞了。她看了看手表：十一点了。她向学生会大楼走去，也就是食堂所在地。她要买点咖啡。

底楼铺着木地板的休息室是个挺舒服的地方。她走进来时，本尼·沃茨正坐在休息室尽头的米色灯芯绒沙发上，面前的桌上放着棋盘和棋钟。还有两名棋手站在旁边，他正微笑地对他们讲解摆在自己面前的棋局。

本尼叫住她的时候，她都要下楼去食堂了。"你也来吧。"她犹豫了一下，转身走了过去。她一眼就认出了另外两名棋手；其中之一是她两天前用后翼弃兵开局打败的对手。

"看看这个，贝丝，"本尼说着，指着棋盘，"白方走。你会怎么做？"

她看了看。"洛佩兹？"

"没错。"

她有点恼怒。她很想喝杯咖啡。这个局面很微妙,要集中注意力才能想明白。别的棋手都保持沉默。最终,她看出端倪了,就一言不发地弯下腰,拿起王线第三排的马,走到后线第五排上。

"你们看!"本尼对其他人说道,笑了起来。

"也许你是对的。"一名棋手说。

"我知道我是对的。而且,贝丝和我想的一样。走兵就太弱了。"

"除非对方走的是象,否则兵用不上。"贝丝说道,现在她的感觉好多了。

"确实如此!"本尼说道。他穿着牛仔裤和一件很宽松的白色上衣,"来几局超快棋吧,贝丝?"

"我正打算去买咖啡。"她说。

"巴恩斯会去给你买的。对吗,巴恩斯?"那个魁伟却面善的年轻人点头赞同,他是特级大师,"糖和奶油?"

"是的。"

本尼从牛仔裤口袋里拽出1美元纸钞,递给了巴恩斯。"再给我带点苹果汁。但不要用那种塑料杯装。用牛奶杯。"

本尼把棋钟放在棋盘边上。他伸出两只手,手心里分别捂着黑白棋子,贝丝点中的那只手里是白色的棋子。他们摆好棋子后,本尼问:"你想打赌吗?"

"赌棋?"

"我们可以玩5美元一局。"

"我还没喝咖啡呢。"

"来了来了。"贝丝看到巴恩斯拿着一杯果汁和一只白色泡沫塑料杯匆匆穿过房间。

"好吧,"她说,"5美元。"

"喝点咖啡,"本尼说,"我帮你按钟。"

她从巴恩斯手中接过咖啡,喝了一大口,把半空的杯子放在桌上。"开始吧。"她对本尼说。她现在感觉非常好。春天的早晨走在户外是不错,但这儿才是她喜欢的。

他自己只用了三分钟,就打败了她。她下得没问题,但他走得很机智,每一步都几乎不用思量,立刻出手,不管她想对他用什么着法,他都能一眼看穿。她从口袋里拿出钞票夹,抽出一张5美元的钞票递给他,然后重新摆好棋子,这次她执黑。现在有四名棋手站在一旁看他们下棋了。

他走兵到王线第四排,她试着用西西里防御应对,但他索性弃兵,立刻将她置于非常规的开局局面。他下棋之快真令人难以置信。行至中局,她在开放线叠车,给他制造了一点麻烦,但他对双车视若无睹,直接向中心进攻,任由她用双车将了自己两次军,王城暴露。但是,当她想调马至王前造杀时,他突然长驱直入,逼近她的后,再近她的王,终于让她陷入了被将杀的困境。她在他进入杀局前认输了。这次她给了他一张10美元,他找了她一张5美元。她的口袋里有60美元,房间里还有更多。

到了中午,观战人数超过了四十。大多数参赛棋手都来了,还有一些经常观赛的观众,其中有大学生,还有一群男人,大概是教授。她和本尼不停地下,现在,甚至在对局间隙都不说话了。贝丝赢了第三盘:刚好在她的旗子掉下来之前,她用漂亮的防守力挽狂澜；但接下去的四盘她都输了，第五盘和棋。有些局面非常复杂，很烧脑，但没时间细细分析。这种下法很刺激，但也很让人挫败。她此生从没经历过这么一连串的输棋，尽管只是五分钟超快棋，并不是正经比赛，但终究会让人陷入沉默的耻辱感。她从来没有过这种感觉。她下得堪称完美，遵循规则，精准应对每一次威胁，主动制造强有力的威胁，但这些都没用。本尼似乎有一些超出她领悟力的本领，足以一盘又一盘地战胜她。她感到很无助，内心悄然滋生出愤怒的苗头。

最后，她把仅剩的5美元给了他。那时已是下午五点半。一排喝光的塑料咖啡杯排在棋盘边。她起身离开时，有人鼓起掌来，本尼和她握了握手。她想揍他，但什么也没说。在休息室里观战的人兴之所至地鼓掌叫好。

她要离开时，和她在第一周里对弈过的棋手菲利普·雷斯纳叫住了她。"要是我，就不会为此担心，"他说，"本尼下超快棋的本事，这世上无人能比。其实这没什么太大的意义。"

她匆匆点点头，以示感谢。走到外面的午后阳光下，她觉得自己像个傻瓜。

那天晚上，她待在房间里没出去，吃了镇定药。四颗。

一觉睡到天亮，她感觉自己休息得很充足，但依然觉得很蠢。惠特利夫人曾经用"倾斜"来形容她看到的事物；现在，当贝丝从镇静作用下的沉睡中醒来时，世界在她眼里就是倾斜的。但刚被本尼打败时的那种屈辱感不复存在了。她从床头柜的抽屉里拿出药瓶，把盖子拧紧。再吃也无益。在本轮锦标赛结束之前不能再吃了。她突然想到了星期四,也就是她要和本尼比赛的那一天,又紧张起来。但她还是把药瓶放进了抽屉,起身更衣。她早早地吃完早餐,喝了三杯浓咖啡。然后,她迈着轻快的步伐在校园的中心地带走了一圈,在头脑里过了一盘棋:那是本尼·沃茨的棋书中的一盘棋。他很聪明,她对自己说,但并非不可战胜的。无论如何,要再过三天她才会和他对弈。

比赛一点开始,持续到下午四五点。封棋的对局在晚上或次日早上进行。到了中午,她的头脑已很清醒,当天的对手是个高大而沉默的加利福尼亚人,他穿了一件"暗黑力量"T恤,一点钟坐下来与他对弈时,她已做好了准备。虽然他把头发梳成非洲人的样式,但他是个白人——和所有棋手一样。她出动两个马,应对他的英国式开局,形成四马体系,并决定一反自己的常态,与他频繁兑子,进入残局。这个策略很完美,她对自己掌控兵的能力很满意;他认输时,她有一个兵在第六排,还有一个兵在第七排。这比她预期的要容易;她和贝尔蒂克在残局上下的功夫果然没白费。

那天晚上,她在食堂吃饭,吃到甜点时,本尼·沃茨端着晚餐到她的桌边坐下。

"贝丝,"他说,"不是你,就是我。"

吃着米布丁的她抬起头。"你是在吓唬我吗?"

他笑出声来。"不。不用吓唬你,我也能赢你。"

她接着吃布丁,什么也没说。

"听我说,"他说,"我为昨天的事道歉。我并不想讹你的钱。"

她喝了一口咖啡。"你不想吗?"

"我只想较量较量。"

"还想要钱。"贝丝说道。虽然钱并不是重点。

"你是这儿最好的棋手,"他说,"我一直在关注你的对局。你进攻的时候很像阿廖欣。"

"但你昨天杀得我片甲不留。"

"那不算数。我比你更熟悉超快棋。我在纽约下过很多盘。"

"你在拉斯维加斯赢过我。"

"那是很久以前的事了。你当时一门心思想制造我的叠兵。我不可能像上次那样再侥幸成功了。"

他吃晚餐、喝牛奶的时候,她默默地喝完咖啡。等他吃完,她说:"你一个人的时候,会在头脑里想棋吗? 我的意思是,一直进行下去?"

他笑了。"大家不都这样吗?"

· · ·

那天晚上,她允许自己在学生会大楼的休息室里看电视。本尼不在,但还有几个棋手在。看完电视后,她回到自己的房间,感觉很孤独。这是惠特利夫人去世后她第一次参加比赛,现在,她很想她。她从桌上的那排棋书里抽出一本讲残局的,看了起来。本尼挺好的。他能这样跟她说话就算很好了。而且,她现在已经看惯他的发型了;她喜欢他那种长头发。他的头发真的很好看。

星期二的那盘棋她赢了,星期三的也是。她结束星期三的对局时,本尼还在下,她走到他的桌边,一眼就看出来他已胜券在握。

他抬头看看她，笑了笑。然后，他动了动嘴唇，无声地说"明天"。

校园最边上有个儿童乐园。她借着月光走到那里，在一个秋千上坐下来。她真正想要的是喝一杯，但这是毫无可能的事。一瓶红葡萄酒，再来一点奶酪。然后吃几片药，再去睡觉。但她不能那样做。她必须确保明天早上头脑清醒，必须为下午一点与本尼·沃茨的比赛做好准备。也许她可以吃一颗药再上床睡觉。或者两颗。她会吃两颗。她来回荡了几次，听着吊秋千的铁链发出的吱吱呀呀的声响，然后径直回到宿舍楼。她吃了两颗药，但即便如此，她还要过一个多小时才能睡着。

· · ·

赛事主管毕恭毕敬的态度和其他棋手看她的眼神都在告诉她：整场赛事的焦点就落在这盘棋上了。截至目前，只有她和本尼保持全胜，甚至都没有过平局。在循环赛中，没有台次之分，他俩将在教室门口那一排的第三张棋桌上比赛。但大家的注意力都集中在那张桌子上了，观众席的座位都坐满了，现在还有十几个人站着观赛，她落座的时候，大家都变得很安静。本尼比她晚一分钟入场；他到桌边坐下时，有些人在窃窃私语。她看了看人群，一直盘桓在她脑海中的一个念头突然变得确凿了：他和她是整个美国最出色的国际象棋棋手。

本尼穿着那件褪色的牛仔衬衫，挂链上有一枚银色奖章。他像工人那样卷起了袖子。他的脸上没有笑容，看起来远远不止二十四岁。他飞快地瞥一眼人群，几乎难以察觉地朝贝丝点点头，然后，赛事主管示意比赛开始,他开始凝视棋盘。本尼执白。贝丝为他按下棋钟。

他走兵到王线第四排,她没有犹豫;作为回应,她走兵到后翼象线第五排:西西里防御。他出动王翼马,她把兵移到王线第六排。用暧昧的开局对付本尼是没有意义的。他比她更懂开局。如果她能抢在他之前发动进攻,那就能在中局控制他。但她必须先取得均势。

她有一种感觉——以前只出现过一次:在墨西哥城和博尔戈夫对弈的时候——觉得自己像个一心想要赢过大人的小孩。走出第二步棋时,她看了看棋盘对面的本尼,看到他脸上沉静、严肃的表情,突然觉得自己还没有准备好和他进行这场比赛。但事实并非如此。她在内心深处知道自己并不欠缺什么,在墨西哥城与博尔戈夫的比赛中她是一度萎靡不振,但那之前她力克了一连串的职业棋手,在这届锦标赛也击败了一个又一个特级大师,甚至在她只是个八岁小孩、在梅修茵孤儿院和勤杂工下棋的时候,她就已拥有堪称非凡的、堪称专业的稳健棋风。然而,无论这感觉是多么不合逻辑,现在的她就是觉得欠缺经验。

本尼思索了几分钟,走出了一步不同寻常的棋。他没有移动后前兵,而是把后翼象前兵挺到第四排。那个兵就蹲踞在那儿,面对她的后翼象前兵,没有支撑。她盯着它看了足有一分钟,揣测他到底在盘算什么。他可能会选择马洛奇兵形结构,但不按正常顺序走。这是全新的走法——很可能是为这盘棋特地准备的。她突然尴尬起来,意识到自己虽然把本尼的棋书从头到尾看了一遍,却没有为今天的对局做些特别的准备,只是一如往常地想靠自己的直觉下棋和进攻。

接着,她慢慢发现本尼的这步棋并不算阴险,不会产生什么她无法应对的后果。她清楚地预见到自己没必要被这步棋唬住。她可以拒绝邀请。假设她把马移到后翼象线第六排,他的这步棋可能就白走了。也许他只是在试探,想快速占得先机——就像下超快棋时那样。她出动了她的马。管他呢——阿尔玛·惠特利就会这么说。

本尼挺兵到后线第四排;她吃掉那个兵,他用马吃回。她出动另一个马,等着他也调动他的马。只要他出马,她就能牵制住它,然后与之交换,制造白棋的叠兵。他走的那步后翼象前兵正在让他付出代价,虽然现在她的优势不大,但一目了然。

但他并没有把马调出来。反而吃掉了她的马。显然,他不想要叠兵。她在吃回他的马前决定先让这个局面沉淀一会儿。这实在太惊人了;他已经处于防守状态了。几分钟前,她还觉得自己是个外行,而现在呢? 本尼·沃茨刚走到第三步就试图迷惑她,反而使自己陷入了困境。

显而易见的是:可以用她的马前兵吃掉他的马,向中心靠拢。如果她用另一种办法:用她的后前兵去吃,他就会和她兑后。那将让她无法完成王车易位,还会让她失去自己喜爱的、用于快速进攻的后。她伸出手,打算用马前兵去吃他的马,却又半途抽回了手。不知怎么的,敞开后线的想法看起来特别有吸引力,哪怕这念头很令人震惊。她开始琢磨这种可能性。渐渐地,她越想越觉得可行。开局不久就换掉皇后的话,王车易位就无关紧要了。她可以让王走出来,就像在残局中那样。她又隔着棋盘看了看本尼,看出来他也在琢磨：在这种常见的子力交换中，她为什么要花这么长时间思考呢。说不清为什么，现在他看起来比她小了。管他呢，她又想了想，拿起了后前兵吃回子，现在，她的后完全暴露。

本尼没有犹豫，他用自己的后吃掉了她的后，再机灵地按下棋钟。他甚至没说"将军"。她用自己的王吃回他的后，因为必须这样做，而他挺进另一个象前兵，以保护他的王线兵。这是一步简单的防守着法，但她看到他这样走的时候忍不住暗自狂喜。在对局刚开始时就失去了后，这让她有种无遮无蔽的赤裸感，但她开始感觉到了——没有后也可以很强大。她已经掌握了主动权，而且她意识到了这一点。她把兵挺到王线第五排。在这个阶段，这并不是一步显而易见的着法，而它的稳健感让她心头一暖。这步棋为她的后翼象打开大斜线，并把他的王前兵挡在了第四排。她从棋盘上抬起头来，环顾四周。别人的棋局都在紧张进行中；观众们鸦雀无声地观看着。站着观赛的人比之前还多，而且都站在可以看到她和本尼对弈的地方。主管走过来，在他们桌前的展示棋盘上摆出所弈着法，挺王前兵到了王线第五排。观众们开始琢磨这步棋了。她看向房间的另一边，望向窗外。很美好的一天，枝头有新叶，晴空碧蓝如洗。她觉得自己在扩张，在松弛，在敞开。她即将打败他。她要漂漂亮亮地赢了他。

走到第十九步棋，她发现了一路变化，俨如一个妙不可言的美好奇迹。那五六步棋在她的脑海中绽放，俨如被投射在她面前的屏幕上那么清晰：她的车、象和马聚在棋盘一角，他的王所在的那个角落，俨如在共舞。不过，这三者配合时还没有将杀的机会，甚至也没有子力上的优势。但在第二十五步，她的马走到后线第四排，本尼被迫无奈，只能把兵挺进一格，因为他没有别的办法可以防守，她用车和马与他的进行交换，把她的王移到了后线第六排。虽然棋盘上子力相当，但只是时间问题了。他要十二步棋才能把一个兵移到第八排、升变为后，而她可以在十步内完成。

本尼走了几步，把他的王移出来，无望地试图在她吃掉他的兵之前吃掉她的兵，但在移动王的时候，就连他的胳膊都显得无精打采。当她吃掉他的后翼象前兵时，他伸出手，推倒了他的王。现场万籁俱寂，然后是小心翼翼的掌声。她在三十步之内赢了这盘棋。

他们走出去时，本尼对她说："我想都没想过你会容许我兑后。"

"我也没想过。"她说。

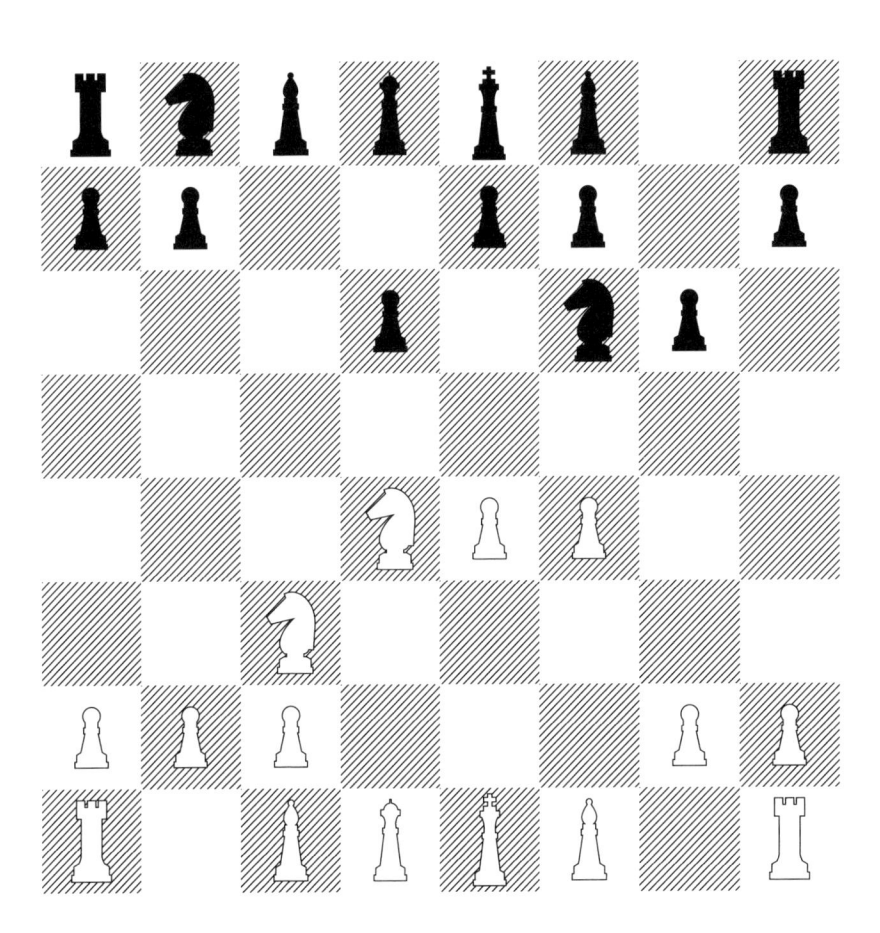

11

第十一章

周六晚上的颁奖仪式结束后,本尼带她去了镇上的一家酒吧。他们坐在后面的卡座里,贝丝喝完第一杯啤酒,又叫了一杯。两杯都很好喝。"慢点,"本尼说,"你悠着点。"他连第一杯都还没喝完。

"你说得对。"她应和一声,放慢了速度。她早就有晕乎乎的感觉了。一盘都没有输。一盘和棋都没有。她最后两轮的对手在中局就提出和棋,她都拒绝了。

"战绩完美。"本尼说。

"感觉真好。"她这么说,本来是指胜利的感觉很好,但啤酒的感觉也很好。她凑得更近去看他,"我很欣赏你认输的方式。"

"只是个面具,"他说,"其实心里翻江倒海。"

"外表看不出来。"

"我就不该走那个该死的象前兵。"

他们沉默地坐了一会儿。他若有所思地喝了一口啤酒,问道:"你打算怎么对付博尔戈夫?"

"等我去巴黎的时候吗? 我连护照都没有呢。"

"是你去莫斯科的时候。"

"我不知道你在说什么。"

"他们在肯塔基不送邮件吗?"

"当然有。"

"莫斯科邀请赛。美国冠军会收到邀请。"

"我想再来一杯啤酒。"她说。

"你不知道吗?"本尼看似很震惊。

"我自己去拿酒。"

"去吧。"

她走到吧台,又点了一杯啤酒。她对莫斯科邀请赛有所耳闻,但一无所知。酒保把啤酒递给她时,她让他再拿一杯。她回到桌前时,本尼说:"这酒也太多了。"

"大概吧。"她等着泡沫消下去,喝了一大口,"如果我要去,怎么才能去莫斯科?"

"我去的那次是联邦政府帮我买的票,剩下的缺口是个教会团体出钱补上的。"

"你有助手吗?"

"巴恩斯。"

"巴恩斯?"她瞪着他。

"一个人去苏联未免太艰难了。"他皱起眉头,"你不应该这样牛饮啤酒。否则到了二十一岁你就芳华不再了。"

她放下酒杯。"还有谁会去莫斯科参赛?"

"还有四个国家的棋手和四位顶级的苏联棋手。"

也就是说,会有卢申科和博尔戈夫。可能还有沙普金。她不愿意多想这份名单。她静静地看了他一分钟。"本尼,我喜欢你的头发。"

他盯着她看。"你当然会喜欢的,"他说,"那苏联人呢?"

她又喝了一口啤酒。她确实喜欢本尼的头发和蓝眼睛。她以前从未从性感的角度去想他,但现在她正在这样打量他。"四位苏联棋手,"她说,"也就是说,很多苏联棋手。"

"杀气腾腾。"他举起酒杯,喝完了他的酒。他到现在只喝了一杯。"贝丝,"他说,"你是我知道的唯一可能打败他们的美国人。"

"我在墨西哥城被博尔戈夫打得一败涂地……"

"你什么时候去巴黎?"本尼问。

"再过五个星期。"

"那就把你的日子安排好,好好备战。找个教练。"

"那你呢?"

他思忖了片刻,"你能来纽约吗?"

"我不知道。"

"你可以睡我的客厅,然后从纽约出发去巴黎。"

这个主意吓了她一跳。"我有一栋房子要照顾,在肯塔基。"

"让那该死的房子塌了得了。"

"我还没准备好……"

"你什么时候会准备好?明年?还是再过十年?"

"我不知道。"

他倾身向她,慢慢地说道:"如果你不去,就会把你的才华白白喝掉,全部流进下水沟。"

"博尔戈夫让我看起来活像个傻瓜。"

"你那时候是没准备好。"

"我不知道我到底有多好。"

"我知道,"他说,"你是最棒的。"

她深吸了一口气。"好吧。我去纽约。"

"你可以和我一起走,从这儿出发,"他说,"我开车捎上你。"

"什么时候?"这一切发生得太快了。她有点怕。

"明天下午,等这儿的事都结束之后。只要我们能撤就走。"他站了起来,"至于性……"

她抬头看着他。

"你就别惦记了。"他说。

・・・

"春天,"本尼说,"是最好的。绝对是最好的季节。"

"你怎么知道?"贝丝问。他们的车行驶在宾夕法尼亚州高速公路的灰色沥青路段,与风尘仆仆的客车和半挂车一同在沙石路面上前行。

"春天就在外面。在山上。甚至在纽约。"

"俄亥俄州挺可爱的。"贝丝说道。但她不喜欢这种交谈。她不会对天气感兴趣。她没有为列克星敦的家宅做任何安排,没能打电话联系到律师,也不知道在纽约会发生什么。她不喜欢本尼满不在乎地面对自己没把握的样子,不喜欢他时不时摆出的空茫神情,好像在烈日照射下一切泛白虚空。在颁奖仪式上,在她接受采访,给棋迷签名,感谢官员,感谢来自纽约州北部、在发言中强调国际象棋的重要性的全美国际象棋协会代表的整个过程里,他始终是这副表情。现在,他也没有表情。她移开目光,去看路。

过了一会儿,他开口了,"你去苏联的话,我想跟你一起去。"

这可是个惊喜。他们坐进这辆车后还没聊过苏联或国际象棋。"作为我的助手?"

"什么身份都无所谓。我没钱付差旅费。"

"你想让我出钱?"

"会有办法的。你接受那家杂志的采访时,我跟约翰逊聊了聊。他说,联邦政府不会支付助手的差旅费。"

"我现在只考虑巴黎,"她说,"我还没决定去不去莫斯科。"

"你会去的。"

"我甚至不知道我会和你待多久。我必须先去搞一本护照。"

"我们可以在纽约搞定这件事。"

她想说些什么,但没说出口。她朝本尼看。现在,他的脸上没有空茫的表情了,让她多了几分温暖的感受。至今为止,她已和两个男人做过爱了,但都几乎算不上是做爱;如果她和本尼上床,应该更像是做爱吧。她会得到更多感受。他们将在午夜时分到达他的公寓;也许,会在那里发生什么吧。也许,他在自己家里会有不同的感觉。

"我们下棋吧,"本尼说,"我执白。兵走王线第四排。"

她耸耸肩。"兵走到后翼象线第五排。"

"N,"他用这个字母表示"马","K-B3。"

"兵走后线第六排。"她不确定自己是不是真的喜欢这样。她从来没有和别人分享过她头脑里的棋盘,但现在对本尼开放了,这似乎有种违背常规的感觉。

"P（兵）走 Q4。"本尼说。

"兵吃兵。"

"马吃兵。"

"马。王翼象线第六排。"其实这很容易。她可以看着前面的路，同时看到想象中的棋盘和上面的棋子，这一点儿也不难。

"N 到 Q-B3。"本尼说。

"兵到王翼马线第六排。"

"P 到 B4。"

"P 到 B5。"

"列文费舍，"本尼不痛不痒地说道，"我从没喜欢过这个变例。"

"走马。"

突然间，他的声音像冰一样冷了。"别告诉我该怎么走。"听他这么说，她顿时退缩了，像是被蜇了一下。

他们在沉默中行进了几英里。贝丝注视着道路中央把迎面疾驰的车辆分隔开的灰色钢栏。后来，他们开进一个隧道时，本尼说："你对 B-3 马的看法是对的。我就把马放在那个格子了。"

她犹豫了好一会儿才说："好的。那我吃掉这个马。"

"兵吃。"本尼说。

"兵走王线第四排。"

"兵再吃。"本尼说，"你知道沙尔兹是怎么说的吗？那个脚注？"

"我不看脚注。"贝丝说。

248

"你该开始看了。"

"我不喜欢沙尔兹。"

"我也不喜欢,"本尼说,"但我读他的书。你怎么走?"

"后吃后。将军。"她可以听到自己语气里的愠怒。

"王吃后。"本尼说,现在他把持方向盘的样子放松多了。宾夕法尼亚州飞速后退。贝丝迫使他在第二十七步认输,感觉莫名地好了一点。她一直很中意西西里防御。

・・・

本尼的公寓门口堆着好几个装满垃圾的塑料袋,走道天花板上的灯没有灯罩,只有一只脏兮兮的电灯泡。半夜时分,那条铺着白瓷砖的走廊就像公共汽车站的厕所,让人高兴不起来。本尼的前门上有三把锁,门漆成了红色,上面用黑色喷漆写着"Bezbo"之类难以捉摸的字词。

进门就是杂乱的小客厅,书堆得到处都是。但他打开台灯后,灯光给人的感觉却很舒服。客厅最里面是厨房,旁边有扇门通向卧室。地上有块草编毯,没有沙发,没有椅子——只能坐在黑色的靠垫上,旁边有灯。

卫生间倒是中规中矩的,黑白相间的瓷砖地,热水龙头的把手坏了。有个浴缸,也可以拉上黑色塑料浴帘冲淋。她洗了手,洗了脸,回到客厅。本尼已经进卧室收拾行李了。她的包还在客厅的地板上,挨着一个书架。她走过去,疲惫地浏览那些书。都是关于国际象棋的——所有五个书架上的书都是。有些是俄文和德文的,但都是棋书。她走过硬邦邦的小地毯,走到客厅的另一边,那边还有一个书柜,是用几块木板直接架在砖块上草就的。更多的棋书。有块搁板上全是苏联的《国际象棋期刊》,最早的那期是五十年代的。

"这个壁橱里有空间,"本尼在卧室里喊道,"你想挂衣服就随便用。"

"好的。"她说。在高速公路上的时候,她还想过他们到了这里就会做爱呢。现在她只想睡觉。可她该睡在哪儿呢? 她说:"我还以为我有沙发可以睡觉呢。"

他走到门口。"我说的是'客厅'。"他走回卧室,拿出一样很笨重的东西回到客厅,还有一个像气泵的东西。他把那团东西翻倒在地板中间,开始踩气泵,没过多久,那团东西就鼓起来,变成了气垫床。"我去拿床单。"本尼说完,就从卧室里拿出了床单。

"我来吧。"她说着,从他手中接过床单。她不喜欢这个床垫的模样,但她知道自己的药在哪里。如果她需要,尽可等他睡着后去拿。这间公寓里没酒可喝。本尼没有这么说,但她很清楚。

她肯定是在本尼睡觉前就睡着了,因为她压根儿没想起搁在行李中的药。她是被外面的警笛声吵醒的——有辆救护车或消防车驶过。她想坐起来,却坐不起来:没有床沿,她的腿就无法垂放。她用手肘把自己撑起来,直接站起来,穿着睡衣环顾四周。本尼站在水槽前,背对着她。她知道自己身在何处,但白天看起来好像很不一样。警笛声渐渐消失,取而代之的是纽约市内日常的车水马龙声。有一扇百叶窗开着,她能看到一辆大卡车的驾驶室——那就像本尼一样和她那么近——卡车的后面有辆出租车迂回地驶过。有条狗时不时叫几声。

本尼转过身,向她走来。他把一只大号纸杯递给她。

杯子上写着咖啡品牌名:"塞满坚果"。这感觉似乎有点怪。从来没有人在早上给她任何东西——惠特利夫人当然不会,因为她从没在贝丝吃完早餐前起过床。她把塑料杯盖拿下来,尝了尝咖啡的味道,然后说了声"谢谢"。

"要换衣服就去卧室。"本尼说。

"我要冲个澡。"

"请便。"

· · ·

本尼已经支好了折叠牌桌,摆上了绿米色格子的棋盘。她走进客厅时,他正在摆棋子。"好了,"他说着,递给她一卷用橡皮筋捆好的小册子和杂志,"我们就从这些开始。"最上面的一本小册子廉价的纸质封面上写着:黑斯廷斯圣诞国际象棋大会——白石花园·法莱斯厅,下面写着:棋谱。内页上的字密密麻麻,印得很模糊。每一页上有两盘对局,配有黑体字的简介:卢申科—乌尔曼;博尔戈夫—彭罗斯。他把另外一本递给她,封面上的标题很简单:特级大师对局。这本和黑斯廷斯的那本册子很相像。还有三本德国杂志,一本苏联期刊。

"我们要把黑斯廷斯赛事里的棋局都过一遍。"本尼说道。他走进卧室,拿出两把简朴的木椅,在靠近前窗的牌桌两侧各放一把。窗外依然停靠着大卡车,街上挤满了慢行的汽车。"你摆白棋,我摆黑棋。"

"我还没吃早餐……"

"鸡蛋在冰箱里,"本尼说,"我们先看博尔戈夫的棋。"

"所有的?"

"你去巴黎的时候,他也在。"

她看了看手中的杂志,又看了看窗边的桌子,然后看了看她的手表。已经八点十分了。"我先吃鸡蛋。"她说。

他们在熟食店买了三明治当午餐,就着棋盘吃起来。晚餐是第一大道上的一家中餐外卖。本尼不让她在开局阶段摆得太快;但凡哪步棋的意图不够明显,他就会叫停,问她为什么这么走。凡是不合常规的走法,他都要她解析明白。有时他还会直接出手拦住她,不让她移动棋子,还问"为什么不让马前进?"或"他为什么不防着那个车?"或"这个落后兵之后会怎样?"他的问题都很严峻,很难回答,而且他毫不松懈,一个接一个地问。这些年来,她一直知道这类问题盘桓心头,却从没让自己用这种严苛的追问去得出个结果。她的头脑时常在飞快运转,想跟上各种进攻的机会——那些可能性都潜藏在她面前的棋局的动态变化中,想促使卢申科、麦克林或克泽尼亚克对博尔戈夫发出迅雷不及掩耳的猛攻,而在这种时刻,本尼会用一个问题阻止她——如何防御、如何打开白格或黑格大斜线、如何用车占线,诸如此类。他这样做有时会让她发火,但她看得出来,他都问到点子上了。从她第一次偶然看到《国际象棋评论》的那时起,她就一直在头脑里学习特级大师的棋局,但她没有受过专门的训练。她摆那些棋局是为了体验胜利的喜悦——感受弃子或绝杀的瞬间才有的那种刺激感，尤其是那些正因为包含这种戏剧性才被印到书上的棋局，比如在弗雷德·雷恩菲的书里面：弃后和戏剧化的局面随处可见。她自己也凭借比赛经验领悟了一点：你不能指望对手为了布阵设局而弃后，或是车马配合完成奇杀；然而，她最迷恋的终究是那种交锋的刺激感。所以，她才特别喜欢摩菲，喜欢的并非他那些正常的棋局，当然也不是他的败局——和所有人一样，摩菲也会输。反正，循规蹈矩的走法一直让她厌烦，哪怕是特级大师们的棋局也不例外，就像鲁本·法因的残局解析和《国际象棋评论》中某些人为了特别指出法因的错漏而写的驳论文章都让她感觉非常乏味。她从没经历过本尼现在强迫她做的这些训练。

她摆的这些对局都是世界上最杰出的棋手们贡献的杰作，态度严谨，技艺纯熟，每一步棋所蕴含的精神能量都很惊人。然而，结果往往是非常沉闷的，而且没有定论。比如说，白方一步走兵可能潜藏着深邃的思想，表面看来平平无奇，实际上直到五六个回合之后才会显现出来某种威胁；但是黑方可以预见到即将出现的这种威胁，并且及时找到办法，想出一步棋来阻断危机，那么，最初的辉煌预想就会夭折。这个过程犹如虎头蛇尾，会令人沮丧，然而——正是因为本尼迫使她停下来，看看局面正在发生什么变化——又令人入迷，欲罢不能。他们就这样特训了六天，只在必须出门时才离开公寓，有一次是在星期三晚上，他们去看了场电影。本尼的公寓里没有电视，也没有音响；他的公寓只是用来吃饭、睡觉和下棋的。他们把黑斯廷斯赛事棋谱和一本苏联期刊里的棋谱全部摆了一遍，除了特级大师们的和棋，一盘棋都没漏掉。

星期二，她给肯塔基的律师打了电话，请他去看看家里是否一切安好。本尼的账户在化学银行纽约分行，她就去了那家分行，开了个户头，把俄亥俄州发出的锦标赛冠军奖金支票存了进去。需要五天才能到账。五天之内，她有足够的旅行支票来支付她在纽约的开销。

第一周里，他们的交谈少得可怜。没有发生任何与性事相关的场面。贝丝没忘，还惦记着，但她太忙了，把所有棋谱打完的时间都不够。等他们看完棋局，有时都到午夜了，她会在地板上的靠垫上坐一会儿，或是到第二、第三大道上散个步，在熟食店买只冰淇淋或好时巧克力。她没进过任何一家酒吧，也很少在外面长久逗留。纽约城有其阴郁的一面，入夜后，看起来还很危险，但并不是因为这个；真正的理由是她太累了，累到只能回公寓，给床垫充气，然后躺下睡觉。

有时候，和本尼在一起俨如独处，身边好像根本没有另一个人。他可以在几个小时里消隐个体的存在感。她的内心深处也有类似的东西做出了共鸣，让自我变弱，这让她冷静下来，除了在棋局中神交，不再与别的东西沟通。

但有时也有变化。有一次，她在研究两个苏联棋手间的一个极其复杂、最终以和棋告终的局面，看着看着，她有所发现，高声喊道："你瞧这个，本尼！"当即跟着思绪开始移动棋子，"他漏看了这个。黑方可以让马这样走……"她为黑方棋手找到了赢棋的机会。本尼呢？他露出开怀的笑容，走到棋盘边，走到她座位的后面，搂住了她的肩膀。

大多数时候，国际象棋是他们之间唯一的语言。有天下午，他们花了三四个小时进行残局分析后，她疲惫地问道："你会不会有时也觉得乏味？"他茫然地看着她，反问道："还有什么事可做呢？"

. . .

有人敲门时，他们正在练习车兵残局。本尼起身去开门，总共有三人进来。其中之一是女孩。贝丝认出一个男人是几个月前《国际象棋评论》中的一篇文章的主角，还有一个男人挺眼熟的，但她不记得在哪儿见过他。那个女孩让人过目难忘，大约二十五岁，黑头发，肤色苍白，穿了一条很短的灰裙子和带肩章的军服款衬衫。

"这位是贝丝·哈蒙，"本尼说，"这两位是希尔顿·韦克斯勒，特级大师阿瑟·莱沃托夫，这位是珍妮·贝恩斯。"

"我们的新晋冠军。"莱沃托夫说着，微微欠身给贝丝鞠躬。他三十多岁，光头。

"嗨。"贝丝说着，从桌边站起来。

"祝贺你！"韦克斯勒说道，"本尼需要补一下谦逊课。"

"我的谦逊课成绩早就名列前茅了。"本尼说。

那个女孩伸出手。"很高兴认识你。"

这些人都在本尼的小客厅里，贝丝觉得这场面有点古怪。好像她已经在这间公寓里和他一起生活了半辈子，钻研棋谱，再多一个人都感觉难以容忍。她已经在纽约待了九天。她不知道此时此刻到底该怎么做，索性又在棋盘前坐下来。韦克斯勒走过来，在棋盘对面站定。"你平常解排局吗？"

"不。"她小时候试过几次,但不是很感兴趣。排局局面看起来都不太自然。白先两步杀。正如惠特利夫人所说,这都无所谓。

"我给你出一题吧。"韦克斯勒说道。他的声音很友善,语气也很轻松。"我可以打乱局面吗?"

"随便摆。"

"希尔顿,"珍妮说着,向他们走来,"她不是你们那种解题狂人。她是全美冠军。"

"没关系的。"贝丝说道。其实珍妮说的话让她暗自高兴。

韦克斯勒在棋盘上摆好了棋子,一个看似诡谲的局面出现了:两个后都在角落里,四个车都在同一条线上。两个王几乎都在棋盘中心,在现实对弈中,这几乎是不可能出现的局面。他摆好后,在胸前交叉双臂。"这是我最爱的一题,"他说,"白先,三步取胜。"

贝丝看着棋盘,有点气恼。解题这种事看上去好蠢啊。这种局面可能永远不会出现在真正的对局中。挺兵,用马将军,王走到角落。但是,只要兵升变为后,就会逼和。也许该让兵升变为马,下一步将军。这样就行了。那么,再假设王在第一次被将军后没有移动到那里……她回溯到前面的步骤想了一下,就明白该怎么做了。这就像一个代数问题,而她的代数成绩一向很好。她抬头看着韦克斯勒说道:"兵到后线第七排。"

他一脸讶异。"天哪!"他说,"这也太快了。"

珍妮笑起来,说道:"你看到了吧,希尔顿。"

本尼一直默不出声地观望他们,这时突然对贝丝说道:"我们来场车轮赛吧,你同时和我们几个对弈。"

"别算上我，"珍妮说，"我连规则都不懂。"

"我们有足够的棋盘和棋子吗？"贝丝问道。

"壁橱架子上有。"本尼走进卧室，带回一只纸板箱，"我们就把棋盘摆在地板上吧。"

"时限呢？"莱沃托夫问道。

贝丝突然灵光一闪。"我们下超快棋吧。"

"那我们就占便宜了，"本尼说，"我们可以利用你跟别人下棋的时间想对策。"

"我想试试。"

"这样不好。"本尼的语气很严厉，"反正你也不太擅长超快棋。记得吗？"

他没说出来的那些事引发了她内心的某种强烈的抵触。"我跟你赌10美元，赌我能赢你。"

"如果你放弃其他几盘棋，把所有时间都用来对付我呢？"

她真想踹他一脚。"我和你们每一个人都赌，也是每盘10美元。"她很惊讶自己竟有那么坚定的语气。听起来，她简直就是迪尔多夫夫人。

本尼耸了耸肩，"行吧。你的钱，你说了算。"

"那我们把三副棋盘都放在地板上。我坐在中间。"

他们就那样开始了，同时用上三台棋钟。在过去的几天里，贝丝的神经一直非常敏锐和活跃，此时她毫不犹豫地出着，每一步棋都走到位，同时在三盘棋上展开进攻。她击败了他们三人，时间还绰绰有余。

棋局告终，本尼没说什么。他走进卧室，拿出他的票夹，从里面抽出三张10美元，递给贝丝。

"我们再来一次吧。"贝丝说。她的声音里有一丝苦涩；听到自己这么说，她就意识到这句话也可以用在性事之后：我们再来一次吧。如果本尼想要这样，她就会给他。她开始重新摆好棋子。

他们坐在地板上，各就各位，贝丝再次全部执白。三个棋盘在她面前摊成扇形，这样她就不必转来转去地下棋，但她发现自己几乎不用去看棋盘，除了要移动棋子的时候。她用的是脑子里的棋盘。即使是走棋、按钟这种机械性的动作也毫不费力。本尼棋钟上的小旗落下时，他棋盘上的局面已溃不成军；但她还有时间。他又给了她30美元，但当她建议再来一轮时，他说"不了"。

客厅里的气氛很紧张，没人知道该怎么办。珍妮试图用笑声打圆场，还说道："这实在是男性沙文主义。"但俏皮话并没有什么用。贝丝很生气，气本尼那么容易就被打败了，也气他摆出从容接受败局的姿态，装出无动于衷的样子，好像没什么事能影响他的情绪。

接着，本尼做出一件让人惊讶的事。他刚才一直挺直背脊坐在地板上，但现在突然靠到墙上，把双腿伸直，浑身放松。"好吧，孩子，"他说，"我觉得你出师了。"大家都笑起来。贝丝看了看珍妮，她坐在韦克斯勒旁边的地板上。那么漂亮、那么聪明的珍妮正用仰慕的眼光看着她。

· · ·

接下来的几天里，贝丝和本尼把苏联的《国际象棋期刊》研究了一番，往前一直看到五十年代出版的。他们看一会儿期刊，时不时地就会下一盘棋，而且总是贝丝赢。她能感觉到自己正在一步步超越本尼，那种进步几乎有实体化的表现。这对他们两个人来说都是惊人的体验。有一盘棋，她在第十三步突袭他的后，在第十六步迫使他认输。"嗯，"他轻轻地说道，"十五年来，还没有人这样赢过我。"

"连博尔戈夫也没有？"

"连博尔戈夫也没有。"

有时，国际象棋会让她在夜里一连几小时无法入睡。就像在梅修茵时那样，只不过现在的她更放松，不怕失眠。午夜过后，她会躺在客厅地板上的床垫上，任由纽约街头的喧嚣从敞开的窗口传进来，尽情地在脑海中研究各种局面。它们的幻影就像当年那样清晰。她没吃镇定药，这能让头脑清晰。现在她幻视到的不是整盘对局，而是具体形势——所谓"在理论上很重要"和"值得深究"的那些局面。她躺在那里，听着外面街上醉汉的叫喊声，掌握了错综复杂、难度甚高的经典局面。有一次，外面有对恋人在争吵，女人不停地喊着"我他妈的没辙了！真他妈没辙了！"而男人一直在重复"和你那个该死的妹妹一个样儿"。贝丝躺在她的小床垫上，幻视到了一种她从未见过的变后方式。太美好了。这着会派上用处的。她会用上的。"滚你妈蛋。"那个女人在叫骂，而贝丝欢欣地平躺着，开开心心地睡着了。

・・・

第三个星期，他们把博尔戈夫的棋局全部再研究一遍，最后一盘是在星期四午夜过后看完的。贝丝总结了失败的原因,继而指出博尔戈夫是怎样避免和棋的,这时,她抬头看到本尼在打哈欠。那是一个炎热的夜晚,窗户都开着。

"沙普金在中局疏忽了,"贝丝说,"他本该保护他的后翼。"

本尼睡眼惺忪地看着她。"即便是我,有时也会对国际象棋感到厌倦。"

她从棋盘边站起来,"该睡觉了。"

"不着急。"本尼说着,看了她一会儿,笑了笑,"你还喜欢我的头发吗?"

"我一直在努力学习如何打败瓦西里·博尔戈夫,"贝丝说,"你的头发并不在考虑范围内。"

"我想和你一起上床。"

他们在一起已经三个星期了,她几乎已经忘记了性事。"我累了。"她恼羞成怒地说道。

"我也累,但我希望你能和我一起睡。"

他看起来非常放松,也很愉悦。突然间,他让她觉得很温暖。"好吧。"她说。

早上醒来,发现床上还有一个人在身边时,她吓了一跳。本尼侧身躺在另一边,她只能看到他赤裸而苍白的背,还有头发。一开始,她有点局促不安,害怕吵醒他,因而轻手轻脚地坐起来,背靠在墙上。和一个男人同在一张床上,这真的挺好的。做爱也挺好的,哪怕不像她期盼的那么刺激。本尼的话不多。他对她很温柔,也很放松,但依然有种他固有的疏离感。她想起第一个和自己做爱的男人讲过的一句话:"太清醒了。"她转向本尼。他的皮肤在天光下挺好看的;几乎像是在发光。在那个片刻,她很想环抱住他,用自己的裸身抱紧他,但她克制了自己。

本尼终于醒了,翻了个身,仰面朝她眨眨眼睛。她早就把床单拉起来了,遮住了双乳。过了一会儿,她说:"早上好。"

他又眨了眨眼睛。"你不应该用西西里防御对付博尔戈夫。"他说,"他实在太精通西西里了。"

他们花了一上午时间研究了两盘卢申科的棋;本尼把重点放在战略而非战术上。他的心情很愉快,但贝丝却有种莫名的忿恨。她希望两人做爱后能获得更多,至少可以更亲密一点,可是本尼只知道教训她。"你是天生的战术高手,"他说,"但你的计划性有所欠缺。"她什么也没说,尽力控制自己的恼怒。他说的是事实,但他指出这一点时的愉悦表情让她气不打一处来。

到中午了,他说:"我得去打扑克了。"

她刚刚分析完一盘棋,听他这么说才抬起头来,"扑克?"

"我得付房租。"

这真让人惊愕。她没想到他是个赌徒。她问起这事,他回答说,他从扑克和双陆棋中赚到的钱比下国际象棋更多。"你也该学学,"他笑着说,"你很擅长赌赛。"

"那带我一起去吧。"

"这场都是男人。"

她皱起眉头,"也有人这么说国际象棋,我听到过。"

"我相信你肯定听过。如果你愿意,可以跟我去看看。但你必须保持安静。"

"要多久？"

"可能要整个晚上。"

她想问他什么时候知道今晚有牌局的，但没问出口。很明显，他昨晚之前就知道了。她跟他上了第五大道上的巴士，坐到第四十四街，然后和他一起走到了阿冈昆酒店。本尼好像在想什么心事，但不想和她聊，他们就默默地走着。她又开始生气了；本尼总是不作解释，也不提前通知，让她很不爽，她来纽约可不是为了生闷气。他的行事方式和他下国际象棋一个样儿：表面看来轻松、顺畅，骨子里却很难搞，让人火大。她不喜欢跟在他后面走，但也不想独自回公寓去训练。

牌局设在六楼的一间小套房里，正如他所说，在场的全是男人。四个男人围坐在桌边，桌上摆着咖啡杯、筹码和扑克牌。空调呼呼吹响。屋里还有两个无所事事的男人，似乎只是在牌桌边走来走去。本尼进屋的时候，玩家们都抬起头来，开着玩笑跟他打招呼。本尼很冷静，但很愉快。"贝丝·哈蒙。"他做了介绍，那些人点头示意，但没人认出她是谁。他掏出自己的票夹，抽出一沓钞票，放在桌边的一个空位前，然后就坐下来，不再理会贝丝。贝丝不知道自己在这个场景中应该扮演什么角色，她走进卧室，看到了咖啡壶和杯子。她倒了一杯咖啡，又回到外面的房间。现在，本尼手里拿着牌，面前有一沓筹码。坐在他左边的人用平淡的声调说"我加注"，同时把一枚蓝色筹码扔到桌子中央。其他人也这样做，本尼是最后一个。

隔着一段距离，她观望着牌桌。她想起自己曾站在地下室观望夏贝尔先生，对他在做的事情产生了浓烈的兴趣，但她现在没有那种感觉。她毫不关心扑克是怎么玩的，哪怕她明白自己要玩的话也会很拿手。她对本尼的火气越来越大了。他只顾打牌，没看过她一眼。他发牌的手势非常灵巧，把筹码抛到桌子中央时显得泰然自若，有时会说一句"我跟"或"又到你了"之类的话。后来，趁有人发牌时，她拍了拍本尼的肩膀，轻声说道："我走了。"他点点头，说了声"好"，接着就把注意力转回他的牌上去了。搭电梯下楼时，她只想用实心木块砸他的脑袋。这个没心没肺的狗娘养的。和她匆匆做爱，然后就去找男人们。他可能这样盘算了一星期。战术和战略。她真该把他宰了。

不过，在城中的行走让她的怒火渐消，等她坐上第三大道上的巴士回到第七十八街的公寓后，她就心平气和了。她甚至很高兴能独处一会儿。她把时间花在了本尼的《国际象棋情报》上，那是一套来自南斯拉夫的新书，一边看书，一边在脑海里把对局着法过一遍。

他半夜才回来，一上床，她就醒了。她很高兴他回来了，但并不想和他做爱。好在他也没想法。她问他牌局如何。"将近六百。"他自满自得地答道。她翻了个身，继续睡觉。

清早，他们做爱了，她并不怎么享受。她知道自己还在为牌局的事生他的气——不是因为扑克牌，而是因为他们刚刚成为恋人，他就用这种方式对待她。做完爱，他起身坐在床上，看了她足有一分钟。"你在生我的气，对吗？"

"对。"

"因为打牌？"

"因为你没有告诉我。"

他点点头。"抱歉。我确实保持了一点距离。"

听他这么说,她松了一口气。"我想,我也一样吧。"她说。

"我注意到了。"

吃过早餐,她提议他们下盘棋,他不情不愿地同意了。为了节省时间,他们设定棋钟为每方半小时,她采用西西里防御的列文费舍变例,轻松化解了他布下的威胁,毫不留情地追击他的王。下完这盘棋,他狡黠地摇摇头,说:"我真的需要那600美元。"

"也许是吧,"她说,"可惜你的时机不好。"

"和你作对是没好处的,对吗?"

"你想再来一盘吗?"

本尼耸耸肩,转身走开,"留给博尔戈夫吧。"但她看得出来,如果他认为自己能赢,他肯定会和她再下一盘的。现在,她感觉好多了。

． ． ．

他们继续像恋人那样共处,除了打谱书上的对局,没有再下棋。几天后,他又出去打了一次牌,赢了200美元回来,那天做爱很赞,是他们最美好的一次,钱就搁在他们身边的床头柜上。她很喜欢他,但也仅此而已。去巴黎前的最后一星期,她开始觉得他已经没什么可以教她的了。

12

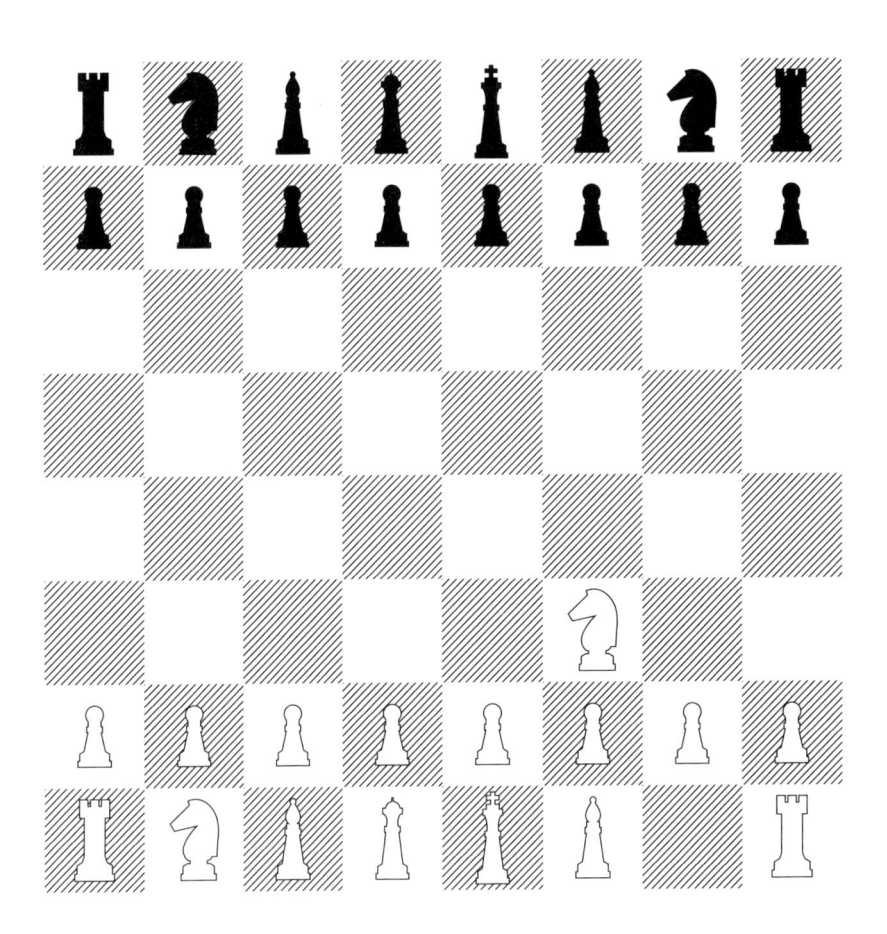

第十二章

惠特利夫人在她们旅行时一直带着贝丝的收养文件和出生证明，后来，贝丝也一直这样做，尽管到现在为止还没派上过用场。但她到纽约的第一周，本尼带她去了洛克菲勒中心，她用上了这些文件，申请了护照。去墨西哥只需要申请旅行卡，惠特利夫人之前就办好了。两周后，绿色封面的护照寄来了，照片上的她双唇抿紧。虽然她还不确定会不会去，但在离开肯塔基、前往俄亥俄州的前几天，她已经寄出了接受巴黎邀请赛的信函。

到了该出发的日子，本尼开车送她去肯尼迪机场，一直送到法航的航站楼外。"不是不可能打败他的，"本尼说，"你赢得了他。"

"走着瞧吧。"她说，"谢谢你的帮助。"她已经把行李箱从车里提出来了，现在站在驾驶座的车窗边。他们在禁停区，他不能停车送她进去。

有那么一瞬间，她想靠在打开的车窗上亲吻他，但她克制住了。"回头见。"她提起行李箱，走进了航站楼。

• • •

这一次，她知道自己会有阴暗的敌对心态，哪怕隔着一个房间看到他都能让她感受到这种敌意，但有心理准备也无法阻止她猛地吸一口气。他背对着她站着，正在和记者们交谈。她紧张地移开视线，恰如第一次在墨西哥城的动物园里偶遇他时那样。她在心里对自己说：他不过是个穿深色西服的男人，一个苏联棋手。有个记者在给他拍照，还有一个记者在和他交谈。贝丝望着他们三人，看了一会儿，紧张感渐渐平息。她可以赢他的。她转身去前台登记。比赛将在二十分钟后开始。

这是她见过的规模最小的赛事，设在军事学院附近一座优雅的老楼里。共有六名棋手，进行五轮比赛——每天一轮，持续五天。如果她或博尔戈夫在前几轮比赛中失手，就没有机会对弈了，而且竞争非常激烈。不过，就算竞争很激烈，她也不相信自己和博尔戈夫会输给其他人。她从门口走进比赛用的房间，当天上午乃至接下来几天的比赛都没有让她有焦虑感。要到最后一轮，她才会与博尔戈夫交手。她将在十分钟后和一位荷兰特级大师对弈，她执黑，但她一点儿都不担心。

法国人的国际象棋没什么名气，但法国人下棋的房间非常漂亮。高高的蓝色天花板垂下两盏水晶吊灯，地板上的蓝色花卉地毯又厚实又鲜艳。三张闪闪发亮的棋桌都是胡桃木做的，每张桌子的棋盘边都摆着小花瓶，插着一朵粉色康乃馨。古董椅的坐垫很饱满，覆着与地板和天花板相称的蓝色天鹅绒。这个赛场就像一间昂贵的餐厅，赛事主管就像穿着燕尾服、训练有素的侍应生。样样都那么素雅、安馨。她是前一天晚上从纽约飞来的，对巴黎几乎一无所知，但她在这个房间里感到很自在。她在飞机上睡了个好觉，又在酒店里睡了一觉；之前还进行了五周的训练。她从没像现在这样觉得万事俱备、准备充足。

荷兰人选择了列蒂开局，她就像跟本尼下列蒂开局时那样应对自如，在第九步时已获得均势。他还没机会王车易位，她就展开了进攻，先弃象，然后迫使他为了保护王而放弃他的马和两个兵。到了第十六步，整个棋盘都充斥着她布下的各种战术组合威胁，哪怕并没有真正实施任一组合，但攻势已然够强大了。他被迫无奈，每一步都要向她屈服一点，直到无计可施，无法挽回地处于下风，最终放弃。下午时分，她已经在里沃利大街上快活地逛街了，阳光普照让她倍感享受。她看着商店橱窗里的衬衫和鞋子，就算什么都没买，她也满心欢喜。巴黎和纽约有点相似，但更文明。街面洁净，橱窗明亮；有真正的路边咖啡馆，人们悠哉悠哉地坐在户外，用法语交谈。她一直沉浸在国际象棋中，直到此刻才意识到：自己真的身在巴黎！这就是巴黎，她此刻行走的林荫大道就在巴黎。那些迎面走来、衣着亮丽的女人都是法国女人，巴黎女人，而她是年仅十八岁的全美国际象棋冠军。她品味着洋溢在心头的喜悦，不由自主地放慢了脚步。有两个男人从她身边走过，低着头正在交谈，她听到其中一人说道"……只有两个部分❶"。法国男人，她竟然听懂了这句话！她停下脚步，原地站了一会儿，凝望街道对面精致的灰色建筑、洒在树上的阳光，感受着这个充满人性的大都会的特殊气息。未来，她也许会在这儿拥有一套公寓，就在拉斯帕尔大道或卡普金街。过

---

❶ 原文为法语。

了二十岁,她可能就是世界冠军,想住哪儿就住哪儿。她可以在巴黎找个住处,去听音乐会,去看演出,每天在不同的咖啡馆吃午餐,和她身边走过的那些女人一样打扮,像她们那样充满自信,讲究品位,浑身上下都是精心打造的时装,昂首挺胸,头发修剪定型得无可挑剔。但她拥有的东西是她们都没有的,这能让她享有她们都会羡慕的生活。本尼敦促她来巴黎比赛是正确的,然后,明年夏天去莫斯科。她在肯塔基州的房子里没有任何东西能留住她;她的潜力无穷无尽。

她在林荫道上闲逛了几小时,没有停下来买东西,只是观望路人、建筑、商店、餐馆、树木和花朵。横穿和平街时,她不小心撞到了一位老太太,发现自己脱口而出的是"对不起,夫人❶",那么简单,好像她这辈子都在说法语似的。

有一场招待会将在四点半举行,就在赛事所在的小楼里;返回时的路有点难找,她到达会场时气喘吁吁,迟到了十分钟。比赛用的桌子都被推到了房间的一侧,椅子都靠墙摆放。她被领到靠近门口的一个座位上,还有人给她递来一小杯滤泡咖啡。还有一辆手推车,摆放在上面的糕点是她此生见过的最精美的甜品。油然而生的是一股哀愁,她真希望阿尔玛·惠特利能在身边、能亲眼看到它们。从推车上取下一只拿破仑蛋糕时,她听到对面传来了响亮的笑声,抬头一看,原来是瓦西里·博尔戈夫在笑,手里端着咖啡杯。有两个人站在他身边,一左一右,都满怀期待地朝他欠身颔首,陪他一

---

❶ 原文为法语。

起笑。他笑得又沉闷又拖沓,脸都显得扭曲了。贝丝觉得胃里一凉,好像突然吞了一块冰。

那天晚上她走回酒店,神情凝重地摆了十几盘博尔戈夫的对局——她早就和本尼研究过这些对局了,都已经滚瓜烂熟了——然后在十一点上床;她没有吃药,睡得很香。博尔戈夫成为国际特级大师已有十一年了,成为世界冠军也有五年了,但这一次她决不会消极应战。无论发生什么,她都不会被他羞辱。而且,这次她有一个明显的优势:她特地为和他对局做了准备,而他不可能像她那样有备而来。

· · ·

她一路赢下去,第二天赢了法国人,第三天打败了英国人。博尔戈夫也是三连胜。在他们决战前的那一天,她的对手又是一个荷兰人——比前一个年纪大,也更有经验,比赛开始后,她发现自己就在博尔戈夫的棋桌旁边。看到他离自己这么近,她有片刻心烦意乱,但也没关系,她可以不受影响。这个荷兰棋手很厉害,她把注意力集中在棋盘上。这盘下完后——鏖战将近四个小时,对方终于无奈认输——她抬起头来,看到旁边棋桌上的棋子都已被撤空,博尔戈夫早就走了。

离开时,她在前台停下来,问她明天早上要和谁对弈。主管翻了翻文件,淡淡一笑。"小姐,是特级大师博尔戈夫先生。"

那天晚上,她吃了三颗镇定药,早早上床,不确定自己能否放松地入睡。但她睡得很香,八点醒来时神清气爽,觉得自己很有信心,思维敏捷,她准备好了。

• • •

她走进赛场,看到他坐在桌前,那时候,他看上去似乎不是不可战胜的。一如往常,他穿着深色西装,粗硬的黑发一丝不乱地从额头往后梳齐。他的神情也一如往常,没有表情,但看起来没有杀气。他谨遵礼节地站起来,她伸出手,他握住,但他没有笑。她执白;当他们都落座后,他按下了棋钟,为她计时。

她已拿定主意怎么走了。虽然本尼给过建议,但她还是会走兵到王线第四排,寄希望于西西里防御。所有刊登出来的博尔戈夫走过的西西里防御的对局,她全都研究过了。她按照计划出着,拿起小兵,放到了第四排,当他拿起后翼象前兵时,她感到一阵快意袭来。她已经预料到他会怎么走了。她把她的马移到王翼象线第三排;他把他的马移到后翼象线第六排,行至第六步,他们就进入了布列斯拉夫斯基变例。她知道,博尔戈夫下过的棋局中有八盘棋都采用了这个变化,她和本尼一起研究过,一盘一盘地看,一步步地仔细客观分析过。他在第六步把兵移到王线第五排,是这个变例的典型下法;她坚定地把马移到了马线第三排,确信自己是对的,再看向棋盘对面的他。他用一只拳头抵着脸颊,像其他棋手一样低头看棋盘。博尔戈夫是个强大的对手,沉得住气,诡计多端,但他的棋艺中不存在魔法。他把他的象放在王线第七排,没有看她。她完成王车易位。他也王车易位。她向四周看看,这个装潢精美的房间里还有另外两盘棋在安静地进行。

到了第十五步，她开始意识到双方都有战术机会，到了第二十步，她被自己清晰预见走势的能力吓了一跳。她的思维如行云流水，在着法的复杂组合中精巧地挑选最好的路径。她开始沿着后翼象线向他施压，威胁双重攻击。他避开了这条线，她继而巩固中心兵。她的局面越来越开阔，进攻的可能性也随之增多，哪怕博尔戈夫似乎总能及时地避开危机。她知道他有化解的本事，但这没有让她沮丧；她只觉得自己有种取之不尽的能力，能走出有威胁性的强劲着法。她从没有下得这么好过。她会用一系列威胁逼他妥协，迫使他改变自己的阵势，然后她就变本加厉，用双重乃至三重威胁令他没有退路。他的后翼象已在她的连连进攻下寸步难行了，他的后为了保护车也受掣肘。每走一步，她的棋子都像在释放自身的潜能。她的进攻力好像是无穷尽的。

她再次环顾四周。其他几盘棋都结束了。这让她又惊又喜。她看了看表。一点已过。他们已经下了三个多小时。她把注意力转回到棋盘上，斟酌了几分钟，把她的后移到棋盘中心。是时候了，该进一步施压了。她看向棋桌对面的博尔戈夫。

他和平常没两样，镇定自若。他没有和她对视，而是将目光锁定在棋盘上，研究她刚刚那步后的走法。接着，他略微耸了耸肩——旁人很难觉察到那么微小的动作——用他的车攻击了她的后。她早知道他可能这么做，也早有准备。她让马跳过来，威胁将军抽车。现在，他必须移动王，而她将会把后移到车线上。她可以预见到：后在车线上，有好几种走法可以威胁他，而且，都比她先前制造的威胁更紧迫。

博尔戈夫随即走了一步棋，他没有移动王。他只是挺进了车前兵。她花了五分钟，才看明白他的真正目的。如果她将他的军，他就会让她吃掉车，然后把他的象移到刚刚挺进的那个小兵前面，她就不得不移动她的后。她屏住呼吸，警惕起来。她会丢掉底线的车，还有两个兵。那将是灾难性的损失。她必须撤回她的后，退到能逃跑的地方。她咬紧牙关，移开了后。

博尔戈夫还是把象走到了有兵保护的那个格子。她盯着这个局面，看了好半天才顿悟个中深意；为了赶走这个象，无论她怎样走，都将付出惨重的代价；如果她置之不理，留在那里的象将进一步加强他的局面。她抬头看了看他的脸。现在，他带着一丝笑意看着她。她迅速移开视线，低头看棋盘。

她试图用自己的一个象去抗衡，但他走了步兵，去封锁这条大斜线。她下得很好，现在依然无可指摘，但他更胜一筹。她必须再努力一点。

她确实更使劲地动脑筋，也确实走出了精彩的着法——在她的个人历史上堪称最佳的几步棋，但还不够。第三十五步时，她只觉口干舌燥，棋盘上，她只能看到自己乱了阵脚，而博尔戈夫的局面逐步强大。太不可思议了。她发挥出了自己最好的水平，而他正在一步步挫败她。

第三十八步，他把车干脆利落地移到第二排，第一次威胁将杀。她非常清楚地知道如何抵御，但这之后显然还会有越来越多的威胁，要么将她的军，要么吃她的后，要么让他变第二个后。她觉得头晕目眩。有那么一瞬间，光是看着棋盘，看到自己的无能为力是那样明摆在棋盘上，她就觉得天旋地转。

她没有推倒自己的王。她站起来，看着他不露声色的脸，说道："我认输。"博尔戈夫点点头。她转身走出那个房间，真切地感到浑身上下都像病了一样。

・・・

回纽约的飞机如同陷阱；她坐在靠窗的座位上，怎么也逃不开那盘棋的记忆，在脑海中无限回放的片段怎么也停不下来。空姐好几次过来，问她要不要酒水，她都强迫自己拒绝了。她太想喝了；而这恰恰让她害怕。她吃了镇定药，但无法纾解心胸中的块垒。她没有犯错。她那盘棋下得特别好。可是功亏一篑，走到最后，她的处境近乎狼藉满地，博尔戈夫却好像毫发未伤。

她不想见本尼。她本该打电话让他来接机，但她不想回他的公寓。她离开列克星敦的家已有八个星期了；她要回家，要舔一下伤口。她在巴黎拿到了第三名，奖金金额竟然很高，实在出乎意料，所以，她负担得起尽快往返列克星敦的旅费。况且，她还有一些文件要去律师那儿签署。她想在家待一星期，再回去和本尼一起训练。可是，她还能从他那儿学到什么呢？一想到自己为巴黎的赛事所做的那么多准备，她再次感到晕眩。好不容易才甩脱那种糟心的感觉。当务之急是为莫斯科的比赛做好准备。现在还来得及。

她在肯尼迪机场给本尼打了电话，告诉他她输掉了最后一盘，博尔戈夫完胜她。本尼深表同情，但听来有点疏远，当她告诉他她要去肯塔基待一段时间时,他听起来颇为恼火。

"别放弃,"他说,"输一盘并不能证明什么。"

"我没放弃。"她答。

· · ·

家里有一堆信件等着她,好几封都来自迈克·陈纳德——处理房产契约的律师。过户手续好像有什么问题;她还没有明确的继承权或类似的身份证明。给她惹麻烦的人是奥尔斯顿·惠特利。别的信还没拆,她就赶紧给陈纳德的办公室打了电话。

他接起电话,一开口就说:"我昨天给你打了三次电话,试图联系你。你去哪儿了?"

"巴黎。"贝丝说,"下棋。"

"那可太美妙了。"他停顿了一下,又说道,"是惠特利。他不想签字。"

"签什么?"

"产权。"陈纳德说,"你能过来一趟吗?我们得解决这个问题。"

"我不明白你为什么需要我帮忙,"贝丝说,"你是律师。他对我说过,他会签署必要的文件。"

"他改主意了。也许你可以和他谈谈。"

"他在你那儿?"

"不在办公室。但他在城里。我想,如果你能看着他的眼睛,提醒他,你是他的合法女儿……"

"他为什么不肯签？"

"钱。"律师说，"他想把那栋房子卖掉。"

"你和他明天能到这儿来吗？"

"我来看看怎么安排。"律师说。

挂断电话后，她环顾客厅。这栋房子仍然属于惠特利。这太让她震惊了。她几乎没见过他在这个家里逗留，但实际上房子是他的。她不希望他得到这栋房子。

尽管那是一个炎热的七月下午，奥尔斯顿·惠特利仍然穿了一套西装，还是深灰色的花呢面料，他在沙发上坐好后，稍稍提起裤腿上的折缝，露出了栗色短袜上面的一截瘦削、苍白的小腿。他在这栋房子里住了十六年，但他对房子里的任何东西都兴趣索然。他像陌生人般走进来，带着一种又像愤怒、又像抱歉的眼神，在沙发的一端坐下，把裤腿拉高一寸，什么也没说。

说不出究竟为什么，但他让贝丝觉得恶心。他和她第一次见到他时一模一样，那一次是在迪尔多夫夫人的办公室，他是和惠特利夫人一起去的，为了好好看看她。

"惠特利先生有一个提议，贝丝。"律师开口了。她正视惠特利先生，他只是把脸稍稍偏向他们这边。"你可以住在这里，"律师接着说，"直到你找到永久住处。"为什么惠特利不亲口对她说这些呢？

惠特利的尴尬表现让她莫名其妙地替他扭捏起来，仿佛她自己也困窘起来。"我以为，只要我付贷款，就能保住这栋房子。"她说。

"惠特利先生说你误解了他的意思。"

为什么她的律师要为他说话？拜托，为什么他不能找自己的律师？她朝他看，看到他正在点烟，脸上带着某种痛苦的表情，仍然稍稍躲开，没有正对她。"按照他的意思，他只是允许你在安定下来之前暂居此处。"

"不是那样的，"贝丝说，"他说房子可以是我的……"突然间，她好像被什么东西猛然击中了一般，转向惠特利，说道，"我是你的女儿。你收养了我。你为什么不和我说话？"

他像只受惊的兔子那样看着她。"阿尔玛，"他说，"是阿尔玛想要个孩子……"

"你签了文件，"贝丝说，"你就要承担责任。你甚至都不能看我一眼吗？"

奥尔斯顿·惠特利站起来，穿过房间，走到窗前。等他转过身来时，不知怎么的，他突然振奋了精神，而且看起来很恼火。"是阿尔玛想收养你。不是我。你没有资格拥有我的一切，就因为我签了一些该死的文件让阿尔玛闭嘴。"他转身面对窗外，"其实签了也没用。"

"你收养了我，"贝丝说，"又不是我要求你这么做的。"她觉得喉咙里有种窒息感，"你就是我在法律上的父亲。"

他转身看着她时，她惊诧地看到他的脸竟已那么扭曲。"花在这房子里的钱都是我掏的，没有哪个自作聪明的孤儿能从我手上夺走这一切。"

"我不是孤儿，"贝丝说，"我是你的女儿。"

"按照我的理解，你并不是。我才不管你那该死的律师怎么说。我也不关心阿尔玛说了什么。那个女人就是不知道闭上她的嘴。"

一时间谁也没说话。最后是陈纳德轻声地问道："惠特利先生，你想让贝丝怎么办呢？"

"我想让她搬出去。我要卖掉这所房子。"

贝丝看了他一会儿，说道："那就卖给我吧。"

"你说什么？"惠特利问道。

"我可以买。不管你的抵押资产是多少，我都愿意付给你。"

"现在的房价可比当初高多了。"

"多少？"

"我要七千。"

她知道他当时购入时还不到五千。"好。"她说。

"你有那么多吗？"

"有。"她说，"但我要扣除埋葬我母亲而支付的费用。我会给你看收据的。"

奥尔斯顿·惠特利像个殉道者般长叹一声。"好吧，"他说，"你们两个可以起草文件。我要回酒店了。"他走到门口，"这儿太热了。"

"你可以脱掉西装呀。"贝丝说。

・・・

如此一来，她的银行账户里只剩下了2000美元。她不喜欢钱这么少的感觉，但这没关系。在那堆邮件中有两份邀请函，请她参加两个高级别的比赛，奖金都很高。一个是1500美元，另一个是2000美元。还有一封厚厚的信来自苏联,邀请她七月去莫斯科。

她带着签署好的文件回家后,独自在客厅里走了几圈,轻轻地抚过每一件家具。关于家具,惠特利只字未提,但现在都是她的了。她已经问过律师了。惠特利甚至都没出面,陈纳德把文件带去凤凰酒店,让他签字,与此同时,她在律师办公室里一边翻看《国家地理杂志》一边等律师回来。这栋房子的感觉不一样了,因为,现在全是她的了。她会买些新家具:一张做工精良的矮沙发,两把摩登风格、小巧的扶手椅。她可以想象出它们的样子,给它们配上淡蓝色亚麻布坐垫、深蓝色镶边。不是惠特利夫人喜欢的那种蓝色,而是她自己喜欢的。贝丝蓝。她希望客厅里的陈设更亮丽,更欢快。她想抹去惠特利夫人似有若无的存在感。她要在地板上铺一块亮色的地毯,把窗玻璃擦洗干净。她要买一套音响和一些唱片,为楼上卧室买崭新的床罩和枕套。去珀塞尔百货公司买。惠特利夫人生前是个好母亲;她也不想那么早死,那么早地离开贝丝。

· · ·

贝丝睡得很好,醒来时却很生气。她穿上雪尼尔家居长袍,穿着拖鞋——惠特利夫人的拖鞋——踢踢踏踏地走下楼,发现自己一直在想她付给奥尔斯顿·惠特利的7000美元,因而一肚子气。她很爱她的钱;她和惠特利夫人都很享受从一场又一场赛事中赢得奖金,并把钱攒下来生利息,她们喜欢看到钱生钱。她们总是一起展开贝丝的账户报表，看看又得了多少新的利息。惠特利夫人去世后，她可以继续住在这里，继续去超市买菜，想看电影的时候就去看电影，不用担心钱不够用，也不用考虑找工作、上大学或是靠比赛赚钱，当她确认这个事实后，心里很踏实。

她从纽约带了三本本尼的国际象棋的小图册；煮鸡蛋的时候，她在厨房里的餐桌上摆好棋盘，拿出上届莫斯科邀请赛的棋谱。俄语小册子是用昂贵的纸张印刷的，字体清晰而优美。虽说她读了大学的夜校课程，但并没有真正通晓俄语，不过她可以很轻松地读出名字和符号。不过，西里尔字母让人头痛。苏联政府不惜重金扶植国际象棋事业，甚至有专用的字体，和她熟悉的字母表都不同，这让她很恼火。鸡蛋煮好了，她剥掉蛋壳，把白煮蛋放进碗里，加了黄油，接着就摆起了彼得罗辛和塔尔对弈的那盘棋。格林菲尔德防御。半斯拉夫变例。摆到第八步，她把黑方的王翼马移到后线第七排后，突然觉得无聊了。她摆得太快了，来不及好好分析，她没有像本尼那样迫使自己停下来，去追索棋局上的蛛丝马迹。她吃完最后一勺鸡蛋，走出后门，来到花园。

那天早上很热。院子里的草长得过于茂盛，几乎盖住了通向那些残败的香水月季的小砖路。她回到屋里，把白方的车移到后线第一排，盯着它看。她不想研究国际象棋。这件事很吓人；因为如果她不想在莫斯科丢脸，她就需要做足准备、刻苦训练。她勉强压下心头的恐惧，上楼冲澡。擦干头发时，她看到自己的头发该剪了，竟然感到一阵释然。这就是今天要做的事。剪完头发，她可以去珀塞尔百货公司，看看有什么沙发适合客厅。但现在就买并不明智，她还需要多挣一点钱。还有，她要怎样修剪草坪呢？有个男孩曾为惠特利夫人干过这活儿，但她不知道他的电话号码，也不知道他的地址。

她要把这个家好好打扫一下。扫去蜘蛛网，床单和枕套看起来乱糟糟的。她可以先买一套新的床上用品。再买些新衣服。哈利·贝尔蒂克把他的剃须刀落在浴室里了；她要不要把它寄给他？牛奶变酸了，黄油放的时间太长了。冰箱里四壁冰霜，还有一些以前买的冷冻鸡肉饭堆叠在最里面。卧室里的地毯积灰了，窗玻璃上有指纹，窗框缝隙里有沙砾。

贝丝尽可能把脑子里的一团乱麻甩出去，然后和罗贝塔约好两点去剪头发。她会顺便打听一下，去哪儿能找到清洁女工来干几星期的活儿。她可以先去莫里斯书店，订购一些棋书，然后在托比餐厅里吃午餐。

可惜，她熟悉的那位店员那天不上班，代替他的女店员对棋书一无所知，也不知道怎么订购。贝丝好歹让她找出了一本目录，订了三本关于西西里防御的专著。她需要特级大师们的比赛棋谱，还有《国际象棋情报》。但她不清楚这份期刊是哪个南斯拉夫出版社出版的，新来的女店员也不知道。这让她有点恼火。她需要一个堪比本尼的藏书的国际象棋图书馆。想到这里，她终于气恼地意识到：她可以回纽约，把这儿所有乱七八糟的琐事抛在脑后，重新和本尼在一起，继续他们中断的训练。可是，现在的本尼还能教她什么呢？还有哪个美国棋手能教给她更多东西呢？她已经超越了他们，所有人。现在，她只能靠自己的力量。她必须靠一己之力跨越美国国际象棋界和苏联国际象棋界之间的鸿沟。

托比餐厅的领班认识她,把她安排在靠近前门的好位置。她点了法式油醋汁浸芦笋作为开胃菜,并吩咐侍应生说,她先吃开胃菜,再点主菜。"您想来杯鸡尾酒吗?"侍应生愉快地问道。她环视静谧的餐厅,看了看正在享用午餐的客人,看了看餐厅入口用天鹅绒绳栏圈起来的甜点桌。"一杯吉布森,"她说,"加冰块。"

酒眨眼间就送来了。看上去太美妙了。平底玻璃杯爽洁明净;杯中的杜松子酒晶莹剔透;两颗小小的白洋葱宛如珍珠。抿第一口时,酒精刺痛了她的上唇,喝下去时又以一种甜蜜的挑逗刺痛了她的喉咙。酒一下肚,立刻缓释了胃里的抽紧感;任何能让自己放松的事都值得一做。她慢慢地喝完这杯酒,内心深处的怒火开始消退。她又要了一杯。在餐厅那头的阴影里,有人在弹钢琴。贝丝看了看手表。已经十二点一刻。活着真好。

她压根儿就没点主菜。到了两点,她走出托比餐厅,眯着眼睛眺望阳光,没等红绿灯就穿过主街,走向大卫·曼利的葡萄酒店。她用俄亥俄州寄来的两张旅行支票买了一箱保罗·梅森红葡萄酒、四瓶戈登杜松子酒和一瓶马提尼和罗西苦艾酒,她让曼利先生帮忙叫了一辆出租车。现在,她讲起话来口齿清晰又干脆;走起路来很稳健。她吃了六根芦笋,喝了四杯吉布森。她已经和酒精暧昧多年了。现在是时候确定关系了。

进门时,电话铃一直在响,但她没去接。出租车司机帮她把那箱酒搬进屋,她给了他1美元小费。等他走了,她把一瓶瓶酒拿出来,放进烤面包机上方的柜子里,摆得整整齐齐,挡在惠特

283

利夫人以前买的意大利面条和辣椒罐头前面。然后，她打开一瓶杜松子酒，再拧开苦艾酒的瓶盖。她以前从没自己调过鸡尾酒。她把杜松子酒倒进平底杯，加了一点苦艾酒，用惠特利夫人的一柄长勺搅拌一下。她小心翼翼地把这杯酒端去客厅，坐下来，喝了一大口。

. . .

每个早晨都很可怕，但她都挨过去了。第三天，她去了克罗格超市，买了三打鸡蛋和一份冷冻的电视晚餐。此后，她总在喝第一杯酒之前吃两只鸡蛋。到了中午，她通常已昏睡过去。她会在沙发上或椅子上醒来，四肢僵硬，后脖颈被热汗濡湿。有时，她觉得头很晕，还觉得肚腹深处有一股浓烈的怒气，就像下颚脓肿破裂时的疼痛那样强烈——牙痛如此厉害，除了喝酒，没有别的办法可以缓解疼痛。有时，酒会遭到身体的抵抗，她不得不强迫自己喝下去，但她照样喝。她会把酒喝下去，然后等待抵抗的感觉渐渐退却。就像调低音量那样。

星期六早上，她把酒洒在厨房里的棋盘上了，星期一，她不小心撞到桌子，把一些棋子撞到了地上。她任由那些棋子倒在地板上，直到星期四——那个年轻人终于来修剪草坪了——才把它们捡起来。她躺在沙发上，喝着那一箱里的最后一瓶酒，听着年轻人的电动割草机发出的轰鸣声，闻着割下的青草的气味。她把钱付给他之后，独自走到外面，看着、闻着被剪下来的一堆草。一时间，她被那场景感动了，看到草丛发生如此巨大的改观，与之前的模样大相径庭。她回到屋里，拿上手袋，叫了一辆出租车。法律规定不允许把葡萄酒或烈酒送货上门。她只能亲自再去买一箱。两箱或许更明智。她要试试爱玛登酒庄的红酒，据说比保罗·梅森更好。她要试一下。也许，还可以再来几瓶白葡萄酒。她还需要食物。

午餐是直接从罐头里倒出来的。只要你加点胡椒粉，再配一杯红酒，辣椒的味道也是相当不错的。爱玛登比保罗·梅森好喝，没那么涩。不过，吉布森还是很强劲，好像棍子抽打在身，她开始对这种酒多加小心，特意留到昏睡前才喝，有时候，也会攒到大清早，当作第一杯喝。到了第三周，有些晚上，她去睡觉时都会带一杯吉布森上楼。她把酒杯放在床头柜上，杯口上压一本《国际象棋情报》，以防止酒精挥发，半夜醒来时就把酒喝光。就算半夜不喝，也会在早上醒来后、下楼之前喝光。

电话有时会响，但她只在头脑清晰、口齿清楚的时候才会接听。她总是先大声地说几句话，以检查自己够不够清醒，然后再拿起听筒。她会念一段绕口令，"吃葡萄不吐葡萄皮"，如果念得好，她就接电话。有个女人从纽约打来电话，邀请她上电视节目《今夜秀》。她拒绝了。

直到开始喝酒的第三个星期，她才翻开她在纽约时寄来的那堆杂志，发现《新闻周刊》上登了她的照片。他们在体育栏目里给了她一整版的篇幅。照片拍的是她和本尼的对弈，她还记得拍照的时刻：就在对局的开局阶段。照片清楚地拍出了棋盘上的局面，她一看就知道自己的记忆无误：她刚刚走了第四步。本尼一如往常，看起来若有所思，拒人于千里之外。那篇文章称她是维拉·明契克之后最有才华的女棋手。喝得半醉的贝丝读着读着，越来越生气，气明契克占了那么多篇幅，作者还写到她如何死于一九四四年的伦敦大轰炸，然后才指出贝丝的棋比明契克下得更好。说真的，身为女性和下棋有什么关系？她比美国所有男性棋手都要好。她想起《生活》杂志的那个记者曾问过她：作为女性，身在男性主宰的世界里有何感受。让她见鬼去吧；等她一锤定音了，这个世界就不再由男人主宰了。已到午时，她把罐装意大利面条倒进平底锅加热，再把文章读完。最后一段的力道最大。

  十八岁的贝丝·哈蒙已确立了美国国际象棋女王的地位。她可能是摩菲或卡帕布兰卡之后最有天赋的棋手；没人知道她的天赋究竟到了何种程度——在这个脑力惊人的年轻女孩的身体里到底蕴藏了多么巨大的潜能？为了得出答案，为了让全世界知道美国国际象棋界有没有摆脱在世界棋坛中的劣势，她将不得不去大男孩们的聚集之地。她将不得不去苏联。

贝丝合上杂志，倒了一杯爱玛登酒庄的夏布利，边吃意大利面条边喝。那已是下午三点，热得要命。酒的库存越来越少了；烤面包机上方的搁架上只剩下两瓶了。

· · ·

读完《新闻周刊》报道后的那一周，星期四，她早晨醒来时浑身难受，晕得无法下床。她想坐起来，却怎么也坐不住。头和胃都在悸动。她还穿着前一晚的牛仔裤和T恤，这些衣物闷得她快窒息了。但她竟然没法把它们脱下来。T恤粘在上身，她浑身无力，甚至无法把衣摆拉过头顶。床头柜上有一杯吉布森。她使劲翻了个身，双手捧住杯子，在开始反胃前吞下了半杯。一时间，她以为自己要被噎住了，还好终于喘上气来，她再把杯中的酒喝光。

她吓坏了。她独自一人在火炉般的房间里，害怕死去。胃里难受极了，每个器官都在疼。难道她喝下去的红酒和杜松子酒已经毒害了自己？她又试了试，想要坐起身，刚刚喝下去的杜松子酒似乎起作用了，她总算坐起来了。她在床上坐了好一会儿，让自己平静下来，之后才脚步不稳地走进卫生间，开始呕吐。吐干净了，整个人好像被荡涤过了。她终于把衣裤都脱掉了，还很怕在洗澡时滑倒，像蹒跚的老太太那样摔断臀骨，所以她在浴缸里接满温水，泡了个澡。她应该打电话给惠特利夫人以前的医生——麦克安德鲁斯——预约中午前后就诊。假设她能独自赶到他的诊所的话。这不仅仅是宿醉；她病了。

但泡完澡后，到了楼下，她的状况好多了，毫不费力地吃了两只鸡蛋。拿起话筒给别人打电话的念头似乎已是恍如隔世。不管电话线连通的是哪个世界，反正，在她和那个世界之间有一重她无法穿透的屏障。她会没事的。她会少喝一点，一点一点减少。也许再喝一杯，她就会想给麦克安德鲁斯医生打电话了。她给自己倒了一杯夏布利，开始小口啜饮，酒像魔药般治愈了她。

287

· · ·

第二天早上她吃早餐时，电话铃响了，她不假思索地接起电话。电话那头的人自称埃德·斯宾塞；过了一会儿，她才想起他是本地赛事的主管。"我来敲定一下明天的事。"他说。

"明天？"

"明天的比赛。我们想问一下，您能不能提前一小时来？路易斯维尔的报社要派摄影师来，我们相信，WLEX电视台也会有人来。您能九点来赛场吗？"

她的心一沉。他说的是肯塔基州锦标赛，她忘了个干干净净。那是她的卫冕赛。她应该在明天早上去亨利·克莱高级中学，以卫冕冠军的身份参加为期两天的比赛。她的头很痛，血管悸动，拿着咖啡杯的手也不稳了。"我不知道，"她说，"你能不能过一小时再打来？"

"当然可以，哈蒙小姐。"

"谢谢你。我一小时后再答复你。"

她感到很害怕，她不想下棋。从奥尔斯顿·惠特利手里买下这栋房产后，她就再也没看过一页棋书，也没碰过棋子。她甚至不愿去想国际象棋。昨晚的酒瓶还放在烤面包机旁的台面上。她倒了半杯，但喝下去时，嘴里感觉刺痛，酒味酸臭。她把没喝完的杯子放进水槽，从冰箱里拿出橙汁。如果她的头脑清醒不了，不去参加比赛，明天只会醉得更厉害，病得更重。她喝完橙汁，上楼，想到她这些日子里喝掉的那些酒，想到此时此刻肚子里的酒。她觉得体内有种被虐待后的污浊感。她需要洗个热水澡，换上干净衣服。

去也是白去。贝尔蒂克不会参加的,也没有人像他那样优秀。在国际象棋界,肯塔基州无足轻重。她光着身子站在浴室里,开始复习西西里防御的列文费舍变例,她眯起眼睛,想象着棋子在棋盘上的场景。她过完了前十几步棋,一步也没错,虽然幻视中的棋子不像一年前那样清晰。在第十八步棋后,她有所犹豫,黑方在这步棋中将小兵移到马线第五排,取得均势。斯米斯洛夫——博特维尼克,一九五八年。她想过完整盘棋,但是头太痛了,她停下来,吃了两片阿司匹林,之后却不确定兵的位置了。但她完全记得前十八步。她今天会保持清醒,不碰酒,明天再下。两年前,她轻而易举就蝉联州冠军了,很简单。除了她自己,也许还有哈利,肯塔基州就没有别的特别强的棋手了。戈德曼和西泽摩尔都不算劲敌。

电话铃再次响起时,她告诉埃德·斯宾塞,她会九点半到赛场。半小时拍照绰绰有余了。

. . .

虽然很渺茫,但她暗自希望唐斯会带着相机出现,不过没有看到他的身影。路易斯维尔的报社派来的男人也没来。她在第一台为《先驱报》的女摄影师摆了个姿势,用三分钟做完了当地电视台的男主持人的采访,然后匆匆告辞,在比赛开始前在附近街区走了一圈。比赛前一天,她果然做到了——没有喝酒——还在三颗绿色药的帮助下睡了个好觉,但胃里还是有想吐的感觉。时间还早,但阳光太刺眼了;她发现自己刚走过街区的拐角就开始出汗了。脚也很疼。十八岁,她却觉得自己像四十岁。她必须戒酒。她的第一个对手叫福斯特,等级分1800。她将执黑,但应该很容易取胜——如果他先把王前兵移到第四排,让她进入西西里防御,那就更容易了。

考虑到福斯特在第一轮就与全美冠军交手,他显得足够镇定。他很有自知之明,没有走王前兵开局来对付她。看到他把兵移到后线第四排,她当即决定不采用后翼弃兵,而要尝试用荷兰防御将他引入不太熟悉的局面。也就是说,她把兵移到了王翼象线第五排。他们按谱着走了几步,结果,不知怎么了,她突然发现自己陷入了"石墙结构"。她很不喜欢这个局面,而且,在一番通盘考虑后,她开始生自己的气。应该打开局面,直击福斯特的软肋。她已经陪他玩过了,现在,她只想尽快了结。她的头还在隐隐作痛,即便坐在上等的转椅里,她也觉得不舒服。房间里的旁观者太多了。福斯特二十多岁,淡金色的头发;他移动棋子的动作谨小慎微,让人抓狂。第十二步之后,她看了看棋盘上的紧张局面,飞快地冲了一步中心兵,弃兵;她要打开局面,展开攻势。她的等级分大概比这个神经质的家伙高出600;她会把他杀得片甲不留,然后去吃顿丰盛的午餐,喝几杯咖啡,准备好下午迎战戈德曼或西泽摩尔。

然而,弃兵的举动太仓促了。福斯特用马吃掉了那个兵,而非她预料中的兵,这一步之后,她发现自己要么防守、要么只能再丢一个兵。她恼怒地咬着嘴唇,寻觅足以威慑他的办法。但她什么办法也没有了。她的头脑转得很慢,迟钝到可恶。她退象保兵。

福斯特看到这步棋后,微微扬了扬眉毛,把车移到了后线,也就是她弃兵后打开的那条线。她眨了眨眼。她不喜欢这盘棋的走向。她头痛欲裂,痛得越来越厉害了。她起身离开棋桌,走到主管那里,问他要阿司匹林。他不知从哪里找到了一些药,她吃了三片,用纸杯里的水送服,然后再回到福斯特的棋桌。当她走过主赛场时,大家的视线都暂离各自的棋局,抬起头,盯着她看。她突然为自己答应参加这种三流的赛事而生气,更气她不得不回去和福斯特较劲。她讨厌这种情形:就算她打败他,对她来说也毫无意义;但如果他打败她,她的脸往哪儿搁?但他不会打败她的。连本尼·沃茨都赢不了她,这些来自路易斯维尔的神经兮兮的研究生又怎么能把她逼到死角呢?她肯定能找到战术组合的机会,然后左右开弓把他撕个粉碎。

然而,找不出任何组合的可能性了。她一直盯着棋盘,眼看着局面随着一步又一步棋逐渐变化,却没有给她留下活路。福斯特下得很好——水平显然比他的等级分要高得多——但他还没好到那种程度。挤满这个小房间的人默默地看着她渐渐处于防守状态,看着她努力不让自己的表情泄露出已然开始支配她的着法的惊慌。她的脑袋究竟出了什么问题?她已经一天两夜滴酒未沾了。问题出在哪里?在内心深处,她开始觉得惶恐。万一,她以某种方式损毁了她的天赋呢……

之后,到了第二十三步,福斯特开始在棋盘中心进行子力交换,她发现自己竟无法阻止,眼看着自己的棋子接二连三地消失,她只觉得从内到外泛起一阵恶心，只能眼巴巴地看着自己的局面越来越坏，残兵败将越看越荒凉。她意识到自己正在走向败局，被一个等级分1800的棋手以多两个小兵的优势所压倒。她无能为力了。他可以将一个小兵升变为后，再尽情地羞辱她。

在他那样做之前，她推倒了自己的王，没有看他一眼就起身离开，挤过一群人，避开他们的目光，几乎屏住呼吸，走到赛场外的主厅，止步在前台。

"我很不舒服，"她对主管说，"我不得不退赛。"

她脚步沉重地走在主街上，心神不宁，尽量不去想那盘棋。这太可怕了。她尽由这个比赛试炼自己——酗酒者施加给自己的那种严峻考验——却彻头彻尾地失败了。她回家后一定不可以再喝酒了。她必须看书、练棋，让自己振作起来。但一想到要回到那个空荡荡的家，她就心慌害怕。她还能怎么办呢？她没有什么想做的事，也不想给任何人打电话。她输掉的这盘棋无关紧要，就连这个比赛本身也不算什么，但奇耻大辱的感觉让人无法承受。她不想听到任何人讨论她怎么会输给福斯特的，也不想再看到福斯特。她绝对不能再喝了。再过五个月，她将去加利福尼亚参加一个重要的比赛。万一她已经毁掉自己了呢？万一她已用酒精溶解了大脑表层构成天赋的那些交错的突触呢？她记得在什么书里读到过，有些波普艺术家买过一幅米开朗基罗的原画，然后用一块特软橡皮把画擦掉了，让画纸上空无一物。这种暴殄天物的浪费行径曾让她惊骇。现在，她想象着自己大脑表层的棋艺天赋被抹杀时也同样震惊无比。

回到家里,她试着去研习一本苏联的棋书,但无法集中精力,看不进去。她转而复盘和福斯特的那盘棋,把棋盘放在厨房里,但其中的某些着法让她痛苦不堪。该死的石墙变例,该死的仓促弃兵。所谓的"帕泽尔走法":下得很烂的棋。宿醉者的棋。电话铃响了,但她没接。在那个时刻,她坐在棋盘前,痛苦地希望自己可以给谁打个电话。哈利·贝尔蒂克会回到路易斯维尔。但她不想告诉他自己输给了福斯特。不过,他很快就会发现的。她可以给本尼打电话。但本尼自从她去巴黎之后就一直很冷淡,她不想和他说话。没有别的人了。她疲惫地站起来,打开冰箱旁的柜门,拿下一瓶白葡萄酒,给自己倒了一整杯。内心有个声音在号叫着制止这种暴行,但她置若罔闻。她一口气喝了半杯,站在原地,等着酒劲上来。接着,她喝完了这杯酒,又倒了一杯。就算没有国际象棋,人也能活下去。大多数人都是如此。

第二天早上,她在沙发上醒来,仍然穿着她输给福斯特时穿的那身在巴黎买的衣服,她的恐惧又上升到了新的层次。她分明能感觉到自己的大脑被酒精弄混浊了,方位感变差了,动作变得笨拙了,思维如坠雾中,无法深入。但吃过早餐,洗过澡,换了衣服后,她又给自己倒了一杯酒。这个动作几乎是机械性的;她已经养成了习惯,不过脑子地完成这个动作。当务之急是先吃几片吐司,这样酒就不会灼伤她的胃了。

她一连喝了好几天,但对这次败局的记忆、对损毁自己惊人天赋所带来的恐惧都未曾消失,除非她醉到无法思考的程度。周日的报纸上有一篇关于她的文章,配了一张那天早上她在高中拍的照片,

293

标题是"国际象棋冠军退出本次比赛"。她看也没看文章,就把报纸扔了。

之后有个清晨,她在一夜阴郁的乱梦后醒来,突然有种陌生的、已然不习惯的清醒:如果她不立即戒酒,她必将毁掉自己现在拥有的一切。她放任自己陷入了这个可怕的泥潭。她必须找出一个办法,找到新的立足点,让自己重新自由地站起来,从酗酒的泥潭里站起来。她将不得不寻求帮助。她突然想到了一个人——知道自己想从谁那儿得到帮助——这带来了莫大的解脱感。

13

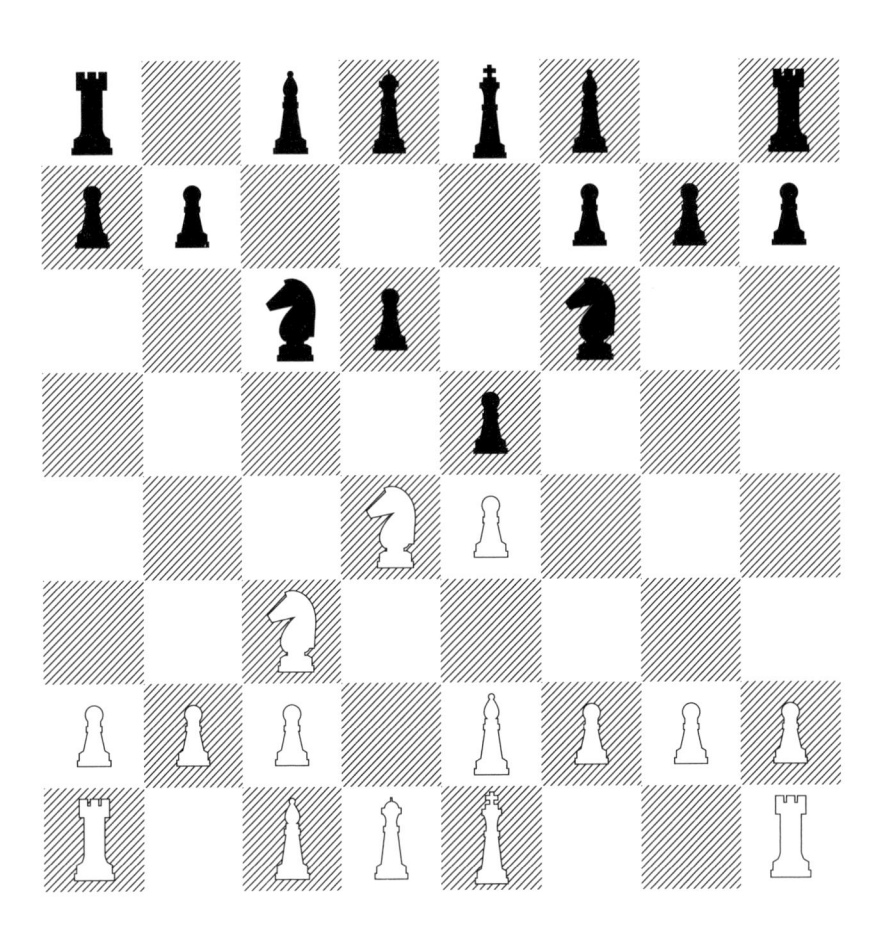

第十三章

乔兰妮的名字不在列克星敦的电话簿中。贝丝又查了路易斯维尔和法兰克福的名录。都没有乔兰妮·德威特。她可能结婚了,改了夫姓。她也可能去了芝加哥或克朗代克;自从贝丝离开梅修茵孤儿院的那天起就没再见过她或听闻她的消息。如果非要找到她,就只有一个办法了。她的收养文件存放在惠特利夫人的书桌抽屉里。她拿出那只文件夹,发现里面有一封信,信笺上方有梅修茵的红色官方标志、院名和宣传用的口号。电话号码也印在下面。她紧张地拿着那张信纸看了好一会儿。下面有一个蝇头小字的签名,字迹很整洁:海伦·迪尔多夫,院长。

当时已近中午,她还没有喝过酒。有那么一瞬间,她确实想用一杯吉布森来稳定情绪,但是,连她自己都无法否认这种想法有多愚蠢。一杯吉布森就足以代表她的决心崩塌。她也许是酒鬼,但不是傻瓜。她上楼去,拿起一瓶在墨西哥买的利眠宁,吃了两片。等到紧张感舒缓下来了,她走到前一天大男孩刚刚修剪过的院子里。香水月季一度盛开。现在,大部分花瓣都凋落了,在一些花茎的末端、花朵曾经绽放的地方还留有圆滚滚的小球,好像仍在孕育着什么。这些花在六七月盛放时,她连瞧都没瞧过它们一眼。

回到厨房,她感觉自己更稳定了。镇定药见效了。每一毫克的镇定药会杀死多少脑细胞? 再怎么样,药也不会像烈酒那么有杀伤力吧。她走到客厅,拨通了梅修茵孤儿院的电话。

梅修茵的接线员让她稍等片刻。贝丝伸手拿起药瓶,摇出一颗绿色的药,吞了下去。听筒里终于传来了声音,那么清脆、清晰,让她一惊。"我是海伦·迪尔多夫。"

她一时语噎,说不出话来,只想挂断电话,但她用力倒吸一口气,说道:"迪尔多夫夫人,我是贝丝·哈蒙。"

"真的是你吗?"电话那头的声音听起来很惊讶。

"是我。"

"哎呀。"这声感叹后是短暂的停顿,贝丝心想,迪尔多夫夫人大概没什么可说的。她可能和自己一样,觉得这样聊天勉为其难。"说起来,"迪尔多夫夫人说,"我们一直在看关于你的报道。"

"夏贝尔先生还好吗?"贝丝问道。

"夏贝尔先生还在我们孤儿院。你打电话来是为了问这个吗?"

"我打电话是为了问乔兰妮·德威特的下落。我要找到她。"

"我很抱歉,"迪尔多夫夫人说,"梅修茵不能把收养人的地址或电话号码告诉外人。"

"迪尔多夫夫人,"贝丝的语气突然冲破了礼仪,充满了感情,"迪尔多夫夫人,就为我破个例吧。我必须和乔兰妮谈谈。"

"有法律……"

"迪尔多夫夫人,"贝丝说,"求求你了。"

迪尔多夫夫人的语气变软了。"好吧,伊丽莎白。德威特住在列克星敦。这是她的电话号码。"

• • •

"我他妈的见鬼了!"乔兰妮在电话里喊道,"耶稣他妈的基督!"

"你还好吗,乔兰妮?"贝丝好想哭,但好歹克制住了颤抖的哭腔。

"哦,我的上帝,孩子,"乔兰妮说着,笑出了声,"听到你的声音真好。你还是那么丑吗?"

"你还是黑人吗?"

"我是黑女士。"乔兰妮说,"至于你嘛,你不丑了。我在杂志上看到你了,芭芭拉·史翠珊上的杂志都没你上的多。我的名人朋友。"

"你为什么不打电话给我?"

"嫉妒。"

"乔兰妮,"贝丝说,"后来有人收养你了吗?"

"妈的,没有。我是从那个地方毕业的。你到底为什么不给我寄张明信片,或来盒小饼干什么的?"

"我今晚就请你吃饭。你能在七点赶到主街的托比餐厅吗?"

"我旷课也要去。"乔兰妮说,"狗娘养的! 载入史册的全美国际象棋冠军。真正的赢家。"

"这就是我想和你谈的事。"贝丝说。

她们在托比餐厅见到彼此时,这股发自内心的冲动已淡去。那一整天贝丝都没喝酒,还去罗贝塔的美发店剪了头发,还打扫了厨房,又和乔兰妮说上话的兴奋感让她停不下来。她提前一刻钟就到了托比餐厅,侍应生提议给她先上杯酒水,被她紧张地婉拒了。乔兰妮到达时,她的面前摆着一杯可乐。

第一眼,贝丝没有认出她。朝餐桌走来的年轻女子穿着酷似可可·香奈儿的短外套、留着浓密膨胀的非洲爆炸头,那么高挑,贝丝简直无法相信那就是乔兰妮。她看起来像个电影明星,或者摇滚偶像——身材比戴安娜·罗斯还丰满,酷劲儿堪比莲娜·霍恩。但当贝丝看出来这真真切切就是乔兰妮时——她的笑容和眼睛仍是她记忆中的乔兰妮——她尴尬地站起来,两人拥抱在一起。乔兰妮身上的香水味很浓。贝丝觉得浑身不自在。她们拥抱的时候,乔兰妮拍了拍她的背,说:"贝丝·哈蒙。我的老贝丝。"

她们坐下来,有点别扭地互相打量。贝丝心意已决:为了这场面,必须喝一杯才行。但当侍应生过来、欢快地打破沉默后,乔兰妮点了一杯苏打水,贝丝就吩咐他再给自己拿杯可乐。

乔兰妮带来了一样东西,用马尼拉信封装着。她把信封放在贝丝面前的桌上。贝丝去拿。手一碰到信封里的东西,她就知道那是一本书。她把信封扯下来。《现代国际象棋开局》。她那本快被翻烂的旧书。

"干坏事的一直都是我。"乔兰妮说,"因为你被收养而气得要死。"

贝丝苦笑了一下,翻到书的扉页,那上面还有当年幼稚的笔迹,写着"伊丽莎白·哈蒙,梅修茵孤儿院"。"还因为我是白人吧?"

"谁能忘了这茬儿呢?"乔兰妮说。

贝丝看着乔兰妮漂亮的脸蛋、醒目的发型、长长的黑睫毛和饱满的嘴唇，先前的自惭形秽渐渐消散，身心都有种简单纯粹的轻松感。她露出开心的笑容，"很高兴见到你。"她真正想说的是："我爱你。"

晚餐的前半段，乔兰妮谈的都是在梅修茵的事——在礼拜堂从头睡到尾，恨死了那儿的餐食，也说到了夏贝尔先生、格雷厄姆小姐和星期六的基督教电影。说到迪尔多夫夫人的时候就太好笑了，她一个劲儿模仿迪尔多夫紧张的声调、甩头的样子，极尽搞笑之能事。她吃得很慢，笑得很开心，而贝丝发现自己也在和她一起笑。贝丝已经很久没笑过了，她和任何人——甚至包括惠特利夫人——在一起都不像这样轻松。乔兰妮点了一杯白葡萄酒配小牛肉，贝丝犹豫了一下，然后向侍应生要了杯冰水。

"你还不够老吗？"乔兰妮说。

"不是一码事。我十八岁了。"

乔兰妮挑了挑眉毛，继续吃她的小牛肉。过了一会儿，她又开口了，"你去了你那个幸福之家后，我开始正儿八经地打排球。我十八岁就从梅修茵毕业了，大学给了我一份体育教育系的奖学金。"

"你喜欢念这个吗？"

"还行吧。"乔兰妮回答得有点快。过了一会儿又说道，"不，真不行。这个屁专业毫无用处。我不想以后当个健身教练。"

"你可以做别的事情。"

乔兰妮摇摇头。"直到我去年拿到学士学位，我才真正想明白。"她讲话时嘴里一直有食物，现在，她吞下去了，手肘支在桌上，身体往前凑,"我本应去法律行业或是政府工作。对我这样的人来说,大学这几年真算是好时光,但我把好日子都耗在练习侧身跨跳和腹部核心上面了。"她的声音变得低沉而有力,"我是黑人,我是女性,我是孤儿。我应该去哈佛上学。我应该像你一样,让自己的照片登上《时代》杂志。"

"你上芭芭拉·沃尔特斯的节目应该会很好看的,"贝丝说,"你可以谈谈孤儿们的情感缺失。"

"但凡我有机会,"乔兰妮说,"我就要讲讲海伦·迪尔多夫和她那些该死的镇定药。"

贝丝迟疑片刻,继而问道:"你还在用镇定药吗?"

"不了,"乔兰妮说,"该死,别提了。"她笑出了声,"我永远都不会忘记你把那一整罐药砸了,就在多功能厅里,当着他妈的孤儿院所有人的面,老海伦都快傻成一根盐柱了,我们这些人的下巴都快掉到地板上了。"她又笑了一通,"你就这样成了英雄,真的。你走后,我老是把这件事告诉新来的孩子们。"乔兰妮吃光了盘中物;现在,她已经不凑在桌边了,把盘子往桌子中间推了推。然后,她靠着椅背,从上衣口袋里拿出一包健牌香烟,盯着烟盒看了一会儿。"你的照片登在《生活》杂志上那天,是我把杂志钉到图书馆公告栏上的。据我所知,现在还在那儿挂着呢。"她用一只小小的黑色打火机点燃一支烟,深深地吸了一口。"《女版莫扎特震惊国际象棋界》。哎呀,哎呀。"

"我仍在吃镇定药,"贝丝说,"吃得太多了。"

"哦,你这个可怜的家伙。"乔兰妮用挖苦的腔调说道,看着她的香烟。

贝丝沉默了一会儿。她们之间的沉默过于明显了。她就接着说道:"我们吃甜品吧。"

"巧克力慕斯。"乔兰妮说。甜品吃到一半,她停下来,朝桌子对面看。"贝丝,你看起来不太好。"她说,"你整个人都是浮肿的。"贝丝点了点头,吃光了她的慕斯。

乔兰妮开她的银色大众送她回家。开到简威尔街时,贝丝说:"我想请你进屋坐一会儿,乔兰妮。我想让你看看我家。"

"好呀。"乔兰妮说。贝丝告诉她把车停在哪里,下车时,乔兰妮说:"那栋房子是你的了?"贝丝说:"是的。"

乔兰妮笑了起来。"你不是孤儿,"她说,"现在不是了。"

但她们迈进前门、经过玄关时,令人吃惊的是一股烂掉的水果味扑面而来。贝丝以前从没注意到这种气味。她打开客厅台灯、环顾四周时,尴尬的沉默盘桓在她们之间。她也没看到电视屏幕上的灰尘、脚凳上的污渍。客厅天花板靠近楼梯的角落里有一张密密的蜘蛛网。整个房子里处处阴暗,散发着霉味。

乔兰妮在客厅里走来走去,边走边看。"你不只是一直在吃药吧,亲爱的。"她说。

"我一直在喝酒。"

"这话我信。"

贝丝在厨房煮咖啡。至少,厨房的地板还算干净。她打开面朝花园的窗户,让新鲜空气进来。

她的棋盘仍然摆在桌上,乔兰妮拿起白方的后,捏在手里把玩了一会儿。"我厌倦比赛了,"她说,"但从没真正学会下棋。"

"要我教你吗?"

乔兰妮笑了。"那以后我有的可吹嘘了。"她把后放回棋盘,"他们已经教过我打手球、壁球和板球了。我还会打网球、高尔夫、躲避球,还会摔跤。不需要国际象棋。我想听的是酒的事。"

贝丝递给她一杯咖啡。

乔兰妮把杯子放下,抽出一支烟。她一身亮蓝色的海军裙、顶着非洲爆炸头,坐在这个乏味的厨房里简直就像凭空出现的新焦点。

"是因为吃药才开始喝的吗?"乔兰妮问道。

"我曾经很喜欢那些药,"贝丝说,"真的很爱。"

乔兰妮把头摇向一边,再摇向另一边。

"我今天什么酒都没喝,"贝丝突兀地说道,"我明年要去苏联参加比赛。"

"卢申科,"乔兰妮说,"博尔戈夫。"

贝丝很惊讶她知道这些名字,"我很害怕。"

"那就别去。"

"如果我不去,也没别的事可做。我会一天到晚喝酒的。"

"不管你去不去,你现在好像就在这样做。"

"我只需要把酒戒掉,再把那些药也戒掉,把这个家打理好。你看炉子上的油污。"她指了指炉灶,"之前,我每天要花八小时在国际象棋上,还要参加一些比赛。他们想让我去旧金山参赛,还想让我上《今夜秀》。我应该全部完成这些事。"

乔兰妮在端详她。

"我想要的是喝一杯，"贝丝说，"假如你不在这里，我大概会喝掉一整瓶。"

乔兰妮皱起眉头。"你这话就像苏珊·海沃德在那些电影里说的。"她说。

"这可不是电影。"贝丝说。

"那就别再像那样说话了。我来告诉你该怎么做。明天早上十点，你到欧几里得大街的校友健身馆来。那是我健身的时间。带上你的运动鞋和运动短裤。做出任何计划之前，你首先要摆脱这副浮肿的样子。"

贝丝盯着她，"我一直讨厌健身……"

"我记得。"乔兰妮说。

贝丝想了想。她身后的柜子里就有红葡萄酒和白葡萄酒，有那么一会儿，她甚至希望乔兰妮尽快告辞，这样她就能迫不及待地拿下一瓶酒，拧开瓶塞，给自己倒满一杯。她的嗓子眼里都能感觉到酒的滋味。

"没那么讨厌的。"乔兰妮说，"我会给你带几条新毛巾，你可以用我的吹风机。"

"我不知道怎么去。"

"坐出租车呗。见鬼，大不了走过去。"

贝丝一脸沮丧地看着她。

"你得让你自己动起来，姑娘，"乔兰妮说，"你不能总陷在自己的忧虑里。"

"好吧，"贝丝说，"我会去的。"

乔兰妮走后，贝丝喝了一杯红葡萄酒，但没有喝第二杯。她打开了所有的窗户，在后院把酒喝完，那天差不多是满月，月亮就挂在后院的小工具棚上。微风清凉。那杯酒，她喝了很久，让微风吹进厨房的窗户，吹起窗帘，吹过厨房和客厅，尽情荡涤屋里的空气。

· · ·

健身馆四面白墙，天花板很高。日光从两侧墙上的大窗户照射进来，墙边放着一溜看起来很奇怪的机器。乔兰妮穿着黄色紧身衣裤和健身鞋。早上很暖和，贝丝穿着白色运动短裤上了出租车。健身馆的另一头，有个身穿灰色运动短裤、表情沉郁的年轻人仰面躺在长椅上，把杠铃往上推，一边发出吃力的呻吟。除了他，就只有她俩了。

她们先坐上了固定在地板上的健身自行车。乔兰妮把贝丝的自行车的阻力设置为10，她自己的为60。骑了十分钟，贝丝就浑身大汗，小腿抽痛。

"你比以前更糟糕。"乔兰妮说。

贝丝咬紧牙关，继续蹬车。

躺在练习臀背肌肉的器械上，她掌握不好节奏：不得不用腿抬起重量时，屁股却在仿皮长椅上滑来滑去。乔兰妮把腿部承重设定为40磅，但即使这么轻，贝丝似乎仍然吃不消。之后的器械要求她用脚踝抬起重量，一使劲，大腿肌腱都鼓起来了，感觉好疼。再之后的器械让她联想到电椅，她不得不坐直，用肘部拉起重量。乔兰妮说："让你的胸肌更结实。"

"我还以为那是一种鱼[1]。"贝丝说。

乔兰妮哈哈大笑,"相信我,亲爱的。这就是你需要的。"

乔兰妮指定的项目,贝丝全做了——气喘吁吁,上气不接下气。看到乔兰妮设置的重量比她的重得多,她就更气恼了。但她必须承认,乔兰妮的身材无可挑剔。

运动后冲澡感觉酣畅淋漓。花洒喷水的力道强劲,贝丝畅快地冲了一通,把汗水都冲刷干净,再用香皂彻底抹了一遍,在微烫的热水下冲去泡沫时,她低头看着泡沫在脚下的白色瓷砖上转成小漩涡。

乔兰妮把她的托盘移到贝丝的托盘边时,食堂的女服务员正把一只盛放了索尔兹伯里牛肉饼的盘子递给贝丝。"这份不行。"乔兰妮说着,抢下盘子,递还给女服务员。"不要肉汁,"她说,"也不要土豆。"

"我又没超重,"贝丝说,"吃土豆没关系的。"

乔兰妮没说什么。她们把托盘往前移,跳过果冻和巴伐利亚奶油派时,乔兰妮也摇了摇头。"你昨天晚上还吃巧克力慕斯呢!"贝丝说。

"昨晚是特殊情况,"乔兰妮说,"昨天是昨天,今天是今天。"

她们十一点半吃午餐,因为乔兰妮十二点有课。贝丝问是什么课,乔兰妮回答说:"二十世纪的东欧。"

"这是体育系的课程吗?"贝丝问道。

"我昨天没来得及说。我在读政治学硕士。"贝丝瞪着她看。乔

---

[1] 胸肌(pectorals)和鱼的胸鳍(pectoral fin)相近。

兰妮又说,"心怀邪念者蒙羞❶。"

第二天早上起床时,贝丝的背和小腿都很酸,她决定不去健身馆了。但当她打开冰箱想找点东西做早餐时,看到了成堆的冷冻即食晚餐,突然想起惠特利夫人卷下丝袜后露出的苍白的双腿。她厌恶地摇摇头,把那些冷冻餐盒从冰霜里撬了出来。一想到冷冻的炸鸡、烤牛肉和火鸡,她就觉得恶心;她把它们全都扔进了一只塑料购物袋。当她打开橱柜,想看看有什么罐头食品时,跃入眼帘的却是三瓶爱玛登酒庄的高山莱茵河白葡萄酒,罐头都在酒瓶后面。她犹豫了一下,关上了柜门。她待会儿再考虑这个问题。早餐吃了吐司和黑咖啡。去健身馆的路上,她把那袋冷冻晚餐扔进了垃圾桶。

乔兰妮在午餐时告诉她,那些愿意以每小时两美元的价格做些没有技术含量的杂活儿的学生,会在学生会公告栏里贴小广告。去教室的路上,乔兰妮带她到公告栏看了看,贝丝记下了两个电话号码。当天下午三点就有一个工商管理专业的学生在她的后院拍打地毯,还有一个艺术史专业的学生在擦洗冰箱和厨房里的橱柜;贝丝没有盯着他们干活;她用那些时间研究了尼姆佐-印度防御。

到了下周一,她用上了所有七台鹦鹉螺牌健身器械,之后再做仰卧起坐。周三,乔兰妮帮她把每台器械的重量增加10磅,做仰卧起坐时,也在她胸前增加了5磅重量。又过了一星期,她们开始打手球。贝丝在球类方面非常笨拙,很快就喘不过气来了。乔兰妮把她打趴下

---

❶ 印刻在英国嘉德勋章上的金字箴言,嘉德勋章起源于中世纪,是授予英国骑士的荣誉等级里最高的一级。

了。但贝丝顽强地坚持，气喘如牛，大汗淋漓，有时还会被小黑球擦伤手掌。她花了十天，再加一点运气，才第一次打赢了乔兰妮。

"我知道你很快就会开始赢球。"乔兰妮说着，她们站在球场中央，汗流浃背。

"我讨厌输。"贝丝说。

就是那天，她回家时收到一封信，寄信方自称"基督教十字会"，信封的一侧印有浮雕十字架图案，下面署了约有二十个人名。信是这样写的：

亲爱的哈蒙小姐：

由于我们一直无法通过电话和您取得联系，因而冒昧致函，询问您是否有意接受基督教十字会在即将到来的苏联国际象棋大赛中给予您必要的扶助？

基督教十字会是一个非营利组织，致力于为传播基督神谕打开封闭的心门。我们欣然认同：您曾在梅修茵孤儿院，一所基督教院校内修习，这一点特别值得关注。我们与您共享基督教的理想和热望，因而，我们很乐意助您一臂之力，迎战即将到来的赛事。若您有意接受我们的支持，请随时联系我们在休斯敦的办公室。

您虔信的

克劳福德·沃克

基督教十字会 外事部

她差点儿就把信扔了，又猛然想起本尼曾说过：他去苏联那次就是由一个教会团体出钱的。之前，她把本尼的电话号码写在一张纸上，对折后塞进了她的棋钟盒；现在，她把那张纸拿出来，拨通了电话。本尼在第三声铃响后接起了电话。

"嘿，"她说，"是我，贝丝。"

本尼有点冷淡，但她把信的事告诉他时，他立刻说道："接受吧。钱都送上门了。"

"他们会出机票钱吗？我一个人往返苏联的机票？"

"不只是机票钱。如果你提出要求，他们还会让我和你一起去。当然，考虑到他们的信仰，要有两个单独的酒店房间。"

"他们为什么肯出这么多钱？"

"他们希望我们为耶稣打败对手。两年前为我支付部分费用的也是他们。"说到这儿，他停顿了一下，"你会回纽约吗？"他很谨慎，保持不温不火的语气。

"我要在肯塔基州多待一段时间。我在健身馆锻炼身体，还要参加加州的一个比赛。"

"好。"本尼说，"听上去还不错。"

她当天下午就给基督教十字会回信，说她对他们的提议非常感兴趣，还想让本杰明·沃茨作为助手与她同行。她用的是淡蓝色信纸，划掉了信头上"奥尔斯顿·惠特利夫人"的名字，写上了"伊丽莎白·哈蒙"。她步行到街角去寄信，继而决定索性去市中心，买新床单和枕套，还有厨房用的新桌布。

◆ ◆ ◆

旧金山冬季的日光是让人叹为观止的；她从未见过能与之相比的景色。高楼大厦在那种阳光中显出清晰、透彻的轮廓线，当她爬上电报山的山顶回望时，陡峭长街两旁的房屋、鳞次栉比的酒店一目了然，显得格外立体，再下方的海湾展露出完美的蓝色，她不禁屏息惊叹。拐角处有个卖花摊，她买了一束金盏花。回头再去眺望海湾时，她看到一个街区外有对年轻男女正朝她的位置而来，他们一步一步爬得很辛苦，显然都喘不过气来了，便停下来休息。贝丝惊讶地意识到攀登这段山路对她来说很轻松。她决定在旧金山的这一星期里进行一些长途散步。说不定她还能在什么地方找到一个健身房。

清早，她步行上山去参加比赛，空气依然清新可人，到处都是鲜亮的色彩，但她很紧张。大酒店的电梯里挤满了人。有几个人盯着她看，她仓促地移开视线。她刚走到报名处，台前的男人就停下了手中的工作。

"我是要在这儿报到吗？"她问。

"您不需要，哈蒙小姐。直接进去吧。"

"第几台？"

他挑了挑眉毛，"第一台。"

第一台在单独的小房间里。棋桌设在三英尺高的平台上，后面有一块家庭电影屏幕那么大的展示板。棋桌两边各有一把棕色皮革铬合金大转椅。离比赛开始还有五分钟，但这个小房间里已经挤满了人；她不得不从他们的缝隙中挤进比赛场地。她挤进人群时，嗡嗡的闲聊声渐渐平息了。每个人都在看她。当她迈上台阶、走上平台时，他们开始鼓掌。她努力克制自己，不要流露任何表情，但心里很害怕。她上一次比赛是在五个月前，而且她输了。

她甚至不知道这次的对手是谁；甚至没想过要去问。她在台上坐了一会儿，脑子里几乎一片空白，然后，一个看起来挺傲慢的年轻人轻快地穿过人群，上了台阶。他有一头长长的黑发，还有一大把长长的胡须。她认出了他，以前在什么地方见过的，当他自我介绍说是安迪·莱维特时，她想起来了：在《国际象棋评论》中看到过这个名字。他落座的姿势有点生硬。赛事主管走到桌前，对莱维特轻声说道："您现在可以开钟了。"莱维特伸出手，不以为然地按下了贝丝的棋钟按钮。她稳住自己，移动她的后前兵，目光不离棋盘。

进入中局时，围观的人已经把门口堵住了，有一个工作人员让大家不要喧哗，保持安静有序。她从没在哪场比赛中看到这么多观众。她把注意力转回到棋盘上，谨慎地把一个车移到开放线上。只要莱维特想不出办法阻止这个车，她就能试着在三步内进攻。前提是她没有漏看局面的某些细节。她开始小心翼翼地杀进他的领地，撬开他易位的王前的兵阵。然后，她深吸一口气，把车移到第七排。脑海深处，她依然能听到那个流浪刀客般的棋手多年前在辛辛那提说的话，"车到第七排，如鲠在喉啊"，她看着棋盘对面的莱维特。看他的表情，好像那个车当真就是一根鱼骨头，而且深深地鲠在那里。看到他试图掩饰自己的困惑，她心中窃喜。等她将后也调到车的后面，第七排的攻势看上去就非常残暴了，他立刻认输。小房间里响起热烈而响亮的掌声。走下平台时，她在微笑。有人拿着几本

《国际象棋评论》旧刊等候在下面,想让她在封面照片上签名。还有人希望她在他们的赛事单或任何纸上签名。

她在一本杂志上签名时,多看了几眼自己在俄亥俄州捧着大奖杯的黑白照片,本尼、巴恩斯和别的棋手们都模模糊糊地在背景中。她的脸色有点疲惫,素面朝天,她突然羞愧地想起来,放在棕褐色信封里的这本杂志和一沓刊物在沙发脚凳上搁了整整一个月,她才拆开信封,看到了自己的照片登在了封面上。直到有人把另一本杂志塞到她手里,请她签名,她才甩掉了那段记忆。她一边签名,一边走出了拥挤的小房间,再穿过挤在门外等待的另一群人,他们拥塞在她比赛的小房间和大厅之间的空地,其他棋手仍在大厅里比赛。她走出去时,有两位赛事主管过来安抚众人,叫大家保持安静,以免干扰其他对局。有些棋手生气地抬起头,皱着眉头朝她的方向看。所有人都簇拥在她身边,带着仰慕之情凑近她,这实在让她又兴奋又恐惧。有个女人刚刚得到她的签名就说道:"我对国际象棋一无所知,但亲爱的你太让我激动了。"还有一位中年男子坚持要和她握手,说:"你是继卡帕布兰卡之后最棒的国际象棋天才。"

"谢谢,"她说,"我也希望天助我也。"也许是有天助吧,她想。她的大脑好像挺正常的。也许她并没有损毁天资。

在明亮的阳光下,她自信满满地走上街头,步行回酒店。六个月后,她将去苏联。基督教十字会已同意出资,为她、本尼和美国棋协的一位女士赞助俄航的机票和酒店住宿费。莫斯科的赛事组委会将提供餐饮。她每天花六小时钻研棋艺,而且能够坚持下去。她停下来,又买了些花——这次是康乃馨。昨晚,她吃完晚餐回酒店时，前台女服务员索要了她的签名；如果她要求在房间里再摆一只花瓶，服务员肯定会欣然送来的。动身去加州前，贝丝寄出了支票，订阅了本尼家里有的所有期刊。很快，她就将收到最老牌的国际象棋杂志《德国国际象棋报》、《英国国际象棋杂志》、苏联的《国际象棋期刊》，还有法国的《欧洲棋坛》以及《美国国际象棋报》。她打算把这些杂志上的每一盘特级大师的棋谱都摆一遍，但凡发现重要的棋谱就要默记在心，分析每一步棋会引生出怎样的后果，或是衍生出她尚不熟悉的某种思路。她可能会在初春时去纽约，参加美国公开赛，和本尼待几个星期。手里的鲜花散发出深红色的光芒，在旧金山凉爽的轻风中，她觉得身上的新牛仔裤和针织衫触感爽洁，在街道的最下面，蓝色的大海像一场可能发生的梦。她的灵魂随之无声地轻唱，飞向远处的太平洋。

・・・

带着奖杯和冠军的支票回家时，她在一堆邮件中发现了两只商务信封：一封是美国棋协的，里面有一张400美元的支票，附了一封短函，说他们很抱歉无法提供更多赞助。另一封来自基督教十字会。信有三页，谈及"宣扬基督教理、以此促进国际的广泛理解是如何之必要，正是为了推广基督教理，也必须消灭无神论者"。"主"这个词的首字母是大写的，不知怎么的，这让贝丝略有不安。为这封信署名的共有四人，合称为"在基督里的"。信中还有一张对折的4000美元支票。她手拿支票，凝视良久。她在旧金山拿到的奖金是2000美元，还必须从中扣除旅费。最近这六个月里，她的银行账户一直在缩水。她本来以为，从得克萨斯人那儿顶多能拿到2000美元的赞助。不管他们有什么疯狂的主张，这笔钱都如同来自天堂的礼物。她给本尼打了电话，把这个好消息告诉了他。

• • •

星期三早上，她打完壁球回家，一进门就听到电话铃在响。她急忙脱下雨衣，扔到沙发上，接起话筒。电话里传来一个女人的声音。"请问是伊丽莎白·哈蒙吗？"

"是的。"

"我是海伦·迪尔多夫，梅修茵的。"她惊讶得说不出话来。"我有件事要告诉你，伊丽莎白。夏贝尔先生昨晚去世了。我想，你可能想知道这个消息。"

她的脑海中突然浮现出一个画面：那个胖胖的老勤杂工在地下室里，在棋盘前猫着腰，光秃秃的一只灯泡照在他头顶上，她自己站在他身边，观望独自坐在锅炉上的他摆出那种深思熟虑的古怪模样。

"昨天晚上？"她说。

"心脏病突发。他有六十多岁了。"

接下来贝丝说的话让对方很吃惊。那几乎是在无意识的状态下脱口而出的，"我想参加葬礼。"

"葬礼？"迪尔多夫夫人说，"我不确定在什么时候——他有一个没结婚的妹妹，希尔达·夏贝尔。你可以打电话问问她。"

. . .

六年前,惠特利夫妇开车带她回列克星敦时走的是狭窄的柏油路,一路横穿城镇时,她就隔着车窗盯着红绿灯看,看到衣着光鲜的人们过马路,走到商店前拥挤的人行道上。现在,她和乔兰妮一起开车返回梅修茵,走的大部分路段都是四车道的水泥路,看不到城里的光景,只能看到印在绿色路牌上的城镇的名字。

"他以前总是一副凶巴巴的混蛋样儿。"乔兰妮说。

"和他下棋也很难。我可被他吓坏了。"

"他们所有人都让我害怕。"乔兰妮说,"那帮该死的家伙。"

贝丝很震惊。在她以前的想象中,乔兰妮是无所畏惧的。"那弗格森呢?"

"弗格森是沙漠中的一片绿洲,"乔兰妮说,"但他刚来的时候也让我害怕。后来才发现,他人挺好的。"她笑了笑,"老弗格森。"

贝丝犹豫了一会儿。"你们俩之间有过什么吗?"她想起她给自己的那些不知道哪儿来的绿色药片。

乔兰妮笑了,"一厢情愿罢了。"

"你几岁进的孤儿院?"

"六岁。"

"你知道自己父母的情况吗?"

"只知道我有个祖母,已经死了。在路易斯维尔附近的什么地方。我并不想知道关于他们的任何情况。我不在乎我是不是个私生子,也不在乎他们为什么要把我留在祖母那儿,而她又为什么要把我扔到梅修茵去。我只是很高兴能摆脱这一切。到八月份,我就能拿到硕士学位了,我要永远离开这个州。"

"我还记得我妈妈,"贝丝说,"爸爸的印象就模糊了。"

"最好忘掉,"乔兰妮说,"如果你能忘掉的话。"

她把车开进左边的车道,超了一辆运煤车和两辆野营车。前方有一块绿色路标,显示了到芒特斯特灵市的里程数。现在是春天,贝丝上一次坐车旅行差不多已是一年前的事了,那时是坐本尼的车。她想起了宾夕法尼亚州又脏又破的高速公路。眼前的这条白水泥路却是崭新的,两边是肯塔基州的田地和白色栅栏,还有农舍。

过了一会儿,乔兰妮点了一支烟,贝丝问道:"你毕业后会去哪儿?"

一开始,她以为乔兰妮没听到她的话,隔了一会儿,乔兰妮才回答:"亚特兰大一家白人律师事务所给了我一个职务,看起来前景不错。"她又陷入了沉默,"他们希望招个黑鬼进公司,好显得与时俱进。"

贝丝看着她,"如果我是黑人,我就不会再往南走了。"

"你的话,肯定不会。"乔兰妮说,"亚特兰大的那帮人肯付给我的钱是我在纽约能赚到的两倍。我会负责公共关系,也就是我闭着眼睛都能搞懂的那种屁事儿,他们给我的第一间办公室就会有两个窗户,还会让一个白人女孩为我打字。"

"但你没有学过法律。"

乔兰妮笑了。"我料到他们喜欢这样。很好,斯洛克姆和利文斯顿联合律所不想让哪个黑人女性重议侵害人权的话题。他们只想要一个清白的黑人女性,有好看的屁股,文明的谈吐。我接受面试时甩出了一堆类似'应受谴责'和'二分法'这样的词,他们就立刻心满意足了。"

"乔兰妮,"贝丝说,"你太聪明了,做那种工作大材小用。你可以在大学里教书。而且,你还是个优秀的运动员……"

"我知道我在做什么,"乔兰妮说,"我的网球和高尔夫都打得很好,而且我有野心。"她深吸了一口烟,"你大概不明白我的野心有多大。我在运动方面很努力,教练们都说,只要我坚持下去,必将成为职业选手。"

"听上去并不是坏事。"

乔兰妮慢慢地吐出烟雾。"贝丝,"她说,"我想要的是你已经得到的东西。我不想花两年时间操练反手球技,成为某个小联盟球队的职业选手。这么久以来,你在自己的领域已经成为顶尖高手,你不知道我们这些人怎样才能做到这一点。"

"我希望能有你一半的好看……"

"别跟我提这个,"乔兰妮说,"总不能在镜子前度过你的一生。反正你也不丑了。我说的是你的天赋。如果我能像你下棋那样去打网球,我愿意付出一切代价。"

乔兰妮的语气坚定,确凿得令人不容置疑。贝丝看着她的侧脸,看着非洲爆炸头摩擦着车顶,看着她光滑的棕色手臂伸展向前,稳定的双手紧握方向盘,看着她脸上的怒容,什么也没说。

一分钟后,乔兰妮说:"好了,我们到了。"

前方约一英里处的道路右侧矗立着三座黑砖小楼,黑色的屋顶,黑色的百叶窗。梅修茵孤儿院。

・・・

水泥路的尽头有一道漆成黄色的木楼梯，通向那栋小楼。曾几何时，这些阶梯在她眼里又宽阔又威严，那块黯淡失色的铜牌看似一则严厉的警告。但现在看上去只是一个入口，通向一个简陋的地方性小机构。阶梯上的油漆已斑驳剥落。楼梯两旁的灌木丛兮兮的，叶片上蒙着灰尘。乔兰妮在操场上，望着远处生锈的秋千和陈旧的滑梯，想当年，除非有弗格森在一旁监管，否则她们都不可以上去玩。贝丝站在小路上，在阳光下端详入口的木门。门里面就是迪尔多夫夫人的大办公室，和其他办公室、图书室及小教堂一起占据了小楼的一侧。另一侧有两间教室，走过教室就是走廊的尽头，有一扇通往地下室的小门。

那时，她慢慢习惯了周日上午去下国际象棋，视其为自己的特权。直到那一天。回想起迪尔多夫夫人大喊一声"伊丽莎白"、药如瀑布般倾倒、玻璃罐摔成碎片之后全场静默的场面，她的喉头依然一紧。那天之后就没再碰棋了。取而代之的是在小礼拜里待足一个半小时，贝丝还要提前帮朗斯代尔小姐摆好座椅，再听她布道。之后要把椅子放好，还要花一小时去写迪尔多夫夫人布置的听讲小结。她每周日都写，写了整整一年，迪尔多夫夫人每周一都会批改好，返给她，页面上会有红色的标记和一些严厉的劝诫，诸如"重写。文章结构有问题"。为了写第一篇小结，她还不得不去图书室检索"共产主义"的词意。曾几何时，贝丝总觉得基督教理应有更多的内涵。

乔兰妮走过来，站到她身边，在阳光下眯起眼睛。"你就是在那儿学会下棋的吗？"

"在地下室。"

"真该死，"乔兰妮说，"他们本该鼓励你的。那次展示之后，应该派你去做更多的公开展示。他们喜欢宣传，和别人没两样。"

"宣传？"她有点不明所以。

"广而告之就能揽来钱。"

她想不出有谁曾经鼓励过她。现在，站在这栋小楼前，她终于开始意识到了这一点。她本可以在九岁或十岁时就去参加比赛，像本尼那样。她从小就很聪明，对下棋很热切，贪婪地渴望得到更多关于棋的知识。她本可以和特级大师们对弈，学到一些夏贝尔先生、甘茨先生他们永远无法教给她的东西。吉列夫十三岁就打算成为世界冠军了。假如她有他一半的机遇，她十岁时就会有那样出色的表现。一时间，在她的脑海里，整个苏联国际象棋界的专制体制和她现在身在的这个地方的专制感混同为一了。机构。国际象棋不违背基督教，正如不违背马克思主义。国际象棋是非意识形态的。让她下棋——用乔兰妮的话来说就是鼓励她下棋——对迪尔多夫夫人来说没有任何损失。那本该成为一件值得梅修茵炫耀的好事。她清楚地记得迪尔多夫夫人的容貌——瘦削的脸颊上擦着腮红，紧绷的笑容暗含责备之意，眼里闪现出一丝施虐的快意。她乐于迫使贝丝中断她心爱的事情。这让她有快感。

"你想进去吗？"乔兰妮问。

"不。我们去找那个汽车旅馆。"

汽车旅馆有个小泳池,离公路只有几码远,旁边有几株无精打采的枫树。晚上挺暖和的,晚饭后可以稍稍游个泳。结果,乔兰妮游起泳来也相当专业,在泳池里来回游了几圈都几乎没什么水花,贝丝一直在跳板下踩水。乔兰妮游到她身边,停了下来。"我们真是胆小鬼,"她说,"我们就该进办公楼。该进她的办公室。"

葬礼是一大早在路德教会举办的。来了十几个人,摆着一口合上的棺材。棺材是普通尺寸的,贝丝稍稍想了想,他们怎么能把夏贝尔先生这样体形的人装进去呢。这里感觉很像举办惠特利夫人葬礼的列克星敦的小教堂,只不过稍小一点。仪式开始五分钟后,她就觉得厌烦不安了,乔兰妮在打瞌睡。仪式结束后,她们跟着那些人去了墓园。"我记得,"乔兰妮说,"有一次他把我吓得屁滚尿流,大喊大叫,叫我们别去踩图书室的地板。他刚拖完地,可是谢尔先生让我进去拿书。这狗娘养的混蛋特别讨厌小孩。"

"迪尔多夫夫人没来教堂。"

"他们都没来。"

墓前的落葬仪式极其平淡。他们放低了棺材,牧师念了一句祷告词。没有人哭。他们俨如在银行出纳窗口排队等候的人。整个人群里,只有贝丝和乔兰妮是年轻人,也没有一个人和她们交谈。仪式一结束,她们就走了,沿着老墓园的一条窄路,走过褪色的墓碑和一丛丛的蒲公英。贝丝没有因为这位老人的亡故而感到哀痛,没有为他的离世感到悲伤。她只觉得很愧疚,因为她一直没把那10美元寄给他——她本该在几年前给他寄张支票的。

梅修茵就在回列克星敦的必经之路上,就在岔道前,贝丝说:

"我们进去吧。我想看一些东西。"乔兰妮把车开上了通向孤儿院的车道。

乔兰妮留在车里。贝丝下了车，推开办公楼的侧门，走了进去。里面又黑又冷。她的正前方有一扇门，门上标着"院长：海伦·迪尔多夫"。她在空荡荡的走廊上一直走到尽头，走到小门前，一推开门，下面就亮起了一盏灯。她慢慢地走下台阶。

棋盘和棋子不在了，但他下棋用的桌子仍然摆在锅炉边，那把没有油漆过的椅子还在原位。上方的灯泡依然没有灯罩，光秃秃的。她站在那儿，低头凝望小桌。然后，她若有所思地在夏贝尔先生的椅子上坐下来，抬头一看，却看到了她以前没见过的一幕。

在她以前坐着下棋的位置后方有一道粗糙的隔断：把没用处的木板钉成二乘四的长方形墙板简就而成。那儿以前挂过一本日历，每个月的月历上方都有巴伐利亚的风景图片。现在没有日历了，整块隔板上都贴满了照片、剪报和《国际象棋评论》的封面，每张照片都被整整齐齐地贴在木板上，还用透明的塑料布蒙住，保持洁净无尘——在这个昏暗破旧的地下室里，只有这些东西是一尘不染的。全是她的照片。还有刊载在《国际象棋评论》上的棋谱，以及《列克星敦先驱报》《纽约时报》和一些德文杂志里的报道。那本多年前的《生活》杂志也在其中，旁边就是她在《国际象棋评论》的封面上手捧美国锦标赛奖杯的照片。大照片之间的小空隙里也填满了从报纸上剪下来的照片，有一些是重复的。大概有二十张照片。

· · ·

"你找到你要找的东西了吗？"她回到车里时，乔兰妮问道。

"不止。"贝丝回答。她想说些别的，但终究没说。乔兰妮倒车，驶出停车场，回到通往高速公路的主路。

她们上了匝道，驶上州际公路，乔兰妮一踩油门，大众车加速往前冲。她们都没有回头看。那时，贝丝已经不再哭了，正用手帕擦拭自己的脸。

"你没自找苦吃吧？"乔兰妮说。

"没。"贝丝擤了擤鼻子，"我没事。"

・・・

两个女人。高个儿的那个和海伦·迪尔多夫有几分相像。或者说，容貌并不像，但颇有几分神似。她身穿米色套装，浅帮高跟鞋，笑容可掬，但笑得完全不带感情。她的称呼是布洛克尔夫人。另一位身材丰满，略显尴尬，身穿深色印花衣裙，鞋子很实用但毫无特色。她叫作道奇小姐。她们从休斯敦来，要去辛辛那提，顺路拜访贝丝，聊聊天。她们并排坐在贝丝的沙发上，谈起了休斯敦的芭蕾舞表演以及这个城市的文化发展方式。很明显，她们想让贝丝知道：基督教十字会并不仅仅是个狭隘的原教旨主义的宗教团体。同样明显的是，她们是来考察她的。她们提前来函通知过了。

她们谈论休斯敦，谈论十字会要协助建立一个辛辛那提分部——与保护基督教环境有关的机构——时，贝丝一直彬彬有礼地作陪倾听。等这些话题渐渐说完了，道奇小姐说道："伊丽莎白，我们非常期待您有某种公开的表态。"

"表态？"贝丝坐在惠特利夫人的扶手椅上，面对她们所坐的沙发。布洛克尔夫人接过话题："基督教十字会希望您能公开表明您的立场。在这么多人保持沉默的世界里……"她的话没说完。

"什么立场？"贝丝问道。

"众所周知，"道奇小姐说，"宣扬共产主义，就等于在宣扬无神论。"

"应该是吧。"贝丝说。

"这不是一个可以假设的问题。"布洛克尔夫人立刻说道，"这关乎事实。马克思列宁主义的事实。对克里姆林宫来说，上帝的圣言无异于诅咒，而基督教十字会的宏旨之一就是与克里姆林宫较量一番，战胜在那儿掌权的无神论者。"

"我对此没有异议。"贝丝说。

"很好。我们要的是一份声明。"布洛克尔夫人说这句话的方式让贝丝想起了迪尔多夫夫人，多年前她就见识过这种语气了。老练的霸凌者的语气。假如对手过早地出动后来对付她时，她就会有这种感觉。"你们想让我向媒体发表声明？"

"没错！"布洛克尔夫人应声答道，"如果基督教十字会要——"她停下话锋，摸了摸搁在她腿上的马尼拉信封，好像在掂量它的分量。"我们已经预备好了一份草稿。"

贝丝瞪着她，在心里厌恶她，但什么也没说。

布洛克尔夫人解开了信封上的绳扣，抽出一张纸，打印在上面的字密密麻麻的。她把它递给贝丝。

这张纸和第一封信用的信纸是同一套，边缘列着一排人名。贝丝瞥了一眼长长的名单，看到了"泰尔萨·R.布洛克尔，执行秘书"，她的名字列在标明"牧师"的六七个男人的名字上面。接着，她快速阅读了这份声明。有些词句下面画了着重线，诸如"无神论与共产主义的复杂关联"和"激进的基督教事业"。她抬起头，看向布洛克尔夫人：她双膝并紧地坐在沙发上，带着一种克制的厌恶感打量这个房间。"我是个棋手。"贝丝轻轻说道。

"你当然是，我亲爱的。"布洛克尔夫人说道，"而且，你是个基督徒。"

"这我不能确定。"

布洛克尔夫人盯着她看。

"是这样的，"贝丝说，"我不打算说出这种话。"

布洛克尔夫人倾身向前，接过声明。"基督教十字会已经投入了大笔赞助……"她的眼里闪过一丝贝丝早就见识过的冷光。

贝丝站起身。"我会把赞助费退还给你们的。"她走到书桌前，找出她的支票簿。有那么一瞬间，她觉得自己像个自以为是的家伙，一个傻瓜。那是让她、本尼和陪同他们的棋协女干事买机票的钱。给她的酒店住宿和其他旅行开销买单的钱。但在他们一个月前寄给她的支票的最底下，在通常写着"租金"或"电费"的地方写着那笔钱的用途，有人——很可能就是布洛克尔夫人——写的是"侍奉基督教事业"。贝丝开了一张4000美元的支票给基督教十字会，并在下面的空白处写上"全额退款"。

令人吃惊的是，道奇小姐的声音非常温柔，"我希望你明白自己在做什么，亲爱的。"看起来，她是真的很在意。

"我也希望如此。"贝丝说道。她去莫斯科的飞机将在五周后起飞。

. . .

她给本尼打电话,铃声一响他就接了。她把事情告诉他,他说:"你疯了。"

"无论如何,覆水难收。"贝丝说,"现在反悔已经太晚了。"

"机票钱付了吗?"

"没有。"贝丝说,"什么钱都没付。"

"你必须向苏联旅行社预付酒店费用。"

"我知道。"贝丝不喜欢本尼的语气,"我的银行账户里有2000美元。本来有更多,但我一直在供这房子。还差3000。至少吧。"

"我没钱。"本尼说。

"你这是什么意思? 你有钱的。"

"我没钱。"接着是长久的沉默,"你可以给棋协打电话。或是国务院。"

"棋协不喜欢我。"贝丝说,"他们认为我没有尽力,没有为棋坛做出足够的贡献。"

"你本来就该上《今夜秀》和菲尔·多纳休的节目。"

"该死的,本尼,"贝丝说,"别扯这些。"

"你真够疯的。"本尼说,"你何必在意那些傻瓜信仰什么? 你想证明什么呢?"

"本尼。我不想一个人去苏联。"

本尼突然提高了嗓门。"你这个混蛋,"他喊道,"你这个该死的疯癫的混蛋！"

"本尼……"

"你先是不肯回纽约，现在又这么胡闹。你就他妈的一个人去吧。"

"也许我不该这么做。"她开始觉得心灰意冷，"也许我没必要把支票还给他们。"

"孬种才用'也许'这种词。"本尼的声音像冰一样。

"本尼，我很抱歉。"

"我要挂了。"本尼说，"我第一次见到你的时候，你就是个讨厌鬼，现在尤其是。我不想再和你说话了。"她听到手中的电话被挂断了。她把话筒放回机座。她搞砸了。她已经失去了本尼。

她给棋协打了电话，在线等了十分钟，主管才接起电话。他对她很客气，表达了同情，祝她在莫斯科一切顺利，但他说拿不出更多钱了。"我们的资金来源主要靠杂志。我们能提供的真的只有那400美元了。"

等到第二天早上，她才接到华盛顿的回电。打来电话的人叫奥马利，是文化事务部的。她把来龙去脉告诉他后，他描述了一通他们在华盛顿是多么兴奋，因为她"在苏联人擅长的运动中给了他们一记重击"。他问她，他能提供什么样的帮助。

"我马上就需要3000美元。"

"我来看看我能做些什么。"奥马利说，"我一小时内给你答复。"

但她等了四个小时，他才回电。她在厨房和花园里走来走去，然后飞快地拨通安妮·里尔登的电话，基督教十字会本来指定她担

327

任此行的陪护者。安妮·里尔登作为女棋手,等级分在1900上下,至少,她懂国际象棋。贝丝曾在西部某地赢过她一次,差点儿把她的棋子吃光。没人接电话。贝丝给自己煮了咖啡,一边等电话,一边翻看几份《德国国际象棋报》。拱手让出基督教十字会的赞助费几乎让她自己犯恶心了。4000美元,表了个姿态。等到最后,电话终于响了。

还是奥马利。没办法。他非常抱歉,如果没有更多的时间、完成更多流程的审批,政府是不可能这么快就把钱给她的。"不过,我们会派一个人和你一起去。"

"你们没有备用金之类的钱吗?"贝丝问道,"我不需要能捣毁莫斯科政府的大笔资金。我只需要带能帮我的人一起去。"

"我很抱歉,"奥马利说,"我真的非常抱歉。"

挂了电话,她又走到花园里。明天一早,她会把支票寄给苏联旅行社的华盛顿分部。她将独自前往,或与国务院派的什么人一起去。她学过俄语,不至于完全不知所措。反正,苏联棋手也会说英语。她可以自我备战。她已经独自训练好几个月了。她喝完了咖啡。她一生中的大部分时间都在自我训练。

14

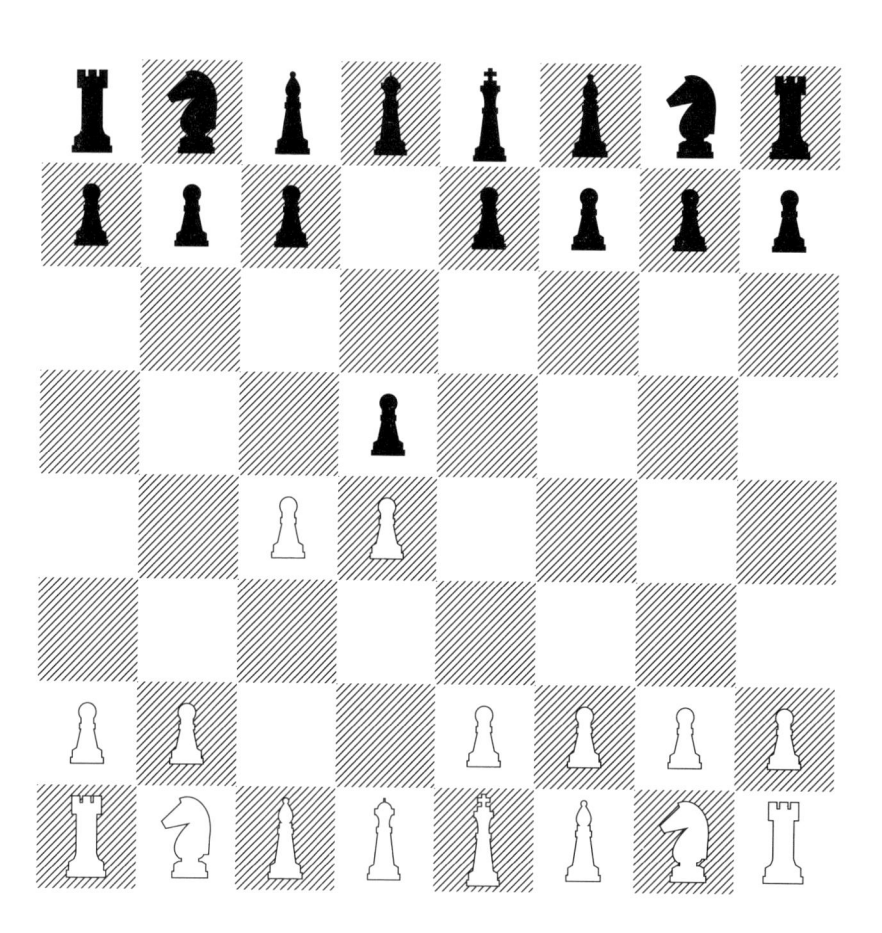

第十四章

他们不得不在奥利机场的候机室里坐等七个小时，要登机时，一个身穿暗淡的橄榄色制服的年轻女人必须在每个人的机票上盖章，并且仔细察看每个人的护照，因此，贝丝和布斯先生又排队等了一个小时。不过，终于轮到她站在队伍的最前面时，那个女人说了一句"国际象棋冠军！"还令人惊讶地放松了表情，对她露出了灿烂的笑容。贝丝也回报以微笑，那女人又说"祝你好运！"听上去是真心实意的。那是个苏联女人，当然了，没有哪个美国官员能认出贝丝的名字。

她的座位在后排，靠窗；座位上有厚厚的棕色塑料软垫，每只扶手都套着白色护罩。她挪进座位最里面坐下来，布斯先生落座在她旁边。她望着窗外灰蒙蒙的巴黎天空，跑道上有大片积水，飞机在下雨的傍晚中闪着暗光。她感觉自己好像已经身在莫斯科了。几分钟后，空乘开始分发一杯杯水。布斯先生一口气喝了半杯水，然后在外套口袋里翻找。摸索一番后，他终于掏出了一只银色的随身小酒瓶，用牙齿拔下瓶盖，往杯子里倒满威士忌，重新盖好盖子，再把酒瓶揣回口袋。然后，他拿起杯子，略显敷衍地朝贝丝晃了晃，她摇了摇头。拒绝并不容易。她可以喝一杯。她不喜欢这架怪模怪样的飞机，也不喜欢坐在她身边的这个男人。

从布斯先生在肯尼迪机场见到她、自我介绍的那一刻起，她就没喜欢过他。副国务卿助理。文化事务。他会帮她搞定莫斯科的某些事务。她不想有人在身边出谋划策——尤其不想让这个嗓音沙哑、穿着深色西装、眉毛上挑、经常夸张大笑的老男人指指点点。当他主动提及自己四十年代在耶鲁大学下过国际象棋时，她什么也没说；他的口吻好像在说：下国际象棋是一种你懂我懂的反常行为。她想和本尼·沃茨一起来。出发前一晚，她甚至没能联系上本尼；前两通电话都是忙音，再打过去就没人接了。她收到美国棋协的一封信，祝她此行顺利，仅此而已。

她向后靠进座椅里，闭上眼睛，试着让自己放松，试着忽视身边的嘈杂——有人说俄语，有人说德语和法语。她的手提箱内袋里有只小瓶子，里面装了三十颗绿色药片；她已经六个多月没吃药了，一片都没有，但如有必要，她会在这架飞机上吃一片。吃药肯定比喝酒好。她需要休息。在机场的漫长等待害得她神经紧张。她给乔兰妮打过两次电话，但都没人接。

她真正需要的是本尼·沃茨陪在她身边。只怪她太傻，为了在她并不真的介意的事情上坚持自己的立场，就把钱全退回去了。但那样做并不傻。拒绝被人牵着鼻子走、不被那个女人唬住——这样做并不算胡闹。但她需要本尼。她允许自己幻想了片刻，想象此时此刻是与 D.L. 唐斯一起旅行，在莫斯科也一直相伴左右。但这样想没什么好处。她想念的是本尼，不是唐斯。她想念本尼敏捷、清醒的头脑，他的判断力和坚韧不弃，他对国际象棋和对她的充分了解。

他就该坐在她旁边的座位上,探讨国际象棋,到了莫斯科,等她下完棋,他们就该分析当天的棋局,再针对下一个对手制定策略。他们就该在酒店里一起吃饭,像她和惠特利夫人当年那样。他们该去莫斯科走走看看,只要他们愿意,还可以在酒店客房里做爱。但此时此刻的本尼在纽约,她在一架飞往东欧的黑乎乎的飞机上。

飞机穿过厚厚的云层开始下降时,苏联终于映入她的眼帘,从高空看下去和肯塔基州或别的地方差不多,她吃了三颗药,断断续续地睡了几个小时,眼神无光,就像她以前搭灰狗巴士长途旅行后一样,感觉很麻木。她记得自己是在半夜吃的药。她沿着过道走去洗手间,两边的乘客们都在睡,然后她用一只看起来很滑稽的小塑料杯盛了水。

事实证明,布斯先生在过海关时确实帮上了大忙。他的俄语讲得很好,准确无误地把她带到了检查室。检查本身很简单,这反而让人挺惊讶的;穿制服的老人和蔼而随意地翻看了一下她的行李,打开了两只包袋,往里面看了看就合上了袋口。就这样。

他们走出机场大门时,已有一辆大使馆的豪华轿车在等候。车子经过的田野里有些男人和女人在朝阳下干活,沿着这条路,她望见远处有三辆巨大的拖拉机,远比她在美国看到的任何拖拉机都大,她能看到它们在一片田野里缓慢地前行,她几乎望不见那片田的尽头。路上的车辆很少。后来,车子开始在一排排六层、八层的楼房之间穿行,那些楼上的窗户都很小,有些人坐在门前的台阶上,哪怕天空灰蒙蒙的,依然算是个温暖的六月的早晨。再后来,路渐渐变宽,他们驶过一个绿油油的小公园,接着是一个大公园,又经过了一些新建的巨型楼宇，那些庞然大物似乎可以永久耸立在地球表面。交通变得繁忙起来，现在，路的一边出现了骑自行车的人，人行道上也有很多人在步行。

布斯先生依然穿着皱巴巴的西装，靠在车座里，眼睛半睁半闭。贝丝僵硬地坐在长长的汽车的后座，朝自己这边的车窗外看。莫斯科看上去没什么吓人的；说她正在进入别的大城市也完全可信。但她的心神就是放松不下来。次日早上就要开赛了。她觉得自己彻头彻尾地孤独，而且很害怕。

· · ·

大学夜校里的老师曾讲过俄国人怎样用玻璃杯喝茶，让茶渗过夹在齿间的糖块，可是，这个阴暗的大厅里上茶时用的是薄壁瓷杯，杯子上有金色的希腊钥匙图案。她坐在维多利亚式高背椅里，双膝并紧，端着杯托，碟形的杯托上搁着茶杯和硬硬的小面包卷，一边努力认真地去听赛事主管讲话。他先用英语说了几句，再用法语说了几句。然后又用英语：欢迎各位来到苏联；比赛将于每天上午十点准时开始；每张棋盘边都会有一名组委会指派的裁判，如若出现任何不合常规的状况都应与裁判商议。比赛期间不许吸烟，不许吃东西。如需去洗手间，将由一名工作人员陪同；遇到这种情况，可以举起自己的右手示意。

座椅围成一圈，主管坐在贝丝的右边。坐在她对面的是迪米特里·卢申科、维克多·拉耶夫和列昂尼德·沙普金，他们都穿着剪裁得体的西装、白衬衫，打着深色的领带。布斯先生说过，苏联男人的衣装都像是从三十年代蒙哥马利·沃德百货商店的广告册里扒下来的,但这几位的西装用料昂贵,灰色的精纺华达呢将他们衬托得衣冠楚楚、肃穆沉稳。仅仅这三位——卢申科、拉耶夫和沙普金——就堪称神一般的组合,足以让整个美国棋坛闻风丧胆,自愧不如。瓦西里·博尔戈夫坐在她左边。她无法迫使自己正视他,但始终能闻到他的古龙水的味道。坐在他和那三位苏联棋手之间的也是神一般的高手,但比他们稍逊一筹——巴西的豪尔赫·弗兰托、芬兰的贝恩特·赫尔斯特伦和比利时的让·保罗·杜哈梅尔,他们也都穿着样式保守的西装。她抿了一口茶,试着摆出镇定自若的姿态。高挑的窗户上垂挂着厚重的褐红色窗帘,每一张椅子的坐垫都覆着镶金边的褐红色天鹅绒。现在是上午九点半,窗外夏阳灿烂,但这个大厅的窗帘都紧紧拉合起来了。地板上的波斯地毯像是博物馆里的古董。四壁镶有红木护墙板。

她在两位女性工作人员的陪同下从酒店走到这里;她与别的棋手们握了握手,之后,他们就这样围成一圈坐了半小时。前一天晚上,她几乎没怎么睡,酒店客房超级大,但感觉很古怪,不知何处有个水龙头一直在滴水。七点半,她就穿上了昂贵的藏青色定制套裙,她能感觉到自己在出汗;尼龙袜紧紧地裹在她的腿上,感觉温热。她很难不这样想:自己在这里格格不入。每一次她瞥一眼身边的这些男人,他们都会露出淡淡的微笑。她觉得自己像个小孩子,乱入了成年人的社交场。她的头很痛。她大概不得不问主管要阿司匹林了。

接着,很突然地,主管讲完了,男人们都站了起来。贝丝一下子跳起来,颠得杯托里的茶杯叮当作响。先前负责上茶、穿着白色哥萨克式上衣的侍者赶忙小跑过来，从她手中接过了茶杯。博尔戈夫只在刚见面时和她例行公事地握了握手，之后就对她视若无睹，现在从她面前走过、迈出主管打开的房门时也一样。其他人跟在他身后，贝丝走在沙普金后面、赫尔斯特伦前面。他们走上铺着地毯的走廊时，卢申科停了一步，转向她说道："我很高兴您能来，也很热切地期待与您对弈。"他有一头白色的长发，好像管弦乐队的指挥家，挺括的白色衣领下打着一条无可挑剔的银色领带，领结优雅又紧致。他神态中的热情毋庸置疑。"谢谢。"她说。她在初中时代就读过有关卢申科的文章，《国际象棋评论》写到他时洋溢着敬畏之意，和贝丝现在的感受毫无二致。他是当时的世界冠军，但几年前在一场漫长的对抗赛中输给了博尔戈夫。

他们走了好长一段走廊，然后，主管停在另一扇门前，推开了门。博尔戈夫第一个迈步进去，其他人随之鱼贯而入。

他们进入的房间类似某种前厅，尽头还有一扇关闭的门。贝丝能听到远处传来一阵阵的声浪，当主管走过去推开那扇门时，声音果然扑面而来。除了一块黑幕，什么都看不见，但当她往幕布周围看时，不禁倒吸一口冷气。她面对的是一间巨大的礼堂，而且坐满了人。感觉就像从无线电城音乐厅的舞台上看下去，每个座位上都有观众。观众席向后延伸数百码，过道上还摆满了折叠椅，坐加座的一小群人正凑在一起交谈。棋手们走上铺了地毯、宽敞的大舞台时，观众席间的声浪渐消。每个人都在注视他们。大厅上方还有一层宽阔的阳台式席位，悬挂着一条大大的红色横幅，上面露出一排又一排的观众的面孔。

舞台上有四张大桌子，每张都有书桌那么大，显然都是崭新的，每张桌面上都内嵌了一张大棋盘，棋子都已摆好。黑方的右边都摆放着一只超大尺寸的木箱棋钟，白方的右边摆着大水壶和两只玻璃杯。棋桌边都摆着高背转椅，也就是说，观众们都能看到棋手们的侧影。每张棋桌后都站着一位白衬衫配黑领结的男性裁判，每个裁判身后都有一块展示大棋盘，上面的棋子都处于原始位置。灯光明亮，但都不是直接照在棋盘上的，而是来自赛区上方天花板里的照明设备。

主管微笑着面对贝丝，牵起她的手，把她领到舞台中央。整个会堂里鸦雀无声。主管对着舞台中央支架上的老式话筒开始讲话。虽然他说的是俄语，但贝丝听懂了"国际象棋"和"美国"这两个词，最后还听到了自己的名字：伊丽莎白·哈蒙。掌声突然响起，雷鸣般的热烈；她觉得那种声响结结实实的，简直触手可及。主管陪她走到最远的那把座椅，让她坐在黑棋后方。她看着他把每一位外国棋手引荐出列，做一番简短的介绍，鼓掌。然后再介绍苏联棋手，从拉耶夫开始。掌声更响了，震耳欲聋，主管最后介绍瓦西里·博尔戈夫时，观众们的掌声持续不绝。

第一轮，她的对手是拉耶夫。大家为博尔戈夫鼓掌时，他就坐在她对面，她在鼓掌时瞥了他一眼。拉耶夫二十多岁，脸庞瘦削而年轻，笑容紧绷绷的，眉毛浓重，眉宇间透露出不悦的神情，纤细的手指还在无声地敲打桌面。

掌声终于平息下来，兴奋得满脸通红的主管走到博尔戈夫执白的那张棋桌前，迅速地摁下棋钟。接着走到下一桌，做出同样的动作，继而走向下一桌。走到贝丝那桌时，他对他们两人露出了有意夸张的笑容，干脆利落地按下贝丝那边的按钮，开始为拉耶夫计时。

拉耶夫默默地叹口气，把他的王前兵移到第四排。贝丝毫不犹豫地移动了她的后翼象前兵，她松了一口气——终于可以专注下棋了。棋子很大，触感很实在；它们傲然挺立在棋盘上的样子是那么鲜明，令人舒心，每个棋子都精准地置于方格正中央，轮廓都很清晰，细节都很细腻，都经过了精良打磨。棋盘经过了哑光处理，外圈之外还嵌套了黄铜围板。她的座椅又宽敞又柔软，坐着感觉很稳当；她调整了一下自己的坐姿，去感受座椅本身带来的舒适感，并看着拉耶夫把王翼马移到了象线第三排。她拿起她的后翼马，享受这个棋子的沉重质感，再把它放到后翼象线第六排。拉耶夫把兵挪到后线第四排；她用自己的兵吃掉他的兵，并把那个兵摆在棋钟右侧。裁判员背对他们，在展示大棋盘上重复他们走的每一步棋。她的双肩仍有紧绷感，但她开始放松了。这儿是苏联，感觉很奇特，但国际象棋仍是国际象棋。

得益于之前研究过的期刊，她已了解了拉耶夫的棋风，她很有把握：如果她在第六步把兵移到王线第五排，他就会选择布列斯拉夫斯基变例，把马跳到象线第三排，然后短易位。他在一九六五年对弈彼得罗辛和塔尔时都是这样走的。在一些重要的赛事中，棋手们有时会开辟一些奇特的新走法，那可能是花了几周时间提前准备的变化，但她觉得苏联人不会那么费心地应对她。据他们所知，她的棋艺水平与本尼·沃茨相当，像拉耶夫这样的棋手绝对不会花很多时间去准备与本尼的比赛。按照他们的标准来看，她根本算不上重要的对手；她唯一不寻常的地方就在于她的性别，即便在这一点上，她在苏联也不算是独一无二的。苏联棋坛有诺娜·加普林达什维利，虽然她参加这个比赛还不够格，但之前已和这些苏联特级大师交手过好多次了。拉耶夫肯定预计自己能轻松地赢得这盘棋。果然不出她所料，他跳了马，然后王车易位。她觉得很欣慰，过去六个月里看了那么多资料，终究没白费功夫，能预测到对方的着法和思路真是太好了。她也王车易位。

两人都没有失误地走过开局阶段后，这盘棋的节奏渐渐慢下来，进入了蓄势待发的中局阶段，现在，双方都各自少了一个马、一个象，王都很安全，局面都没有漏洞。到了第十八步，呈现出了隐含危机的势均力敌的局面。这次的下法不是让她在美国声名鹊起的进攻型，更像是在演奏室内乐，微妙又复杂。

执白的拉耶夫仍有优势。他的走法很狡猾，隐含了一些带有欺骗性的威胁，但她避而不伤，既没有浪费步数，也没有打乱自己的局面。第二十四步，她找到一个机会占了先机，为她的后翼车开线，还将迫使他退象，她走完这一步后，拉耶夫盯着局面想了很久，然后用一种前所未有的眼光看了看她，好像他第一次真正看见了她。她感到一阵喜悦的颤抖。他又盯着棋盘沉思片刻，接着，退回了他的象。她出动了车。现在，她的局面已取得均势。

五步之后，她找到了让自己更强势的办法。她把一个兵挺进到第四排，弃兵邀吃。和她前面的每一步棋一样，这步棋很漂亮，不露声色，但让拉耶夫就此进入防御状态。他没有吃掉那个兵，但被迫把正被这个小兵攻击的马退回到他的后所在的位置前方。她把她的车移到了第六排，他不得不应对这一着。她没有过分地逼迫他，而只是轻轻地施压。渐渐地，他开始屈服，并假装出不以为然的样子。但他肯定很震惊。照理说，苏联特级大师不会被美国女孩这样摆布。他退，她追，最后到达了关键的一步：她可以安全无虞地把她剩下的那个马移到后线第四排，他没有任何办法赶走它。她让马停在那里，两步之后，再把她的车带到了马所在的那条线，也就是他的王的正上方。他研究了很久，为他计时的钟声响亮地嘀嗒作响，然后，他走出的一步正如她急切盼望的那样：他挺进王翼象前兵，攻击她的车。他按下棋钟时没去看她。

她毫不犹豫地拿起她的象，吃掉他的兵，弃象。裁判员展示出这步棋时，她听到观众们立刻反应过来，纷纷窃窃私语。拉耶夫必须采取行动，不能无视她的象。他开始用一只手捋头发，另一只手的指尖在桌上敲打。贝丝往后靠在椅背上，舒展了一下身体。她赢定了。

他用了二十分钟思考这步棋，然后，很突然地从桌边站起来，伸出手。贝丝也站起来，握住了他的手。观众席上寂静无声。赛事主管走了过来，也和她握了握手，她跟着他走下了舞台，这时候才突然响起令人震惊的掌声。

· · ·

按照计划，她本该和布斯先生以及大使馆的几个人共进午餐，但当她走进酒店大堂时却没有看到他；大堂宽敞至极，大得就像铺了地毯的体育馆，沿墙摆放着维多利亚式的扶手椅。前台的女服务员给了她一张纸，上面有条信息："我真的非常抱歉，但大使馆有些公务要处理，我们走不开。我再联系你。"这张字条是用打字机打的，底部有布斯先生的名字，名字也是打出来的。贝丝找到了酒店里的一家餐厅——俨如另一个铺着地毯的体育馆——还用俄语点了俄式卷饼和黑莓果酱茶。侍候她的服务员是个神情严肃的男孩，也就十四岁的模样，他把荞麦卷饼盛到她的餐盘里，再用小银勺为她涂上融化的黄油、鱼子酱和酸奶油。除了一桌身穿军服的老人，两个穿着三件套西装、看起来颇有权势的男人外，餐厅里就没有别人了。过了一会儿，另一个年轻侍者走了过来，端着的银色托盘上放了一壶看起来像水的饮料，旁边还有一只小小的烈酒杯。他用欢快的口吻笑着问她："要伏特加吗？"

她立刻摇了摇头。"不。❶"然后拿起桌子中央的玻璃瓶，给自己倒了一杯水。

下午没有安排，她可以自由活动，她可以去斯维尔德洛夫广场、白城区和圣巴西尔大教堂博物馆参观，但是，尽管这是个美丽的夏日，她却不太想出去逛。也许再过一两天。她很累，要小睡一下。她第一次战胜苏联特级大师，这对她来说意义重大，比她在这个包围她的巨大城市中能观赏到的任何东西都要重大。她将在这里待八天。她可以改天再游览莫斯科。吃完午饭已是下午两点了。她要乘电梯上楼，回她的房间，试着睡一会儿。

但她发现自己完胜拉耶夫后实在太兴奋了，根本睡不着。她躺

---

❶ 原文为俄语。

在超大的软床上，盯着天花板看了将近一小时，在头脑里一遍又一遍地复盘，有时想在自己的下法中找出弱点，有时又陶醉在自己的某一步漂亮的着法中。想到她弃象的那一步时，她会忍不住大喊一声"来呀！"或是"嘭！"感觉太棒了。她没有犯任何错误——或者说，没有她能发现的错误。没有任何弱点。他一直那样紧张地用指尖叩击桌面，还皱着眉头，但当他认输时，看上去却只有疲惫和冷漠。

好歹躺着休息了一会儿，她最终还是下了床，穿上牛仔裤和白色T恤，拉开窗前厚重的窗帘。八层楼下是几条林荫大道的交汇处，只有几辆小汽车点缀在宽阔的街道上，林荫大道后面有个树木茂密的公园。她决定去散个步。

但当她穿好袜子和鞋子，又想到了杜哈梅尔，她明天要执白和他对弈。她只看过他的两盘棋，还是几年前的。她此行带着的杂志里有更多最近的对局棋谱；她现在就该去看一下。还有他今天与卢申科的对局，她离场的时候，他们的比赛还在进行中。这盘棋将和另外三盘棋一起被列印出来，今晚在酒店举办正式晚宴时会分发给每位棋手。现在，她最好还是做几个仰卧起坐和屈膝，改天再出去逛。

晚宴很无聊，更糟的是还让人生气。贝丝与杜哈梅尔、弗兰托和赫尔斯特伦坐在长桌的一端；苏联棋手们携夫人们坐在另一端。博尔戈夫坐在首位，身边的女人正是贝丝在墨西哥城动物园看到过的。整个晚宴期间，苏联人一直有说有笑，大杯大杯地喝茶，做些夸张的手势，他们的妻子都以崇拜的眼光默默地看着他们。就连早上在比赛中表现得那么内向的拉耶夫也兴致勃勃的。他们所有人都似乎明目张胆地故意冷淡贝丝所在的那半边桌子。她试着与弗兰托交谈了片刻，但他的英语很差劲，还挂着一成不变的呆板笑容，让她觉得很不自然。努力了几分钟后，她开始专注地吃饭，并尽可能地忽略桌子那端的嘈杂声。

晚饭后，赛事主管分发了列印出来的当天棋谱。她在电梯里就翻看起来，先看博尔戈夫的对局。另外两盘都是和棋，但博尔戈夫赢了。压倒性的胜利。

• • •

第二天早上，司机走了另一条路线送她去赛场，这次，她可以看到街道上有一大群人簇拥在门口，等待入场，为了遮蔽早晨的小雨，有些人撑着黑伞。司机把她带到前一天走过的侧门。大约有二十个人站在那儿。她下了车，从他们身边走过、进入大楼时，他们不约而同地为她鼓掌。有人带着俄语口音喊道"利萨贝塔·哈蒙！"门卫就在她身后关上了门。

第九步，杜哈梅尔出现了判断失误，贝丝逮住良机，当即牵制住他在车前面的马。暂时令他受阻的同时，她出动了另一个象。她研究过他的对局，所以知道他很谨慎，防守能力很强；前一天晚上，她就决定要等到有机会的时候再出着压倒他。到了第十四步，她将双象置于瞄准他的王的大斜线上，第十八步，她打开了这两条线。他躲过了这一着，巧妙地利用他的马来钳制她，但她出动了她的后，这下子，他要躲就太难了。他的第二十步棋只是一次无望的尝试，想推宕她的进攻。第二十二步，他认输了。这盘棋下了不到一小时。

他们的棋桌位于舞台的后端；最靠前的是和弗兰托对弈的博尔

戈夫。对局还在进行中，观众们的掌声很克制，当她从博尔戈夫身边走过时，他抬头看了她一眼，匆忙的一瞥。这是自墨西哥城以来，他第一次正视她，而在她看来，这一眼很吓人。

她一时冲动，在赛场里的人看不到的地方等了一会儿，然后回到幕布的边缘，朝对面看去。博尔戈夫的座位已经空了。他正站在舞台的另一端，看着展示大棋盘上贝丝刚刚结束的棋局。他那只宽大的手掌托着下巴，另一只手揣在衣袋里。他细看她的棋局时眉头紧锁。贝丝立刻转身，走开了。

午餐后，她穿过林荫大道，沿着一条狭窄的小街走去公园。原来，这条林荫大道就是索科尔尼基大街，街上车流不息，她过了马路，走入一大群行人中间。有些人朝她看，还有几个人朝她微笑，但没有人讲话。雨已经停了，又是令人愉快的好天气，太阳高悬碧空，在这样的阳光下，大街两旁的巨大建筑总算不那么像监狱了。

公园里栽种了不少树木，沿路有许多铸铁长椅，许多老人坐在椅子上。她沿着小径走，尽量不理会别人的目光，她走过一些被树荫遮住的地方，突然发现自己站在了一个大广场上，到处点缀着三角形的小花坛。广场中央有一种带屋顶的亭子，人们一排排地坐在亭子里。他们都在下国际象棋。肯定有四十盘棋正在进行中。她在纽约的中央公园和华盛顿广场上见过老人下棋，但每次只能见到几个人。可是在这儿，在这个谷仓大小的凉亭里坐满了人，甚至亭子外的台阶上还有人。

她站在通往凉亭的破败的大理石台阶上犹豫了一会儿。两个老人正在台阶上下棋，铺了一块破旧的布面棋盘。年纪大的那个牙都没了，头发也没了，走出了王翼弃兵的开局。另一个用佛克比尔反弃兵开局予以应对。在贝丝看来，这种走法有点老套，但显然是一场老辣的对弈。两个老头都没理睬她，她走上台阶，迈入凉亭下的暗影。

亭子里有四排水泥桌，桌子表面用颜料画上了棋盘，每张桌边都坐着一对棋手，都是男人。有些看热闹的人站在桌边瞎出主意。交谈极少。她的身后偶尔传来孩子们的喊叫声，这种叫嚷，无论用俄语还是别的语言听上去都一样。她慢慢地走在两排棋桌之间，闻着棋手们的烟斗里散发出的浓浓的烟草味。她走过时，有些人抬头看了看她，从个别人的神态来看，她觉得有人认出了她，但没人和她说话。他们都很老——花甲老人。他们中的大部分人肯定在孩提时经历过十月革命。总体而言，他们的衣服都是深色的，甚至在这样温暖的天气里，他们穿的棉布衬衫也是灰色的；他们和任何地方的老人家看起来没差别，就像夏贝尔先生的无数化身，下着没人注意的棋。好些桌上都放着苏联的《国际象棋期刊》。

有一张棋桌上的局面看起来很有趣，她停下来看了一会儿。这是西西里防御中的赫特尔－拉乌吉尔变例。几年前，她十六岁时曾为《国际象棋评论》写过一篇有关这种变例的小文章。这两人的着法走得很正确，黑方的兵形稍有变化，她以前从未见过这种形状，但显然是合理的。这是一盘好棋。一流的国际象棋，是两个穿着廉价工作服的老人下出来的。执白的人移动了他的王翼象，抬头看了看她，皱了皱眉头。就在那一刻，她突然在这些苏联老男人中间意识到自己的模样：她穿着尼龙袜、淡蓝色裙子和灰色羊绒衫，她的发型是美国年轻女孩普遍的样式,她的高跟鞋的价格可能和这些男人一个月的工资不相上下。

接着,盯着她看的男人那张布满皱纹的脸上突然露出爽朗的笑容,也露出了牙齿,他说:"哈蒙? 艾莉莎贝塔·哈蒙?"她惊讶地用俄语回答:"是的。❶"她还没来得及做出更多回应,他就站了起来,一把揽住她,一边笑着,一边反复念道"哈蒙! 哈蒙!"一遍又一遍地念着她的名字。很快,一群穿着灰色衣服的老人就将她围在中央,微笑着,急切地伸出手,想和她握手,还有八个乃至十个人同时用俄语跟她说起话来。

· · ·

她和赫尔斯特伦、和沙普金的两场比赛都下得很艰辛,气氛严峻,耗费心神,但她并没有遭遇真正的危机。之前六个月的备战使得她的开局下得更扎实了,并将这种状态保持到中局,直到最后他们两人都认输了。赫尔斯特伦显然很难接受这个事实,赛后没有和她说话,但沙普金是个极有风度的体面男人,哪怕她以无情、果断的攻势赢了他,他认输时仍显得非常优雅。

总共有七轮比赛。棋手们都在第一天漫长的欢迎仪式上拿到了赛程表;贝丝把她的那张时间表搁在床边,和那瓶绿色药片一起收在床头柜的抽屉里。最后一天,她将执白与博尔戈夫对决。今天的对手是卢申科,她执黑。

❶ 原文为俄语。

卢申科是这次比赛里最年长的棋手；贝丝还没出生，他就已是世界冠军了；他尚未成年，就在一次表演赛中与伟大的阿廖欣对弈，并且打败了阿廖欣；在哈瓦那的比赛中，他与鲍特维尼克打成平局，还赢了布龙斯坦。现在的他没有当年勇猛了，但贝丝很清楚，只要有机会进攻，他依然是个危险而强劲的对手。她研究过刊载在《国际象棋情报》上的他的几十盘棋，其中有几盘棋是在纽约与本尼特训的时候一起摆的，甚至在擅长进攻的她看来，他的攻击力都是相当惊人的。他是个了不起的棋手，也是个令人敬畏的人物。她必须十万分地小心才行。

他们坐第一张棋桌——博尔戈夫前一天也在这张桌上比赛。卢申科匆匆一鞠躬，让她先入座时就站在他的椅子旁等候。今天，他的西装是丝滑的灰色，刚才他走向棋桌时，贝丝留神看了看他的鞋——闪闪发亮的黑色皮鞋，看起来很柔软，大概是意大利进口货。

贝丝穿着深绿色的棉质连衣裙，领口和袖口有白色的镶边。前一天晚上她睡得很好。为了迎战他，她已做好了充分准备。

但他在第十二步就展开攻势了——起初非常微妙，兵走到了后翼车线第三排。半小时后，他用小兵在后翼掀起了一场风暴，她不得不推迟预先的计划以应对它。她花了很长时间研究这个局面，然后把一个马移过来进行防守。她并不乐于走这一步，但必须这样做。她的视线越过棋盘，看向对面的卢申科。他轻轻地摇了一下头——颇有表演性的摇头——嘴角牵扯出一丝微妙的笑意。接着，他伸出手，继续挺进他的马前兵，似乎毫不在意她把马跳到了现在这个位置。他要做什么？她再次细看这个局面，然后恍然大悟，看出了这个问题的答案。如果她找不到出路,就将不得不用她的马吃掉车前兵,之后的四步之内,他就能让那个看似没有攻击力的象从底线移到马线第五排,继而直捣她支离破碎的后翼,用这个象换取她的后翼车。这就是七步之内会发生的事,但她之前根本没看出来。

她在桌上支起手肘,紧握的拳头抵住双颊。她必须想出对策。她把卢申科、人头攒动的观众席、时钟的嘀嗒声和其他的一切都抛在脑后,专注地思考起来,谨慎预估了几十种后续着法。但没有想出什么办法。她能看到的最好的选择就是接受子力损失,吃掉他的车线兵作为小小的补偿。但即便如此,他依然会继续后翼的进攻。她厌恶这种结论,但只能这样办了。她之前就该预见到这种局面的。她把她的后翼车前兵挺进一步,因为不得不这样走,接着只能眼巴巴地看着棋步随之递进。七步之后,他用象换了她的车,当她看到他拿起那个棋子放到棋盘边时只觉得胸中郁结。两步之后,她吃掉那个车前兵,但这一步不足以力挽狂澜。她在这局棋上已处于劣势,浑身上下都紧张起来。

仅仅阻止他在后翼挺进他的兵就是一项严峻的重任。她必须把她从他那里得的兵还给他,但这样做之后,他在王线上叠车。他是决不罢休的。她向他的王展开了一次威胁,一来作为掩护,二来设法用她剩下的那个车交换了他的一个车。劣势时兑子是没有好处的,因为这反而会增强对手的优势,但她不得不这样做。卢申科很轻松地放弃了那个被交换掉的棋子,轮到他吃她时,她看着他雪白的头发,心里恨得要死。恨他的头发像舞台上的造型,恨他通过兑子取得优势。如果他们继续交换子力,她必将损兵折将,片甲不留。她必须想出一个办法，阻止他。

中局的较量是拜占庭式的。他们俩都在巩固子力，每个棋子都相互保护，很多子力甚至是得到了双重保护。她拼命避免兑子，想找到一个扳回局面获取均势的机会；但不管她尝试什么办法，他都予以反击，伸出修剪得很精细的手，确凿无疑地移动他的棋子。每走一步，都要斟酌良久。时不时地，她会看到一丝希望，在八步甚或十步之后或许有转机，但她没有一次能实现那些预想。他把他的车移到了第三排，放在易位后的王的上方；它的可移动范围被限定在三格之内。如果她能在他移动挡住它的马之前想出办法困住它就好了。她倾尽所能，聚精会神地思考出路，有那么一瞬间，她觉得自己的注意力几乎会像激光束那样，把那个车从棋盘上烧掉。在脑海里，她用马、兵、后，乃至她的王去攻击它。在意念里，她迫使他挺进一个兵，以便阻止车去往两个可去的格子，但实际上，她什么对策都想不出来。

因为想得太用力了，她感到头晕目眩，手肘放下了桌面，双臂搭在腿上，摇摇头，看了看棋钟。她的时间只剩不到十五分钟了。她吓了一跳，低头去看她的记录纸。她必须在小旗落下前再走三步，否则就会被判负。卢申科还剩四十分钟。除了走棋，没别的可做了。她已经考虑过把马移到马线第四排了，这一步虽然没什么太大的作用，但无功也无过。她走了这步棋。他的应对如她所料，迫使她把这个马移回王线第五排，正好，她一开始就是这么打算的。她还剩七分钟。经过慎重考虑，她把象移到他的车所在的大斜线上。果然，他把车移开了，她料到他会这样做。她举手示意赛事主管，在记录纸上写下她的下一步棋,写的时候用另一只手遮住,不让卢申科看到,然后把记录纸对折、封好。主管过来后,她说"封棋",等着他接下信封。她已经筋疲力尽了。她站起来疲惫地走下舞台时,台下没有掌声。

· · ·

那是一个炎热的夜晚,她打开了客房里的窗户,坐在摆放着棋盘的华丽的写字台前,研究封棋的局面,想找到一个办法让卢申科的车进退两难,或是利用车的弱点作掩护,声东击西,攻击他的其他子力。就这样过去了两小时,房间里的热气已让人难以忍受。她决定下楼去大堂,然后在附近走走 —— 但愿那是安全的、合法的。想了太多棋,吃得却太少,她觉得头很晕。要是能吃上一个奶酪汉堡就好了。她自嘲地笑了笑;她还以为自己在国外旅行时永远不会想念奶酪汉堡这种纯粹美式的食物呢。天哪,她真的好累啊!她要走一走,然后再回来躺一躺。继续封棋的局面要等到明天晚上;早上和弗兰托对弈结束后,她会有更多的时间来研究这个局面。

电梯在走廊的另一端。由于天气炎热,有些房门是敞开的,走近某个房间时,她听到了低沉的男声,他们正在讨论什么。等她走到那扇门口时就朝里面看了一眼。那肯定是个豪华套房,因为她看到的是个大客厅,造型华丽的天花板上挂着水晶吊灯,还有一对又鼓又厚的绿色沙发,远处的墙上挂着大幅暗色油画,还有一扇通往卧室的门也敞开着。三个只穿衬衫的男人围立在桌边。桌子位于两只沙发之间,桌上有水晶玻璃酒壶和三只烈酒杯。桌子中央摆着棋盘；其中两人在旁观看、发表意见，还有一人正用指尖尝试性地把棋子移来移去。两个旁观者是蒂格兰·彼得罗辛和米哈伊尔·塔尔。移动棋子的人正是瓦西里·博尔戈夫。他们是全世界最优秀的三位棋手，他们正在分析的想必是博尔戈夫与杜哈梅尔封棋的那个局面。

还是小女孩那会儿，她有一次走在办公楼的走廊里，在迪尔多夫夫人的办公室门口停了一会儿，那扇门一反常态地敞开着。她偷偷地往里看，看到迪尔多夫夫人和一个年长的男人、一个女人站在办公室的前厅里，头挨着头，亲密地交谈，她从没想过迪尔多夫夫人能这样与人亲近。窥探到这样的成年人世界是让她震惊的。在与那个男人对视交谈时，迪尔多夫夫人伸出食指，轻轻点了点他的西装翻领。后来，贝丝再也没见过那对男女，也不知道他们谈了什么，但她永远不会忘记那一幕。看到博尔戈夫在他套房的客厅里，和塔尔、彼得罗辛群策群力地计划他之后的着法，她的感觉就和当年一样。她觉得自己无足轻重，不过是个窥探到成人世界的小孩。她凭什么自以为是？她需要帮助。她匆匆走过那个房间，走向电梯，自觉难堪，而且孤单得可怕。

. . .

在侧门等待的人比前几天更多了。一大早，她刚迈出豪华轿车，他们就齐声高喊起来："哈蒙！哈蒙！"还微笑着朝她挥手。她走过时，有几个人伸手去摸她，她紧张地从他们身边走过去，勉强回报以微笑。前一天晚上，她睡得很不踏实，一会儿醒一会儿睡，好几次爬起来研究她与卢申科的封棋局面，要不然就赤脚在客房里踱步，想着博尔戈夫和另外两个人拆棋时的样子，他们松开了领带，脱去了外套，只剩衬衫，好像他们是罗斯福、丘吉尔和斯大林，正盯着地图研究二战的最后一役。不管她多少次劝告自己——她不输他们中的任何一个，她和他们同等优秀——她仍会沮丧，那些穿着厚重黑皮鞋的男人知道一些她不知道而且永远不会知道的事情。她很努力地专注于自己的事业，迅速崛起，登上了美国国际象棋界的顶峰，还想超越这种成就，她成长为比本尼·沃茨更强大的棋手，她击败拉耶夫的时候没有片刻犹豫，甚至在未成年时，她就能在伟大的摩菲的对局中发现失误。但在她见识到苏联国际象棋界的成就，窥探到在那个房间里用低沉的声音研讨、用一种似乎她完全无以相比的信心研究棋局的男人们后，所有那一切都变得毫无意义、微不足道了。

唯一的好事是：她今天的对手是弗兰托，这次比赛中最弱的棋手。事实上，他已经出局了：输了一盘，和棋两盘。只有贝丝、博尔戈夫和卢申科既没有输也没有和棋。她在比赛开始前喝了一杯茶，这对她有点帮助。更重要的是，只要和其他棋手共处于这个房间就能驱散她在夜晚的某些感觉。她进来的时候，博尔戈夫正在喝茶。他一如往常地熟视无睹，她也假装没看到他，但他端着茶杯、凝重的脸上带着安静而钝感的表情，这样子倒不像前一天晚上在她的想象中那么吓人了。主管陪他们上台时，博尔戈夫在离开房间前瞥了她一眼，轻轻扬了扬眉，好像在说："又要上场了！"她意识到自己朝他淡淡一笑。她放下茶杯，跟了上去。

她已经很了解弗兰托不太稳定的棋风，还记住了他的十几盘棋。

甚至在离开列克星敦前,她就已决定要采用英国式开局应对他,如果她执白的话。现在,她就是这样下的,把后翼象前兵挺到第四排。好比是反向的西西里开局。她觉得这样走很舒服。

她赢了,但花了四个半小时,远比她预期的辛苦。他在两条重要的大斜线上展开了顽强的斗争,极其老练地选择了四马开局,这在一段时间内抢占了优势。但进入中局后,她发现了一个机会,可以通过交换子力杀出一条血路,摆脱当时的局面,并且成功地抓住了这个良机。最终,她用了一种她几乎没用过的着法:护送一个小兵穿越整个棋盘,一格一格地挪到第七排。弗兰托要想消灭这个兵,就得搭上他仅剩的棋子。他认输了。这次的掌声比以往任何一次都要响。棋局结束时已是两点半。她本来就没吃早餐,现在筋疲力尽。她需要吃午餐,再睡一会儿。她必须在今晚的封棋对局继续前好好休息一下。

她去了餐厅,点了菠菜乳蛋饼和一种斯拉夫式的炸薯条,速战速决地吃完。然而,等她三点半回到客房、躺到床上时,却发现根本没法睡觉。头顶上方传来断断续续的敲击声,好像楼上有工人在安装新地毯。她能听到靴子咚咚咚的脚步声,时不时地还有沉重的巨响,好像有人把抱在腰间的保龄球扔到了地板上。她在床上躺了二十分钟,还是睡不着。

等她吃完晚餐,走到用作赛场的礼堂时,她又累又困,印象中这辈子都没这么乏过。她的头很痛,身体也很酸痛,因为整日猫在棋盘上。为了能在下午睡一会儿,她曾无比渴望有人能给她打一针,能让她在面对卢申科前有几小时踏踏实实、无梦劳扰的好眠。她还渴望自己能铤而走险，吃一片利眠宁。就算脑子有点糊涂，大概也会好过这种乏累吧。

走进封棋对局赛场的卢申科看起来很镇定，而且神采奕奕。这次他穿的是深色精纺毛料西装，熨烫得无可挑剔，肩背的线条非常合身。她想到，他的衣服肯定都是在国外买的。他矜持而客气地朝她微笑；她强打精神，点了点头，说了声"晚上好"。

为了继续前一天的封棋对局，赛场上摆好了两张棋桌。其中一桌的棋盘上摆着经典的车兵残局，等待着博尔戈夫和杜哈梅尔。她和卢申科的局面也摆好在另一张桌上的棋盘上了。她在自己的座位上坐下时，博尔戈夫和杜哈梅尔一同走进来，在严峻的沉默中走向赛场另一边的棋桌。每张棋桌边都有一位裁判，棋钟都设置好了。贝丝有九十分钟的加时，卢申科也是，但他还有昨天剩下的三十五分钟。她都把这茬儿忘了。所以，她的弱势来自三个事实：他执白，他的进攻尚未中止，他的时间比她多。

他们这桌的裁判带来了信封，打开，让两位棋手看了看记录纸，然后亲自走出了贝丝写下的那步棋。他还按下了棋钟，开始为卢申科计时，卢申科毫不犹豫地挺进了贝丝早已预见到的那个兵。看到他走出这步棋，她顿觉释怀。之前，她不得不把几种走法都想一遍；现在，她总算可以把其他可能性抛在脑后了。她听到博尔戈夫在赛场的另一边大声地咳嗽，还擤了鼻涕。她努力地让自己别去想博尔戈夫。她明天就要和他对弈了，但现在应该集中精力在眼前的这盘棋上，必须倾尽全力。博尔戈夫赢杜哈梅尔几乎是铁板钉钉的事，以不败之绩开始明天的比赛。但凡她还有心争取冠军，就必须先拯救面前的这一盘。兑子之后，卢申科已领先，形势很不妙。但他要先对付那个鸡肋般的车，她之前花了几小时苦思冥想，想出了三种利用那个车对付他的方法。如果她能把想法付诸实际，就能用象去换车，从而扳回均势。

她忘记了自己有多累，投入了战局。现在好比爬坡，而且是一条错综复杂的山路。而卢申科的时间更充裕。她决定用半夜琢磨出来的计划，便退回她的后翼马，假装开始一次迂回的骑士之旅，让它走到了王线第四排。显然他已有所准备——从昨天上午到现在，他肯定有时间分析过这个局面了。很可能还有人协助。但是，他未必会面面俱到，总有些东西会是他没研究过的，他是很厉害，但现在未必就能看透她的想法。她把象从他的车所在的大斜线上移开，希望他别看穿她的计划。表面看来，她是在攻击他的兵形，迫使他冲那步不稳当的兵。但事实上，她并不关心他兵的位置。她只想要那个车，不惜一切代价地想要达成这一点。

卢申科就那样把兵冲了上去。他本可以再想想的——本该三思而行——但他没有。他走了那个兵。贝丝感到一阵小小的兴奋。她把马从大斜线上移开，但没有走到王线第四排，而是去了后翼象线第四排，将之拱手让给他的后。只要他的后吃掉这个马，她就能用自己的象吃掉他的车。这样做本身对她没好处——用自己的马和象去交换对方的车——但卢申科没有预见的是，她可以通过走后去赢回他的马。这太棒了。简直太完美了。她迟疑地抬头看了看他。

她几乎有一小时没看过他了，现在他的样子让她大吃一惊。他拉松了领带，领结扭到了衣领的一边。他的头发被弄乱了。他咬着大拇指，脸色苍白得让她吓了一跳。

他斟酌了半小时，但没什么结果。最后，他吃掉了那个马。她吃掉了车，把它从棋盘上提起来时，她好想高兴地大叫一声，他吃掉了她的象。紧接着，她将军，他挡将，然后，她挺兵到了马前。她又看了看他。局势现在完全均等。优雅的样子已不复存在。他变成了一个穿着昂贵西装却处处凌乱的老男人，她突然想到：这六天的比赛不只让她一个人精疲力竭。卢申科五十七岁了。她十九岁。而且，她在列克星敦跟着乔兰妮锻炼了五个月。

就是从那个瞬间起，他的抵抗力消失了。就局面而言，没有明确的理由能定论她可以在吃掉他的马后迫使他认输；理论上说，局面旗鼓相当。他后翼的兵位置非常好。但现在她在慢慢削弱那些兵，一边攻击他仅有的那个象，一边对那些兵施加微妙的威胁，迫使他用后去保护那个关键的兵。为此，他用他的后去保护兵链的完整，这时她明白自己赢定了。她把注意力全部集中于他的王，全力以赴地展开进攻。

她的用时还剩二十五分钟，而卢申科还有将近一小时，但她用了二十分钟来解决这个问题，然后出击，把她的王翼车前兵挺进到第五排。这无异于明确公布她的意图，他在走棋前认真思考了很久。利用他的时钟嘀嗒作响的那段时间，她把可能的结果全部推想了一遍——他可能走出的每一步棋的每一种后续演变。不管他怎么走，她都有应对之策，当他终于走出了下一步棋——一步费棋，把他的后移过来，试图加强防守——她明知自己有机会吃掉他某一个有进攻力的兵，但她没有，而是把她的王翼车前兵又挺进了一格。

这是辉煌的一步，她知道。她的心为之振奋狂喜。隔着棋盘，她正视他。

他似乎陷入了迷思，好像刚才一直在读哲学书，才放下书来思考一个艰涩的命题。他的脸色现在灰扑扑的，干燥的皮肤上有细小密结的皱纹。他又在咬拇指了，她震惊地看到，他昨天还漂漂亮亮的指甲边缘已被咬得凹凸不平。他用疲惫的眼神匆匆瞥了她一眼——虽然只是一眼，却带着阅历的沧桑，带着漫长的国际象棋生涯的沉重记忆——然后，最后一次低头看了看她此刻位于第四排的车前兵。然后，他站了起来。

"精彩！"他用英语说道，"反败为胜，漂亮！"

他的话是如此安抚人心，以和为贵，使她深感讶异。她不知道该说什么。

"太精彩了！"他又说了一遍。他弯下腰，伸手拿起他的王，深思地把玩片刻，再把它放到棋盘的一边。他疲惫地笑了笑。"我输得心服口服。"

他不摆架子，也没有敌意或怨怼，这使她突然觉得很羞愧。她主动向他伸出手，他热情地握了握。"我从小时候起就一直在学习您的对局，"她说，"我一直很仰慕您。"

他若有所思地端详了她一会儿。"你十九岁了？"

"是的。"

"你在这次比赛中的棋谱，我都看过了。"他停顿了一下，"你是个奇迹，我亲爱的。我可能刚刚和此生能遇到的最棒的棋手下了盘棋。"

她一时哽噎，说不出话来，只能用难以置信的眼神看着他。

他微笑地对她说:"你会习惯这种话的。"

博尔戈夫和杜哈梅尔的对局已经结束了,两人都走了。卢申科离场后,她走到另一盘棋前,看着还保留原状的棋局。黑方的棋子簇拥在王的周围,徒劳地保护着王,而白方的子力正从棋盘各处奔赴这个角落。黑方的王侧身倒下。执白的是博尔戈夫。

她回到酒店大堂时,有个人从墙边的一排座椅里跳起来,微笑着朝她走来。布斯先生。"祝贺你!"他说。

"你去忙什么了?"她问道。

他带着歉意摇摇头。"华盛顿。"

她想说些什么,但转念一想,还是算了吧。他没来打扰她,她其实还挺满意的。

他的胳膊下夹着一份叠起来的报纸。他把报纸抽出来,递给她。《真理报》。大标题都是黑体的西里尔文,她没法一眼就看懂,但翻过头版就看到她的照片登在了第一页的底部,照片上的她正在和弗兰托对弈。照片占了三栏位置。她慢慢地研读标题,终于看懂了:"来自美利坚的惊人力量。"

"不错吧?"布斯说道。

"等明天这时候再看吧。"她说。

. . .

卢申科五十七岁,但博尔戈夫是三十八岁。众所周知,博尔戈夫还是个著名的业余足球运动员,还曾是大学生标枪纪录保持者。据说,他在比赛期间也坚持练习举重,所用的健身房深夜也会开放，是政府专门为他下的命令。他不抽烟也不喝酒。他十一岁就成了大师。只要翻看《国际象棋情报》和苏联《国际象棋期刊》上刊登的他的棋谱就足以让人警醒：下过那么多盘棋，他只输过寥寥数盘。

不过，她这次执白。她必须好好地把握这一优势。她要用后翼弃兵开局。几个月前，她和本尼反复讨论过这个问题，最终达成一致：如果她能执白，就该选择这个开局。她不想迎战博尔戈夫的西西里防御，哪怕她非常熟悉这个开局，为了避免西西里防御的正面交锋，最好采用后翼弃兵开局。只要她保持头脑清醒，就能抵挡住他。唯一的问题在于：他是不会犯错的。

她走过大舞台后看到的礼堂拥挤至极，简直很难相信这地方能挤下这么多人，过道里的每一寸都被填满了，最后一排座位后的空隙里也挤满了人，接着，如此庞大的人群中出现一阵互相提醒安静的嘘声，她往前张望，看到博尔戈夫已然落座，在棋桌边等她，她突然意识到一点：她要应对的不仅是他无情的棋艺。让她恐惧的是他这个人。自从她在墨西哥城的大猩猩笼子边偶遇他之后，她就一直很怕他。此刻，他只是低头在看尚未动过的黑方棋子，但她在看到他的那一刻，心跳和呼吸就停了一拍。那个身影里没有任何软弱的迹象，在棋盘前纹丝不动，无视她，也无视成千上万正在关注他一举一动的旁人。他就像那类警示危险的图标。完全可以被画在山洞石壁上。她慢慢地走过去，坐在了白棋那一边。观众席上爆发出一阵轻柔、克制的掌声。

裁判按下按钮，贝丝听到她的棋钟开始嘀嗒计时了。她把兵移到后线第四排，低头看棋盘。她还没有准备好去看他的脸。舞台上还有其他三桌，都开始比赛了。她听到身后的棋手们为了迎接这个上午的鏖战各就各位的动静，听到了棋钟被按下的咔哒声。随后都安静下来。俯看棋盘时，她只能看到他的手背，粗壮的手指，指节上又粗又黑的毛发，他把兵移到了后线第五排。她把兵移到后翼象线第四排，弃兵。那只手没有去吃兵，而是把兵移到了王线第五排。阿尔宾反弃兵。他选择了一路古老的下法，但她知道阿尔宾反弃兵的路数。她吃掉那个兵，飞快地瞥一眼他的脸，然后移开视线。他把兵移到后线第四排。他始终面无表情，但不太像以前让她那么害怕的样子。她跳王翼马，他跳后翼马。舞蹈开始了。她觉得自己又小又轻。她觉得自己像个小女孩。但她的头脑很清晰，心中对着法一清二楚。

他的第七步棋出人意料，这显然是他精心准备的变化，存心要给她出难题。她花了二十分钟去思考，尽可能看透这步棋的来龙去脉，并用完全违背阿尔宾反弃兵套路的方式予以回应。她很高兴能脱离困境，进入开阔的局势。他们将以此为原点，竭智尽力，走出各自的前途。

事实证明，博尔戈夫的才智确实不凡。到了第十四步，他已经取得均势，甚而有可能占据主动权。她给自己打气，不去看他的脸，走出了她所能想到的最佳着法，完成出子，兼顾防守，留意每一个开放线、大斜线、叠兵、捉双、牵制、设置障碍或串击的机会。这一次，她能在脑海中看到完整的棋盘，能捕捉到流转在棋盘上的力量在动态中的平衡。这股力量的每一颗粒子都被其对应的粒子所制衡，但只要有机会，每一颗粒子都能随时释放自己，打破这个均衡的结构。如果她让他出车，它就会横冲直撞，捣毁她的局面。如果他让她的后移动到象线，他的王前防线就将溃灭。她绝对不能让他的象来将军。他不能让她挺进车前兵。几个小时过去了，她始终没看他一眼，也没去看观众，甚至没去看裁判。在她的脑海中，在所有注意力聚焦之中，她只看到那些危险的化身——马、象、车、兵、王和后。

提出"封棋"的是博尔戈夫。他是用英语说的。她不解地看了看自己的钟，恍然发现两面旗都没有落下，但博尔戈夫的时间比她的少。他还有七分钟。她还有十五分钟。她看了看她的记录纸。最后一步是第四十步。博尔戈夫想现在封棋。她朝身后看了看；舞台的其余部分都空了，其他几盘棋都已结束。

然后，她看向博尔戈夫。他没有拉松领带，没有脱下外套，也没有抓乱头发。看上去，他并不乏累。她赶紧移开视线。就在看到那张冷漠、静默但充满敌意的脸时，她又觉得害怕了。

• • •

布斯在大堂。这一次，他和六七个记者在一起。有《纽约时报》的男记者、《每日观察家》的女记者，还有路透社的人，合众国际社的人。这群人在大堂里朝她走来，其中有两个新面孔。

"我都快累死了。"她对布斯说。

"我知道。"他说，"但我答应这些人了……"说完，他介绍了那两位新面孔。第一个是《巴黎竞赛》的记者，第二个是《时代》杂志派来的,她看着他,问道:"我会上封面吗?"他反问道:"你会打败他吗?"她不知道该怎么回答。她有点怕。不过,从局面上看她和博尔戈夫势均力敌,在时间上她也有优势。她没有犯任何错误。但博尔戈夫也没有。

这群人里有两位摄影师,她摆出姿势,让他们拍了照,有一个摄影师问能不能拍一张她在棋盘前的照片,她就把他们带到了她的房间,她的棋盘上还摆着和卢申科对弈时的局面。那似乎已是很久以前的事了。她坐在棋盘前,让他们拍照,并不介意——事实上,她还挺高兴的——他们在房间里走来走去,一卷一卷地拍。有点开派对的感觉。摄影师们用心地看她,琢磨角度,调整相机,更换镜头,与此同时,记者们纷纷提问。她明知自己本该摆出封棋的局面,集中精力想出明天的战略,但她乐于接受这种让人分心的闹哄哄的场面。

博尔戈夫现在肯定在那间豪华套房里,可能和彼得罗辛、塔尔在一起——也许还有卢申科、拉耶夫和别的苏联高手。他们会脱下昂贵的外套,卷起袖子,一丝不苟地分析她的每个棋子的位置,寻找潜藏其中的弱点,或是十步之后可能会暴露的漏洞,摸索白方棋子的布局,好像那是她的身体,而他们是准备解剖的外科医生。幻想他们这样做的时候,脑海里的画面有种猥亵感。他们会那样研究到深夜,就在博尔戈夫的套房客厅里的那张大桌子上看着棋盘吃晚餐,为他次日上午的续战做准备。但她喜欢自己此刻正在做的事。她不想去思考那个局面。况且,她很明白问题并不在于局面本身。她可以在晚餐后的几小时内,把所有可能性都琢磨个透。真正的问题是博尔戈夫带给她的感受。能暂时忘记这个问题也挺好的。

记者们问起了梅修茵,她一如既往地低调应答。但有个记者追问了一下,她发现自己不知不觉地说道:"他们不让我继续下棋。那是一种惩罚。"他立刻听懂了内涵,继而说道,这听起来很像狄更斯的故事。"他们为什么要那样惩罚你?"贝丝说:"我认为他们在讲求原则这一点上近乎残酷。至少院长是这样的。海伦·迪尔多夫夫人。你能把这个名字登出来吗?"她这样问《时代》杂志的人。他耸了耸肩。"那是法律部门要考虑的事。如果你明天赢了,可能会登出来。"

"并不都是残酷的人。"她说,"有个员工叫弗格森,有点像护理员。我认为,他是很关爱我们的。"

合众国际社的记者在她抵达莫斯科的第一天就采访过她,现在开口问道:"如果他们不希望你下棋,又是谁教你的呢?"

"他叫夏贝尔,"她答道,想起了地下室里的那面照片墙,"威廉·夏贝尔。他是那儿的勤杂工。"

"给我们说说这事儿吧。"《每日观察家》的女记者说道。

"他教会我怎么下棋后,我们就在地下室下棋。"

他们显然很喜欢这个故事。《巴黎竞赛》的人一边摇头,一边笑着问道:"是勤杂工教会你下国际象棋的?"

"是的。"贝丝说着,声音不由自主地颤抖起来,"威廉·夏贝尔先生。他是个很棒的棋手。他花了很多时间研究棋,而且下得很好。"

他们离开后,她泡了个热水澡,在巨大的铸铁浴缸里舒展身体。

然后，她穿上牛仔裤，开始摆棋子。然而，从她坐到棋盘前开始审视局面的那一刻起，之前的紧张感又回来了。在巴黎的那场对弈中，她在这个阶段的局面看起来比这次的更强大，但她仍然输了。她从桌边走开，转身走到窗前，拉开窗帘，望向窗外的莫斯科。太阳仍高悬天空，普照下的城市轻盈又欢快，照理说，莫斯科不该是这样的。远处，老人们下棋的公园绿意盎然，但她觉得恐慌。她觉得自己没有力量再坚持下去打败瓦西里·博尔戈夫。她不想再为国际象棋日思夜想了。假如她的客房里有台电视机，她肯定会打开电视的。假如这里有一瓶酒，她肯定会喝的。她有过一个闪念，想叫客房服务，但及时阻止了自己。

她叹了口气，回到棋盘前。必须钻研到底。她必须为明早十点的比赛制定一个计划。

• • •

天还没亮，她就醒了，在床上躺了一会儿，然后看了看表。五点半。两个半小时。她睡了两个半小时。她冷冷地闭上眼睛，试着重新入睡。但睡不着了。封棋的局面自动地、强行地回到她的脑海。她的兵在这儿，她的后在那儿。博尔戈夫的棋子在那儿。她看到了，就无法假装没看到，但这毫无意义。前一天晚上，她盯着这个局面看了好几个钟头，试图为接下去的对弈制定某种有效的计划，她尝试不同的着法，有时是在真实的棋盘上，有时是在头脑里，但都没有结果。她可以挺进后翼象前兵，或者把马移到王翼，或者把后移到象线第二排。或是王线第二排。假设博尔戈夫在封棋前写下的着法是跳马到象线第四排。假设他移动了后,她要做出的应对就不一样了。假设他想让她白白分析一场,就可能会走王翼象。五点半。离比赛继续还有四个半小时。现在,博尔戈夫想必已经计划好接下去怎么走了,而且是集思广益达成的方案;他肯定睡得安安心心。窗外,远方突然传来一阵像警报的声音,她从床上跳了起来。只是苏联式的消防演习或别的情况吧,但她的双手微微颤抖了一会儿。

早餐,她吃了荞麦粥和鸡蛋,吃完又坐到了棋盘前。七点四十五分。但即便喝了三杯茶,她还是想不出头绪,真是不知道为什么。她固执地强迫自己打开思路,她的想象力常常很有用,现在她也指望想象力能在这个局面上发挥作用,但什么都想不出来。除了她能怎样应对博尔戈夫后续的威胁,她没有别的想法。那只是被动的应对,她很明白那是多么的被动。就是这种被动,让她在墨西哥城惨败,这次也会让她再次输给他。她起身拉开窗帘,就在她转身走回棋盘前时,电话铃响了。

她盯着电话看。住在这个客房的整整一星期,电话一次都没响过。就连布斯先生也没给她打过电话。现在,短促的铃声响起来,而且很响亮。她走过去,拿起话筒。有个女人用俄语说了什么。她一个字都听不明白。

"我是贝丝·哈蒙。"她说。

电话那头的女人又用俄语说了什么。听筒里传来咔嚓一声,又有个男人的声音清晰地传来,俨如从隔壁房间打来的。"如果他走马,就用王翼车前兵去攻击他。如果他走王翼象,你也一样这样走。然后，打开你的后线。这通电话可让我破财了。"

"本尼！"她说,"本尼！你怎么知道……"

"登在《泰晤士报》上了。现在这儿是下午,我们已经研究了三个钟头。莱沃托夫和我在一起,还有韦克斯勒。"

"本尼,"她说,"听到你的声音真是太好了。"

"你必须打开那条线。有四种方法,取决于他怎么走。你手边有棋盘吗？"

她朝桌上瞥了一眼。"有。"

"我们先从他的马到B-5开始说,接着你挺进王翼车前兵。你明白吗？"

"是的。"

"好。接下去他可能有三种方案。第一个是B到B4。如果他这么走,你的后就要直接移到王线第四排。他会猜到这一步,但可能想不到另一步——兵到后线第五排。"

"我不明白……"

"看看他的后翼车。"

她闭上眼睛,看明白了。在她的象和车之间只有一个兵。如果他想封锁这个兵,就会为她的马腾出一个格子。但是,博尔戈夫和其他人都不可能漏看一点。

"他有塔尔和彼得罗辛做他的帮手。"

本尼吹了声口哨。"我想象得出来,"他说,"但你要看得长远点。如果他在你把后移出来之前走他的车,他要把它放在哪里？"

"在象线。"

"你走兵到后翼象线第五排,基本上就成功开线了。"

他说得对。现在看来有苗头了。"万一他没走 B 到 B4 这步呢?"

"我让莱沃托夫来说。"

听筒里传来了莱沃托夫的声音。"他有可能跳马到 B5。那样的话就非常棘手了。但我已经想出对策了,你可以领先他一步。"

她只见过莱沃托夫一次,那次都没怎么留意他,但现在她真想给他个拥抱。"告诉我怎么走。"

他一步一步地告诉她。很复杂,但她不难看出这样走是有用的。

"太妙了。"她说。

"我再让本尼跟你说。"莱沃托夫说。

他们一起继续,探索各种可能性,一个变化接着一个,差不多聊了一小时。本尼太了不起了。无论什么局面,他都想到了,也都想出了对策;她能看到应对博尔戈夫的办法了:如何围堵、如何碾压、如何欺骗、如何困住他的棋子,迫使他妥协并撤退。

聊到最后,她看了看表说道:"本尼,这儿已经九点十五分了。"

"好。"他说,"去打败他吧。"

• • •

楼外聚了一大群人。前门上方竖起了一块展示大棋盘,可以让无法进入大礼堂的观众看到即时战况;汽车驶过时,她一眼就认出了展示大棋盘上的局面。她将要挺进的那个兵、她要强行打开的那条线都被清晨的阳光照亮了。

挤在侧门外的人比昨天多一倍。她还没有打开车门,他们就呼喊起来:"哈蒙！哈蒙！"大多数都是上了年纪的人；她匆匆走过时，好些人微笑着伸出手指，只想碰碰她。

现在，舞台上只有一张棋桌，摆在正中央。她进来时，博尔戈夫已落座。裁判陪她走到她的座位边，等她坐下后，他打开信封，把手伸向棋盘，拿起博尔戈夫的马，移到了象线第四排。正是她期待的那步棋。她把她的车前兵向前挺进一格。

接下来的五步棋完全跟她和本尼在电话中讨论过的走法一样，她打开了那条线。但到了第六步，博尔戈夫把仅有的那个车移到了棋盘中央，她盯着它——位于后线第四排，一个她和本尼他们没有预估到的位置——她感到心里一沉，知道本尼的电话只能暂时掩盖她的恐惧。她已经很幸运了，因为那通电话，她才能走出那么多步，走到这里。从现在开始，博尔戈夫要走的变化将是她完全没有预料到的。她又要孤军奋战了。

她挣扎了一番，总算把视线从棋盘上移开，向观众席望去。她已经在这里下了好几天棋了，但仅仅是观众席的规模就已足以震撼到她。她不太确定地转回视线，去看棋盘，看位居中央的那个车。她必须对它采取措施。她闭上眼睛。她立刻在脑海中见到这盘棋，幻影之清晰、之逼真堪比她小时候在孤儿院的床上所能见到的那样。她闭着眼睛，巨细无遗地思考这个局面。这种推演极其繁复，好比她把书上看到的棋局从头到尾研究一遍，而且没有书面分析来说明下一步将是什么、谁最终会赢。没有落后兵，没有其他弱点，双方都没有明确的进攻路线。双方势均力敌，但他的车可以像坦克横扫战场那样主宰整个棋盘。它蹲踞黑格，而她已经没有了黑格象。她的兵都无法攻击它。马要跳三步才能逼近它。她自己的车被卡在底线角落里。她手下只有一个棋子能迎战它：她的后。但是，她要把后放在哪个位置才能安全地达成目的呢？

她用拳头抵住双颊，眼睛仍然闭着。此刻，后稳坐底线，毫无杀伤力，那个格子最初是后翼象在第九步之后就一直待的格子。它只能走斜线出去，只能走三格。每一格看起来都很弱势。她先不去管那些弱点，一格一格地去审视，直到王翼马线第五排。如果她的后停在那里，他就可以把他的车迅速滑动到后的下方，仅用一步就掌控整条线。那将是灾难性的场面，除非她能反击——将军，或进攻黑后。但她只有用象，才能将他的军，而且，那是弃象将军。他的后肯定会吃掉这个象。但那之后呢？她可以用她的马攻击他的后。那么，他要把后放在哪里呢？只能放在那两个黑格中的某一格。她似乎看出了一点端倪。她可以用马把后赶到一个她可以将军抽后的位置上。在那之后他也可以吃掉她的后，而她仍然少个象。但这样一来，她的马所在之处就能实施另一种捉双。她可以吃掉他的象。没有弃子。他们将再次持平，她的马可以继续去威胁那个车。

她睁开眼睛，眨了眨眼，然后移动了后。他移动车，放在后的下方。她毫不犹豫地拿起她的象，将他的军，等着他的后来吃它。他看了看，没有走棋。有那么一瞬间，她屏住了呼吸。她会不会漏掉了什么？她再次闭上眼睛，心里惊恐，又在脑海中审视了这个局面。他可以移动他的王，不一定要吃象。他可以介入——

突然，她听到桌子对面传来他的声音，他说出了一个令人震惊的词："和棋"。他像是在公布一则声明，而非向她提出一个问题。他向她提议和棋了。她睁开眼睛，直视他的脸。博尔戈夫从未向对手提和，但他跟她提和了。她可以当场接受，比赛就会结束。他们可以站起来，接受雷鸣般的掌声，她走下舞台时就将与世界冠军同分。她的内心有些松动，听到自己默默地劝说自己：接受吧！

她回头去看棋盘——摆在他们之间的真真切切的棋盘——看到了尘埃落定前即将出现的残局。博尔戈夫是残局高手；在这方面，他可谓是名震天下。而她一直很讨厌残局——甚至讨厌去读鲁本·法因写的那本残局书。她应该接受和棋。人们会说这是实至名归的胜利。

然而，和棋，终究不是胜利。在她的生命中，她确定自己钟爱的一件事就是赢。她又看了看博尔戈夫的脸，稍有惊讶地看出了他有疲惫之色。她摇了摇头。不。

他耸了耸肩，拿起了象。在那个短暂的瞬间，她觉得自己是个傻瓜，但她甩掉了这个念头，用她的马攻击了他的后，而且毫发未伤。他被迫移动了后，而她跳马过来，将军抽后。他移动了王，她把他那个沉重的后从棋盘上提走了。他吃她的后。她攻向车，他把它撤回一格。走那步象开始，这一系列着法，就是为了达成这一要点——为了削减这个车的势力范围，迫使它移到威胁性较小的一排——但现在，它真的被逼退了，她却不确定接下去该怎么走。她必须万分小心。他们再走下去，难免会进入车兵残局；容不得一丁点儿疏忽。有那么一瞬间，她觉得举步维艰，没有想象力，没有目标，又害怕犯错。她又闭上了眼睛。棋钟显示她还有一个半小时；她有时间去想，再走出正确的着法。

她没有睁开眼睛，甚至没去看钟面所剩时间，也没去看对面的博尔戈夫，更没去看那么多专程来这个大礼堂看她下棋的观众。她让这一切全部从她的脑海中消失，只允许自己凝视想象中的棋盘和棋盘上牵一发而动全身的僵局。谁执黑？这盘棋是在莫斯科、纽约还是在孤儿院的地下室下的？这些都不重要了；逼真至极的幻影就是她独占的领域。

她甚至听不到时钟的嘀嗒声了。她在静默中思考，让思绪在想象中的棋盘上移动，组合、再重新组合棋子，要使黑方的棋子无法阻止她挺进选中的小兵。现在，她看出来了，那将是在第四排的王翼马线兵。她在幻视的棋盘上把它移到第五排，再开始研究黑方的王为了阻挡这个兵会如何前进。白方的马要想阻拦黑方的王，可以去威胁黑方的一个重要的小兵。如果想要白方的兵冲到第六排，就必须提前为这步棋做好准备。她花了很长时间才找到方法，但她一直没放弃，近乎无情地让自己想下去。关键在于她的车，行动起来危险重重——总共要走四步，但那个兵就能如愿以偿。现在，它不得不再向前走一步。这是极其缓慢的挺进，但也是唯一的办法。

有那么一会儿，她的头脑因疲惫而麻木，棋盘也模糊了。迫使自己让幻视恢复清晰时，她听到了自己的叹息。首先，这个兵必须得到车前兵的辅助，而且，为了让车前兵上前一步，就需要转移对方注意力，也就是说，要牺牲棋盘另一边的另一个兵。这样走的话，将会让黑棋三步升变，迫使白方用车去交换升变的后。然后，白方的兵——暂时安全了——才能向前，走到第七排，等黑方的王慢慢凑近它时，白方的车前兵可以连上来，守住第七排的兵。然后就是最后一步：冲到第八排，升变。

她一直推演到最后一步——从博尔戈夫看到的棋盘上的局面算起，一共是十二步棋——根据迹象和猜测，在她的脑海中逐一具象化。毫无疑问，这样走是可行的。但假设黑方的王在小兵变后前就吃掉它，好比掐下含苞未开的花骨朵，她却想不出有什么办法能让兵冲向终点。这个小兵看来格外沉重，动弹不得。她无法挪动它。她已经走到了这一步，实在没有别的办法了。太无望了。她动用了此生最强大的心智能力，但可能只是白费心机。小兵不可能成为皇后。

她疲惫地靠在椅背上，依然闭着眼睛，让脑海中的幻影黯淡了一下。然后，她又让它显现出来，看了最后一眼。这一次，她猛地看到了结局：他刚才用象吃掉了她的车，但现在，它阻止不了她的马。马可以把王逼到一边。白方的小兵将升变为后，四步杀王。从现在算起，十九步内将死对方。

她睁开眼睛，又在舞台上的灯光下眯起眼睛，然后看了看她的棋钟。她还剩十二分钟。她闭着眼睛思考了一个多小时。假如她的计算出现一个闪失，那就没时间想新策略去补救了。她伸出手，把王翼马前兵移到第五排。快要放下棋子时，她只觉肩头一阵刺痛；浑身的肌肉都僵硬了。

博尔戈夫出王，想要阻止那个兵。她跳马过去，迫使他防卫。

棋局正按照她预见的方式进行下去。身体上的紧绷感渐渐松弛下来，随着接下来的几步棋，她浑身上下都感受到了一种舒适的镇定感。她刻意加快了走棋的速度，每走一步都坚定地按下钟，渐渐地，博尔戈夫应对的速度慢下来了。现在，他要花更多时间思考，才能走出下一步。她看得出来，他拿起棋子的手势透露出了内心的不确定。走完最有危险的那几步后，她把兵移到了第六排，她端详他的脸色。他的表情没有变化，但他抬起手，五指插进自己的头发，抓揉了几下。激动让她的身体一阵震颤。

当她把小兵冲到第七排时，她听到他轻轻咕哝了一声，好像她当胸给了他一拳。他花了很长时间才把王移过来，想要挡住她的兵。

她只等了一会儿，就任由自己的手伸向棋盘。当她拿起马时，指尖能微妙地感受到它的力量。她没去看博尔戈夫。

她把马放下的时候，身边万籁俱寂。过了一会儿，她听到桌子对面传来叹气声，这才抬头去看。博尔戈夫的头发乱糟糟的，脸上却挂着沉郁的微笑。他用英语说道："你赢了。"他往后推开椅子，站了起来，然后拿起他的王。他没有把它放倒，而是隔着棋盘，把它递给她。她凝视着它。"拿去吧。"他说。

掌声响起。她接下黑方的王，转身面对观众席，让巨浪般的掌声扑面而来。观众席上的人都站立起来，掌声越来越响。她用整个身心去承接那样的掌声，感到自己的脸颊在那样的掌声中变红了，然后变得滚烫而湿润，雷鸣般的声音将万般思绪冲刷一空。

瓦西里·博尔戈夫站在她身边，片刻之后，让她完全惊呆的是——他张开双臂，给了她一个温暖的拥抱。

· · ·

大使馆的聚会上,服务员端着一盘香槟走过来。她摇了摇头。别的人都在喝酒,有时还向她敬酒。大使亲自到场的那五分钟里,他递给她香槟酒,而她拿了苏打水。她吃了一点黑面包加鱼子酱,回答了几个问题。现场有十几个记者和几个苏联人。卢申科也在,看起来又是那么高雅了,但博尔戈夫没来,她有点失望。

已是下午,她还没吃午饭。她觉得头重脚轻,非常疲惫,不知为什么觉得轻飘飘的。她历来都不喜欢聚会,哪怕她是这次聚会的主角,她仍觉得自己在这里格格不入。大使馆的一些人用怪异的眼神打量她,好像她是个异类。他们不停地对她说,他们不够聪明,所以不会下棋,要不然,就说他们小时候也下过棋。她不想再听这些了。她想做点别的事。她不确定是什么事,但她想远离这些人。

她挤过人群,向来自得克萨斯的聚会女主人表达了谢意。然后,她对布斯先生说,她要坐车回酒店。

"我去安排车和司机。"他说。

离场之前,她又看到了卢申科。他和其他苏联人站在一起,着装打扮无可挑剔,一副轻松自在的样子。她伸出了手,说道:"很荣幸能与您对弈。"

他握住她的手,微微鞠了个躬。有那么一会儿,她还以为他会行个吻手礼,但他没有。他用双手握住她的手。"这一切,"他说,"根本不像国际象棋。"

她笑了。"没错。"

・・・

大使馆在柴可夫斯基大街，回酒店要驱车半小时，有一段路有点拥堵。虽然身在莫斯科，她却连走马观花都没有过，而且次日清晨就要离开，但她不想再看窗外的莫斯科了。比赛结束后，他们颁给她奖杯和奖金。她接受了几轮采访，也接受了各方祝贺。现在，她有点无所适从，不确定该去哪儿、该做什么。也许可以睡一会儿，吃一顿安静的晚餐，然后早点睡觉。她赢了他们所有人。她打败了苏联棋坛的顶尖高手，战胜了卢申科、沙普金和拉耶夫，还迫使博尔戈夫认输。两年后，她就有机会和博尔戈夫争夺世界冠军。她必须先在候选人对抗赛中胜出，才能获得挑战权，但她肯定没问题的。世界冠军的争夺赛将选在某个中立的地点，她将与博尔戈夫正面交锋，进行一场二十四盘的对抗赛。那时，她将是二十一岁。现在，她不愿再想这件事了。她闭上眼睛，在豪华轿车的后座打起了瞌睡。

当她睡眼惺忪地往外看时，车正停在红绿灯前。前方，右边，正是她在酒店客房里能望见的那个绿意盎然的公园。她醒过来，凑向前座，对司机说："让我在公园下车吧。"

阳光透过密林洒在她身上。长椅上的人好像就是她上次看到的那些人。他们是不是认出了她已无关紧要。她沿着小路从他们面前走过，走到空旷的广场。她没有引来任何人的瞩目。她走向凉亭，迈上台阶。

第一排水泥桌靠中间的那张桌边，有位老人独自坐着，面前摆好了棋子。他应该有六十多岁，戴着随处可见的灰色帽子，穿着灰色棉布衬衫，袖口卷起来。她在他的桌前停下来时，他好奇地朝她看，但没有露出认出她的表情。她在黑棋的后方落座，谨慎地用俄语问道："您想下盘棋吗？"

棋局之外

于是

跨界 ✕ **对谈**

侯逸凡

于　是 | 作家
青年翻译家
本书译者

侯逸凡 | 深圳大学教授
国际象棋世界冠军
本书技术顾问

于　是：首先要感谢逸凡老师帮我们做完了《后翼弃兵》的校订工作！我特别想知道你看完这本书有何感想？

侯逸凡：我之前看过影视作品，英文版小说也比较粗略地浏览过。这本书给我的一个印象是跟以往的大多数文学作品不一样。虽然以前也有一些文学作品以国际象棋为主题，比如茨威格的短篇《象棋的故事》，但是这部当代文学作品包含了大量的国际象棋专业知识、前辈下过的经典对局和很多非常专业的描述，看得出来，作者在国际象棋上下了不少功夫。

于　是：你有没有跟别的同行棋手谈论过这本书或者剧集？

侯逸凡：谈论过剧。我记得这部剧最早是很多不下棋的朋友推荐给我的。有一天早上醒来，打开手机，蹦出很多条信息，都是"逸凡，你知道吗？我最近看了一部美剧，我觉得女主很像你，我终于知道原来你们下棋是这个样子的"这一类的描述，收到了太多信息，都是关于这部剧的。那时候我由于既定的一些日程安排，没有开始看剧，几天后这部剧在棋界也开始大火，那前后吧，我也断断续续地把它看完了，不是一下子追完的。看这部剧，跟我以往一些追剧的习惯不太一样：通常在情节非常激动人心或者环环相扣的时候，就会有种望穿结局的欲望。这部剧也有，但我会告诉自己适当地停一停，毕竟这部剧对我而言不适合快进。

于　是：我好奇地问一下，像你这种段位的棋手看这部剧的时候，会不会在某一些棋局上面特意按下暂停键，去研究一下？

侯逸凡：会的！看这部剧的时候我虽然按了暂停键，但是从来没有发现过不对的局面。很多剧里常出现国际象棋的相关场景，然而，你会发现一旦按下暂停键、放大之后，那个局面就真的是一幅艺术作品，不是一盘真正的对局，甚至会有一些基础知识都不太对劲的情况出现。但是这部剧无论我什么时候暂停，不仅会发现局面是合乎逻辑的，非常像一盘实战对局，有时还会觉得棋局很眼熟，有些名字耳熟能详——这些开局变化不就是我小时候下过的吗？所以，到了后来就不常用暂停键了。不过，有些局面我还是会暂停一下，把画面放大，想一想如果是自己该怎么走。

于　是：我还很好奇：不下棋的朋友和下棋的朋友看这个剧的"点"会不一样吗？

侯逸凡：有点不一样。比如说，很多不下棋的女性朋友是把这部剧当大女主的爽剧去看，看完之后可能会觉得受到了鼓舞，受到了激励，同时也会想象我下棋的时候会不会也是这样。但是，我跟下棋的朋友探讨这部剧时会更多地关注一些棋外的场景，比如整个比赛环境、大的时代背景，甚至女主幼年时期的故事、衣着品位等等。

于　是：为什么还会讨论衣着品位？

侯逸凡：我感觉这部剧在女主的服装上花了不少心思。我们正常比赛的话，在服装方面一般都是要求 smart casual 这种商务休闲装，或者是正装、队服。比如，我前两年参加的国际棋联男子大奖赛就要求参赛棋手着正装，当时我是唯一一名参赛的女棋手，因此组委会没有对我做任何特定的要求。但是我自己决定遵循同样的准则，带了不同的衬衫和西装外套去穿。一般来讲，我们对服装没有特别讲究，只要表示出正常的尊重就可以了，只是会禁止棋手非常随意地出现在赛场里，比如穿吊带、短裤、拖鞋这种。剧中女主经常是盛装出席比赛，我们一般不会，通常只是在开闭幕式或者一些颁奖盛典当中才会着礼服。

于　是：她在剧中的衣服，或者书中提到过的一些服饰，你最喜欢的或是觉得下次自己也可以尝试的是哪一套？

侯逸凡：我喜欢的很多，女主换一套风格就展现出完全不一样的气场，一出场就会让人眼前一亮。这部剧导演的选角非常好，演员能够在不同场景下散发出贝丝的各种风采，也能够驾驭不同风格的衣服，我们大多数人可能会有自己最适合的那一类着装，那一种风格，而剧中的女主是百变的。

于　　是：我刚开始看这本书的时候，很仔细地想过这个问题：为什么在描写一个女棋手的小说或影视剧里面，要花那么多笔墨去写她买衣服？她赢了第一场比赛后做的第一件事就是去改变自己的形象，之后每到一个地方也都会很介意这件事。我想问问，你是怎么理解这部分内容的？

侯逸凡：第一点，我在想，这有没有可能是希望为棋手树立一个接近完美的形象？因为相对于我们日常熟悉的一些职业，棋手这个职业在大众眼里出现的频率比较少，因此作者会不会想让棋手有一次华丽的出场？第二点，有没有可能跟贝丝自己的成长经历有关，作者是为了让这个人物更鲜活一些？贝丝最早跟着母亲长大，母亲发生意外后，她去了孤儿院，有没有可能这种成长经历对她的内心有些潜在的影响，从而导致了她格外地注重某一方面？如果仅仅从棋手的角度去看，我并没有想到非常紧密的关联。当然我可以理解，因为我身边一些朋友有时候也会有一种想法，就是同样的衣服不在重要场合穿第二次。每个人的原因不同，有些朋友是因为一些心理因素，比如穿这件衣服的时候下得不好，输棋了，因此觉得这件衣服好像不能带来好运，所以决定以后不穿它，压箱底。会有这种比较"迷信"的小想法存在，对很多棋手来说都有。

于　　是：你有吗？

侯逸凡：我没有，完全没有。我还知道有些棋手比赛前不吃鸡蛋，因为鸡蛋是圆的，象征零分，所以要多吃面条，因为面条是长长的，代表一分。这种（心思）我都完全没有，我今天佩戴什么饰品或者穿什么衣服，取得了什么成绩，都不会对我产生后续影响。

于　　是：我觉得作者虽然是男性，但是他在描写女性的时候挺有女性意识的。他提到了买衣服、享受美食、运动这些内容，在我看来好像在给读者暗示或明示，就是这个女主人公非常善于自我教育，善于把自己打造成她需要的形象——能让她自己满意的形象，而不是让别人觉得满意的形象。我读到那些段落时会有这种感想，你有没有？

侯逸凡：应该是这样的。我觉得从她的一些日常行为当中，甚至在参加比赛时对自己的定位上，她都不仅仅止于或者说不仅仅满足于战胜对手，她希望做到的是让自己发挥出最好的水平。她常常思索：自己这盘棋还有哪里可以改进？这样一种复盘并不仅仅发生在她输棋的时候，有时候赢了，她也会去反思。这也从另外一个侧面反映了她这样的一种自我教育，或者说是自我提升。

于　　是：前面你说那些不是棋手的朋友们向你安利这个剧的时候，特别强调了你们很像，所以，在你的朋友们眼里，你跟贝丝之间到底有多少相似之处？

侯逸凡：如果是不下棋的朋友，他们会觉得很像，可能是因为我和贝丝都在女子领域取得了非常好的成绩，也都经常参加男子比赛，有相当不错的发挥。但是真正下棋的好友反而不会去这样类比，因为我们可能或多或少都知道：贝丝——剧中出现的这样的人物——并没有一个真正的原型。我一直觉得贝丝是集中了国际象棋历史上至少好几位非常著名的棋手，把他们身上最闪光最有特色的点汇聚到了一起。

于　是：可以介绍一下是哪几位吗？

侯逸凡：我看过一些文章，说她像菲舍尔。菲舍尔是我最喜欢的一位国际象棋棋手，他是第十一位男子世界冠军，也是美国人。同样，菲舍尔和贝丝都处在美苏冷战的大背景下，也都是独自一人从美国脱颖而出，去挑战整个苏联军团。而且我觉得他俩性格上也很像，菲舍尔也不在意别人的眼光，做自己想做的事情，坚持自己认为对的事情，非常有个性。除了菲舍尔以外，我记得业界某网站写过一篇文章，说贝丝像我们女子的第一位世界冠军维拉·明契克。还有人会说她像国际象棋历史上女子等级分最高的棋手小波尔加，就技术成就而言，她非常符合贝丝这个人设。也有人会觉得我很像贝丝，因为在当今这个年代，关注国际象棋的棋友们如果要从女生当中找最像的原型，就肯定会想到我。

于　是：还有一个问题是关于两性问题的，在书中贝丝的那个年代，女子棋手还是一个非常稀罕的存在，人们会认为女生不应该去下棋。但是到你的这个时代已经不存在这种偏见了，所以，这个变化到底是怎么发生的？

侯逸凡：其实这种刻板印象还是存在的，只是相较当时有了很多改善，而这种改善可能是社会变革和发展所带来的。虽然现在不会有人说女孩子不应该去下棋，但是，可能很多人还是认为大多数女生下棋是下不过男生的。不过，现在已经有越来越多的80、90后家长开始意识到，学习国际象棋其实是一件不分性别、对孩童的发展非常有益的事情，所以这种认知是在慢慢改善的，性别之间的差异也在逐渐淡化。为什么会这样？我觉得也是经历了几个阶段，一个是我们女子国际象棋的整体水平和地位在不断提升。当然这其中有多种因素，比如说，国际棋联等国际组织对女子国际象棋整体事业发展的重视，也包括整个社会愿意给女性提供更多机会，学校里对女生的培养，其实都是在给女孩子更多机会。这一点在国际象棋上是非常重要的。除此之外，现在很多家长会觉得女孩子并不一定只能做某些特定领域的事情；像科学、智力项目、体育领域等等，女生只要有热情，只要有足够的动力去尝试、去体验、去学习，就可以往这个方向发展。我觉得这就像一个良性循环，由于有了我的前辈们——很多优秀的女棋手——她们投身国际象棋事业，去参加比赛，取得好成绩，在赛场上与男棋手同台竞技，这可能会给下一代的年轻女棋手起到很好的榜样作用。我们都知道榜样的力量很大，确实，有时候真的可以改变下一代人的思想，改变他们的事业选择。

于　是：我觉得贝丝就是一个这样的榜样。

侯逸凡：没错，她不仅仅是榜样，我觉得她可以被立为一个偶像，一个典范，而这个典范一定是非常少的。我在想，真正下棋的人当中，有谁能做到贝丝那样？其实没有，无论男女。剧中很大程度上淡化了一名棋手在成长过程当中可能会遇到的各种各样的困难。

于　是：比如说呢？

侯逸凡：比如说，贝丝刚开始在地下室里跟一位老爷爷学棋，学了之后，自己知道这些开局了，就在天花板上幻视脑海里的对局，下盲棋，自我提升，接着，第一场棋赛就直接去下了车轮赛。如果真正从一个棋手的角度去看她的职业发展路径，会发现真的难以置信。因为通常你先要学会下棋，然后知道些开局，摆棋来练习，去找小伙伴对弈。要把书中的开局名称记下来，学习中局的时候，也要记住有哪些行棋原理，需要注意的排兵布阵的思路等等。我们都要经过一定的输入才可以有输出。而我感觉书中把贝丝的付出淡化了，更多地塑造了一个神童的形象，更像是在告诉观众，国际象棋是一门极需天赋的运动。

于　是：对，没错。在天花板上看到棋，然后就可以在头脑中下盲棋，这个片段会在某种程度上神化这门技艺。像我这种不太会下棋的人会觉得——原来人家下棋下得那么好，就是因为有超能力嘛！要不然就是有超强的记忆力，要不然就是有这种幻视的能力。在这一点上，我觉得剧集的戏剧性可能稍微夸张了一点。

侯逸凡：我觉得这也很正常，如果真像拍纪录片那样去拍一位如同贝丝这样的国际象棋棋手，可能就不会这么引人入胜，很多对国际象棋技术不感兴趣的人，可能会丧失看剧的兴趣。我们需要一些神话，需要一些这种戏剧化的效果。

于　是：你说得很对！说到天赋，你刚才强调了贝丝有天赋，对现实中的棋手来说，"有天赋"是不是也特别重要？

侯逸凡：我觉得下棋是需要天赋的。对于一位棋手来说，如果想达到巅峰，比如说想拿到男子世界冠军，或者说想进入全世界排名前

三、前五，或者前十，你需要一定的天赋。但是天赋又不起决定性作用，因为只有当你真的达到很高水平的时候，天赋才能助你更进一步。而当你没有达到那种水平的时候，你靠努力也可以走得很远。所以说，天赋，相较于刻苦钻研，相较于心理素质，相较于体能储备来讲，它可能是属于天花板的级别。如果想跨越这道屏障，我们需要它，但是如果你只有它，而底下的根基没有打好的话，天赋其实没有什么用。

于　是：你五岁开始学习国际象棋，你是在什么时候意识到自己有下棋天赋的？

侯逸凡：没有一个特定的节点让我意识到自己有天赋，更多的时候，我处在比较迷茫的状态中，不会去想自己是否有天赋这样一个问题。但是随着我棋力的提高，取得了一些很不错的成绩，会陆续听到身边的很多人说"你有天赋"，久而久之，可能自己就信了，虽然我现在也不知道这到底是不是一个误判（开个玩笑）。最早意识到这一点的可能是我身边的教练、队友、师长，他们会说：其实你下棋还是有天赋的。打个比方，我在2006年第一次参加女子世锦赛，当时是淘汰赛制，无论是从赛前的排位，还是从年龄、经验来看，大家都觉得我并不真正具有竞争力，就是一个"小白"。我去俄罗斯参加那届女子世锦赛，出乎众人意料，连续淘汰了两位等级分比我高、经验比我丰富、苏联学派下成长起来的棋手。对手的教练评价我下的棋："非常老到"，不像十来岁的小姑娘下的棋。这可能就导致了棋界很多人说这个小孩下棋还挺有天赋的。后来就是我的一位教练。教练不只带我一个人,也带其他很多高水平棋手,其中不乏一些世界排名非常靠前的,但他跟我说过:"你知道吗?从训练来看,我觉得你无论是棋感,还是反应,都完全不亚于那些顶尖棋手。"这是一个方面,让我觉得自己或许在棋上是有那么一点点天赋的。当然,人家后面还有一句话:"你的努力程度可能不太够。"因为我2012年进入北大学习,后来成功申请了罗德奖学金,到牛津读书。这些年,我并不是作为职业棋手将自己绝大多数的时间、精力都投入到棋上的,但还是保持了不错的竞技状态,我边读书边拿了两次女子世界冠军,等级分、大赛的成绩也都有所提升。我知道自己的训练量相较大多数的专业棋手而言是比较少的,不能说最少,但绝对不是刻苦型的。我想这可能归功于两点,一是有时候我会自己去思考什么样的备战方式,或者说训练方式更高效,能够合理利用和分配有限的时间;另外一点是对棋有一个熟练度,这或许跟灵感挂钩,就是说,你有时候可能会隐隐约约感觉到棋应该这么下。这一点很关键,无论是备战还是临场,能帮你省时间。这两点结合起来会让我觉得自己在天赋这件事上至少不是不沾边的,但你要说我有多好的天赋,我自己并不认同。在我看来,我们这一代棋手里面,真正在国际象棋上有极高天赋的人应该要数当今的男子世界冠军——挪威棋手卡尔森。我跟他下过很多盘棋,也看过他的一些对局。我觉得,他对棋的理解真的跟我们其他棋手都不一样。

于　是:很想知道到底哪里不一样。

侯逸凡： 很难用语言完全描述出来，但是我跟卡尔森下棋的感觉，和我跟其他任何一名棋手下棋的感觉都不一样。当然，我不否认这当中可能有一部分是心理因素，并不完全是竞技因素。但我想竞技因素是占大部分的。

于　是： 好希望能亲身感受一下跟卡尔森对局那种不一样的感觉。

侯逸凡： 每个人跟卡尔森下棋的感受应该都是不同的，我下得算多的，至少在女棋手当中。我最早跟他下的时候是2008年，在法国的一场快棋赛当中，那时候他还没拿世界冠军。他当时选择了一个局面性弃子。这个局面性弃子以我当时的竞技水平来看还是有点晦涩的，当然现在就很清晰了。当时我就想，这个人果然不一般。不得不说，在看一个人有没有下棋的才华、将来能够达到什么样的水平上，我的眼光还挺准的——我之前觉得有前途的几位棋手，现在基本上都排名世界前十、前二十。

于　是： 能够看出别人有才华和前途，这也是一种本事。贝丝如果不是碰到勤杂工老伯伯的话，她一辈子不是也就这么埋没了吗？如果后来没有碰到她的那些小伙伴，最后能够打跨洋电话当她的后援团，她也赢不了，对不对？

侯逸凡： 确实是，所以人生当中遇到伯乐还是非常重要的，很幸运。

于　是： 你有没有遇到过这样的伯乐？

侯逸凡： 肯定是有的。从棋上来讲，我最早遇到的伯乐应该是童渊铭老师。童老师不是我的启蒙教练。真正教会我走子的是我们老家的一位业余棋手，本职是工人，国际象棋是他的业余爱好，他带领我走进国际象棋的世界，了解走子的规则。但是，真正把我带入行、看懂门道的是童老师。童老师自己也是一位职业棋手，曾经拿过我们国家的全国男子个人冠军，也是大师，是个想法非常独特的人，他在二十几岁的时候选择退役，不下棋了，改当教练去培养下一代。

于　是： 你也有过贝丝那样的经历吧？有一些人会陪伴你、支持你，变成你的智囊团。

侯逸凡： 肯定是有的。像我们参加大赛，无论是团体赛、奥赛，还是个人赛，比如说女子世锦赛、女子世界冠军对抗赛等等，我都不是孤军奋战的。首先我是代表中国出战，国家队会派教练、领队、翻译等一同前往，比如我的老师，国家队总教练叶江川老师以及国家队女队教练余少腾老师就曾经带我参加过不少重要赛事，尤其是代表国家的锦标赛系列。同时，我父母，主要是我母亲也经常陪伴左右，有时候我还会自己去请助手。所以说这是团队的功劳，不是我一个人的功劳。我可以分享一下我第一次拿世界冠军时发生的故事。那是2010年的女子世锦赛，淘汰赛制，我十六岁。过五关斩六将，我进了决赛，会师我的队友。当时的赛制是决赛下四盘慢棋，如果打平再加赛。前三盘慢棋下完之后，我的得分是2:1领先，这就意味着最后一盘我只要和棋就可以夺得冠军了。当时对我来讲，世界冠军并不是一个终极目标，而是一个阶段性的目标，更多的是对自己过往付出和棋力的一种认可，不枉教练、父母、师长多年的栽培，也激励自己继续前进。但是真到了那个时间点，即使你之前知道自己怎么想的，还是会感到压力。压力不仅仅来自于内心，还有整个现场的环境，甚至一抬头看到 Women's World Chess Championship 2010（2010年女子世锦赛）的条幅挂在那儿，你就会突然意识到："原来我在这儿！"思绪一下子就被带回来了，会变得紧张。当时，我想最后一盘和棋就可以了，希望能够稳当地获得这次比赛的冠军。但是由于各种原因，最后那盘慢棋还是输了。2:2打平，比赛被拖入了加赛，这对棋手的心理素质是一种极大的考验。加赛在第二天进行，也就是说，你并没有太多时间去调整状态，去放松，去让自己准备好面对接下来的战斗。这个时候，相较于技术环节的准备而言，可能更重要的是心态的调节，让自己以平常心去面对比赛，同时要客观地认识自己和认识对手。那时有一件事让我印象非常深刻，我当时代表的国内俱乐部的负责人也正好在现场，他分享了一些独自在海外经历的非常离奇的事情。真的是非常离奇，那些情节我们可能只会在小说里才能看到，这让我整个人突然间就从六十四格的世界中跳出来了，不去过多考虑明天的加赛，白棋黑棋分别要采取什么样的策略，下什么样的开局，真的就是——跳出来了！当你放松下来、跳出来看的时候，你会觉得：原来这只是一场比赛，并不代表你整个人生，也没有什么大不了的。无论是赢是输，比赛结束后，你就回到国内继续日常的训练，继续学业，一切还是会照着既定的方向走。明白了这一点后，我觉得最重要的心理调节已经完成了。

于　是：这位负责人应该万万没想到，自己以前经历过的一些事情会以这样的方式帮到了一位世界冠军。

侯逸凡：其实，这样讲那晚的故事是在一定程度上淡化了技术环节，技术环节还是很重要的，但我觉得讲那些可能会比较枯燥。

于　是：我觉得看完这本书的人对于技术环节应该多多少少是能看得进去的，我翻译这本书的时候，浏览器的桌面就是国际象棋的棋盘，可以自己摆棋盘，书里说到马走到哪里，兵走到哪里，我就自己摆一下，可以看得清清楚楚。我不知道别人看完了这本书，是不是也会对这种技术层面的东西感兴趣——我个人认为，他们也会感兴趣的！

侯逸凡：如果通过这本书，能够让更多原先不了解国际象棋的朋友们愿意去探索，愿意去学习、去体验，那这本书真的可以说大大推广了国际象棋，而且效果可能是我们无法想象的，可能是我们很多专业棋手做了多场普及推广活动也不一定能达到的，因为寓教于乐嘛。如果你想让别人对一件事情感兴趣，你要先让你的展现方式符合他们的诉求。如果你只是把晦涩难懂、干巴巴的知识放在他面前，不是每个人都有兴趣的。但现在通过这样一种方式，可能会有更多人好奇贝丝为什么有这样的一种情绪状态？为什么下完某次比赛，贝丝突然什么都不想干了？甚至在一段时间里开始了非常颓废的生活？我们可能需要通过一些棋局、一些场景去理解她当时的心态变化，我觉得这是一个非常好的方式。这可能就是文学作品的魅力。

于　是：没错！我看剧的时候关注的其实是棋之外的内容，看书的时候才真正开始了解国际象棋对于贝丝的意义。看完这本书后短暂的一两个月里，我其实一直在下棋，人机对局，但现在时间久了，不太下了，又不太会了。

侯逸凡： 从您的译稿，我看出您已经做了大量的准备工作，因此您有空的时候随时拾起来，问题不大。

于　是： 好的，借你吉言。

侯逸凡： 确实，书上对于国际象棋知识的刻画、对于某一盘棋的局势转变有着更具体的描写，而电视剧很多时候把它淡化了——就是有一副棋盘，摆个棋子，人物最多说一句"check（将）"或者"checkmate（将杀）"，观众并不能意识到棋盘上发生了什么。但是书不一样，是要我们一行一行去读的，那么，当你发现这一大段描述了马和象去了哪些格子，描述了某一种战术组合的运用，你肯定会好奇这到底在说什么，就会在脑海里去想象那个局面。

于　是： 是的，我翻译的时候，凡是讲到她去参加比赛的章节，我就一边摆书，一边播剧，比较书里提到的棋局有没有反映在电视剧当中。后来我发现其实没有，剧中只是很粗略地显示了几个局面而已，大部分的棋局都只有通过看书才能够看懂，看懂局面到底是怎么扭转的，只有看书才能够明白这些。

侯逸凡： 对，书里花了一定篇幅去描写的很多局面，到了剧中只是用一个镜头带过了。还有，如果我没记错的话，贝丝在一些非常重要的时刻下的棋，我发现书中所描述的着法跟剧中的局面是不一样的。当然也有一样的，但是一样的少，不一样的多。

于　是： 所以我们很需要你来把把关，因为不能完全照着剧里的棋局来理解。

侯逸凡：真的不能完全照着来。很多棋局，我也要经过多方对比。如果是一盘经典对局，或者说提了人名的，这个好办。比较难的是贝丝自己下的棋，因为这是作者创造出来的对局，我不知道局面到底是什么样的，只能前后对照，先对出来谁执黑谁执白，再一一对应具体的着法。

于　是：看完小说，你觉得作者是个什么样的棋手形象呢？

侯逸凡：我听说电视剧请了卡斯帕罗夫去把关的，书的情况我不太确定，前言里提到作者咨询了几位棋手，能够看得出来，作者确实在国际象棋方面做了大量的准备工作，书里面包含的知识绝不是粗略准备一下、找几本书来应付一下就可以的，一定是经过系统的学习。如果他之前不是一位非常不错的棋手的话，那就是系统学习，然后为了这本书特地去找了最符合相关场景的棋局来体现的。

于　是：这位作家在中国真的不太出名，关于他的现成资料并不多，我印象最深的是他写过电影《天外来客》(*The Man Who Fell to Earth*)的原著，影片是大卫·鲍伊演的。在我想来，他应该本来就会下棋，然后为了这本书又做了大量的功课，也有一些途径可以接触到一些大师和特级大师，就把这个故事写完整了。我觉得这个作者很厉害的一个地方在于，他在将近四十年前（1983年）写了这本书，不仅让国际象棋的意义变得跟以前不一样，还涉及很多棋局之外的主题，比如性别主义，比如在美国社会内部不同阶级之间的思想、文化的不同，比如冷战背景下的国际象棋大赛最终超越了意识形态层面的较量。这些都是人类社会当中的不同界限，但是像贝丝这样的女主人公其实跨越了这些传统的、刻板的界限。我相信这也是贝丝让很多现代的观众或者读者喜欢的一个原因。她跟以前那些限定在某一个概念当中的人物完全不一样，不知道你对此是怎么想的？

侯逸凡： 你说得很有道理，确实，这个角色的出现本身就打破了很多人们的惯性思维，或者是传统认知。其实书中很多观点，即使放在今天来看，都非常具有话题性，也很值得人们去探讨。

于　是： 你已经四次获得了女子世锦赛的冠军，我会想，如果是贝丝的话，她应该是很不喜欢"女子比赛"这种限定的。你会怎么来看待这个问题？这种划分性别的比赛到底是尊重女性，还是一种性别歧视呢？

侯逸凡： 一般来讲，我对这种问题都持比较乐观的态度，我觉得这其实有利于女性整体国际象棋事业的发展和进步。过分强调女性或者过分强调性别差异，反而是一种性别偏见。没有必要放大和关注这件事情。我一直都赞成有男女分开的比赛，同时，在一些公开赛当中允许和鼓励女棋手参加，这也是激励女性运动员提高整体水平的一种非常好的政策。如果一位女棋手有实力去参加男子组，可以去挑战男棋手，参加公开组，不能说因为你是女的，就不能参加男子比赛。但是不能要求所有女棋手都必须与男棋手同台竞技，因为现在国际象棋的世界里，男女表现出来的整体水平是存在差异的。无论是从数据还是从历史来看，这种差异一直存在。近些年这种差距可能在缩小，但是两者之间仍然有着明显的鸿沟。在这种情况下，如果硬要为了性别平等，把女子组取消，全部下男子组，这种政策有可能会打击女棋手的积极性。因为一旦没有了女子组，可能更多女性来参加比赛就是重在参与，没机会拿名次，没有机会捧起奖杯。但是，尤其是对于小女孩，比如八岁、十岁、十二岁的女孩子，她们可能更需要这样一种奖杯、证书等级、称号，来激励她们下得更好。如果一直下男子组，这次第一百名，下次第八十名，客观而论，这个进步真的很大，但是离获奖还有一段距离——正是这段距离，可能就成了阻碍女棋手坚持下去的那道障碍。所以，我认为比较理想的状态是两者兼顾，在保证锦标赛、运动会等重大赛事当中有女子组的同时，争取在更多的比赛当中，比如说公开赛和一些邀请赛当中，有条件地开放女子名额。我觉得这就是对女性水平的一种激励和认可。

于　是：你说得很有道理！这是只有在行业内的人才能明白的、才能够说得出的真心话。你说的"那一段距离"可能就会阻碍她们继续走下去，这个观点特别符合现实状况。

侯逸凡：对。为什么我们很多时候放弃了？不是因为我们不想坚持，而是因为坚持了很久之后还看不到希望，而你担心再用双倍甚至几倍的时间和精力继续努力也看不到结果。如果有一个人能够预知未来，告诉我们在哪个时间点能够成功，我想，百分之八九十的人都会坚持下去。最难的不是说你觉得做不到，而是你不知道哪天能做到。因为你真正知道做不到的时候你就放弃了，并不会觉得很遗憾。你并不确定自己能不能做到，又想一试，但又真的看不到希望，这时候放弃是最可惜的，也恰恰是常态。

于　是：最后一个问题跟书名有关：你觉得这本书为什么要叫"后翼弃兵"？

侯逸凡：我不能确定。但考虑到主人公是女性，作者应该会想找一个跟"后"有关的书名。第二，如果我没记错的话，最后贝丝赢博尔戈夫的那盘棋走的是后兵，没有走王兵。因为博尔戈夫非常擅长西西里防御，所以贝丝放弃了她常用的王兵，而采取了后兵起步。后兵有不同的开局，而跟后有关系的开局名称中，人们第一个想到的很可能是"后翼弃兵"，所以我猜作者可能是既要用"后"来展示贝丝的主角人设，又要符合开局逻辑——这个开局帮助贝丝在最关键的一场比赛中战胜了最难战胜的对手。这仅代表我个人观点，其他读者朋友们可能会有不同的解读。

于　是：好的，谢谢逸凡！希望我们早日相见，能让我当面请教下棋的问题。

侯逸凡：等书出来，我们一定有机会见面的！

更多精彩对谈内容，尽在《后翼弃兵》有声书。